새로운 현대시론

강희안

21총서 ∎ 0002

새로운 현대시론

1판 1쇄 펴낸날_2012년 8월 16일
1판 2쇄 펴낸날_2017년 3월 2일
지은이_강희안
펴낸이_채상우
디자인_꼬마철학자
펴낸곳_(주)천년의시작
등록번호_제301-2012-033호
등록일자_2006년 1월 10일
주소_04618 서울시 중구 동호로27길 30, 413호(묵정동, 대학문화원)
전화_02-723-8668
팩스_02-723-8630
홈페이지_www.poempoem.com
이메일_poemsijak@hanmail.net

ⓒ강희안, 2012, printed in Seoul, Korea

ISBN 978-89-6021-174-2 04810
     978-89-6021-175-9 04810(세트)

값 20,000원

21총서 ■ 0002

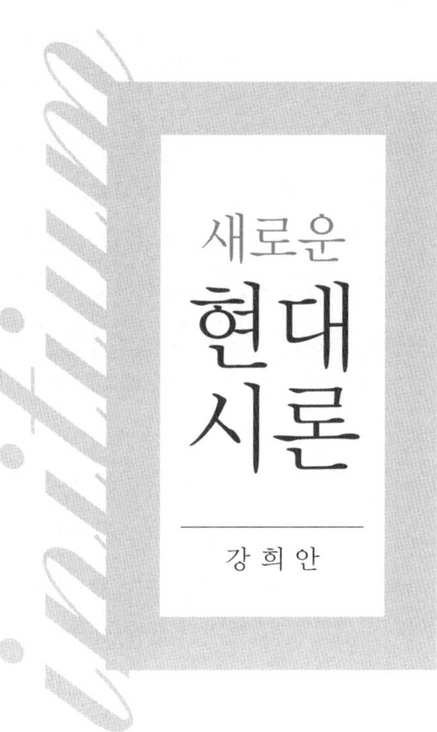

새로운 현대시론

강희안

천년의 시작

머
리
말

　이 책은 1년여 전에 발간했던 『새로운 현대시작법』을 다시 『새로운 현대시론』이란 제명으로 증보한 시 창작 이론서에 해당한다. 우리 시의 구획을 짓느라 생경하게 씌어진 글인데도 얼마간은 시를 지도하거나 창작에 전념하는 분들의 소용에 닿았는 모양이다. 그간 도처에서 걸려 온 따뜻한 격려와 예리한 충고에 힘입어 다시 용기를 내어 과감하게 첨삭을 가했다. 증보판 제의를 받고 성근 부분들은 깎고 다듬었고, 빈약한 부분들은 다시 아름다운 시편들로 채워 넣느라 즐거웠다는 고백을 곁들인다.

　초판에서도 밝혔듯이 이 책은 필자가 15년 가까이 시를 지도하며 체득한 논리로 씌어진 시에 대한 실제적인 창작 방법론이다. 기존의 시론이나 창작론이 우리말의 언어 구조를 배제하고 서구 이론을 적용하는 과정에서 빚어진 오류의 언어를 수정하고 보완한다는 자세에서 출발했다. 따라서 현행 시학적 구분법으로는 다 편입할 수 없었던 새로운 갈래짓기를 통해 최초의 우리말다운 시 쓰기의 모델을 제시하고자 고구한 도전의 산물이다.

　엘리어트(T. S. Eliot)가 언명한 바와 같이 시에 관한 정의의 역사가 오류의 역사라면, 그때그때마다 창작론은 다시 씌어져야 할 당위성을 지니게 마련이다. 특히 서구 언어권과 동양 언어권의 시는 그 지향태에서부터 언어의 계통, 철학적 사유의 방법론에 이르기까지 사뭇 다를 수밖에 없다. 더구나 시라는 갈래가 동서를 막론하고 신화적인 영역에서부터 비롯되었다는 공통분모가 있기는 하지만, 그 특수한 역사적 실상과 조우하면서 다양한 형질로 변화하고 진화하는 유기체의 속성과도 같기 때문이다.

　1장은 시의 기초적 고찰 단계로서 2-5절까지는 새롭게 추고하느라 가장 공을 많이 들인 부분이다. 2장의 '시적 언어와 이미지'에 대한 논의는 서구의 시와는 가장 변별되는 지점으로서 필자가 가장 심혈을 기울인 부분 중의 하나이다. 세계 어떤 언어권의 경우라도 우리말에서처럼 음성상징어를 비롯한 오감의 이미지를 전격적으로 차용하는 시적 언어는 드물다. 그만큼 우리말이 섬세하다는 언어의 질감을 반증하지만, 또한 우리의 시가 의미보다는 몸의 기표를 중시한다는 사실에서 착안했다.

3장의 '시적 은유' 부분에서는 기존의 분류법이 1990년대 이후 낯선 시의 형식까지 수용한다는 관점에서 최종 6단계까지 세분화했다. 특히 환유의 고리가 연쇄 반향을 일으키는 현대 실험시의 경우까지 수합하여 기존 형식의 대척점에 존재하는 3단계의 방식을 새로운 용어로 추가하여 정리했다. 그렇게 구획을 나눈 결과 어떤 형태의 시라도 편입할 수 있는 다양한 구조적 토대를 마련했다는 데 의의를 두고자 한다.

4장 '상징'에서부터 마지막 8장인 '펀(pun)'까지는 우리의 시적 언어 구조에 적용 가능한 분류법으로서 좀 더 포괄적이고 탄력적인 준거의 틀을 마련하는 데 주의를 기울였다. 따라서 기존 명명법의 자장 안에 우리의 현대시에서 발견되는 주요 관심사까지 편입할 수 있도록 수정했다. 이 부분은 다소 첨삭이 필요한 만큼 앞으로도 문제점이 발견되는 대로 계속 보완해 나갈 요량이다. 이 책을 읽는 뛰어난 현학들이나 독자 제현들의 혹독한 지적과 엄격한 편달을 바라는 까닭이 바로 여기에 있다.

마지막으로 이 책이 시를 지도하고 있는 시인이나, 등단을 꿈꾸는 예비 시인들이 짚고 넘어가야 할 지침서가 되었으면 하는 간절한 바람을 덧붙이고 싶다.

2012년 여름날 한마루에서

지은이 강희안

3 언어를 창조 하는 은유

약속을 파기 한 상징 4

5 세태를 풍자한 알레고리

모순 관계로서의 역설 6

7 **이율배반의**
아이러니

언어유희로서의
편(pun) 8

일러두기
본문 중 인용한 시 가운데 한 연이 첫 번째 행에서 시작될 때에는 ﹥로 표시합니다.

1

시적 형식과 미적 특질

1. 낯선 시적 언어

시인이 사용하는 언어란, 그것이 시와 다른 여타의 장르를 구분해 주는 가장 중요한 표지이다. 그러나 의사 전달 기호인 언어를 통해 인간 정신을 표현한다고 해서 모든 영역이 시문학이 될 수는 없다. 즉 언어를 어떻게 사용하느냐에 따라 시와 여타 다른 정신적 활동과의 구별이 생겨난다. 일반적으로 언어는 그 용법에 있어 세 가지로 구분되는데 일상적 언어, 과학적 언어 그리고 시적 언어가 바로 그것이다. 특히 언어의 과학적 사용은 어떤 사실에 대해 순수한 기호로써 표시될 수 있을 때가 가장 바람직하다. 이는 언어의 외연적 측면을 중요시하는 '말의 표시적 사용(논문, 조서, 신문 기사 등)'에 해당된다. 과학적 언어는 개념의 정확성을 중시할 뿐, 여기엔 사전적 의미 이외엔 다른 어떠한 의미도 담기지 않는다.

그러나 평범한 독자라 할지라도 "A4용지에다/ 아라비아 숫자 3을 거푸 쓰니/ 백지는 그만 하늘이 되어/ 새 한 쌍이 날아가고 있다/ 앞서 날고 뒤를 따르는 저 삼삼한 사이가/ 성급하고 조급해 보여 아무래도 미심쩍다"(유안진, 「33」 부분)라는 시를 읽고, 여기에 현현된 세계가 과학적 세계와는 모순되므로 거짓 진술이라고 여기지는 않는다. 이 시는 결코 과학적인 언어는 아니지만, 그렇다고 해서 거짓은 더더욱 아닌 것이다. 이 같은 시에서 수용할 수 없는 거부감이나 당혹감을 느낀다면, 그것은 언어의 지시적 기능만을 중시한 태도 때문이다. 언어의 과학적 기능은, 어떤 사실에 대해 순수하게 기호로써 표시할 수 있을 때 가장 온전한 형태를 띤다.

이는 언어라는 기호(sign)와 언어가 표시하는 대상물(referent)과의 사이에 1:1의 대응 관계로 맺어진 것을 의미한다. '밥'이 국어사전에는 "① 쌀·보리 따위 곡식을 씻어서 솥 같은 데에 안치고 물을 부어 끓여 익힌 음식. 메. ② 끼니로 먹는 음식. 식사. ③ 동물의 먹이. ④ 정해진 모가치"라고 정의되어 있다. 이러한 '밥'에 대한 과학적 진술은 사물에 대한 객관적 지식을 그대로 전달하기 때문에 하나같이 메마르고 딱딱하다. 그 언어는 인간들이 혼란을 겪지 않도록 기호로써 쓰이면서 제 본래의 직분에 충실한 몫을 담당한다. 그렇다면 다음과 같은 시에 쓰인 언어와는 다른 점이 무엇인가? 시에서 쓰이는 언어가 일상어와 달리 함축적이면서도 새로운 뜻이 부가된다는 것은 주지의 사실이다.

> (가) 마을 뒷산의 한 무덤 앞에는
>   무덤 모양 동그랗게 고봉으로 담은
>   흰 밥 한 그릇이 놓여 있었다
>   지난해 흉년에 굶어죽은 이의
>   무덤이었다
>   새싹들을 어루만지는 봄볕 속에서
>   봉분은 그의 죽음의 무덤이고
>   밥은 그의 삶의 무덤인 양
>   서로 키를 재고 있었다
>
> —김영석, 「밥과 무덤」 부분

> (나) 갓 지어낼 적엔
>   서로가 서로에게
>   끈적이던 사랑이더니
>   평등이더니
>   찬밥 되어 물에 말리니
>   서로 흩어져 끈기도 잃고
>   제 몸만 불리는구나
>
> —이재무, 「밥알」 전문

(가) 시의 시인은 볕이 잘 들어 밝고 다냥한 무덤 앞에 놓인 쌀밥 한 그릇을 바라본다. 죽어서라도 한번 배불리 먹어 보라는 그 슬픈 풍경을 기억하는

이가 적지 않을 것이다. 1960년대 소읍, 소도시에서 유소년기를 겪은 이들에게 밥은 '무덤'으로 은유화된다. 봉분이 "죽음의 무덤"이라면 밥은 "삶의 무덤"인 것이다. 이에 비해 (나)의 시에서 밥은 "갓 지어낼 적"엔 '사랑'과 '평등'이다가 찬밥이 되었을 때는 "제 몸만을 불리"는 자기 기만적인 이기주의의 산물로 변형된다. 이 시는 짧은 단시이면서도 인간의 양면성을 새롭게 정관하여 개인상징을 만들어 낸다. 인용 시에서는 누구나 사전상의 기호에서 벗어나 '밥'에 새로운 의미가 부가된 것을 확인할 수 있다. '밥'에 대해 보통 사람이라면 인정하고 공감할 수 있는, 그러면서도 명쾌하게 한마디로 잘라 해독할 수 없는 다양한 의미가 내장되어 있다.

일상적으로 두루 쓰이는 여타의 언어가 하나의 대상을 지시하면서 그 뜻을 명확히 드러내는 데 있다면, 시에서 쓰이는 언어는 정확한 의사 전달 수단으로써의 사용이 아니라 감동을 전달하기 위해 쓰인다. 따라서 시어는 명확한 의미 전달의 기능이 아니라 독자의 반응을 환기하고 감동의 폭을 넓히기 위해 쓰여진다. 일상어와 시어의 차이는 언어를 어떻게 사용하느냐에 따라 생겨난다고 할 수 있다. 따라서 리차즈(I. A. Richards)도 언어를 그 쓰임에 따라 정서적 용법과 과학적 용법으로 나누어 설명한다. 그는 감정과 기분을 표현하거나 독자의 정서를 환기하는 방법을 '언어의 정서적 용법'이라 하고, 객관적 사물이나 사건을 지시하는 방법을 '언어의 과학적 용법'이라 하여 일상어와 시어의 특징을 구별한다.

상기한 시와 같이 한마디 말에다 여러 의미를 응집하려는 말의 사용법을 내포, 즉 말의 함축적 사용이라고 할 수 있다. (가) 시의 '밥'이 '고봉밥'이라는 구체적 형상에 초점을 맞추어 삶과 죽음의 문제를 동일화한 사유의 결과라면, (나) 시는 '밥알'의 형질적 속성을 통해 인간의 양면성을 변별한 인식의 결과이다. 이처럼 시는 일상 언어를 통해서 시인만의 독특한 정서의 공간을 구축한다. 나아가 시는 인용한 예와 같이 '낯선 언어 창조'라는 성과를 거두었을 때라야 좋은 작품이라고 평가된다. 이와 같은 의미는 그 사물이 원래 지닌 태생적 본성이거나 우주의 이법인지도 모를 일이다. 그러나 사전에는 기록할 수 없는 것을 시인이 발견해 낸 '특수한 의미'인 것이다.

이와 같이 과학적이거나 보편적인 공분모를 포괄하고 있지 않은 참신한 언어의 의미는, 단지 시인의 그 한 편이나 전체 작품의 문맥 속에서만 파악될 뿐이다. 이를 시적 언어 기술이라고 말한다. 그렇다고 시라는 글 속에 사용되고 있는 시적 언어가 모두 신선한 의미를 지니는 것일 수는 없다. 거기에는 독자와의 소통에 필요한 정보 전달의 요소를 지닌 언어도 상당 부분을 차지한다. 문학은 확실히 과학적이거나 학술적 서술의 언어와는 달리 특수하고 개별적인 의미를 담고 있는 언어 사용을 의식적으로 추구하는 것이다.

이상과 같이 시적 언어의 특징은 한마디로 '개념적 의미(표시적 의미)'보다 '내포적 의미(함축적 의미)'를 더 중요하게 여기는 데 있다. 왜냐하면 시는 객관적 진리를 밝혀내는 것이 아니라 보편성에 바탕을 둔 인간의 미묘한 정서나 인생론적 진리를 현현하는 데 역점을 두고 있기 때문이다. 이때 사용되는 언어는 정서를 함축해야 하는 동시에 어떤 깨달음이나 언어적 자각을 전제로 할 때, 무엇보다도 감동적인 힘을 지니게 된다는 사실을 간과해서는 안 된다.

독자는 시인이 발견하여 '새롭게 창조한 언어'를 상상적 유추로써 가늠해 읽으면서 이성적, 과학적 사고가 횡행하는 상투적인 세계의 관념에서 해방되어야 한다. 그래야만 시인이 인도하는 직관적이고도 감성적인 진실의 세계에 편입되는 즐거움과 행복을 누릴 수 있는 것이다. 그리고 여기에서 한 걸음 더 나아가 보면, 시에는 언어 자체에 대한 사유와 자각을 모티프를 토대로 하여 실재의 세계와 언어의 관념이 구축한 세계가 어떻게 다른지를 궁구하는 작품들도 종종 접할 수 있다.

어느 봄날, 세 살배기 자식놈과 더불어
난생 처음 성북동삼림욕장에 갔다네
주차장 가로질러 산책로 숲길로 들어서자
녀석은 무엇이 그리도 신기한지
두 눈 휘둥그레 치뜨고는 연신 웅얼거리네

전봇대 보고는 기린, 철쭉 보고는 닭

방갈로 보고는 코끼리, 새 둥지 보고는 달

구름 보고는 사자, 흔들리는 나무 그림자 보고는 귀신

소나무 보고는 고슴도치, 돌담 보고는 기차

풍향계 보고는 헬리콥터, 날아오르는 멧새 보고는 별

벼랑 아래 펼쳐진 숲 보고는 바다

숲 한가운데 우뚝 솟은 바위 보고는 고해(래)

와! 고해 바다 고해 바다……

어처구니없게도 고해의 바다라니

마음으로써 형상을 짓지 말라 했거늘!

—강희안, 「슬픈 동화」 전문

　　대상을 자신 나름의 방식대로 호명하는 "세 살배기 자식놈"을 보면서 시의 화자는 실제의 세계를 왜곡하는 언어의 한계를 직시한다. 나아가 화자는 언어에 의해 재단되고 고정화되고 개념화된 세계가 인간의 사유와 존재 자체를 굴절시키는 모순도 발견한다. "마음으로써 형상을 짓지 말라 했거늘!"이란 구절처럼 사물 자체의 본성에 이르지 못하는 것은 "마음으로써 형상을 짓"는 언어의 한계에서 비롯된다는 사실을 각성하는 것이다. 사물이 언어로 명명되는 순간 그것은 사물의 온전한 본성을 가로막는 실재로서 드러난다. 따라서 언어는 대상이나 주체를 자유롭게 하는 것이 아니라, 오히려 대상의 본질에 이르려는 주체의 끈질긴 노력을 저해하는 요소로 작용할 뿐이다.

　　어찌 보면 모든 언어적 행위는 대상과의 거리를 분할하는 것이며, 궁극적으로 대상의 본질에 이르려는 시인의 언어 행위를 무상하게 만드는지도 모른다. 그런데도 불구하고 시인은 언어로 소통할 수밖에 없는 존재이다. 때문에 모든 시는 대상의 본질을 온전히 구현할 수 없다는 점에서 끝내 실패로 끝날 수밖에 없는 운명의 한 형식인지도 모른다. 시인이 시를 쓴다는 것

은 그 불가능의 영역을 탈환하고자 하는, 결코 포기할 수 없는 부단한 싸움
의 과정이기 때문이다.

　　밀화부리는
　　암수가 부리를 맞대 密話를 속삭인대서 붙여진 이름

　　그건
　　맛있는 말
　　맛있는 말

　　자기를 묽히어 자기에게
　　자기야, 자기야

　　세상에서 부를 수 있는 이름이
　　달랑 자기밖에 없어서

　　자기를 머금어 자기에게
　　방울방울 떠 넣어주는

　　그건
　　맛있는 말
　　맛있는 말

―이안, 「말」 전문

　불립문자는 '언어 무용론'이라기보다는 '언어 본질론'에 도달하기 위한 하
나의 방편에 해당한다. 즉 문자, 불경을 관(貫)하는 과정이 선행되어야 한다
는 전제에서 의미를 버리는 행위이다. 여기에는 필연적으로 문자에 매몰되는

일을 경계하라는 경고의 메시지가 담겨 있다. 문자는 깨달음이나 존재가 아니라 "맛있는 말"을 깨닫는 한 과정에 불과하다는 경종인 셈이다. 문자는 일종의 깨달음과 존재를 나타내는 허상의 기표이다. 존재는 언어를 통해서 자신을 드러내고 언어는 존재를 명명하는 동인으로 작동한다. 따라서 존재와 깨달음에 다가가기 위해서 "암수가 부리를 맞대 密話를 속삭"이는 과정이 선행되고, 그 이후에 "붙여진 이름"이었을 때 문자의 굴레를 벗어던질 수 있다는 의미로 풀이된다.

하이데거(M. Heidegger)에 의하면, 인간은 '순수한 선험적 자아'가 아니라 현존재, 즉 거기에 있는 존재이다. 즉, 인간은 세계—내—존재로서 세상 속에 편입되어 살아가야 하는 숙명이 부가된 개체이다. 따라서 인간은 순수 자아가 아니라 "자기를 묽히어 자기에게" 혹은 타자에게 "자기야, 자기야"라고 부르며 세상과 한 몸이 되는 언어의 세계를 지향한다. 이러한 관점에서 시인에게 시는 현상의 본질을 파악하는 측면보다는 존재의 언어를 파악하는 텍스트로 정의된다. 결국 인간은 "세상에서 부를 수 있는 이름이/ 달랑 자기밖에 없"다는 사실을 자각한 이후 "자기를 머금어 자기에게/ 방울방울 떠 넣어주"는 자신의 실존이 곧 '불안(sorge)'이라는 등식을 인정하기에 이른다는 방점이다.

이와 같은 '불안'을 통해 인간은 절대의 무(無) 앞에 서게 되며 실존적 결단을 통해 깨어 있는 인간, 본래적 인간으로 거듭날 수 있다는 진리의 발견이다. 진리란 명제와 사태의 일치가 아닌 '드러남', '탈은폐성'을 사유의 본질로 삼는다. 시와 철학은 이 탈은폐성에 봉사해야 한다는 당위성을 내포한다. 이러한 생각은 한편으로 전통 사유의 주관성, 인간중심주의, 존재 망각에 대한 비판으로 나타난다. 나아가 다른 한편으로 인간의 탈출구로서 시와 예술을 통한 '존재의 귀기울임'이라는 대안을 제시한다. 따라서 시인이라면 언어는 존재의 집이라는 하이데거의 말을 뒤집어 볼 필요가 있다. 언어가 살면 존재가 살고, 언어가 죽으면 인간 존재도 죽을 수밖에 없기 때문이다.

2. 감정과 정서

사전적 의미에서 볼 때 정서(情緒)란 일시에 급격하게 나타나는 감정과 동일한 차원의 심리 상태라고 오인하기 쉽다. 감정이 즉발적이고 주관적인 의식 현상이라면, 정서는 한층 완화되고 객관화된 감정이다. 즉 희노애락애오욕(喜怒哀樂愛惡欲)과도 같은 순간적 마음의 상태가 시간의 흐름에 따라 한층 순화되고 정제된 인간의 감정이 곧 정서인 것이다. 헌(L. Hearn)은 문학이 정서적 표현의 예술이라고 전제하고, 그 정서가 문학 속에 구체화되는 과정을 실감의 분리를 통해 설명한다.

가령 우리가 깊은 밤 험한 산속에서 길을 헤매고 있다고 상상해 보자. 몸과 마음이 피로에 지쳐 있는 순간 외딴집이 눈에 들어왔다. 어둠 속에서 두려움에 떨며 겨우 대문 앞에 도착했다. 문을 밀고 들어설 때 새어 나오는 소리도 섬뜩하지만, 집 안에서 묘령의 그 무엇이 자신의 뒤통수를 끌어당기는 듯한 느낌, 그리고 낯선 집이 주는 음산한 기운 등은 끔찍한 체험일 것이다. 안도하는 순간에 찾아드는 공포의 경험은 소름이 끼친다든지 이마에 땀이 솟는 등의 신체적 변화를 동반한다. 이는 공포라고 하는 즉시적 감정으로서 '실감'의 영역에 해당한다.

그러나 실감의 감정은 시간이 흐르면서 우리의 기억 속에 무의식적으로 저장된다. 그러다가 어느 날 문득 그와 관련된 회상 속에서 드러나는 감정, 이것은 당시의 실제 감정과는 유리된 정서의 영역으로 편입된다. 이렇듯 시적 정서란 순화된 감정이 개성에 의해 재구성되어 나타날 때의 감각적 정서, 즉 미적 정서를 가리킨다. 가령 "연약한 봄이/ 이 땅에 변함없이 세우고 있는 것은/ 오직 하나/ 끝내 무너지지 않는 감옥뿐이다"(김영석, 「감옥을 위하여」 부분)라는 시에서 시의 화자는 전혀 어울리지 않는 정서인 '봄'과 '감옥'의 이미지를 동일화하고 있다.

언제나 그랬듯이 해마다 봄이 되면, 언 땅이 풀리면서 시냇물이 흐르고 대지에는 새싹이 돋는다. 따라서 사람들도 추운 계절에 움츠렸던 몸과 마음을 풀고 새로운 생명력을 온몸으로 받아들인다. 모든 생명체들이 지금이라도 당장 자신의 전체를 외부로 발산할 듯이 탱탱하게 물이 오르는 계절이 바로 봄인 것이다. 그런데도 시인은 그와 같이 자유롭고도 싱그러운 봄의 문턱에서 차디찬 감옥을 떠올리고 있다. 왜 시인은 이와 같이 생명력이 넘치는 푸르른 봄날에 그런 부정적인 이미지를 연상했을까?

단언컨대 시인은 봄(혁명)의 문턱에서 항시 좌절해야만 했던 이 땅의 역사적 사건과 거기서 연루된 압제의 기억을 떠올린 것이다. 늘상 봄과 함께 비롯되었던 현대사의 비극적 사건들이 서늘한 공포의 정서로 침전되어 있었을 것이다. 이런 기억이 '봄'이라는 계절을 맞으면서 억압의 상징인 '감옥'의 이미지를 일깨웠던 것이다. 이런 점에서 볼 때, 미적 정서가 개성에 의해 재구성된다는 것은 공통적인 감정(실감)이 자신만의 특수한 심리적 과정을 거쳐 나온 정서적 표현을 의미한다.

봄소풍 나온
할머니들 대여섯이
오순도순 화투를 친다
손주 같은 햇살이 아장아장
걸음마를 배우는 잔디밭에서
노년을 말리듯 화투를 친다
이미 색 바랜 光과 남은 소망을
한 장씩 탁탁 던지고 나면
왠지 허전하고 저린 손이여
못내 아쉽고 덧없는 세월이여
송학이 앉았다 날아간 자리에
매화가 피고 지고
객혈하듯 벗꽃이 흥건한 방석
때아닌 국화, 철 이른 모란 난초

> 덩달아 피고 지는 화무십일홍
>
> 하느님도 구경하기 심심하신지
>
> 싸리순 몇 끗 짐짓 내미는 봄날
>
> 이런 날은 더 이상
>
> 보탤 것도 뺄 것도 없는
>
> 단순한 기쁨이 좋다
>
> 익명의 스냅이 좋다
>
> —임영조, 「익명의 스냅」 전문

상기 인용 시에서도 자연(봄)과 인간(노년)이란 사뭇 대조적인 정서가 충돌하고 있어 관심을 환기한다. 그러나 시의 화자는 이질적인 두 관계를 일체가 된 차원으로 유머러스하게 표현하고 있다. 봄 소풍 나온 할머니들이 햇살을 받으며 화투를 치는 모습부터가 정겨운데, 그것을 묘사하는 시적 화자의 눈길도 지금 막 햇살 속에서 풀려나온 듯 따뜻하다. 세상을 살 만큼 살아서 소망도 꿈도 이미 접혀 버린 할머니들의 화투 치는 모습은 어느 면에서 적막하기도 하다. 할머니들이 옹기종기 모여 앉아 "아쉽고 덧없는 세월"의 한 켠에서 "허전하고 저린 손"으로 던지는 화투짝에는 젊음의 화려한 영광을 잔치하는 온갖 꽃들이 난무한다.

그러나 꽃들은 "화무십일홍"이라는 너무도 어처구니없게도 짧은 시간, 즉 봄볕 속에서 깜빡 졸고 난 사이 그렇게 한 시절이 끝난 듯한 황망한 정서로 다가왔으리라. 여기에는 노년의 적막과 화투 치는 동안에 느끼는 잠깐의 기쁨, 그리고 다시 밀려드는 허전함을 시의 화자는 "화무십일홍"이란 말로 아주 적실하게 표현하고 있다. 그보다 더 정겹고 아름다운 부분은 그다음에 배치한 "하느님도 구경하기 심심하신지/ 싸리순 몇 끗 짐짓 내미는 봄날"이란 구절이다. 여기에 등장한 '싸리'는 화투 패에 등장하는 것이어서 자연스러울 뿐만 아니라 하느님도 화투 놀이에 동참하기 위해 "싸리순 몇 끗" 내민다는 능청스런 정서적 표현으로 이어진다. 이 같은 과정을 통해 인용 시는 자연(생명)과 인간(죽음)이 전일체로서 "단순한 기쁨"을 누리는 노장적 소요의 경지까지 환기한다.

이와 같이 체험한 감정을 기억이나 회상을 통해 환기한 정서, 즉 일차적 체험을 나름대로 정리하고 보완하여 재구성한 언어적 표현이 바로 미적 정서인 것이다. 즉 시인의 마음속에서 용해되어 취사선택되고 정화된 정서가 문학적 정서라는 말과 상통한다. 이러한 미적 정서는 어떤 장르보다도 시에서 본질적인 요소로써 기능한다는 사실이다. 무엇보다도 시는 독자들에게 어떤 지식 전달이 아닌 감동을 자아내는 과정이 중시되기 때문이다. 상상력의 동인으로 작용하는 정서란 인간이 사물에 대하여 일어나는 어떤 마음의 상태, 즉 외부의 자극에 반응하여 민감하게 변화·작용하는 진폭의 계기를 겪게 마련이다.

어떤 상황인가에 따라 인간의 감정은 특수화되고 보편화되어 하나의 상상적 세계를 만들어 낸다. 여타의 장르와는 다르게 시는 대상을 주관적으로 변용한 세계로서 각기 이질적인 사물들이 길항하여 새로운 의미를 창출한다. 따라서 시인은 가장 두드러진 특징인 정서와 상상력을 전면에 내세워 새로운 인식의 범주에 도전한다. 그렇다고 해서 정서와 상상력이 곧 시문학만이 지닌 고유한 본질이라는 뜻은 아니다. 문학의 기본적인 요소인 사상·정서·상상·형식 중에서 특히 시에서 정서는 상상력으로써 인생과 자연의 의미를 해석한다는 측면에서 주된 요소에 해당한다는 말이다.

마음을 바쳐 당신을 기다리던 시절은 행복했습니다. 오지 않는 새벽과 갈 수 없는 나라를 꿈꾸던 밤이 길고 추웠습니다. 천 사람의 저버린 희망과 만 사람의 저버린 추억이 굽이치는 강물 앞에서 다시는 우리에게 돌아오지 않을 것 같은 당신의 옛 모습을 꿈꾸었습니다. 천 송이 만 송이의 슬픔이 꺾인 후에 우리에게 남는 아름다움이 무엇일까 생각하였습니다. 그리고 이 깊은 부끄러움이 끝나기 전에 꼭 와줄 것만 같은 당신의 따뜻한 옷자락을 꿈꾸었습니다.

　　지고 또 지고 그래도 남은 슬픔이 다 지지 못한 그날에 당신이 처음 약속하
셨듯이 진달래꽃이 피었습니다. 산이거나 강이거나 죽음이거나 속삭임이거나
우리들의 부끄러움이 널린 땅이면 그 어디에고 당신의 뜨거운 숨결이 타올랐
습니다.

—곽재구, 「진달래꽃」 전문

　　인용 시가 상기하는 이별의 슬픔은 곧 인간의 마음속에 공통적으로 자리
한 보편적 정서에 맞닿아 있다. 이별에 대한 어떠한 해석이나 논리 이전에 독
자에게 다가오는 것은 감성으로 받아들인 정서적 감동일 것이다. 따라서 감
동이 수반되지 않는 시는 존재 가치가 없다고 해도 과언은 아닐 것이다. 특
히 시에서의 감동은 주로 정서에서 파생하는 경우가 대부분이다. 물론 오늘
날의 시는 다양한 형태로 드러나므로 사상적인 면이나 관념적 형태로 씌어지
기도 하지만, 사상이나 관념 자체로는 독자의 감흥을 이끌어 내기가 어렵다.
아무리 관념·사상 위주의 시라 하더라도 그것이 감성으로 바뀌었을 때 감동
에 이를 수 있다는 것이다.

　　이와 같이 정서는 시인 자신의 개별적 체험인 실감이 객관화·보편화될 때
독자의 마음속에 잔잔한 감동을 불러일으킨다. 시에서 미적인 정서의 속성
으로 제일 중시하는 것이 영속적인 성격이다. 이는 충동적인 감정의 발산이
나 식사 뒤의 포만감과 같이 일시적으로 나타났다가 소멸되는 즉발적 상황과
는 근본적으로 다르다. 예를 들면 「가시리」에서 보이는 여인의 슬픔은 단지
일시적인 슬픔의 정서가 아니라 오랫동안 감동의 여운으로 남는다. 이것은
타자와 공유하는 정서로서 미적 정서의 특질과 연관된다. 한 개인의 슬픔이
나 기쁨의 표현이 아닌 독자와 공유하는 정서로서 보편성을 띤다는 것이다.
이것은 정서적 체험이 시적 양식을 통해 구체화된 것으로서 인간이 지닌 정
서적 반응을 타자와 공유하고 확대하는 것을 의미한다.

3. 정서와 상상력

정서와 더불어 시의 본질과 직결되는 요소로써 상상력과 이미지를 거론할 수 있다. 한마디로 상상력이란 이질적인 사물들을 하나로 응집하여 통합하는 정신 작용이다. 곽재구의 「진달래꽃」에서도 사랑하는 님(당신), 산천에 흐드러지게 피어 있는 진달래꽃, 떠나간 님에 대한 기다림의 태도 등이 하나로 동일화되어 있다. 따라서 진달래꽃이 단순한 꽃이 아니라 떠나간 님의 숨결이며, 그 꽃을 매개로 하여 이별의 슬픔을 딛고 일어서는 희망의 정신까지 내포한다. 꽃에서 떠나간 님을 발견하고, 그 이별의 슬픔을 승화하여 미래의 희망까지 표현해 내는 힘이 곧 상상력의 소산인 것이다.

그렇다면 시가 무엇 때문에 씌어지는 것인지 고구할 필요가 있다. 무엇보다도 상상력이란 말은 시의 장에서는 최고의 가치를 지닌다. 상상은 사실의 세계에 얽매이지 않고, 그것을 자신의 의도대로 변형하여 실제보다 생동감 있는 리얼리티를 제공하기 때문이다. 시에서의 상상은 개성적인 이미지를 창조하는 데 기여하면서 지고한 인생론적 진실이나 새로운 가치를 형성해 낸다. 이런 점에서 상상은 창조적이면서도 개성적인 성격을 포함한다. 가령 아름다운 장미 한 송이를 접할 때 느끼는 일차적인 감정은 아름다운 꽃을 대하는 데서 오는 즐거움일 것이다.

그러나 아름답기 때문에 꺾어다가 책상 앞 화병에 꽂아 놓고 은밀한 즐거움을 꾀한다면 이는 소유욕의 발로일 것이다. 그런데 아름다움을 느끼는 순간 사랑스런 연인을 생각하면서 얼굴과 목소리, 따스한 마음씨까지 떠올릴 수 있다. 그리고 이러한 연상을 하면서 아름다움의 의미까지 유추하게 된다면, 이는 상상력의 작용인 것이다. 자연스런 연상 작용을 통해 최초의 사물인 한 송이 '장미'가 '연인'으로, 더 나아가 '아름다움'의 의미와 '영원성'을 희구하는 상징으로 확대될 수도 있다.

이와 같이 상상력이란 이질적인 요소들을 결합시켜 새로운 질서를 형성하고 지고한 가치를 창조해 낸다. 리차즈가 상상력이 "여러 충동과 욕망을 조직하는 능력"이라고 언급한 것은 바로 이런 특성과 관련된다. 최재서는 그의 『문학개론』에서 상상은 "독립된 마음의 기능이 아닌 체험의 소산"이라고 설명한다. 상상 자체가 무한한 창조 능력을 지니는 것이 아니라 과거의 체험이 현재의 지각과 직결된다는 것이다. 따라서 그는 상상을 현재의 지각과 과거의 체험을 연결하는 고리로 파악한다. 즉 과거의 체험을 바탕으로 하여 지금보다 새로운 이미지나 관념을 만들어 내는 과정이 곧 상상인 동시에 상상의 창조성인 셈이다.

한 순간, 허공의 볼이 홀쭉해졌다
날아가는 새들을 삼킨 것,

새가 사라진 허공 간결하다
아무 문장으로나 낙서를 하고 싶은 허공,
종이에 연필로 글을 써놓고 그걸 혀로 쓰윽 핥았던 기억,
나무의 살 냄새가 났든가
문장의 살 냄새가 났든가

허공의 혀는 어디에 숨어 있는가
때론 햇살을 핥고 바람을 핥고
死者의 뒷덜미를 핥는
허공의 혀는 지금 어디에 숨어 있는가
구름 속에서 저를 적시고 있는가
死者의 뒷덜미를 핥아보는 상상,
그것은 새의 뒷덜미에서 느껴지는 맛과 어떻게 다를까 궁금,

허공의 혀를 찾아서
내 혀가 허공으로 치뻗어가는……,

> 허공의 혀가 死者의 뒷덜미와 새의 뒷덜미 맛을
>
> 내 혀에 하역하는……,
>
> (네)혀와 (내)혀가 만나
>
> 축축이 은밀해지는,
>
> —김충규, 「혀」전문

인간은 자아를 통해 인지하는 의식뿐만 아니라 지나친 기억(무의식)에도 집중하는 경향이 농후하다. 외부적 의식보다는 감지하기 힘든 무의식이 인간의 성격을 결정하는 중요한 인자로 발현한다. 인간이 무의식의 세계에 관심을 기울이는 한 원만한 성격을 지닌 건강한 사회인으로 살아갈 수 있고, 결국은 진정한 자기실현의 욕구를 충족할 수 있다. 인용 시의 화자는 "한 순간, 허공의 볼이 홀쭉해졌다/ 날아가는 새들을 삼킨 것"이라는 실재적 직관을 전제로 비가시적 심리 공간으로 이동한다. 이 새가 사라진 허공에 머물고 있는 상상계의 화자는 "아무 문장으로나 낙서를 하고 싶"다고 의식을 드러낸다.

자아의 대극으로서의 새(그림자)는 끊임없이 살아 움직이며 의식의 세계를 노크하는 존재로 표명된다. 그림자는 의식화된 질서 속을 넘보며 자기실현을 위한 창조적 움직임으로 스스로를 표현한다. 화자가 "종이에 연필로 글을 써놓고 그걸 혀로 쓰윽 핥았던 기억"(ego, 개인의식)이 현실을 상기한다면, "햇살을 핥고 바람을 핥고/ 死者의 뒷덜미를 핥는/ 허공의 혀"(shadow, 집단무의식)는 원형적인 집단무의식을 환기한다. 융(C. G. Jung)에 의하면, 인간이 원하든 원하지 않든 인간은 자기실현으로 가고 있는 통합된 주체, 즉 태초에 체현한 선험적 주체라는 무의식적 인지의 계기를 포함한다.

이와 같은 집단무의식이란, 의식의 크기만큼 대극을 이룬 그림자가 의식과의 통합을 통해 자기실현을 꾀하는 욕망의 산물이다. 따라서 화자는 "死者의 뒷덜미"(죽음, 무의식)와 "새의 뒷덜미"(삶, 의식)에서 느껴지는 맛은 "어떻게 다를까 궁금"해 하는 것은 근원에 대한 향수와 다를 바 없다. 따라서 화자는 "허공의 혀를 찾아서/ 내 혀가 허공으로 치뻗어가"는 의식화된 행위를 통해

"허공의 혀가 死者의 뒷덜미와 새의 뒷덜미 맛"을 "내 혀에 하역하는" 상상적 우주 합일의 엑스터시 상태를 체현한다. 환언하면 "축축이 은밀해지는" 원초적 경험을 재생하면서 자기실현의 통로를 마련한 것이다.

시의 화자는 허공의 새를 무심히 바라보다가 허공이 홀쭉해지는 느낌의 어느 순간 끔찍한 예감에 직면한 자세를 취한다. 허공이 "날아가는 새들을 삼킨 것"에서 촉발된 죽음의 인식은 생명의 세계를 환기하며 독자의 감각 속으로 묵중하게 파고든다. 이렇듯 상상은 단순한 사물들의 억지스런 연결이라기보다는 체험적 요소를 통해 여러 대조적인 이미지를 융합하여 새로운 의미나 이미지를 구축한다. 이런 점에서 상상이 실제의 세계를 파악하는 것이 아니라 실제 이상의 새로운 현실을 창조한다는 사실이 입증된다. 윈체스터(T. C. Winchester)는 『문예비평의 제원리』에서 상상의 종류를 다음과 같이 분류하고 있다.

① 창조적 상상 — 경험에 의해 주어진 요소들 중에서 자발적으로 그것들을 결합하여 새로운 전일체(全一體)를 만들어 낸다. 이 결합이 자의적(恣意的)이고 비합리적이면 그 기능을 공상(空想)이라 한다.
② 연상적 상상 — 물체, 관념 또는 정서에 정서적으로 친근한 이미지를 연합한다. 이러한 연합이 정서적 친근성 위에 성립되지 않을 때 그 과정을 공상이라 한다.
③ 해석적 상상 — 정신적 가치 혹은 의미를 지각하여 그러한 정신적 가치가 들어 있는 부분 또는 성질을 가지고 대상을 표현한다.

이런 관점에서 어느 날 허공을 바라보다가 문득, 새가 사라졌다는 하나의 사실에서 죽음의 맛을 감지하는 김충규의 「혀」는 '창조적 상상'에 해당한다. 나아가 님의 부재가 '부끄러움'을 환기하며 진달래꽃의 숨결로 재생된 곽재구의 「진달래꽃」은 '연상적 상상'을, 깃발을 통해 자유에 대한 염원을 형상화한 유치환의 「깃발」은 '해석적 상상'을 보여 주는 일례일 것이다. 이처럼 상상이란 체험적 요소들을 연쇄적으로 결합하여 현실의 재현이나 반복이 아닌 시의 창조적 성격을 형성해 주는 요소로 작용한다는 점이다.

인간은 이 세상에 태어나면서부터 감정으로 느끼고 이성으로 사유하는 존재이다. 더구나 그들은 자기 나름의 주관을 통해 세계를 바라보고 인식할 줄 아는 능력을 갖추고 있다. 인간이 만들어 낸 모든 문화(종교·예술 등)와 문명은 그들의 그러한 인식 능력에서 비롯된 것이다. 그런데 인간은 자신을 태어나게 한 대자연 속에서 살아가고 있다. 인간은 정서와 상상력의 모태인 자연과 부딪치고 동화하는 온갖 사유의 한 과정 속에 내던져져 있다. 인간은 이 거대한 우주 속에서 살아가는 또 하나의 소우주이므로 한 생각, 한 느낌이 일어난다는 것은 마치 우주가 개벽하는 것같이 아주 새롭고 감동적이다. 자연에서 새로운 감동을 받게 될 때 인간은 다른 동물과는 달리 표현의 충동을 느끼게 마련이다. 그런 주체할 수 없는 적실한 감정에서 출발한 언어 표현의 욕구가 다름 아닌 시의 모체에 해당한다.

흔들리는 그네에 앉아서 보면
먼 산이 가까워지고
가까운 산이 멀어진다
바다가 산이 되고 산이 바다가 된다

흔들리는 그네에 앉아서 보면
이 마을과 저 마을이 하나가 되고
양달과 응달이 하나가 된다
그네는 흔들리면서
이쪽과 저쪽을 지우고
그네에 앉아 있는 그대마저 지우고
마침내 이 세상에
빈 그네 제 그림자만 홀로 남는다

> 흔들리는 사이,
> 그 빈 자리
> 하늘빛처럼 오래 오래
> 산새알 물새알은 반짝이고
> 풀꽃들은 피고 지리라
>
> 눈부신 싸움
> 허공에 그어지는 저 포물선
> 아름다운 무지개는
> 영원히 그렇게 뜨고 지리라

—김영석, 「무지개」 전문

김영석의 「무지개」는 '비가시적 실체'를 '가시적 실체'로 은유화하는 독보적인 상상력을 선보이고 있다. 환언하면 '그네의 포물선'을 '무지개의 포물선'으로 변용하고 있다는 것이다. 그네에 앉아서 바라보는 세계는 논리적으로 이해할 수 없는 가변성을 특징으로 이루어져 있다는 사실, 즉 "먼 산이 가까워지고/ 가까운 산이 멀어진다"는 특징에 착안하여 시의 화자는 논리적으로 구축된 세계의 허상이나 모순을 예리하고도 냉철하게 투시하고 있다. 감각하는 주체와 대상 사이의 틈을 지우는 이 행위는 시인의 직관을 통한 비범한 상상의 결과일 것이다. 동일성의 원리를 근간으로 새로운 인식을 이끌어 낸 인용 시는 여타의 시보다는 낯선 상상력의 진폭을 통해 정서적 파장을 일으키고 있다.

이러한 시를 보면, 시인 황지우가 "시를 언어에서 출발하지 말고 시적인 것의 발견으로부터 출발하는 것이 어떻겠냐"고 넌지시 권유한 의도가 무엇인지 감지된다. 바로 시는 언어예술이라고 불리지만, 정작 시를 만드는 것은 언어라기보다는 현실을 새로운 각도에서 바라보려는 상상력의 결과인 셈이다. 시는 시인의 관념(사상, 철학 등)을 현실화하거나, 이미 존재하는 사물의 본질을 찾아내는 작업이다. 특별한 것, 고상한 것만이 시가 될 수 있는 것이 아니라 시인의 눈에 발견되는 모든 것, 시인의 더듬이에 감지된 모든 것이 시가 될 수 있는 것이다.

앞서 살펴본 바와 같이 시에서 정서와 상상력이 「진달래꽃」과 「익명의 스냅」에서와 같이 서정적인 모습만을 의미하지는 않는다. 「혀」, 「무지개」에서 논리적 세계의 허상을 갈파한 것과 같이 오늘날의 삶이 문명과 맞물리면서 시의 정서와 상상력 역시 변화하고 있다. 따라서 전통적인 서정적 표현만으로는 날로 변화해 가는 우리의 삶을 모두 담아낼 수는 없다. 이런 점에서 일부 학자들은 시가 감성보다는 이성을 통해, 감동의 울림보다는 내적 성찰의 계기를 마련해야 한다고 주장하기까지 한다. 그러나 이러한 태도 역시 시가 지닌 정서와 상상력이 참신하게 구현되어 있지 않다면 빛을 발하지 못하므로 정서와 상상력은 시의 바탕을 이루는 가장 근본적인 인자에 해당한다.

4. 운율적 자질

시를 읽는 과정에서 무엇보다 형식적 자질로서의 운율과 형식미를 제외하고서 여타의 방법론을 거론한다는 것은 무의미하다. 시의 언어는 일상 언어와는 달리 의미(내용)와 소리(형식)의 긴밀한 결합체이기 때문이다. 일반 산문이나 여타의 문학 장르에서는 이 '소리'의 측면에 대해 거의 의식을 하지 않지만, 언어를 가장 정교하게 다루는 시에서는 언어의 소리가 빚어내는 효과에 집중한다. 시를 읽으면서 마음속에서 일어나는 어떤 흥겨움은 시가 지닌 일종의 리듬, 즉 운율적 요소에 의한 흥취라 할 수 있다. 시가 산문에서와 달리 율조(律調)를 드러내는 것도 이러한 운율적 요소 때문이다. 이런 점에서 "시는 미의 운율적 창조"라고 말한 포우(E. A. Poe)의 정의는 타당하다.

대개 시의 운율이란 심리적으로는 읽어 가면서 느껴지는 흥취에서 비롯되는 경우가 대부분이다. 시 자체로 볼 때는 반복을 통해 자연스럽게 생겨나는 음악성의 발견이라는 의미와 동일하다. 시에서 운율과 형식미의 통일로 인해 사상의 집중과 압축된 효과를 이루는 것은 내용과 형식의 일치를 의미한다. 이것은 정형시는 물론 자유시와 산문시에서도 똑같이 적용되는 시의 근본적 특질이다. 시조의 경우 그 내용이 대부분 유교적 이념을 반영하고 있기 때문에 갈등과 긴장보다는 화해로운 결말로 처리되는 단가(短歌)의 형식을 갖추고 있다. 이에 반해 자유시에서는 발랄한 시심이 자유롭게 펼쳐지므로 정형성의 탈피와 함께 내재율의 획득이란 자기 규제를 보여 준다는 특징이 있다.

풀이 눕는다
비를 몰아오는 동풍에 나부껴
풀은 눕고
드디어 울었다
날이 흐려져 울다가
다시 누웠다

풀이 눕는다
바람보다도 더 빨리 눕는다
바람보다도 더 빨리 울고
바람보다 먼저 일어난다

날이 흐리고 풀이 눕는다
발목까지
발 밑까지 눕는다
바람보다 늦게 누워도
바람보다 먼저 일어나고
바람보다 늦게 울어도
바람보다 먼저 웃는다

날이 흐리고 풀뿌리가 눕는다

—김수영, 「풀」 전문

이 시는 형식과 내용의 일치, 즉 압축된 형태 속에 조화되고 통일된 시의 주제를 잘 드러내고 있다. 우선 풀의 속성으로 나타나는 '눕고', '울고', '일어남'의 반복적 움직임은 시행의 전개 과정에 따라 새로운 상황을 유도해 낸다. 즉 같은 내용의 반복이 아니라 상황 전개에 따른 끈질기고 억센 삶의 양식이 드러난다. 이 시에서 풀의 이미지의 놀라운 구사, 주술적으로까지 보이는 빠른 속도의 리듬 등이 주제와 관련되어 압축된 형태 속에 통일되어 있는 것이다.

브룩스와 워렌(C. Brooks & R. P. Warren)이 『시의 이해(*Understanding Poetry*)』에서 "모든 시는 극적인 구조를 내포한다"고 하고, 또 이런 의미에서 "모든 시는 작은 희곡(little drama)이라 보여질 수 있고 실제에 있어서는 그렇게 되어야 한다"고 한 말은 결국 시를 위한 모든 요소—율격이나 비유적 언어나 의미—가 유기적으로 연결되어야 한다는 것을 의미한다. 압축되고 집중된 형태 속에 드러난 시의 형식이야말로 다른 장르에서 찾기 어려운 시만이 지닌 특징이라 할 수 있기 때문이다.

(가) 눈이
　　　　오는데
　　　　옛날의 나즉한 종이 우는데

　　　　아아

　　　　여기는
　　　　명동
　　　　성니코리아 사원 가까이　　　　　　　　　　—박목월, 「폐원」 부분

(나) 울음 마디에 맺힌

　혀로 헤아린 曲折

　가슴 뿌리 숨기며

　못다 진 넋을

　둥둥 아우르듯

　亡者를 맞아들여

　가슴의 붕대를

　풀어야 하리

—강희안, 「징소리 別曲」 부분

(다) 까치가 울었다

　산울림

　아무도 못들은

　산울림

　까치가 울었다

　산울림

　저혼자 들었다

　산울림

—윤동주, 「산울림」 전문

　시 (가)를 보면 확연해지듯이 자유시의 전형적인 문체는 외면과는 달리 심리적으로는 산문이 아니다. 김춘수는 이 시를 다음과 같이 분석했다.

　〈눈이〉에서 끊고 〈오는데〉로 행을 따로 내고 있다. 눈이 펑펑 쏟아지고 있는가 혹은 있었던가? 이 시는 과거를 추상하고 있는 한편 어떤 전경이 현재의 그것과 포개지면서 전개된다. 그러니까 지금 오고 있는 눈은 과거에 오던 눈과 서

로 엇갈린다. (중략) 〈오는데〉를 〈눈이〉에서 끊지 않고 달아서 한 행으로 배치
했다면 〈오는데〉의 의미나 이미지는 많이 약해졌으리라. (중략) 그러나 〈눈이〉
와 〈오는데〉의 두 행이 빚는 미묘한 정경에 비하면 다음 행인 〈옛날의 나즉한
종이 우는데〉는 절로 잇달아 나와야 할 한 토막의 정경이다. 다음 〈아아〉라는
느낌씨가 그것만으로 한 연을 이룬다.

―김춘수, 『시의 작법』 부분

위의 지적처럼 행의 다른 배열로 인해 의미의 전개 및 리듬감도 변화한다
는 사실이다. 시의 리듬은 이처럼 복잡한 양상을 띠고 있다. (나)의 시에서
리듬이란, 결코 인위적일 수 없다는 측면에서 징이라는 악기가 본래적으로
지닌 리듬감을 잘 살린 경우에 해당한다. 특별히 외형적으로 드러난 운율적
자질은 보이지 않지만, 징 소리의 여운처럼 끊어질 듯 이어지는 소리의 특징
을 리듬감 있게 잘 표현한 작품이다. 일반적으로 학자들은 보통 리듬을 운
율(韻律)로 번역하는데, 이 율동은 운율론의 기본적인 자질이다. 운(韻)은 같
은 소리, 비슷한 소리의 반복으로 생기는 리듬인 데 반해 율(律)은 소리의 고
저·장단·강약 등을 규칙적으로 반복하면 형성되는 리듬이다.

전자의 경우 영시에서 흔히 나타나는 양상으로서 소리의 위치에 따라 형
성되는 두운, 요운, 각운 등을 통틀어 압운이라고도 한다. 우리 현대시의 압
운은 비슷한 음의 반복이거나 같은 소리의 반복 정도여서 단조롭기 때문에
'운'을 엄격하고 규칙적으로 적용한 예는 찾아보기 어렵다. 후자의 경우에는
사성(四聲)이라는 평(平), 상(上), 거,(去) 입(入)의 네 가지 유형으로 드러난 고
저·장단·강약율 등은 한시에서 흔히 차용되는 자질이므로 우리 시의 율격
과는 거리가 먼 형식이다. 그러나 (다)의 시와 같은 음절율(6·3조나 3·3·3조의
율격), 즉 음절의 수를 기본 단위로 하여 규칙적으로 되풀이하는 운율적 형태
는 고전 시가나 우리 현대시에서 얼마든지 찾아볼 수 있는 운율적 자질이다.

5. 사상과 형식

사상(思想)은 시 속에 내재한 철학적 성격을 뜻한다. 시에서 정서와 상상이 감성적 측면으로 독창성의 바탕이 된다면, 이성적 측면으로서의 사상은 시의 내적 깊이를 이루고 있다. 즉 시의 한 요소로서의 사상은 시인의 인생관, 세계관, 가치관에 의해 작품 속에 숨겨진 의미 내용이 된다. 시문학에서 사상은 단순히 종교관, 철학, 이념 등으로 구분하기 어려울 정도로 다양한 체험의 요소가 깃들어 있다. 한 인간이 살아가면서 부딪치는 온갖 경험과 그것을 통해 얻어진 정신적인 결정들이 투사되어 있기 때문이다.

시인의 작품 속에는 한 시인의 종교적 태도, 도덕적 신념, 이념적 성향, 역사에 대한 태도 등과 같은 모든 요소가 어우러져 나타난다. 한 작품의 위대성은 이러한 요소들이 얼마나 독창적인 모습으로 시인의 정신적 깊이를 반영하느냐에 달려 있다. 시를 일컬어 '인생의 비평'이니, 위대한 시인은 '인생의 관찰자요, 무엇보다도 인생을 깊이 생각하는 사람'이니 하는 것은 결국 인생에 대한 심오한 성찰과 인생의 의미에 대한 사색이 사상의 근거가 된다는 사실을 명시한다.

명태들이 길가 철조망에 아가리가 꿰어진 채 줄지어 있다 죽어서도 순번대로 늘어 서 있다 눈비 맞고 매연 속에 얼었다 녹았다 꼬들꼬들 마르고 있다 등짐에 짓눌리고 눈물에 담금질될 때 푸석한 인생도 꼬들꼬들해진다 맛이 난다 줄을 잘 못 서서 세상에서 밀려난 인생도 몸을 불릴 수 있는 대중목욕탕처럼, '담그다'라는 말은 둥글고 커서 아무나 들어갈 수가 있다 따뜻해서 김이 모락모락 난다 깻잎이 쟁여진 항아리 같은 이 말에는 벌레가 알을 슬지 못하는 짠 내가 나기도 한다 슬픔에 절여진, 순번에 밀릴수록 짜게 절여진 삶들이 이 말 테두리에 하얗게 장꽃으로 피어 있다

—최서림, 「담그다」 전문

인용 시의 화자는 "담그다"란 말이 환기하는 이중적 의미를 통해 아름다운 고통의 힘을 유추하는 특성을 보여 준다. 사전적인 측면에서 '담그다'란 말은 "생물이나 사물을 큰 그릇에 담긴 액체 속에 넣다"와 "김치나 술 따위의 음식 재료를 섞어 그릇에 넣어 발효하다"란 의미로 대별된다. 시의 화자는 이 둥글고 큰 그릇에 세월의 등짐에 짓눌린 몸(육체)과 눈물에 누적된 마음(영혼)을 하나로 숙성시킨 것이다. 화자가 이 두 가지 이질적인 속성을 하나의 따뜻한 휴머니즘의 정신으로 아우른 까닭은 무엇일까? 그것은 사람도 철조망에 꿰인 한겨울의 명태처럼 마음과 몸의 고통이 순번에 밀리면 밀릴수록 하얀 장꽃을 피워 낸다는 역설적 진실을 발견했기 때문일 것이다.

이와 같이 시에서 사상은 어떤 요소보다도 시 작품을 깊이 있게 만들어 주는 역할을 담당한다. 이 사상성을 객관적 진리의 우위로 내세우는 리얼리즘 계열, 주관적 절대성의 우위를 내세우는 모더니즘 계열, 또는 인간 자체에 관심을 갖는 휴머니즘 계열 등으로 구분하기도 한다. 그러나 중요한 것은 사상이 시에 어떻게 잘 형상화되었느냐 하는 점이다. 아무리 심오한 사상이나 철학을 내포했다 하더라도 그것이 시적 정서로 용해되어 있지 않으면 감동을 줄 수 없기 때문이다. 이런 점에서 사상은 정서나 상상에 앞서는 개념이 아니라 유기적인 관계 속에 놓여 있다는 사실을 환기한다.

한 시대에 풍미한 사상이나 시인의 세계관을 작품화한다는 것은 곧 시적 형상화의 과정을 거쳐야 한다. 시적 형상화의 과정이 무시되었을 때 사상=시적 가치라는 등식에 오해가 생길 수 있다. 그러나 아무리 심오한 사상적 깊이를 내장했더라도 그것이 곧 시의 위대성과 직결되지는 않는다. 이것은 시의 전면에 시인의 주장이 노골적으로 드러나는 경우와 동일하게 취급될 수 있다. 시 작품에서 과도한 감정 노출로 인해 정서적 파탄의 모습을 찾아볼 수 있듯이 자신의 이념이나 주장이 생경한 모습으로 나타나는 것 역시 감동을 주지 못한다는 사실에 유의해야 한다.

내가 그의 이름을 불러주기 전에는

그는 다만

하나의 몸짓에 지나지 않았다.

내가 그의 이름을 불러주었을 때

그는 나에게로 와서

꽃이 되었다.

내가 그의 이름을 불러준 것처럼

나의 이 빛깔과 향기에 알맞는

누가 나의 이름을 불러다오.

그에게로 가서 나도

그의 꽃이 되고 싶다.

우리는 모두

무엇이 되고 싶다

너는 나에게 나는 너에게

잊혀지지 않는 하나의 눈짓이 되고 싶다.

─김춘수, 「꽃」 전문

    이 시는 청소년기 다수의 독자들에게는 연애시로 읽혀지기도 하고, 전문 독자들에게는 존재의 의미를 묻는 관념시로 읽혀지기도 한다. 이렇듯 보는 관점에 따라 시의 의미가 다양하게 나타난다. 인용 시의 화자는 인간의 존재론적 의미와 이를 받아들이는 과정을 '꽃'이라는 친근하고 구체적인 사물을 통해 보여 준다. 즉 독자는 "몸짓"과 "꽃"과 "눈짓"을 통해 변형되는 존재 의미와 '나'와 '그'의 관계 속에 맺어지는 삶의 의미를 제각기 자신의 체험 내용에 따라 다르게 받아들이는 것이다.

    독자들은 생경한 관념으로 떨어지기 쉬운 의미 내용을 서정적으로 형상화하는 데서 이 시의 참맛을 느낄 것이다. 결국 시에서 사상이란 이념, 철학, 종교, 관념 등 여러 복잡한 내용으로 구성되어 있다. 그러나 이것은 항상 시의 내용으로서 정서와 상상의 형상적 과정을 거쳐야만 비로소 제 가치와 깊이를 확보할 수 있다. 앞서 언급한 정서·상상·사상이 시의 내용이라면 형식은 이들 세 요소가 구체적인 모습으로 나타난 것이다.

그렇다고 해서 시의 내용과 형식을 구별해서 생각할 필요는 없다. 시는 내용과 형식이 유기적으로 결합하여 이루어지는 통일체이기 때문이다. 최재서는 『문학개론』에서 내용과 형식과의 관계를 다음과 같이 말하고 있다.

> 작가는 내용과 형식을 따로따로 생각해서 두 부분을 합쳐서 작품을 만들지 않으며, 또 독자도 내용을 이해하고 형식을 지각한 뒤에 두 부분을 합쳐서 작품을 감상하지 않는다. 내용과 형식은 동일한 창작정신 내부에서 동시에 잉태되어 유기적으로 서로 융합하면서 전적(全的)인 작품을 형성한다. 우리는 작품을 읽을 때에 형식 속에서 내용을 체험하고 내용을 통해서 형식을 지각할 수밖에 없다.

상기 인용문에서는 시 작품의 형식과 내용을 구분하거나, 어느 쪽에 우위를 두고 시를 이해한다는 것의 무용성에 대해 거론한다. 형식과 내용을 구분한다는 것은 일시적인 방편에 지나지 않으며 결코 바람직한 태도가 아니다. 우선 내용을 담는 그릇으로써의 형식을 보자. 예를 들어 이규보의 「동명왕편」을 보면, 공간적 무대가 북방 대륙에서 한반도에 걸치는 광활한 대지와 천상(天上), 해상(海上) 등으로 펼쳐지고 시간적으로는 주인공인 동명왕의 출생 이전, 부여국 왕자들과 송양왕(松讓王) 등과의 대결, 후계자 유리 왕자의 시련 등 고구려 건국 과정이 폭넓게 그려지고 있다.

이와 같은 내용을 짧은 서정시의 형식 속에 포함시킬 수는 없다. 영웅들의 투쟁이나 역사적 사실을 시로써 표현하기 위해서는 주관적 감정을 짧은 형식으로 표현하는 서정시가 어울리지 않기 때문이다. 마찬가지로 한 사회의 총체적 모습이나 주인공의 일생을 통한 삶의 이야기를 짧은 분량의 형식인 단편소설 속에 포용할 수 없다. 내용을 우위에 놓고 생각하는 리얼리즘 계열의 작품들의 경우 시보다는 소설, 단편소설보다는 장편소설에 걸맞다. 작가들이 한 사회의 총체적인 모습을 그려야 한다는 명제에 적합한 형식을 찾으려 하는 것은 당연한 귀결이다.

이와 같은 생각의 이면에는 형식과 내용을 떼어 놓고 생각하려는 유혹이 있다. 그러나 따지고 보면 시에 맞는 내용이라거나 소설에 맞는 내용이란 있을 수 없다. 중요한 것은 내용과 형식이 불가분 관계를 맺고 있다는 점이다. 따라서 '내용에 어울리는 형식'이라고 하는 말의 진정한 의미는 내용과 형식의 화학적 결합을 뜻한다고 할 수 있다. 마치 좋은 배추로 솜씨 있고 정성스럽게 버무린 김치가 입맛을 돋우듯, 화학적 결합이란 하나의 작품이 각각의 요소로 분리·환원될 수 있는 것이 아니라 통일적으로 체계 있게 구성되어 있는 상태를 의미한다.

문학에서 형식은 넓게는 시, 소설, 희곡 등의 장르적 특성을, 이보다 좁은 의미로는 문체나 표현 기교를 포함하는 개념이다. 시인은 자신이 의도하는 바를 효과적으로 나타내기 위해서는 스스로 형식을 만들어 가야 한다. 그렇게 할 때, 형식은 내용과 구분되는 피상적인 형태가 아닌 본질을 이루는 한 요소로써 시의 형식은 내용이 되고, 또 내용은 형식이 되는 훌륭한 시 작품이 탄생할 수 있는 것이다.

6. 상상력과 이미지

여타의 예술 분야와 마찬가지로 시인은 더는 대체할 수 없는 최상의 표현을 얻어 내기 위해 분투한다. 화가가 색채와 씨름하고 음악가는 소리와 씨름하듯 시인은 언어와의 일전을 벌이면서 표현의 기능을 수행할 수밖에 없다. 지극히 당연한 말이지만, 훌륭한 시는 무엇보다도 적확한 언어로 이루어져 있어야 한다는 것이다. 언어의 결을 다루는 능숙한 감각과 연금술사적 고뇌가 없이는 여기에 이를 수 없다. 이는 아무리 뛰어난 사유를 했더라도 실이 없다면 구슬을 꿸 수가 없다는 이치와 같은 것이다.

예를 들어 누군가가 시에 "어둔 들녘에 홍시 두 알 매달려 있어요"라고 쓴다면, 과연 이 구절이 잘된 표현이라고 말하는 이가 있을까? 물론 우리가 눈으로 확인할 수 있고, 머릿속에 떠올릴 수 있는 대상이니까 이미지가 없다고는 볼 수 없다. 그러나 '진부하다', '상투적이다' 내지는 '평범하다' 정도의 평가를 받았을 것이다. 그렇다면 그 대신에 "어둔 들녘에 홍시 두 알 등불을 걸어요"라고 표현했다고 하자. 전자의 시구보다는 훨씬 새롭고 낯선 정서로 다가왔을 것이다.

오
오오!
하늘마저 뒤집혀

ㅎㅎㅎ

어두운 가슴에
와―
걸리는

환한
등불이여

—강희안, 「감을 보다」 전문

위의 시는 앞의 예시보다는 다른 차원에서 언어 기호를 뒤집어 이미지를 형성하는 특수한 체험을 선물한다. 우선 시인은 겨울 들녘에 걸린 주홍빛 감을 보다가 감격에 겨운 나머지 "오/ 오오!"라는 무의식적으로 터진 감탄형 어미에서 시작되어 "하늘마저 뒤집"히는 심리적 격절 과정을 거치면, 감탄사까지 뒤집는 상황, 즉 "ㅎㅎㅎ"로 자연스럽게 나아간다는 점이다. 여기에는 두 가지의 시각 이미지를 거느리는데, 하나는 감이 매달려 있는 이미지이고, 다른 하나는 "환한/ 등불"의 이미지이다.

1연의 감탄사를 "오"에서 3연의 "와—"까지 점층적으로 확장한 점도 시를 읽는 재미에서는 결코 놓쳐서는 안 될 부분이다. 결론적으로 이 시에서 늦가을 여행길에 오른 시인이 '감'과 만나 어두운 가슴에 '환한 등불'이 켜지는 체험은, 누구나 한 번쯤은 겪은 상황이기에 보편적인 교감을 자아낸다. 나아가 감탄사 "오" 자를 뒤집어 보여 주고 있다는 점은 무엇보다도 신선한 정서를 환기해 주고 있어 누구도 흉내 낼 수 없는 그만의 개성적인 이미지라는 것이다.

루이스(C. D. Louis)는 이미지를 "독자의 상상력에 호소하는 방법으로 시인의 상상력에 의해 그려진 언어의 그림"이라고 말한다. 앞서 인용한 시 「감을 보다」에서 화자가 감탄사 "오" 자를 "ㅎ"로 뒤집어 놓은 감각은 '감'이 매달려 있는 이미지를 시각화하고 있다는 측면에서 볼 때, 가히 언어로 그린 그림이라 할 만하다. 그러나 문제는 사진 찍듯이 그대로 재생한 것만이 아니라 상상적으로 변용시켰다는 것이다. 즉 나무에 매달려 있는 '감'의 이미지를 환기했던 "ㅎ" 자가 "환한/ 등불"의 이미지로 바뀌었다는 것 자체가 상상력의 결과가 아니라면 무엇이겠는가. 여기가 바로 이미지를 만들어 내는 힘이 바로 '상상력'이란 사실을 확인되는 대목이다.

영어에서 '이미지(image)'라는 말이 우리말에서는 주로 명사형인 심상(心象)으로 번역해서 사용한다. 그런데 영어에서는 이 말이 '상상하다'라는 동사로도 쓰인다는 것에 유의할 필요가 있다. 시에서 중시하는 '상상력'이란 결국 'image'에서 유추하여 명사형으로 만든 'imagination'이라는 사실이다. 이 같은 어원은 이미지를 추동하는 근거가 상상력에 있다는 것을 재확인시켜 주는 대목이 아닐 수 없다. 이와 같이 사물과 언어의 관계가 새롭게 결합하는 것이 시 쓰기의 기본 태도라는 말은 이미 보편화된 지 오래되었다. 다시 말해서, 상상력이 만들어 내는 시적 이미지는 시의 본질과 직결되는 아주 중요한 요소란 점을 간과해서는 안 된다는 말이다. 시인의 상상력이 작용하면, 상투적인 사실의 세계는 충격적일 만큼 새롭고 낯설게 변용된다. 이러한 구체적 성과로서 더 이상 손댈 데 없는 최고의 표현에 기여하는 장치가 바로 이미지인 것이다.

시적 직관이나 인식은 시가 논리를 초월한 상상력(imagination)에 그 기반을 두고 있다는 것을 말해 준다. 일찍이 장 콕도(J. Cocteau)는 한 개의 벽이 철학자나 과학자에게 비겁한 정지를 강요한 곳에서 시인은 내딛게 된다고 하였다. 이는 과학적 논리 체계가 부딪친 벽을 시적 직관의 힘인 상상력만이 뛰어넘을 수 있다고 본 견해이다. 논리를 초월한 상상력에 의해 설정된 이미지는 현실 세계와 유기적 관련을 통해 그것이 실재하건 안하건 작품 속에 나타난 구체적 사물과 대상을 통해 드러나게 된다. 시적 상상력이란 단순한 외계의 묘사나 모사만이 아니라, 이를 변형하고 전이하며 치환하는 재창조의 역할을 담당하기 때문이다.

이미지(image)는 원래 심리학에서 인간의 지각 과정을 설명하기 위해 차용된 용어이다. 심리학적 현상으로 인간의 의식 상태와 무의식 상태 등 기억, 상상, 꿈, 환상 등에 의하여 마음속에 떠오르는 감각적 지각 대상이 모두 이미지가 될 수 있다. 루이스에 의하면, 이미지는 "체험을 통해 머릿속에 저장된 감각적 지각을 재생하는 말"이다. 즉 이미지란 사물을 감각적으로 지각하여 머릿속에 재생할 수 있도록 자극하는 언어의 조직을 의미한다. 그는 이미지를 회화적으로 국한해서 설명하고 있는 것이다. 그러나 이미지는 꼭 시각적인 것으로만 제시되지는 않는다.

    살구나무의 일생이 송두리째 빠져나가면서
    신새벽이 낳는 알일까

    대가리 뭉툭한 질문 같은 것이 떠오른다
    한 줄로 길게 찢어지는 이 구멍은 또 무엇인가

웃는 눈, 입 같다

거기 귀를 갖다 대니

새파란 하늘냄새가 살구 맛 난다

허공은 허공끼리 잘 흘러들고 나는구나

밤새도록 반짝반짝 어둠을 파내던 별들이, 저 좀 맑은 소리가 전부 목탁 속

으로 들어갈 때

예불은 끝나고

만상이 서로 이 닦은 듯 개운하게 다가오는

신새벽. 여명의 고요한 배냇짓을 보라

목탁의 아가미가 숨쉬는 것인데

나도 가만히 따라 웃고 싶다

—문인수, 「새벽」 전문

위의 시에서는 누구나 "새파란 하늘"이라는 시각 이미지가 "냄새"라는 후각 이미지로, 나아가 "살구 맛 난다"라는 미각 이미지로 치환되어 있다는 사실을 인지할 수 있다. 그러나 어떤 종류의 이미지는 감각기관을 통한 체험과 상관없이 이루어질 수도 있다. 흔히 꿈을 꾸거나 환상에 사로잡힌 이후 그것을 마음속에 재생시키는 경우와, 한 번도 보지 못했던 사물을 마음속에서 떠올리는 경우 역시 이미지가 성립한다. 가령 어린아이가 도깨비의 형상을 그림으로 나타낸다거나, 도시 아이들이 벼를 나무로 그렸다고 한다면, 그것 또한 상상력에 의한 작용이라고 할 수 있다.

시의 화자는 깊은 산사라는 시각 이미지를 제시하면서, 새벽 예불을 끝내고 촉촉이 젖은 법당 앞을 내려서는 스님을 목도한다. 산사의 새벽은 스스로 항상 이처럼 맑아서 향기롭기 때문에 자연스럽게 미각을 자극하는 감각 작용을 불러 깨우는 것이다. 만상이 신생의 몸짓으로 조요롭게 뒤척이고 있다. 그는 이것을 목탁의 이미지를 통해 "신새벽, 여명의 고요한 배냇짓"이라고 명

명한다. 신새벽이 낳는 알, 살구나무의 일생이 송두리째 빠져나간 그 "목탁의 아가미"에선 그 목탁처럼 뭉툭한 선문답이 오가는 듯하다.

"허공은 허공끼리 잘 흘러들고 나는구나"와 같은 시각 이미지에서 출발하여 "하늘냄새"의 후각 이미지와 "살구 맛"이란 미각 이미지까지 넘나들며 감지해 내는 시인 문인수는 누구보다도 서정의 본질에 충실한 시인이다. 이 같은 사실은, 이미지가 체험에 의해 재생되는 것과 체험에 의하지 않고 상상력 위주로 구성되는 것으로 구별할 수 있다는 것을 보여 준다. 따라서 앞에서의 루이스의 정의보다는 브룩스와 워렌이『시의 이해』에서 내린 정의가 좀 더 포괄적인 경우라 할 수 있다.

시에 있어서 어떤 감각체험의 재현을 이미저리(imagery)라고 한다. 이미저리는 단순히 마음속의 그림으로 이루어지는 것이 아니라, 감각의 어떤 것에 호소하게 된다.

즉 이미지는 상상적인 것을 포함하는 감각적인 체험의 재생이라 할 것이다. 이미지가 언어를 통해 마음속에 재생된다는 점과 이미지가 단편적인 것을 나타내는 데 그치지 않고, 여러 개의 이미지들이 한 편의 시를 이루고 있다는 점도 상기할 필요가 있다. 시적 이미지는 정서를 환기하는 역할 이외에도 시의 분위기를 조성하는 일, 시적 배경을 만들고 상황을 구성하는 일, 독자로 하여금 상상력을 자극하는 일 등 다양한 기능을 갖고 있다. 보편적으로는 우리의 감각기관, 즉 오감(五感)을 통하여 마음속에 떠오르는 형상을 이미지라고 말한다.

이미지는 언어에 의해 그려진 마음의 그림으로서 우리의 감각기관과 긴밀한 관련을 맺고 있다. 이를 좀 더 세분하면, 시각, 청각, 미각, 후각, 촉각, 기관감각(호흡과 맥박, 소화 따위의 감각), 근육감각 이미지(근육의 이완과 수축, 움직임 등의 감각) 등을 들 수 있다. 그러나 문제는 이런 이미지들이 하나의 감각만을 만족시켰을 때보다 전혀 다른 감각으로 변용될 때 훨씬 정서적 충격의 반향

이 크다는 사실이다. 예를 들면 청각적인 것을 시각이나 촉각으로 감각화한
다든지, 미각적인 것을 청각이나 후각적 감각으로 변환·수용되어야 참신한
정서를 유발한다는 점에 유의해야 한다.

2

시적 이미지의 갈래

1. 시각 이미지

인간의 감각기관 중에서 시각은 소리든 느낌이든 추상적 관념이든 간에 어떠한 형상을 정관한 다음 인지하려는 핵심적인 기능을 담당한다. 언어의 창조자인 시인은 현상을 다양한 각도에서 찍고 굴절시키고 전치(轉置)하여 독창적인 이미지를 만들어 낸다. 따라서 독자는 그 이미지가 주는 낯선 충격에 의해 언어의 그물에 포획된다. 시인이 의도한 대로 독자가 그 이미지에 끌려가는 것은 새로운 정서로 변용한 결과에서 기인한다. 이미지뿐만 아니라 여러 매개체에서도 동일하지만 인간은 눈으로 감지하고 뇌에서 인식을 한다. 사람은 어떤 형태로든 눈으로 보기 전에 판단할 방법은 없다. 시인이 무엇인가를 보았을 때 그것을 인지하는 감성과 판단하는 이성이 동시에 작동하게 마련이다.

그러나 시인의 상상력은 광고 이미지와 마찬가지로 현존하는 대상을 바탕으로 한다 하더라도 허구성이 80퍼센트 이상이다. 이 허구적 상상 이미지는 실제 이상의 감각 이미지로서 독자의 시각을 자극하고 흡인한다. 시인은 상상력을 통해 독자의 시선을 사로잡는 동시에 그 이미지로써 매혹하는 언어의 마술사이다. 시인의 언어는 독자들이 시각으로 인지한 이미지를 다른 감각적 이미지로 치환하여 정서적 충격을 환기했을 때 마력을 발휘한다. 이는 상상력이 관여하여 대상의 질적 변화를 꾀한 것인데, 그 자체가 참신하고 생동감 있는 언어를 창조하여 이중적인 언어적 미감을 얻어 냈다는 의미이기도 하다. 치환이란 마술적 상상력의 동인으로서 독자를 신선하면서도 황홀한 감성의 영역으로 유혹하는 기법이다.

1) 감각전치

'감각전치(感覺轉置)'란 시인이 선택한 시각 이미지가 다른 이미지로 자리를 옮기거나, 그와는 역으로 다른 이미지가 시각 이미지로 자리를 바꾸는 이미지 현상술이다. 현대시의 상상적 시각 이미지는 레싱(G. E. Lessing)이 비판했던 소위 '말하는 그림으로서의 시'가 지닌 단순한 시각성만을 의미하는 것이 아니다. 그것은 작품 속에서 사물이나 대상에 의해 드러나는 상상 공간을 뜻한다. 이때 대상에 대한 의식은 유기적인 이미지 창조에 의해 구조화되며, 시인의 무의식 세계와 불가분 관련을 맺고 있다. 현상학에서 말하듯이, 시인의 의식은 이미지에 덧붙여지는 것이 아니라 이미지의 가장 내밀한 구조로써 기능하기 때문이다.

피아노에 앉은
여자의 두 손에서는
끊임없이
열 마리씩
스무 마리씩
신선한 물고기가
튀는 빛의 꼬리를 물고
쏟아진다

나는 바다로 가서
가장 신나게 시퍼런
파도의 칼날 하나를
집어 들었다

—전봉건, 「피아노」 전문

상기 인용 시와 같이 '피아노 치는 소리'란 청각 이미지를 '바다'의 선명한 시각 이미지로 전치하여 보여 주는 시도 흔치 않다. 피아노 연주가 처음 시작되어 여자의 두 손가락이 건반을 천천히 두드릴 때에는 "열 마리"의 물고기가 튀어 오르고, 그 피아노 연주의 손놀림이 재빠르고 현란할 때에는 "스무 마리씩" 솟아올라 "튀는 빛의 꼬리를 물"고 있다. 청각 이미지인 피아노 음계가 마치 물에서 금방 건져 올려 퍼덕거리고 있는 물고기의 반짝이는 비늘처럼 싱싱하다. 이윽고 피아노 속에서 튀어나온 빛은 "꼬리를 물고/ 쏟아"져 바다 전체가 된다.

이 상상의 바다에는 가파른 파도가 절정으로 솟구쳐 오른다. 그것은 서슬 푸른 빛이 감도는 칼날처럼 날카롭다. 연상은 거기서 멈추지 않는다. 화자는 거기에서 마지막 경이감에 취해 "파도의 칼날 하나"를 집어 든다. 이와 같이 이 시는 '여자의 손가락→물고기→튀는 빛→바다→파도→칼날'이라는 감각적 연상 작용을 일으킨다. 음악 소리는 더 이상 화자의 귀에 들리지 않고 눈으로만 재생된다. 시가 자기의 한 본성으로 누리고 있는 특권적 감각의 영역, 즉 청각을 시각 이미지로 전치한 인용 시는 가히 감각적 이미지의 절정이라고 할 만하다. 이 시는 실험적 기법과 과감한 비유를 통해 순수 이미지 추구에 몰두했던 주지주의적인 전봉건 시인의 대표작 중의 하나로 손색이 없다.

능선으로 몰려든 검은 구름이
귀밑머리처럼 삐죽삐죽 나온 지붕에 한 발을 걸친다
그 사이, 좁다란 골목길이 계단을 오르며 헉헉 숨 내쉬는 곳에
할아범 측백나무와 오페라 미용실이 마주 서 있다
그는 매일 미용실 바깥의 오페라를 감상한다
미용실 눈썹처마에 모아둔 나뭇잎 음표들이 옹알거릴 때
가위를 갈다가 번뜩이는 악보의 밑둥,
백지에 오선을 긋던 어머니는 병세를 자르지 못해
머리에 자란 음표를 모두 빼내 옮겨 적었고
연주가 서툰 아버지는 가파른 골목길로 내려가 돌아오지 않았다
그해 오페라를 관람하려고 모여든 사람들은
측백나무에서 음표를 떼어 내던 앙상한 어머니를 목격하였다

어머니를 마구 흔들고 지나간 바람이 옥타브를 높이며

구름 떼를 몰고 오기도 했다

미용실 문이 열리자 그는 내내 벼려 예리해진 가윗날을 접는다

음치인 울음이 미용실에서 뛰쳐나간다

동네 아이들이 집으로 가는 길에선

울음이 두근거리는 아리아로 변주해 울려 퍼지고

측백나무에서 마지막 남은 음표가 눈썹처마에 떨어질 때

낮은 지붕 위로 함박눈이 음계 없이 쏟아진다

나뭇가지 오선지 끝에 하얀 음표가 대롱대롱 매달리고

악보 없는 동네 사람들이 돌림노래처럼 몰려나와

희희낙락 오페라를 구경한다

—윤석정, 「오페라 미용실」 전문

이 시는 2005년도 경향신문 신춘문예 당선작으로서, 마을 풍경(시각 이미지)을 오페라(청각 이미지)로 전치하는 특성을 보여 준다. 김승희의 심사평에서도 알 수 있듯이, 이 「오페라 미용실」은 "'늙은 측백나무'와 '미용실'이 마주 보고 서 있는, 어딘가에 존재하고 있을 것만 같은 낮익은 마을 풍경을, 신선한 상상력과 생생한 비유로 하나의 생동감 있는 음악 공간으로 변형"해 내는 독특한 감각 작용을 불러일으킨다. 거기에다가 "현실 감각도 없지 않고 그렇다고 해서 진부한 재현의 세계는 아니며, 아주 발랄하고 풍부한 상상력인데 그렇다고 낯설게 멀리 나아가지도 않았다. 말하자면 재현의 세계와 표현, 언어의 세계가 잘 어울려 아주 맛있게 배합된 시의 맛을 그득하게 한 상(床) 잘 차려 놓았다"라고 극찬한 대목에 귀 기울여 볼 필요가 있다.

여기에서 김승희가 '낮익은 마을 풍경'을 '음악 공간'으로 변형했다는 말은, 다음에 지적한 '재현의 세계'가 '언어의 세계'와 잘 어울린다고 하는 말과 동의어이다. 앞서도 지적했던 바와 같이 상상력이 작동한 변용 자체가 싱그러운 언어를 탄생시켜 신선한 미감을 획득하고 있다는 말이 된다. 전봉건

의 「피아노」가 청각을 시각으로 전치하여 건강하고 생동감 있는 이미지를 창
조하는 데 기여했다면, 윤석정의 「오페라 미용실」은 신산한 미용실 주변 풍
경을 음악 이미지로 전치하여 생의 국면을 구체적으로 환기한다. 이 두 편의
시는 이미지를 전치한 효과 하나 때문에 생명력을 부여 받았다고 해도 과한
말은 아닐 것이다.

앞서 살펴본 대로 '감각전치'를 통해 얻는 효과는 무엇보다도 참신한 감각
적 이미지를 얻어 낼 수 있다는 점이다. 이러한 특질은 시의 기법 중 'A는 B이
다'라는 은유 기법과 그다지 다를 바가 없다. 그러나 은유는 의미를 생산해야
만 독자들을 수긍하게 만드는 반면, 타 이미지로 전치된 시는 시인의 구체적
인 의식 내용이 없이도 독자들에게 무의식적으로 현상된 느낌의 결만을 신선
하게 재생할 수 있도록 만들어 준다. 즉 시인이 늘상 강박관념으로 품고 있는
의미의 생산적 요소에 골몰하지 않아도, 그 자체로서 언어의 창조라는 시적
공식을 풀어낼 수 있는 것이다. 동시에 시인 지망생들은 이미지즘을 추종했
던 에즈라 파운드(E. Pound)가 언급한 "평생 동안 여러 권의 책을 쓰느니보다
하나의 훌륭한 이미지를 만드는 게 낫다"고 한 말을 다시금 상기할 필요가 있
다. 시가 모두 다 이렇게 쓰여지는 것은 아니지만, 이미지의 중요성과 품격을
극단적으로 강조한 말이다. 이 언명은 창작인이라면 누구나 늘 화두처럼 가
슴에 품고 새겨야 할 말 중의 하나임은 두말할 나위가 없다.

2) 영상은유

시인은 어떤 대상에서 감지한 제 나름의 의식이나 정서를 구체화하기 위한
방식의 하나로 다른 대상과 비교하여 표현하는 전략을 취하기도 한다. 그 대
상이 사물이든, 아니면 현실적 또는 상상적 정황이든 간에 그것이 은유를 빌
어 형상화될 때, 거기에는 반드시 시인의 의식과 세계관이 무의식적으로 반
영된다. 그런데 그 의식은 같은 시각 대상에 대한 것일지라도, 시인에 따라 각

기 다른 관찰과 통찰의 결과로 나타나 그들만의 독특한 세계로 재구성된다. 시가 결국 시인과 세계와의 관계 속에서 드러난 개인적 경험의 은유라고 한다면, 그 시에는 시인의 정신세계가 객관적 상상력으로 재편되게 마련이다.

이와 같은 관점으로 성립된 시각 이미지는 은유를 통해 제시된 것으로서, 시에서 가장 빈번하게 쓰이는 형식적 기법이다. 이것은 은유의 기법과 마찬가지로 본의(tenor)와 매재(vehicle)의 관계가 유사성 내지 동일성의 형식으로 드러난다. 무엇보다도 유의해야 할 점은 상상적 은유로 변용된 시각 이미지의 성격이 포괄적이며 통합적이라는 사실이다. 즉 '감각전치'의 구조가 일견 단순하면서도 감각적이고 직접적인 이미지라고 한다면, 어떤 대상을 다른 매재로 변용한 '영상은유'는 시의 주제와 관련되어 유기적이고도 다중적인 의미망을 형성한다는 점이 다르다.

맑은 계곡으로 단풍이 진다
온 몸에 수천 개의 입술을 숨기고도
사내 하나 유혹하지 못했을까
하루 종일 거울 앞에 앉아
빨간 립스틱을 지우는 길손다방 늙은 여자
볼 밑으로 투명한 물이 흐른다
부르다 만 슬픈 노래를 마저 부르려는 듯 그 여자
반쯤 지워진 입술을 부르르 비튼다
세상이 서둘러 단풍들게 한 그 여자
지우다 만 입술을 깊은 계곡으로 떨군다

—박성우, 「단풍」 전문

인용 시는 화자가 인간과 자연현상을 응시하면서, 그것을 동일화하기 위한 기법으로써 영상은유를 차용한 작품이다. 화자는 "길손다방 늙은 여자"(T)와 '단풍이 지는 상황'(V)을 자연스럽게 유사성의 축을 중심으로 결합하고 있다. 이 시에 드러난 시적 감수성은 보는 바와 같이 격렬한 통증을 수반할 만큼 섬세하게 펼쳐져 있다. 세상을 비극적으로 인식하는 화자에게 "단풍"은 "지우다 만 입술" 자국에 지나지 않는다. 그녀는 "하루 종일 거울 앞에 앉아"서 "볼 밑으로 투명한" 눈물을 흘린다.

그녀의 가슴에 옹이를 남기고 "서둘러 단풍들게" 한 것은 세상이다. 그녀는 "온 몸에 수천 개의 입술을 숨기고" 있으면서도 "사내 하나 유혹하지 못했"기 때문에 "반쯤 지워진 입술"을 마저 지우거나 그릴 수가 없다. 그녀는 이미 인생과 사랑, 그리고 욕망이란 것도 다 끝장나 버렸다는 듯이 "반쯤 지워진 입술을 부르르 비"틀며 "깊은 계곡으로 떨"구고 있을 뿐이다. 이상을 종합할 때, 이 시는 화자가 은유적 이미지를 통해 "세상이 서둘러 단풍들게 한 그 여자"는 특정 대상이 아니라, 끝없이 조락(예: 명예퇴직 등)을 종용하는 비극의 세계에 살고 있는 불특정 다수를 겨냥하여 슬픈 경각심을 일깨우고 있는 것이다.

> 싸리울 밖 지는 해가 올올이 풀리고 있었다
> 보리바심 끝마당
> 허드렛군이 모여
> 허드렛불을 지르고 있었다
> 푸슷푸슷 튀는 연기 속에
> 지는 해가 二重으로 풀리고 있었다
> 허드레
> 허드레로 우는 뻐꾸기 소리
> 징소리
> 도리깨 꼭지에 지는 해가 또 하나 올올이 풀리고 있었다
>
> —박용래, 「點描」 전문

인용 시에서 화자는 실뭉치로 연상되는 '해'가 "싸리울"에 걸려 풀리고 있

다고 은유하면서 "올올이"라는 부사를 이용하여 자연스럽게 "풀리고" 있는 과정을 보여 준다. 이 '해'의 이미지는 "푸슷푸슷 튀는 연기"의 역동성과 맞물리면서 "도리깨 꼭지에 지는 해"의 모습으로 다시 은유적으로 변용되어 인간 세계와 자연 세계를 동일화한다. 이 시에 나타난 '해'의 은유적 이미지는 각각 세 가지 양상으로 드러난다는 점에 유의해야 한다. 즉 그것은 1행의 "싸리울 밖 지는 해", 5-6행의 "푸슷푸슷 튀는 연기 속에/ 지는 해", 마지막 행의 "도리깨 꼭지에 지는 해"로 나눌 수 있다. 첫째는 인간의 영역인 "싸리울"을 배경으로 하는 해이며, 둘째는 "허드렛불" 속에서 "연기"를 내며 사라지는 해이고, 셋째는 확산과 소멸의 이중성을 지닌 "풀리고"에 의해 가시화된 "도리깨 꼭지"의 해로 귀결된다.

이 시는 "뻐꾸기"의 '소리'를 축으로 자연의 '해'와 인공의 '해'가 "올올이 풀리"며 다른 차원으로 동화된다. 즉 이 시 마지막 행의 "도리깨 꼭지에 지는 해"는 인간이 사용하는 도구의 특수성을 빌어 자연의 순환적 질서에 따르는 '해'를 연결시킨다. 화자는 "지는 해"의 풀림을 통해 은유적으로 "도리깨 꼭지"에 퍼지는 '해'의 모습을 "또 하나"로 인식한 것이다. 다시 말해서, 이 시는 자연과 분리된 세계에 사는 인간의 삶을 "풀리고"를 통해 자연의 순환적 질서에 동화시키고자 하는 시 의식을 드러내고 있다. 따라서 독자는, 이 시가 의도하는 '해'가 "허드레/ 허드레로 우는 뻐꾸기 소리"와 "징소리"의 확산 이미지를 통해 "도리깨 꼭지에 지는 해"로 환원되어 자연과 인간의 분리된 공간을 해소하고자 하는 의도에서 은유적 이미지를 차용하고 있다는 사실을 인지할 수 있다.

이와 같이 '영상은유'는 기존의 언어에 적절한 장식과 색채를 옮겨 오고 깃들어 있는 존재에 생명력을 불어넣는 힘, 세계의 그림인 언어에 자기만의 시선과 의미와 관점을 주면서 다른 형태와 채색으로 무늬진 옷을 입히는 조형력, 자유로운 상상의 전이(轉移)를 통해 세계를 다르게 볼 수 있도록 하는 힘, 그것이 바로 은유 이미지의 신비한 마력이다. 따라서 영상은유는 기존의 질서를 깨뜨리며, 시인의 상상력에 의해 새로운 질서를 만들어 내는 양식적 특성을 함유한다. 따라서 독자들에게 싱그러운 정서를 환기시키면서 보편적 진리를 표출하는 의미 생산적 기능도 수행한다. 은유적으로 읽으면 의미의 보편성에 주목하게 되면서 등가의 원칙을 끌어들인다. 그런 까닭에 영원불변하고 본질적인 것과 연관되는 은유는 기존의 세계를 폭력적으로 결합하는 데 적절하다. 은유는 모든 현상을 하나로 뭉뚱그려 전면적으로 동일성에 무게를 싣기 때문이다.

3) 의태모사

'의태부사'는 사물의 모양을 흉내 내어 표현한 말로서, 소리를 본뜬 말인 의성어와 대립된다. 울긋불긋·갸우뚱·옹기종기·엎치락뒤치락·깡충깡충 등이 그 예인데, 언어 감각이 탁월한 시인일수록 의태어·의성어 등 음성상징어(音聲象徵語)가 빈번하게 등장한다. 이것은 사전상의 정의에 의하면 "어떤 특정한 뜻이나 인상을 상징적인 음성으로 나타내어 듣는 이에게 그 뜻을 짐작하도록 하는 현상"을 일컫는다.

그러나 시인이 기존에 언표화된 죽은 음성상징어를 사용할 경우, 독자들에게 전혀 생생한 미감을 전달하기 힘들다. 물론 기표보다 기의가 앞서는 시의 경우 상투화된 상징어를 사용하는 경우도 있다. 그렇지 않을 경우 시인들은 기존의 것을 모사하여 변형하거나 두 가지 이상의 상징어들을 통합해서 제3의 상징어를 만들어 낸다. 그럴 때 독자들에게 내포적이고도 함축적인 언어의 창조라는 효과를 자아내기 때문이다.

바다는 뿔뿔이
달어날랴 했다

푸른 도마뱀 떼같이

재재발렀다

꼬리가 이루
잡히지 않었다

흰 발톱에 찢긴
산호보다 붉고 슬픈 생채기!

가까스루 몰아다 부치고
변죽을 둘러 손질하여 물기를 시쳤다

—정지용, 「바다 2」 부분

인용 시에서는 화자가 파도가 밀려왔다가 빠져나가는 모습을 "푸른 도마뱀 떼"가 재빠르게 도망치는 것으로 포착한 것부터가 비범하다. 바다가 순간적으로 굽이치며 부서지는 시각적 형상을 가장 감각적인 것으로 재현해 내고 있다. 시의 화자는 역동적으로 꿈틀거리는 바다에서 "푸른 도마뱀"의 무리가 재재발거리는 청각적 체험을 경험하고, 다시 이를 "꼬리가 이루/ 잡히지 않"은 것으로 시각화하고 있는 것이다.

정지용은 이전에 다른 시인들이 발견하지 못했던 바다의 속성을 다양한 이미지로 포착하는 한편 다른 이미지들을 조응시켜 구체적이고 개성적인 바다로 새롭게 재현해 내고 있다. 특히 2연의 "푸른 도마뱀 떼같이/ 재재발렀다"는 천재적 상상력과 언어 감각을 지녔다는 면모를 여실히 보여 준다. 여기에는 '재재거리다', '재재발거리다'라는 청각 이미지와 '약바르다', '발르다(비속어: 도망가다)'라는 시각 이미지가 긴밀하게 결합되어 있다. 그는 독자들에게 시각과 청각 이미지를 동시에 자극하여 감각적이면서도 새로운 상상의 경험을 선물하고 있는 것이다.

(가) 음력 섣달 초순, 함경도 해안으로 몰려오는 명태의 떼를 기다린다 초승
의 날로 밤의 한 허리 베이며 이불 속에 누워 <u>부지불끈</u> 발기한다 이를 두
고 누군가는 과연 '야해서 하야다'는 역설의 법안을 가결했다
—강희안, 「그가 거기면 내가 너다」 부분(밑줄 인용자)

(나) 저 일몰 속 어디 어둑, 어둑,
<u>훨 훨 훨 깔리는</u> 활주로가 있다
—문인수, 「나비」 부분(밑줄 인용자)

　(가)의 시에서는 시인은 '부지불식간(不知不識間)'이라는 말과 '불끈'이라는 말을 결합하여 '자신도 의식하지 못하는 사이에 발기'하는 무의식적인 성적 욕망을 환기해 주고 있다. 이와는 다르게 (나)의 시는 날아가는 모습을 의미하는 평범한 의태부사 "훨 훨 훨"을 사용하면서도 낯선 느낌으로 다가온다. 그것은 다름 아닌 다음의 상태 동사 "깔리는"이라는 말과 어울려 빚는 역설적 효과 때문이다. 여기에서 언어의 문맥적 고찰도 맛깔스런 언어를 창조한다는 사실을 알게 된다.
　이상에서 볼 수 있듯이, 시는 언어를 어떻게 사용하느냐에 따라 시의 성패가 결정된다고 해도 지나친 말은 아니다. 여러 감각적인 요소를 변형하여 독창적인 자신만의 언어를 창안하든 기존의 상투적인 음성상징어를 문맥적으로 뒤집어 새로운 모양으로 만들어 내든 그것은 순전히 시인의 몫이다. 언어의 속살을 얼마만큼 간파하고 있고, 또 능숙하게 조율하고 만질 수 있느냐에 따라 시의 흡인력이 결정될 수밖에 없다는 말이다. 기존의 음성상징어를 의태모사로 재현했을 때, 시가 입체적인 부피감을 지니며, 운율적인 요소까지 자연스럽게 획득할 수 있다. 감각적인 시어의 구사와 사고의 급진적 비약, 이들 사이에서 이루어지는 미묘한 조응이 빚어내는 절제와 균형 감각이야말로 시의 주요 특질이기 때문이다.

2. 청각 이미지

　앞 장에서 다룬 시각과 더불어 우리 오감 중에서 중요한 기능을 담당하는 기관이 청각이다. 청각은 외계(外界)와의 진정한 교류를 가능하게 하며, 감지한 소리를 사물에 되돌려 준다. 이로써 이미지를 재현·창출하고 감각화하면서 소리에 의미를 부여하는 정신 작용을 한다. 시에서 가리키는 이미지는 단순히 눈에 보이는 사물의 외적 모양이 아니라, 마음의 귀로써도 상상하여 그려 볼 수 있는 모양의 표현인 것이다. 청각 이미지가 의식을 구체화한다는 이 명제는 한 시인의 상상 체계를 이루는 기본 요소일 뿐만 아니라, 시인의 현실에 대한 반응과 불가분 관련이 있다. 다음의 시는 청각적 요소가 인간에게 어떤 영향을 끼치는가에 대한 구체적인 인식을 드러내고 있어 관심을 끈다.

유리창에 몸 베인 햇빛이
피 한 방울 없이 소파에 앉아 있다
고통은 바람인가 소리인가
숨을 끊고도, 저리 오래 버티다니
창문을 열어 바람을 들이자
햇빛은 비로소 신음을 뱉으며 출렁인다
고통은 칼날이 지나간 다음에 찾아오는 법
회는 칼날의 맛이 아니던가
깨끗하게 베인 과일의 단면은 칼날의 기술이다
피 한 방울 흘리지 않고 풍경의 살을 떠내는
저 유리의 기술,
머리를 처박으며 붕붕거리는 파리에게
유리는 불가해한 장막일 터,
환히 보이는 저곳에 갈 수 없다니!
이쪽과 저쪽, 소리와 적막 그 사이에

　　통증 없는 유리의 칼날이 지나간다

　　문을 열지 않고도 안으로 들이는 단칼의 기술,

　　바람과 소리가 없다면 고통도 없을 것이다

—정병근,「유리의 技術」 전문

　이 시는 청각에 관한 인간의 감각을 고도의 절제된 언어로써 극명하게 시적 사실로 변용한 수작이다. 이 시를 분석한 윤지영도「보는 것의 환상, 듣는 것의 고통」이란 글에서 "소리를 죽여 놓고 TV를 본 적이 있는가. 말 그대로 소리가 '죽은' 세계는 괴기스럽다. 침묵 속에서 웃고 떠드는 사람들의 모습이라니. 슬퍼하고 화내고 또 고통스러워하는 모습과 하나 다를 바 없다. 소리를 잃어버린 그들은 마치 아무런 존재도 아닌 것처럼 브라운관 속에 존재한다"고 말한다. 여기에서 우리는 시각으로 바라보는 것은 오히려 헛것에 불과하고 듣는다는 일의 실재성을 느껴 볼 수 있다.

　세간에는 "귀머거리보다 듣는 장님이 더 낫다"란 말도 있다. 우리가 일반적으로는 장님이 훨씬 가여울 것 같아 긍휼히 여기지만, 실제는 결코 그렇지 않다는 사실이다. 인간은 무엇보다도 타인과의 소통이 생의 거의 대부분을 차지할 만큼 중시하는 동물인 까닭이다. 귀머거리는 대화 능력이 있더라도 자신이 타자의 말을 인지할 수 없기 때문에 자연히 그것이 도태되거나 퇴화되는 경우가 대부분이다. 그러나 장님의 경우 청각이 누구보다도 예민하게 발달해 있기 때문에 세계와 타인과의 소통이 자유롭다는 것이다.

1) 음성재생

　시적 담화의 관점에서 볼 때, 소리 이미지는 시인의 일상적인 지각에 대한 구체적인 재생 양식을 보여 준다. 이때의 '음성재생(音聲再生)' 양식이란 삶의 전 국면에 산재한 청각으로 인지한 기존의 상투적인 음성을 다른 음성언어로 새롭게 변용·감각화하는 정신 작용을 말한다. 시 속에서 드러나는 청각의 세계는 독자와의 소통을 꿈꾸는 소리들이 유기적으로 구조화된 것으로서, 실제적이든 상상적이든 체험의 질서화이며 형식화인 것이다. 이렇게 구상화된 청각 이미지는 언어를 조탁해야 하는 시인들의 지각 관점이나 언어적 감각에 따라 각기 변용되어 재생되기 마련이다. 즉 그들이 이룩해 놓은 일련의 청각 이미지들은 부분적으로나마 시인의 세계관과 결부된 고유한 특성을 포함하기 때문이다.

<blockquote>
우리 마음을 비추는

한낮의 대숲에서 매미가 우네

(중략)

오늘은 귀를 뜨고, 마음을 뜨고,

아아 임의 말소리, 미더운 발소리, 대님 푸는 소리까지 어여삐 기삐 그려

낼 수 있는,

明明한 明明한 매미가 우네

—박재삼, 「매미 울음에」 부분
</blockquote>

이 시에서는 무엇보다도 "매미가 우"는 청각적인 이미지가 "우리 마음을 비추는" 시각 이미지로 바뀌고 있다. 그것은 "임의 말소리, 미더운 발소리, 대님 푸는 소리"까지 눈에 보이듯이 "어여삐 기삐(기쁘게) 그려낼 수 있"다는 사실이다. 나아가 간과할 수 없는 것은 그 매미 소리까지도 한문 글자인 '明(밝을 명)' 자를 겹쳐 놓았다는 사실이다. 무엇보다도 '맴맴'이라는 매미의 울음소리를 새롭게 "明明"으로 재생하여 해석한 점이 특징적이다. 나아가 매미의 음성을 살리면서도 밝음의 의미를 내포한 시각적 효과까지 배려했다는 점도 놓쳐서는 안 될 대목이다. 또한 그 매미 소리도 박재삼이 독창적으로 창조해 낸 청각 이미지라는 것과 "明明한 明明한"의 반복의 효과가 주는 운율감도 이 시에 활력을 불어넣는 중요한 덕목 중의 하나이다.

(가) 톡, 메밀밭 메밀꽃이 하얗게 귀 트이는 소리

　　톡톡, 호박잎 위에서 배꼽 달팽이 발가락 펴는 소리

　　톡톡톡, 등 푸른 오이가 칼날 위를 뛰어가는 소리

　　톡톡, 끝여름밤 귀뚜라미 망치로 휘어 사라져 가는 철길 두드리는 소리

　　톡톡, 글자 위를 기어가는 칠점무당벌레 오자 탈자 골라내는 소리

　　톡톡, 별고둥이 버얼건 폐선 밑바닥에 달라붙어 노크하는 소리

—류인서, 「톡톡」 부분

(나) — 삐이 뱃쫑 뱃쫑!

　　하는 놈도 있고

　　— 호을 호로롯

　　하고 우는 놈도 있고

　　— 찌이잇 쨀쨀쨀!

　　하는 놈도 있고 온통 산새들이 야단이었습니다

—박두진, 「사슴」 부분

(다) 바다, 바다, 바다, 바다,

　　無窮動 바다,

　　차츰 그 바다에 가까이 가서야

　　목청이 열렸다.

　　아아, 아아, 아아, 아아,

　　마치 처음으로 질러보는 음성인 양,

　　진정 「아아」라는

　　母音이 있기에 구원이 되는 셈.

—박희진, 「바다」 전문

(가)의 시는 "톡"이라는 청각 이미지를 다양하면서도 생생한 시각 이미지

와 결합하여 전혀 다른 음성의 결로 변형·재생하고 있다. "메밀꽃", "달팽이", "오이", "귀뚜라미", "칠점무당벌레", "별고둥" 등의 시각 이미지는 "소리"라는 수식어와 만나 이질적인 느낌의 결로 기화되는 느낌이다. "톡"—"톡톡"—"톡톡톡"으로 이어지는 점층적인 질감과 '-이 -하는 소리'로 병치되어 같은 문맥 구조가 만들어 내는 운율감, 나아가 음성의 감각적 변주로 인한 의미의 전환 등이 주목할 부분이다. "톡"이라는 상투어가 기존 관념의 틀을 깨고 손으로 만져질 듯이 재창조되는 눈부신 순간인 것이다.

(나)의 시에서 "삐이 뱃쫑 뱃쫑!"은 배짱 좋게 삐이 하늘을 질러 날아가는 소리, "호을 호로롯"은 홀로인 슬픔에 젖어 호로롯 날아가는 소리, "찌이잇 잴잴잴"은 잴잴잴 눈물과 콧물을 흘리면서 찌이잇 날아가는 소리 등의 이미지가 자연스럽게 유추된다. 여러 가지 새들의 소리를 직접 흉내 내면서 의미를 부여한 것인데, 자연스럽게 의미와 음성이 결합되는 효과를 낳는다. 오직 의미 없는 소리만이 존재하는 다양한 생의 국면을 시각 이미지와 결부하여 재현한 것이다. 감성적인 독자라면 누구나 "삐이", "호을", "찌이잇" 등은 음향(sound)으로만 느끼기보다는 운율감 형성에 기여하면서 의미를 겨냥한 음성(voice)의 재생이라는 것을 쉽게 확인할 수 있을 것이다.

반면에 (다)의 시는 '바다'에서 터져 나오는 소리가 자음이 거세된 채 'ㅏ'라는 모음(母音)만으로 이루어진다는 점에 착안하여 원형심상을 의성화하고 있다. 화자는 모음에서 유추한 '어미의 소리' 즉 근원적이면서도 원초적인 모성의 의미망으로 대체한다. "無窮動"이라는 화자의 자의적인 음성기호로써 '바다'가 쓰인 것이다. 애초부터 화자가 '바다'에서 '아아'라고 자음이 탈각되는 과정을 그려 낸 것은 자음의 소리를 모성의 원형으로 의미화하기 위한 형태이기 때문이다.

이상의 예시에서 볼 때, 이 '음성재생'의 효과는 무엇보다도 중층적 의미 획득에 기여하거나 운율감 조성, 나아가서는 신선한 언어적 미감을 잘 살려 내어 기호적 의미에서 벗어나 모국어를 새롭게 창조하는 데 있다. 이 변용에서는 단순한 실험이라기보다는 의미를 한 차원 더 풍부하게 만들면서, 운율감을 조성해 나가는 시인의 연금술사적인 고뇌가 읽혀지기까지 한다. 특히 현대시에 팽배해 있는 상투적인 형이상학적 사유 위주의 시에 생명력을 부여하면서, 신선한 정서의 환기를 도모하는 주변 장치로써 톡톡한 효과를 발휘하는 특징도 발견된다.

2) 음향은유

현대시가 시각으로 감지되는 이미지를 주축으로 형성된 것은 사실이지만, 청각으로 이루어진 소리의 세계도 그에 못지않다. 앞 장에서 다루었던 시각 이미지와 마찬가지로 청각도 실제의 소리를 그대로 표현하는 것이 아니다. 기존의 소리를 시인이 구부리고 깎고 갈아 내어 궁글린 낯선 소리를 만들어 낸다. 현대시를 감각적인 체험의 재현이라고 말하는 것도 다 여기에 저촉되는 말이다. 다시 말해서 소리도 시인이 감각적으로 재구하여 변용했을 때 그 효과가 배가된다는 사실이다. 여기에는 소리를 참신하게 재생하는 것보다는 독자들의 감성의 결을 자극했을 때, 더 큰 호소력을 발휘한다는 의미가 내포되어 있다. 시가 반드시 시각적인 데 국한된 것이 아니라 과거 감각상의 혹은 지각상의 체험을 지적으로 재생한 것이라고 주장하는 오스틴 워렌(A. Warren) 같은 학자들의 지적이 설득력을 얻고 있는 것이다.

'음향은유(音響隱喻)'란 의성어인 청각 이미지를 여타의 다른 이미지로 치환하여 본의와 매재가 서로 호환(互換) 작용을 일으키도록 개성적으로 고안된 형식이다. 따라서 청각이 시각화되거나 시각이 청각화되거나, 그 외의 이미지로 완전히 치환하여 수용하는 '감각전치'와는 전혀 다르다. 오히려 이 두 개의 이미지가 결여 없이 하나로 포개져 이중의 감각으로 현상된다. 여기에는 두 가지로 분류가 가능한데 하나는 '소리의 감각화'이며, 다른 하나는 '의미의 감각화'이다. 전자가 소리 이미지를 중심으로 하여 여타의 이미지와 결합하면서 신선한 지각 작용을 일으킨다면, 후자는 소리와 의미가 결합되어 주제와 긴밀하게 소통하도록 통각 작용을 일깨우는 양식이라 요약된다.

  (가) 냄비 속 물이 끓는다
       이 순간을 오랫동안 기다려왔다는 듯
       흰 챠도르 두른 물의 분자들이 비등점까지 솟구쳐 오른다
       물 갈피에 갇혀 있던 막막한 기다림들이 일제히
       둥근 수면을 떠밀며 돌기하고
       이제 막 옹알이를 시작하는 꽃몽오리들
       푸르르푸르 새의 부리처럼 지저귄다

                                    —김영식, 「물꽃」 부분

  (나) 누가 저 갈대밭에
       능금 두 알 숨겨두고
       밤새
       끼륵끼륵대다가
       달빛조차 숨은
       적막을 틈타
       누군가와 모올래
       사각사각
       시린 속살 베어 무는지
       그것만은
       오롯이
       神만이 알어리랏다

       귀뚜리도 잠든 새벽녘
       한 줄금
       비릿한 단내가

풍겨왔으렷다

—강희안, 「저 갈대밭」 전문

(가)의 시는 물이 끓는 과정을 시각적으로 포착하는 화자의 섬세한 언어 감각이 빛을 발하는 시이다. 여기에다 "푸르르푸르 새의 부리처럼 지저귄다"라는 싱그럽게 살아 있는 언어를 건져 올리고 있다. 이 말은 시각 이미지인 '푸르다'와 물속에 들어갔다 나오며 물을 뿜는 '푸우푸우'라는 청각 이미지가 밀도 있게 한 몸으로 결합되어 서로 소통하고 있는 것이다. 여기에서 어느 이미지가 화자가 선택한 본의(T)이고 어느 이미지가 매재(V)인지를 따지는 것은 무의미하다.

(나)의 시 또한 마찬가지다. 이 시의 큰 그림(T)은 '연인이 가을밤에 갈대밭으로 들어가 사과를 먹고 있는 이미지'이다. 여기에다가 화자는 작은 그림(V)인 '귀뚜라미와 갈대의 소리'라는 청각 이미지를 덧붙인다. "끼룩끼룩"은 '연인의 웃음소리'와 '귀뚜라미 소리'의 결합이고, "사각사각"은 '갈대 잎사귀 부딪치는 소리'이자 '연인들이 사과를 먹는 소리'가 결합된 은유이다. 그러나 막상 시 속으로 들어가 보면, 어느 것이 귀뚜라미 소리이고, 어느 것이 연인의 웃음소리이고, 어느 것이 갈대의 소리인지 구분되지 않을 만큼 한 몸을 이루고 있다.

위의 인용 시가 소리의 감각이 다른 감각과 밀도 있게 소통하는 '소리의 감각화'라면, 다음에 인용하는 시들은 소리와 의미가 서로 소통·호환되는 '의미의 감각화'라고 할 수 있다.

(가) 허드레

　　　허드레로 우는 뻐꾸기 소리

　　　징소리

　　　도리깨 꼭지에 지는 해가 또 하나 올올이 풀리고 있었다

—박용래, 「點描」 부분

(나) 저수지는

　　자신의 중심을 뚫고 들어온 존재들을

　　고요와 격랑의 아득한 틈으로

　　발바닥에 흐르는 끈적한 시간 속으로

　　질을 지나 자궁 속으로

　　着 착 착

　　들어앉힌다

—장인수, 「정곡」 부분

　(가)의 시에서 "허드레/ 허드레로 우는 뻐꾸기 소리"는 화자가 소리를 의미로써 변주하고 있는 가장 중요한 부분이다. 이 부분은 오규원의 지적대로 "'허드레'는 '운다'라는 말과 거의 유사성이 없는 말이다. 그런 만큼 상호 충격적이고 역동성을 창출하는 비유의 세계"이다. '허드레'란 말은 국어사전에 의하면, "그다지 중요하지 않아 함부로 쓸 수 있는 허름한 것"이라고 명명되어 있는 소리의 이미지가 아닌 의미의 언어인 것이다. 여기에 뻐꾸기 소리가 결합·소통되면서 "올올이 풀리"는 노을과 신산스런 허드렛군들의 이미지가 결합하여 이 시의 주된 정서인 외롭고 고단한 우리 인생살이의 적막함을 가시화하는 의식 작용을 일깨우는 데 기여하고 있다.

　이와 마찬가지로 (나)의 시는 저수지가 자신에게 던져진 돌을 밀어내는 것이 아니라 오히려 그것을 중심으로 자신의 자궁 속으로 들어앉히는 이미지를 구상화하고 있다. 여기에 "着 착 착"이라는 음향은유가 덧붙여진다. 이 구절은 일차적으로 '착 착 착'이라는 소리와 모양이 결합된 음성상징어이다. 그런데 화자는 이 같은 '착'이라는 언어에 '着(붙을 착)'이라는 의미를 덧씌워 전혀 낯선 의미의 파장을 만들어 낸다. 화자는 소리와 모양에서 의미가 결합된 이 펀(pun)의 효과를 통해 삶의 고통을 거부하거나 대결하지 않는 의식으로 나아간다. 오히려 그것을 구심점으로 삼아 화자는 외부적 요인에 의한 상처와 고통을 대자적으로 끌어안는 '모성적 수용'이라는 주제와 직통 노선을 만들어 내고 있는 것이다.

이와 같이 '음향은유'는 기존의 은유와 같이 본의(T)와 매재(V) 중에서 어느 한쪽에 무게감을 실어 주는 형식이 아니다. 이 은유는 시 전체를 좌우할 만큼 중시되는 요소는 아니지만, 부분적으로나마 두 가지 이상의 언어를 서로 소통하고 호환시켜 시의 감각적인 부피감과 의미적인 질량감을 느끼게 해 주는 기법이다. 또한 시를 시답게 만들어 주는 요소로서 언어 감각에 예민한 시인만이 도달할 수 있는 영역이기도 하다. 따라서 현대시를 쓰고자 하는 이라면 누구나 언어의 섬세한 결을 보듬고 재구성하여 새롭게 수용하는 감각을 익혀야 할 것이다. 시는 철학에서처럼 오성을 통해 생의 궁극적 의미만을 반추하여 진리를 생산하는 이성적인 과정이 아니다. 오히려 직관과 통찰을 통해 얻은 생의 궁극적 질서와 진리를 언어 미학으로 가시화하는 작업이기 때문이다.

3) 의성상징

실제와는 전혀 다른 각도로 재구성된 영상이나 그림, 혹은 거기에 덧붙인 소리 이미지를 접했을 때, 인간은 누구나 시대적 현상과 연관하여 주관적으로 인식을 하게 된다. 왜 다른 이미지로 변용을 했고, 그것이 의도하는 바는 무엇일까를 고민한다. 예를 들어 어느 실험 예술가의 비디오 아트에 독수리와 굶어 죽어 가고 있는 어린아이가 배치된 영상이라고 가정해 보자. 누구나 처음 이 영상을 접하게 된다면 당연히 독수리가 죽어 가고 있는 어린아이를 잡아먹기 위해 기다리는 장면으로 인식할 것이다. 포악한 대상의 상징인 독수리와 나약한 대상의 상징인 기아에 허덕대는 어린아이의 배치가 내포한 세계, 여기서 인간은 누구나 제작자의 구성 의도에 사로잡혀 어슴푸레 각기 비슷한 판단을 하게 마련이다.

그리고 연이어 배치된 두 번째 영상에서 폭탄 공격으로 인해 목욕 도중 어린아이들이 도망가고 있는 장면에다 큰 나무 위에서 뻐꾸기가 '폭군폭군' 울고 있는 소리 이미지가 덧붙여진다면, 감상자들은 이 독수리를 어떻게 해석할까? 이 두 사진을 비교해 보면, 누구나 어렵지 않게 이렇게 해석할 것이다. '독수리와 폭탄'은 미국, 그리고 '도망가는 어린아이들'은 한국, 동남아시아의 약소국가들을 대체한 상징이라 볼 것이다. 딱히 그렇게만 해석하면 오류겠지만, 독수리의 그 장면은 폭군과도 같은 미국의 태도와 비슷하다. 먹이를 먹기 위해 발톱을 숨기고 있는 미국, 자국의 이권을 위해서는 갖은 명분을 찾아내어 무차별적인 융단폭격을 해대는 그들에게 피해를 받는 약소국가들이 자연스럽게 연상될 것이다.

이와 같이 시인은 시각 이미지와 청각 이미지를 당대의 관념과 적절하게 배합하는 제 나름의 변용과 배치를 통해서도 의미 생산에 골몰한다. 단, 여기에서는 여타의 이미지에서와는 달리 시각 이미지가 주요 요소가 아니라 시의 살을 붙이는 장식적 기능만을 수행한다는 점이다. 이에 비해 청각 이미지는 시의 내포적 특성을 감안한 시대 비판적인 인식을 거느리는 동시에 시인의 사회·역사적 세계관과 유기적인 관계망을 구축한다. 따라서 여기에서 분류한 '의성상징(擬聲象徵)'이란 기존에 존재하는 소리 이미지를 새롭게 변형하여 모사하면서 어떤 시대적 관념과 긴밀하게 결부하는 방식이다. 따라서 시대를 관통하는 시인 의식이 투사된 자신만의 독창적인 상징을 얻어 내는 시적 장치로도 기능하게 된다는 점에 유의해야 한다.

끝내 나비는 꽃잎파리에 붙은 떨어질 줄 모르는 한 장의 郵票였습니다.

그래도 봄은 가버리던데요, 뭐…….

이윽고는 새끼들을 데불고 떠나야 할 아득한 고향이기에 제비들은 선선의 위험한 스테－지에서 니그로보다도 서러운 望鄕歌를 부르나 봅니다.

옥쪼륵 빡쪼록 조래 조래……

옥쪼륵 빡쪼록 조래 조래……

아주 머언 옛날 삼단 같은 머리를 따느린 시설스런 우리 누나가 가르쳐 주
던 제비의 망향가를 외우며 지금 나는 니그로같이 아득한 참으로 아득한 고향
을 생각하는 것입니다.

—신석정, 「NOSTALGIA」 전문

이 시는 6·25 전란 직후 혼란기에 쓰여진 작품으로 '제비→고향→누나'로
이어지는 연상 작용을 근거로 고향을 간절히 희구하고 있다. 고향은 현실의
비극을 잠시나마 우회시키고 지연시키는 여유의 공간이다. 1연은 화자가 '나
비'가 "꽃잎파리에 붙"어 "떨어질 줄 모르는" 것을 응시하는 정적의 시간이다.
잠시 동안이나마 자연의 응시를 통해 화자는 현실의 고통을 망각하게 된다.
그러나 화자는 "한 장의 郵票" 같아 봄을 꼭 붙잡고 있던 '나비'의 인식에서
나아가 2연에서 "그래도 봄은 가버"렸다는 허망감을 표출한다. 이것은 비정
한 역사적 현실에는 존재하지 않는 '봄'의 시간대로서, 당대적 삶이 얼마나 피
폐하고 가혹한지를 단적으로 보여 준다.

생명력을 상실한 화자는 3연에서 '제비'와 만나 그들의 "서러운 望鄕歌"를
들으며 '고향'의 공간으로 연상을 진척시킨다. 그 고향은 비극적 현실을 벗어
나기 위해 "새끼들을 데불고 떠나야 할 아득한" 공간인 것이다. 여기서의 '제
비'는 화자의 투사적 상관물로서, 고향을 아득한 거리로 파악하는 의식을 노
정한다. 이는 현실을 떠날 수 없는 화자의 역사적 책임 의식에서 비롯된 것으
로 보인다. 그것은 4연의 "옥쪼륵 빡쪼록 조래 조래"란 청각 이미지에 함축
되어 있다. 이것은 화자가 두 가지 의미를 겨냥하여 만든 조어(造語)로 볼 수
있다. 이를 풀어 보면 하나는 '옥조르고 꽉조르고 졸라 졸라'이며 다른 하나
는 '윽 쪼르륵 팍 쪼르륵 저래 저래'이다. 전자는 미·소 양대 진영의 분할 점
거라는 명분으로 우리를 억압하는 당시 상황의 암유이고, 후자는 가난으로

인해 기아에 허덕이며 목숨을 부지하기 위해 싸움과 도적질을 서슴지 않던 당시 서민들의 자화상이라 할 수 있다.

그렇기 때문에 화자는 과거의 시간으로 퇴행하여 "아주 머언 옛날 삼단 같은 머리를 따느린 시설스런 우리 누나"의 연상으로 나아간다. 5연에서의 '누나'는 화자에게는 '어머니'와 동일한 이미지로서 따뜻한 모성의 원형이며, 그리움의 대상이 된다. 또한 "누나가 가르쳐 주던 제비의 망향가"는 시를 부드럽고 간절한 분위기로 이끌어 인식의 단조로움이나 지나친 감상에서 벗어나 시적 미감을 자극하도록 만들어 준다. 그렇기 때문에 화자는 타자에 의해 억압된 의성상징의 세계를 벗어나 "니그로같이 아득한 참으로 아득한 고향을 생각"하는 마지막 단계의 연상에 이를 수 있는 것이다.

씨앗가게 앞에 서면
무 숭숭 뚫린 황망한 家系 사이로
좌르르 쏟아지는 어머니의 12월,
왜 들여다보고 싶은지

어머니는 기집애가 참아야지 구신거리면
누나는, 엄만 왜 애먼 나만 갖고 그러느냐고 앙당거리고
너도 애비같이 속창시 없는 것이라고 구신구신거리고
중학 안 보내줄 때도 그러더니 또 그런다고 앙당앙당거리고
장지 덧문 사이로 더러 내리는 눈발도
한 번 기웃거리다가 참견하면서
그렇게 한겨울 밤이 스르렁 넘을라다가도
구신구신 앙당앙당
어떻게 넘을까 싶은데

나는 건넌방에 누워 그 대화를 엿듣다가 말다가

눈 내리는 사정이 더 궁금해져

기어코 토방까지 기어 나오곤 했다

눈은, 웃뜸 영심이 고애 눈썰미처럼

참 곱게도 오는 것이어서

그 소리들은 오싹거리며 이부자리를 파고 든 이후에도

스멀스멀 내 꿈 사이를 기어 다녔다

그 꿈의 웃시렁에 대롱대롱 매달린

씨 오쟁이에서는 까맣고 또글또글한 씨앗들의 소리가 밤새

튀밥 튀며 날아오르기도 했는데

오늘 씨앗가게 앞에 서니

천안으로 시집간 누나, 식당 주방에서 애들 학비는

거뜬히 번다며 웃던 누나, 보고 싶다

이 땅 여자들이 끌고 가는 단단한 삶의 알갱이들

단호한 응집력이 구신구신 앙당앙당

내 종아리를 푸르게 때리고 지나간다

—이지엽, 「씨앗의 힘」 전문

　이 시는 1960-70년대에 체험한 남성중심사회의 인식을 화자가 독창적으로 창안한 감각적인 의성상징어를 통해 보여 주고 있다. 시적 화자는 눈 내리는 겨울밤에 장지문 사이로 건너오는 누나와 어머니와의 대화를 엿듣고 있어 청각 이미지로써 겨울밤을 인지할 수밖에 없는 정황이다. 맨 처음에 나온 의성어 "앙당앙당거리고"는 누나의 속성을 잘 보여 주는 의성어로서, '앙앙대다', '앙알대다'와 '당차다'가 결합된 말이고, 상대적으로 "구신구신거리고"는 "중학 안 보내" 준 어머니가 자신을 한 단계 낮추는 '굽신대다'에다가 '궁상맞다', '궁시렁거리다', '고시랑대다'가 결합된 말로 감지된다. 이 시를 읽는

이들은 부권 사회에서 희생을 강요당한 여성 이미지를 운율감 있는 함축적인 의성상징어로써 다시 재현해 내고 있는 것이다.

부분적으로는 "씨 오쟁이에서는 까맣고 또글또글한 씨앗들의 소리가 밤새/ 튀밥 튀며 날아오르기도 했는데"에서의 "또글또글"이란 음성상징어도 앞 구절의 "까맣고"라는 형용사와 만나서는 '동글동글하다'와 '딱딱하다'가 결합된 말로 느껴진다. 그러나 뒤 구절의 "소리"와 만나서는 문맥적으로 '때굴때굴'이나 '똘망똘망'이란 말을 연상하게도 하는 감각적 전이를 이끌어 낸다. 또한 "그렇게 한겨울 밤이 스르렁 넘을라다가도"에서 드러난 "스르렁"이란 말도 참신한 말 중의 하나이다. 이 말은 '설렁설렁 넘어가다'의 '슬쩍', '설렁'과 '코를 드르렁드르렁 골다'의 '드르렁'이 결합한 말로 여겨지는데, 언어 감각에 민감한 독자라면 그 자체의 미감과 운율감만으로도 자족적인 느낌을 자아낼 정도이다.

시적 화자가 '구신거리다'와 '앙당거리다'에서 인지한 것은 남성중심사회의 억압에 자동적·타성적으로 길든 어머니의 행위와, 그것을 인정할 수 없는 딸의 거부적인 몸짓이다. 구세대와 신세대의 갈등을 수렴한 이 청각 이미지는 그 시대의 이념을 자연스럽게 함축한다. 시대의 관념이 대물림된 수동적 작용(어머니)과, 그것을 능동적으로 대항하려는 페미니즘적 반작용(딸)이 제대로 결합한 의성상징어이다. 이러한 인식의 토대에서 시의 화자는, "중학[도]안 보내줄" 만큼 철저한 남성중심사회의 피해자였지만 "단호한 응집력"으로 한 가정을 넉넉히 꾸려 나가는 누나의 이력을 떠올린다.

이 시는 삶의 구체성이 의성상징어의 변주와, 그로 인한 운율감과 맞물리면서 구조적 완결미를 획득한다. 나아가 의미론적으로 보면, '씨앗'은 "단단한 삶의 알갱이들"로 전이되면서 자신의 물기를 다 빼내어 남성들의 삶을 지탱한 이 땅 여성들의 희생을 암시한다. 따라서 "구신구신 앙당앙당"거리는 소리는 수혜자인 화자에게는 종아리를 때리는, 자아 성찰의 의미를 내포한 것이기도 하다. 이 시에서 '씨앗'은 누나와 어머니의 이미지로서 시의 화자가 삶의 어려운 국면에 맞닥뜨렸을 때마다 그것을 "튀밥 튀며 날아오르"게 하는 근원적인 에너지로 작동할 것이다.

앞에 인용한 신석정의 시 「NOSTALGIA」가 "옥쪼륵 빡쪼록 조래 조래"란 제비의 의성어를 창조적으로 만들어 6·25 전란 이후의 가난과 외세에 핍박받는 비극적인 시대상을 상징적으로 조명하고 있다면, 뒤에 인용한 이지엽의 시 「씨앗의 힘」은 "앙당앙당"과 "구신구신"이라는 의성어를 통해 부권 시대를 희생으로써 떠받치며 "또글또글한 씨앗"으로 응결해 내는 여성의 힘을 상징화하고 있다. 여기에서 보는 바와 같이, '의성상징'이란 단순히 어떤 대상을 대신하여 하나의 의미만을 표상하는 관습적 상징과는 달리 상상력을 내포한 개념이다. 여기서의 소리 이미지는 고정화된 소리 중심의 지시적인 1:1의 기호 체계가 아닌, 상상력 중심의 지각을 시인이 시대감각과 밀도 있게 결합한 1:다(多)의 상징 체계로 분류된다. 따라서 의성상징은 일상어로 표현할 수 없는 사실이나 진실에 대한 표상인데, 여기엔 상상력이라는 허구와 보편성이라는 진실의 인자가 동시에 함유되어 있다.

3. 미각 이미지

동양에서는 음양오행설에 상응하는 다섯 가지 맛인 단맛, 쓴맛, 짠맛, 신맛, 매운맛을, 서양에서는 4원소설에 대응하는 네 가지의 맛으로 단맛, 쓴맛, 짠맛, 신맛을 기본미로 여겨 왔다. 인간의 미각기관으로 감지하는 맛에는 기본이 되는 원미라는 것이 존재한다. 그러나 최근에 들어서는 '감칠맛'이라는 새로운 원미를 인정하게 되었다. 시에서도 생의 여러 국면을 피부에 직접 느끼게 하기 위해 맛의 감각을 두루 차용한다. 여기서도 얇고 가벼운 조미료의 맛이 아니라 여러 가지 양식적 기법을 밀도 있게 결합하고 잘 숙성해서 언어의 감칠맛을 내는 것이 주요 인자가 된다.

맛의 복잡다단한 전달 시스템을 시에서도 종종 차용하는데, 그럴 경우 심오한 맛의 감각을 통해 생의 원질을 궁구하는 것이 비극적 현실을 사는 시인의 숙명인 듯하다. 시적 언어의 기본은 맛이다. 그렇다 보니 대부분의 시인들은 우선 최고의 언어를 얻기 위해 무의식적 질료인 맛의 미감을 선택한다. 인간의 욕망 가운데 가장 으뜸으로 치는 것이 식욕이기 때문이다. 그러나 그러한 감각을 끌어올 경우 유의해야 할 요소는 무엇보다도 직설적 어법을 삼가고 독자들이 맛의 깊이를 느끼게끔 이중의 의미망을 거느려야 한다는 점이다.

좋은 시는 늘 그렇듯이 욕망의 문제를 다루든 현실적 모순을 다루든 간에 시의 맛에 가장 적절한 언어와 사유가 만나야 한다. 우선 자신이 선택한 시적 질료가 싱싱하고 새로운가를 파악한 뒤 미각적인 선호도에 따라 다양한 양념(이미지)을 적절하게 배합하면, 독자들의 미감을 황홀하게 자극하는 멋진 시로 재탄생하게 된다. 따라서 가장 민감한 부분은 삶의 짠맛, 쓴맛, 구린 맛, 비린 맛 등에 어떤 향신료(시적 장치)를 뿌려 독자의 구미를 당길 것인가가 관건이 된다. 1차 미학인 맛깔난 언어의 깊이와 2차 의미인 교훈적인 쓴 약을 동시에 주는 것이 시인의 사명이자 시의 특질이기 때문이다.

시에서 미각 이미지는 교훈적 요소를 앞세워 인간과 사회의 모순과 부조리를 우화적으로 비꼬면서 인간의 근원적인 욕망과 심리까지도 함축해 내는 경우가 있는 반면, 시인의 미각적 체험에서 얻어진 사유를 민족의 원형이나 근원적인 인간의 정서로 변용하기도 하는 두 가지 양상으로 전개된다. 전자는 맛의 섬세한 질감이 우화적 요소로써 수용되는 까닭에 독자들은 이중의 미감을 접할 수 있다. 이에 비해 후자는 한 시인이 개인적인 유년 시절에 체득한 미각 체험을 되살려 한 개인 내지 집안, 나아가서는 민족의 연대감이나 동질성을 확인하는 의식의 단초를 제공하기도 한다.

1) 미각우유

'미각우유(味覺寓喩)'란 한마디로 말해서 시인의 미각적 지각에서 촉발된 본의를 최대한 숨기면서 매재에 우화적 요소를 가미하는 방식이다. 이는 실제

세계와 일정한 거리를 두는 암시적인 기법으로서 비판적 성격이 강한 풍자와
는 달리 교훈적 지각에 무게를 둔다. 이 지각 방식은 일반적으로 인간의 어리
석음과 자기 도착적인 행위, 혹은 부조리한 사회현상 등에 포괄적으로 적용
된다. 동식물이나 사물 자체가 의인화되어 인간과 삶의 세계에 관한 직설법
이 아닌 우의적 형태를 띤 시에서 종종 마주치게 된다.

> 갈비를 뜯다 문득 생각한다
> 나는 매일 동료들과 어울려
> 이 식탁을 잡으러 다녔는지 모른다
> 영양같이 뛰어다니는 식탁을 위해
> 우리는 동물의 힘으로 모였는지 모른다
> 식탁 머리맡에서 우두머리가 먹고
> 나와 동료는 식탁을 둘러싸고 앉았다
> 식탁의 등을 파먹다, 오호라!
> 대장이 숨통을 물어 끊을 때
> 나는 내 뒷다리에 힘을 주고 이리저리
> 이 식탁의 관절을 끊느라 무척 애썼다
> 아 참 육질이 좋다 참, 좋구나
> 어리고 부드러운 살, 먹는다, 씹는다
> 아 어금니에서 자꾸 빠져나오는 만족의 힘이여
> 뼈만 남은 식탁에 발을 얹고 웃는 힘이여
> 식사가 끝나면 발톱을 닦고 이빨을 고르는
> 짐승의 솜씨를 가진 멋진 동료여
> 여럿이 있으면 우리는 왜 동물이 되는가

—박지웅, 「사회적 식사」 전문

　시는 어떤 경우라도 정확한 사유의 타깃을 겨냥하기보다는 미적 감동을

수반하는 언어의 문제가 더 긴절한 요소로 작용한다. 특히 미각적 요소가 시로 구상화될 때 무엇보다도 욕망의 문제가 선결 과제로 대두된다. 이와 같은 현실적 문제를 다룰 경우 훌륭한 시인들은 직설적 어법을 피해 가는 방식 중의 하나로 우화적 기법을 차용한다. 그래야만 교훈적인 요소를 최대한 눅이고 제어하면서 우회적인 측면에서 시적 상상력의 진폭과 진로를 다각도로 모색할 수 있기 때문이다.

이 시는 내셔널 지오그래픽에 왕왕 등장하는 동물들의 포식성을 인간적 속성과 결부하여 우화적으로 드러낸다. 인간의 역사는 영토의 문제든 종교적 슬로건이든 자본의 증식이든 간에 그 이면에는 무섭고도 음험한 인간의 욕망과 권력욕이 도사리고 있다. 테러와의 전쟁이라는 악덕의 명분을 내걸고 유전을 차지하기 위해 살육을 일삼는 미제국주의자들의 시선과도 결코 무관하지가 않다. 시인은 인간의 야만적인 물적 근성을 '식탁'이란 미각우유를 빌어 구체화하고 있다.

이 시에서 시인은 함축성이나 상징성보다는 매재와 본의의 관계를 1:1 도식으로 명쾌하게 풀어내는 우화적 기법을 원용한다. 그런데도 깡마른 시적 결핍을 느끼기는커녕 오히려 읽는 자를 압도하는 시적 장력을 만들어 낸다. 그 첫 번째 요소는 '식탁'을 "영양같이 뛰어다니는" 동물로 우유화한 특성에서 찾아낼 수 있으며, 두 번째 요소는 "여럿이 있으면 우리는 왜 동물이 되는가"라는 인간의 집단 심리에 대한 깊은 성찰적 시선이 반성적 태도를 무의식적으로 환기하게끔 하는 특성에서 찾아낼 수 있다.

비린 게 무지하게 먹고팠을 뿐이어요
슬펐거든요. 울면서 마른 나뭇잎 따 먹었죠, 전어튀김처럼 파삭 부서졌죠
사실 나무를 통째 먹기엔 제 입 턱없이 조그마했지만요
앉은 자리에서 나무 한 그루 깨끗이 아작냈죠
멀리 뻗은 연한 가지는 똑똑 어금니로 끊어 먹고
잎사귀에 몸 말고 잠든 매미 껍질도 이빨 새에 으깨어졌죠

뿌리째 씹는 순서 앞에서

새알이 터졌나? 머리 위에서 새들이 빙빙 돌면서 짹짹거렸어요

한 입에 넣기에 좀 곤란했지만요

닭다리를 생각하면 돼요. 양손에 쥐고 좌—악 찢는 거죠

뿌리라는 것들은 닭발 같아서 뼈째 씹어야 해요. 오도독 오도독 물렁뼈처럼

씹을수록 맛이 나죠. 전 단지 살아 있는 세계로 들어가고팠을 뿐이었어요

나무 한 그루 다 먹을 줄, 미처 몰랐다구요

당신은 떠났고 울면서 나무를 씹어 삼키었죠

섬세한 잎맥만 남기고 갉작이는 애벌레처럼

바람을 햇빛을 흙의 습윤을 잘 발라 먹었어요. 나무의 살집은

아주 통통하게 살이 올라 있었죠. 푸른 생선처럼 날것의 비린 나무 냄새

살아있는 활어의 저 노호하는 나무 비늘들

두 손에 흠뻑 적신 나무즙으로 저는 여름내 우는 매미의 눈이 되었어요

슬프면 비린 게 먹고 싶어져요

아이 살처럼 몰캉한 나무 뜯어먹으러 저 숲으로 가요

—이윤설, 「나무 맛있게 먹는 풀코스법」 전문

위의 인용 시는 인간이 나무를 먹는 동물로 등장하는 그야말로 독특한 '미각우유'를 선보인다. 화자는 "비린 게 무지하게 먹고팠을 뿐"이라고 말하면서, 그 이유가 "슬펐"기 때문이라는 사실을 강조한다. 정신분석학적 측면에서 볼 때도, 지극히 슬펐다면 인간의 포식욕을 자극하는 비린 육식을 구하는 것이 인간의 본능적 심리일 것이다. 그러나 화자는 '나무'란 상징 매재를 통해 근원적인 인간의 식물성적 미각 욕구를 일깨워 낸다. 다시 말해서 비린 게 당긴다는 것은 "살아 있는 세계"로 들어가 현실에서 채우지 못한 자신의 죽은 욕망을 생명으로 돌리려는 의식의 일환이다. 식물성적 포식 욕구를 상징 매재로 내세운 의도부터가 죽음과 생명이라는 인간의 이중 심리를 이미 화자가 간파했기 때문이다.

인간과 식물이 공통분모로 거느린 것이 바로 비린 맛이 아니던가. 식물성의 비린 맛을 먹어 치우는 것 자체가 자연의 일원으로 돌아가고자 하는 도착적 의식일 수밖에 없다. 숨은 신(神)을 암유하는 "당신은 떠났고 울면서 나무를 씹어 삼키"는 저 광대한 허기는 화자에게 생명의 성소인 "저 숲으로 가"는 계기를 부여한다. 신이 떠난 죽음의 세계에 부딪힌 인간이 생명에 기갈이 들면 들수록 "바람을 햇빛을 흙의 습윤을 잘 발라 먹"는 이 우화적 아이러니 앞에서 이 시의 독자들은 그만 아연해질 수밖에 없으리라.

'미각우유'란 매재를 우화적으로 변용하면서 교시적 기능과 비판적 기능을 동시에 수행한다. 나아가 인간의 무의식의 심층에 자리한 본원적인 욕망과 생명 의식까지도 포괄하는 특징을 보인다. 이 같은 우화적 요소와 맛의 섬세한 감각이 정서까지 고양하는 까닭에 독자들은 이중의 미감에 감전되는 쾌감을 누린다. 따라서 예비 시인들은 맛의 질료를 어떤 방식으로 무엇을 표현할 것인가를 늘 궁구하는 지각 태도를 견지해야 한다. 미각적 감각으로써 언어와 사유에 대한 질감을 느낄 수 있는 시인이 아주 소수라는 점이다.

독자들은 대부분의 경우 사유든 언어 미학이든 구조든 제 구미에 하나라도 어긋나면 결코 좋은 시라고 평가하지 않는다. 그런데도 일정 기간 습작을 거친 경우일지라도, 거개의 예비 시인들이 기성 시인의 훌륭한 시와 만나도 그냥 읽고 덮어 두는 예가 허다하다. 이에 필자는 독서와 창작이 분리된 그런 악습을 버리고, 그 시보다 더 낫게 모사하여 재현해 보거나 변용하는 방식을 택하라고 권유하고 싶다. 이 맛의 우화적 사유는 언어, 구조, 기법, 통찰 등을 절제하여 유기화해야만 좋은 시로 거듭날 수 있기 때문이다. 그만큼 미각우유는 흉내 내기도 쉽지 않을 뿐더러, 자기만의 독자적인 통찰에 따른 사유와 기법을 이끌어 내기는 더욱 용이하지가 않다는 점을 예비 시인들은 명심하기 바란다.

2) 원형미감

한국 현대 시단에서는 음식물이라는 소재에 시적 애착을 보이며 미각 체험을 주된 시적 정서로 차용하는 시인을 종종 발견할 수 있다. 그들의 시에는 다양한 음식물 이름이 등장하는데, 특히 음식물은 단순히 배고픔이나 허기 따위를 때우는 기능과는 무관하게 쓰여진다. 그들은 미각 기능에서 민족과 민족의 원형 정서에 부합하는 시적 인식을 이끌어 내는 특장을 보인다. 음식이란 우리 조상이 우리에게 물려준 원형의 맛이고 문화이다. 그 면면한 맛의 정서 속에는 대대로 물려 내려오는 조상의 피가 섞여 있다.

사람들은 누구나 자신들이 거주했던 지역의 정서에 부합하는 음식물에 집착하는 경향도 있다. 음식은 일차원적인 본능의 욕구를 넘어 그것을 즐겨 먹는 사람들의 체질이나 인성을 결정짓는 인자가 되기도 한다. 따라서 '원형미감(原形味感)'이란 시인의 미각적 체험에서 얻어진 매재를 바탕으로 토속적이면서도 근원적인 개인의 의식이나 민족적인 원형의 정서를 환기하는 데 초점을 맞추는 방식이다. 한 시인이 개인적인 유년 시절에 체험한 미각의 추억을 되살려 낼 수 있다는 것은 음식물이 한 개인 내지 집안, 나아가서는 민족의 동질성을 확인하는 단서를 제공하기 때문이다.

거리에는 모밀내가 났다
부처를 위하는 정갈한 노친네의 내음새 같은 모밀내가 났다

어쩐지 향산 부처님이 가까웁다는 거린데
국수집에서는 농짝 같은 도야지를 잡어 걸고 국수에 치는 도야지 고기는 돗
바늘 같은 털이 드믄드믄 백였다
나는 이 털도 안 뽑은 도야지 고기를 물구러미 바라보며
또 털도 안 뽑은 고기를 시꺼면 맨모밀국수에 얹어서 한입에 꿀꺽 삼키는 사
람들을 바라보며

나는 문득 가슴에 뜨끈한 것을 느끼며

소수림왕을 생각한다 광개토대왕을 생각한다

—백석, 「북신」 전문

한국의 현대 시단에서 백석은 음식물의 미감을 통해 자기 몸속에 흐르는 핏줄을 확인하면서 민족의 정서를 현현해 내는 대표적인 시인이다. 비극적 현재의 삶과 과거의 민족적 삶을 병치하여 고유한 민족적 정서마저 말살된 채 부유하는 식민지 삶을 환기한다. 백석의 시는 음식물에 얽힌 추억들에서 우리 민족의 본래적인 숨결을 상기하고, 그 미각적 습성이 바로 우리의 민족의 원형성이란 사실을 발견한 데서 출발한다. 그만큼 그는 천부적인 서정성을 바탕으로 우리의 고유 정서와 문화에 대한 애착과 민족적 자긍심이 그 어떤 시인보다도 강렬했던 민족시인이었던 것이다.

이 시에서 "모밀내", "부처를 위하는 정갈한 노친네의 내음새"는 고고한 선비의 성품을 의미하며, "털도 안 뽑은 고기를 시꺼먼 맨모밀국수에 얹어서 한입에 꿀꺽 삼키는 사람들"의 모습은 순박하면서도 호방하고 야성적인 민족의 생명력을 함축한다. 이러한 모습에서 화자는 꿋꿋하고 야성적이고, 또 현명하고도 정갈한 우리 민족의 성정을 포착해 낸다. 화자는 사람들이 돼지고기 먹는 것을 보고 "뜨끈한 것을 느끼며" 외면적으로는 착하고 어진 사람들의 따뜻한 핏속에서 북방 대륙을 호령하던 힘찬 기상과 꿋꿋한 기질적인 본성을 발견하기에 이른다. 이러한 미각 체험은 바로 외세로부터 당하는 고통과 시련이 "광개토대왕"이나 "소수림왕" 같은 지도자와 만나는 원체험을 일깨워 내고 있다. 이와 같은 역사적인 시련을 극복하는 원형적인 힘이 민족적 본성 탐구에서 얻어진다는 사실을 시인은 굳게 믿고 있었던 것이다.

백석이 인용 시와 같은 시를 쓰던 시기는 일제 말기였다. 이 시기는 일제의 가혹한 수탈과 황국신민화정책이 전개되던 시기로 민족성 위기의 시대, 유랑의 시대였다고 할 수 있다. 백석이 음식물을 소재로 많은 시를 썼던 것은 유랑의 시대에 음식물을 매개로 민족의 연대감을 유지하고 그것을 매개로써 민족말살정책과 시적으로 대결해 보려는 의도가 있었던 것으로 판단된다. 백석 시의 특징적인 분위기 가운데는 미각적 이미지의 구사가 다른 시인들보다 유난히 다양할 뿐더러 독특하다는 점이다. 민족적 원형 탐구 이외에도 유년의 추억을 반추하거나 토속적 분위기를 강렬하게 반추할 때 주로 사용하는 이미지가 바로 미각적 이미지였다는 사실이다.

눈이 우르릉거리는 사나운 날엔 국수를 해 먹는다. 애곤지 알이 명태머리 꼬리가 처박는 폭설. 된장을 푼 멸치국물이 가스불에 설설 맴도는, 까닭없이 궁핍한 서울. 엉덩이 들고 홍두깨로 민 반죽을 칼질하고 밀가루 뿌려놓은 긴 국숫발. 바다 모래불 가 눈발을 그리는 20년 객지, 하며 창밖에 펄펄 날리는 하늘 눈사태 바라보는 나는 이런다,

이런 날은 이 조태 칼국수만이
저 을씨년하고 어두운 날씨를 이길 수 있다.

—고형렬, 「조태 칼국수」 전문

백석이 토속적 미각을 끌어내어 민족의 원형성과 결부된 상상력에 주안점을 두었다면, 고형렬 시인은 현실의 슬픔과 고독에 맞서 원초적 향수를 자극하면서 연대감을 유지하는 시적 자장을 마련한다. 거기에다 "조태 칼국수"라는 미각 이미지는 정신의 거점을 잃은 현대인의 비극에 맞서 내적 에너지를 불어넣는 근원적인 힘으로 작용한다. 시인의 약력을 살펴보면, 그는 전남 해남에서 태어나 명태잡이로 널리 알려진 강원도 속초에서 성장한다. 바닷가 태생이라면 누구나 그랬듯이, 그의 유년 시절은 그리 녹록치 않았으리라 짐작된다.

시에서도 드러난 바와 같이 작은 고통은 큰 고통의 힘으로 위무하며 치유할 수밖에 없는 게 우리네 생이 아니던가. 이 시의 화자는 "까닭없이 궁핍한 서울"에서 고단한 "20년 객지" 생활을 반추한다. 그의 객지 생활은 "눈

이 우르릉거리는 사나운 날"이 다반사였을 것이다. 폭설과 국수의 관계는 색채 이미지에서 착안된 것이지만, 의미상으로는 대조적인 측면을 지닌다. 폭설이 하강 지향적인 고통이나 격절의 삶을 상기한다면, 국수는 펄펄 끓는 격정적인 바다의 이미지 등이 겹치면서 그것을 동적인 삶으로 환치하는 기능을 담당한다.

"애곤지 알"과 "명태머리 꼬리가 처박는 폭설"에 정면으로 맞서 언제든 박차 오를 듯 "엉덩이 들고 홍두깨로 민 반죽을 칼질하고 밀가루 뿌려놓"는 화자의 내면 정서와 겹쳐 보라. "바다 모래불 가"로 뿌려지는 "긴 국숫발"은 현실의 궁핍과 인간의 근원적인 고독과 슬픔을 생명의 힘으로 극복하려는 의식의 상징이다. 화자는 사나운 바닷가의 폭설과 조태 칼국수가 끓는 장면을 은근슬쩍 겹쳐 놓는다. 그것은 인간의 원초적인 향수를 자극하면서 "을씨년하고 어두운 날씨를 이길 수 있"게 만드는 생명의 동력으로 작용한다.

이와 같이 화자는 설명이나 논리적 언술로써 자신의 사유나 정서를 전달하지 않고 독자들의 미각적 지각에 호소하는 방식으로 이미지를 취사선택한다. 그것이 개념적이고 이성적인 사유를 거세하고 독자들이 직접 체감할 수 있도록 견인하는 가장 기본적인 방식이기 때문이다. 엘리엇(T. S. Eliot)이 "시는 정서에서 출발하여 정서로 끝난다"라고 극단적으로까지 말한 그의 언명을 예비 시인들은 상기해 볼 필요가 있다. 특히 음식물의 경우 개인은 물론 집단의 정서와 생활 방식을 결정하는 주요한 문화의 토대로 작용한다. 따라서 '원형미감'이란 미각적 체험을 전제로 하여 모든 인간 존재에게 근원적으로 적용되는 보편적인 정서를 환기하면서 시인이 비극의 세계에 맞닥뜨릴 때마다 내적인 연대감을 유지하게 하는 무의식적인 인자로써 기능하게 된다.

4. 후각 이미지

후각은 사람들의 기억과 느낌을 직접적으로 유발하는 특성 때문에 미각 이미지보다도 민감하게 무의식적 감각 작용을 일으키는 대표적인 이미지다. 시각이나 청각 이미지와 같이 뇌를 거쳐 분석되거나 걸러지지 않는 특성으로 인해 냄새는 사람들의 오감을 직접적으로 자극한다. 그리하여 저마다의 머릿속에 산발적으로 저장·각인되어 있는 다양한 종류의 정서를 불러 환기하는 작용을 한다. "낯선 여자에게서 그이의 향기를 맡았다"라는 광고 카피처럼 냄새는 사람의 머릿속에 오랫동안 잠재되어 있다가, 그 자극에 접하는 순간 아주 쉽게 기억을 재생하는 중요한 구실을 담당한다.

미국의 한 연구 결과에 따르면, 소비자들은 좋은 향취가 나는 매장에 다시 가려는 경향이 있다고 한다. 즉 똑같은 품질의 상품이라도 향기가 없는 매장보다는 좋은 향기가 나는 매장의 것을 더 품격이 높은 품질로 인지하는 성향을 보인다는 것이다. 이상에서 유추할 수 있듯이, 후각은 사람들의 행동을 무자각적 감각으로 좌우하는 특성을 지닌다. 따라서 시인에게는 언어를 매개로 인간의 정서나 사상, 인식의 대상이나 특성에 따라 후각적 지각을 적절하게 활용해야 한다는 과제가 주어져 있다.

시인은 사회적 비판 의식을 앞세울 때나 인류의 원형적인 신화적 세계나 정서를 전달하는 경우라도 직정적 어법이나 설명적인 언술은 피한다. 전자의 경우 후각적 지각이 감지하는 리얼리즘적인 비판의 세계를 오감으로 느끼게끔 유도해 내고, 후자의 경우에도 문명의 세계 속에서 시원적인 생명의 근원을 감성의 결로 체감하도록 간접화한다. 후각 이미지의 주류를 형성하는 양식은 크게 현실에 대한 비판적 인식을 전제로 한 '후각풍자'와 인간의 우주 창생의 신화 세계를 드러내는 '후감무의식'이란 두 갈래로 분류할 수 있다. 전자가 지성적 성찰을 통해 세계의 부조리와 모순에 대해 교화와 개선이 목적인 반면, 후자는 인간의 심층에 내재한 우주적 생명의 에로스와 직접 교감하게 만드는 방식이다.

1) 후각풍자

　'후각풍자(嗅覺諷刺)'란 후각 대상인 냄새라는 매재를 통해 개인적·사회적 모순이나 부조리 등을 빗대어 폭로하고 조롱하면서 깎아내리는 방식을 취한다. 이 기법은 실제 세계나 자기 기만적인 인간을 직접적으로 겨냥하기 때문에 시퍼런 비판의 칼날을 서슴없이 들이대는 특성을 보인다. 드라이든(J. Dryden)에 의하면, 풍자의 목적은 개량이나 개선이 목적인 바 필연적으로 교훈의 의도를 내장하고 있다. 풍자는 지성적 관찰을 바탕으로 인간과 사회에 관한 모든 모순과 부조리에 관심을 집중하는 리얼리즘 문학의 산물이다. 이러한 비판적 의도와 정신은 매재에 대해 일정한 미적 거리를 확보할 때 당위성을 지닌다는 점에 유의해야 한다.

> 고깃덩어리의 피를 빨아먹으면 화색(和色)이 돌았다
> 너의 낯짝 싱싱한 야채의 숨결도 스미던 몸
> 그때마다 칼날에 탁탁 피와 숨결은 절단났다
> 식육점 앞, 아무것도 걸친 것 없이 버려진 맨몸
>
> 넓적다리 뼈다귀처럼 개들에게 물어뜯기는
> 아직도 상처받을 수 있는 쓸모 있는 몸, 그러나
> 몸 깊은 곳 상처의 냄새마저 이제 너를 떠난다
> 그것은 너의 세월, 혹은 영혼, 기억들, 토막난
> 죽은 몸들에게 짓눌려 피거품을 물던 너는
> 안 죽을 만큼의 상처가 고통스러웠다
> 간혹 매운 몸들이 으깨어지고 비릿한 심장의
> 파닥거림이 너의 몸으로 전해져도 눈물 흘릴
> 구멍 하나 없었다. 상처 많은 너의 몸
> 딱딱하게 막혔다 꼭 무엇에 굶주린 듯

너의 몸 가장자리가 자꾸 움푹 패여 갔다

그래서 예리한 칼날이 무력해진 것이다
쉽게 토막나고 다져지던 고깃덩이들이
한 번에 절단되지 않았던 것이다
너의 몸 그 움푹 패인 상처 때문에
칼날도 날이 부러지는 상처를 맛봤다
분노한 칼날은 칼끝으로 너의 그곳을 찍었겠지만
그곳은 상처들이 서로 엮이고 잇닿아
견고한 하나의 무늬를 이룩한 곳
세월의 때가 묻은 손바닥같이 상처에 태연한 곳
혹은 어떤 상처도 받지 않는 무덤 속 같은

너의 몸, 어느덧 냄새가 다 빠져나갔나 보다
개들은 밤의 골목으로 기어 들어가고
꼬리 내리듯 식육점 셔터가 내려지고 있었다

—신기섭, 「나무도마」 전문

　　이 시는 뒷골목에 아무렇게나 버려져 있는 "나무도마"란 후각 대상을 매재로 인간의 폭력을 풍자한 전형적인 풍자시라 할 수 있다. '인간은 과연 영혼의 존재인가?'란 의문을 던지며 답을 궁구하는 사이에 이 시를 만났다고 상상해 보라. 아직은 누군가의 칼에 "피거품을 물던" 비린내라는 후각 이미지로 인해 독자들은 "개들에게 물어뜯기는/ 아직도 상처받을 수 있는 쓸모 있는 몸"이라는 섬뜩한 인식과 맞닥뜨리게 된다. 스스로 내장된 영혼을 만날 수 있는가를 자문하면 할수록 "비릿한 심장"이 "파닥거"리는 싸움의 현장에서 "칼날도 날이 부러지는 상처를 맛봤"던 가난한 영혼과 대면할 것이다. 이렇듯 기실 인생이란 짧은 칼날 같은 생의 단면에 놓여진 "나무도마"였는지도 모를 일이다.

이 시의 화자는 자문자답의 형식으로 "나무도마"가 "피를 빨아먹"고 "화색(和色)이 돌았다"고 말의 고리를 푼다. 이 시대, 화색이 도는 사람치고 남의 피를 빨아먹지 않은 사람이 어디 있겠는가. 나아가 그 또한 남에게 피를 빨려 본 기억이 어찌 없을 것인가. 그래서 화자는 "나무도마"에서도 "예리한 칼날이 무력해진"다고 했으리라. 아무리 강한 칼날도 온몸으로 견뎌 내야만 하는 인간의 연대기를 단칼에 동강 낼 수는 없기 때문이다. 늘 그랬듯이 "상처들이 서로 엮이고 잇닿아/ 견고한 하나의 무늬를 이룩한 곳"이 바로 우리네 삶의 현장 아니던가.

화자는 예민한 후각 이미지인 식육점 "나무도마"에서 우리 이웃의 가슴에 무수히 찍힌 상처의 무늬를 발견한다. 생의 셔터가 내려지는 순간까지 우리들 삶은 "죽은 몸들에게 짓눌"리고 "매운 몸들이 으깨어지"는 참혹한 시간을 견뎌야 한다. 찌른 사람이나 찔린 사람이나 깊은 상처를 안고 살아가는 게 인생의 양면성이라고 화자는 풍자하고 있는 것이다. "세월의 때가 묻은 손바닥같이 상처에 태연한 곳/ 혹은 어떤 상처도 받지 않는 무덤 속 같은// 너의 몸"이 되어서야 우리는 생을 마감하지 않던가. 화자가 후각적 지각으로 인지한 비릿한 먹이의 "냄새가 다 빠져나"가야만 "밤의 골목으로 기어 들어가고/ 꼬리 내리듯 식육점 셔터가 내려지"는 것이 참혹한 운명의 형식이기 때문이다.

난 어떤 밀고자를 알고 있다
저기 그가 헐레벌떡 뛰어오고 있다
벌써부터 그의 머리에서는 빵 굽는 냄새가 난다

귓속으로 한 움큼 동전이 쏟아진다
자, 보세요 얼마나 잘 익었는지……
그러나 아쉽게도 이 빵을 모자로 뒤집어야 한다

난 모자 앞에서 늘 망설이는 편이다

아름다운 여자 아름다운 집 앞에서 머뭇거리는 것처럼

난 하나의 모자를 고른다. 그렇게

한 권의 훌륭한 책을 만날 수도 있는 것이다

그러나, 우리도 언젠가 헤어져야 할 날이 올 것이다

내 고단한 몸을 누일 때 그것이

머리 위로 천천히 들어올려지겠지

죽은 나비를 집어올리듯이

저기 누군가 헐레벌떡 뛰어오고 있다

보라, 새로운 사람을 만날 때 인사는

이것을 만지작거리며 반가워하는 것이다

이 경의를,

빵 굽는 냄새나는 이 모자를

—송찬호, 「모자」 전문

전자의 인용 시가 노골적인 풍자시의 전형이라면 이 시는 '모자'와 '빵'의 관계를 아주 내포적으로 암유한 풍자시라고 볼 수 있다. 욕망과 상징적인 풍자가 후각 이미지를 통해 환유의 고리를 만들어 내고 있는 것이다. 인간의 욕망과 권위를 동시에 함축한 '모자'에는 늘 '빵'을 굽는 냄새가 깃들어 있기 마련이다. '밀고자'인 그는 자신의 욕망과 권력을 얻기 위해서라면 무엇이든 서슴지 않는 존재이다. 따라서 그의 머릿속은 온통 "빵 굽는 냄새"가 가득 찬 욕망의 하수인이자 "귓속으로 한 움큼 동전이 쏟아"지는 철저히 자본주의적 인간이다.

그러나 이 시의 화자는 "아쉽게도 이 빵을 모자로 뒤집어야" 하는 허구적인 현실의 논리 앞에 서게 된다. 자본을 지키고 확장하기 위해서는 권력이 동반되어야 한다는 사실에 그는 직면한다. "어떤 밀고자"로 인해 자본이 권력과의 모의에서도 해결하지 못하는 잉여의 모순을 화자는 비로소 깨달은 것이다. 그래서 화자는 "모자 앞에서 늘 망설이는 편"이라고 말하면서, 다른 한편으로는 "한 권의 훌륭한 책"을 만났다고 능청스럽게 진술한다. 다시 말해서 시적 화자가 '밀고자'에게서 얻은 교훈이 있다면, 그것은 '모자'는 물질의 '빵'이자 영혼의 '책'이라는 간극을 깨달았다는 데 있다.

시적 화자가 모자로부터 "헤어져야 할 날"은 "고단한 몸을 누일 때"밖에는 없다. 그것이 잠자리에 드는 행위든 실제의 죽음이든 마찬가지다. 화자를 만나기 위해 "누군가 헐레벌떡 뛰어오고 있"는데, 항시 그랬듯이, "새로운 사람을 만날 때 인사는" '모자'를 "만지작거리며 반가워하는 것"이라고 말한다. 그것은 권력과 부(富)의 상징이면서, 동시에 상대에게 "경의"를 표하는 이율배반적인 대상이 된다. 이 시의 화자가 후각적 지각으로써 감지한 '모자'는 "빵 굽는 냄새"를 끊임없이 풍겨 주며 상대를 존중해야만 '밀고자'의 족쇄에서 풀려난다는 자본주의적 삶의 한 풍자인 셈이다.

전술한 바와 같이 화자는 비판적 시각을 시화하는 경우라도 설명이나 직정이나 직설적 언술로는 풍자하지 않는다. 후각적 지각이 환기하는 리얼리즘적인 비판의 세계를 오감으로 감지하게끔 유도해 내는 시적 풍자의 형태이다. 그것이 논리적인 이성의 세계를 눅이고 감성의 결로 느껴 보라고 간접화하는 양식에 속한다. 후각 이미지는 신기섭의 시 「나무도마」처럼 기억 속에서 꺼내는 경우가 있기도 하지만, 대부분은 송찬호의 시 「모자」의 경우처럼 상상력을 창조해 내는 경우가 더 많다는 사실에 주목할 필요가 있다. 특히 후각적 지각은 독자들의 상상력에 호소하는 방식으로서 무의식을 이끌어 내는 긴요한 장치로도 기능한다. 따라서 '후각풍자'란 후각적 체험을 시의 인자로 삼아 모든 사회의 부조리와 모순, 욕망 등 인간 세계에 산재한 문제들을 비판적으로 결구해 내는 특성을 지닌다. 시인이 세계의 모순과 불합리한 세계와 만나는 순간 냄새로 감각화하면서 풍자하는 상상력의 또 다른 한 축인 것이다.

2) 후감무의식

　신화학자 조셉 캠벨(J. Campbell)은 "어떤 사람이 밭을 갈고 있었다. 그런데 그의 쟁기가 무언가에 걸렸다. 그는 무엇이 걸렸는지 보기 위해 더 깊게 파고들어 가다가 고리를 하나 발견했다. 그 고리를 들어 올린 순간, 그는 보물이 가득한 동굴을 발견했다. 신화는 당신이 걸려 넘어지는 곳에 당신의 보물이 있음을 알려 줍니다"라고 단언한다. 바야흐로 21세기가 '이야기 전쟁' 시대라는 점을 감안할 때, 거기서 밀리면 문화 식민지로 전락하고야 마는 위기감이 가중되고 있다는 게 그가 장광설을 풀어놓은 맥락의 요지다. 다시 말해서, 가상공간이나 홀로그램, 시뮬라크르(simulacre), 그래픽 등 허구적인 가상의 세계가 현실을 장악하는 후기산업사회에서는 이야기 산업을 키울 때가 온 것이란 의미이기도 하다.

　'이야기 전쟁' 시대에는 누가 더 많은 이야기 자원을 확보하여 이를 재미있게 만드는가에 따라 나라의 문화와 미래가 좌우된다. 이야기는 신화 속에 무한하게 내장되어 있는 동시에 신화는 우주의 배꼽, 우주의 중심에서 구심력을 발휘한다. 나아가 신화의 상징성은 심리적인 기제로서 거대 자본과 타락한 문명으로 인해 혼란에 빠진 인류에게 종지부를 찍을 수 있는 단서를 제공해 주기도 한다. 따라서 신화는 우리의 영혼이 쉴 곳을 알려 주며, 실재를 넘어선 시원적인 궁극을 알려 주는 '무엇'으로서 삶 자체로 환원된다.

　후각적 지각을 좌우하는 '냄새'란 본능적인 자극을 넘어 인간의 잠재의식에 내장되어 있는 원체험이나 신화의 원형이 되는 근원적인 정서를 일깨우는 작용을 한다. 따라서 '후감무의식(嗅感無意識)'이란 후각적 상상 작용에서 촉발된 매재를 근간으로 한 개인의 원체험이나 인간의 근원적인 무의식을 구상화해 내는 방식이다. 한 시인이 모든 인간의 보편적 원형 정서를 후각적 지각으로 끌어낸다는 것은 아무런 결핍 없는 원초적 체험이 현실의 비극이나 슬픔을 정화하거나 승화하고자 하는 의식의 개념으로 요약된다. 더 나아가서는 인류가 낙원 상실의 체험을 어떤 방식으로든 넘어서고자 하는 일종의 자기 보상적인 심리 기제가 원초적으로 발현된 형태라 볼 수도 있을 것이다.

벗나무 검은 껍질을 뚫고

갓 태어난 젖빛 꽃망울들 따뜻하다

햇살에 안겨 배냇잠 자는 모습 보면

나는 문득 대중목욕탕이 그리워진다

뽀오얀 수증기 속에

스스럼없이 발가벗은 여자들과 한통속이 되어

서로서로 등도 밀어주고 요구르트도 나누어 마시며

볼록하거나 이미 홀쭉해진 젖가슴이거나

엉덩이거나 검은 음모에 덮여 있는

그 위대한 생산의 집들이 보고 싶다

그리고

해가 완전히 빠지기를 기다렸다가

마을 시장 구석자리에서 날마다 생선을 파는

생선 비린내보다

니코틴 내가 더 지독한 늙은 여자의

물간 생선을 떨이해 주고 싶다

나무껍질 같은 손으로 툭툭 좌판을 털면 울컥

일어나는 젖비린내 아—

어머니

어두운 마루에 허겁지겁 행상 보따리를 내려놓고

퉁퉁 불어 푸릇푸릇 핏줄이 불거진

젖을 물리시던 어머니

3월 구석구석마다 젖내가…… 어머니

그립다   —조은길, 「3월」 전문

    이 시는 신산스런 인생사의 곡절을 겪어 본 사람만이 그려 낼 수 있는 원체험의 정서를 후각적 지각으로써 자연스럽게 이끌어 내는 특장을 보여 주고 있다. 비린 냄새가 지배하는 정조인데, 화자는 '3월'의 이미지를 "젖빛 꽃망울들"(식물)과 생선의 "비린내"(동물), 어머니 "젖비린내"(인간)를 동일화하면서 싱싱한 생명력의 원형을 강조한다. 이 시는 중앙일보 신춘문예 당선작으로서 본심 위원이었던 최동호·이시영에 의하면, "3월의 배냇잠 구석구석까지를 훑어내는 그 시적 촉각이 예민하면서도 신선하다. "나무껍질 같은 손으로 툭툭 좌판을 털면 울컥/일어나는 젖비린내"를 맡을 줄 아"는 시인의 자질을 높이 평가하여 당선작으로 민 대목에서도 후각 이미지의 중요성이 확인된다.

    생명이란 원래가 "서로서로 등도 밀어주고 요구르트도 나누어 마시"는 모성적인 상생의 정신 위에서 구현된다. 그것은 하나같이 "볼록하거나 이미 홀쭉해진 젖가슴이거나/ 엉덩이거나 검은 음모에 덮여 있는/ 그 위대한 생산의 집들"이다. 그 우주의 배꼽에서 떨어져 나오면서부터 타자로서의 인간은 비극을 체현하게 된다. 근원을 상실한 자가 다시 귀착할 곳은 다름 아닌 자궁 속으로의 회귀를 꿈꾸는 일이다. 이 자궁은 인간이라면 누구나 되돌아가고픈 집이면서 우주 공동체의 근원을 상기하면서 모태 회귀 의식을 드러내 주는 장소이다.

    자궁을 의미하는 "위대한 생산의 집"은 가시적 실체가 아니라 비가시적인 상상의 매재로서 비극적 현실을 모성의 세계로 동일화하려는 화자의 무의식층에 자리한 원형 공간이다. 시적 화자는 "젖빛 꽃망울"에서 "대중목욕탕"을 떠올리고, 나아가 "푸릇푸릇 핏줄이 불거진/ 젖"을 먹던 후각적 기억을 통해 삶의 에너지를 공급 받고자 한다. 모성성을 함의하는 자궁은 자유와 유토피아의 원형으로서 시적 화자로부터 멀어진 충만한 생명력의 세계이다. 이것은 시적 화자에게 에너지를 불어넣어 주는 절대의 공간이다. 이처럼 후각적 지각은 원형상징을 자극하기 때문에 "생선 비린내보다/ 니코틴 내가 더 지독한 늙은 여자의/ 물간 생선을 떨이해 주고 싶다"는 시적 화자의 휴머니즘적 정서를 이끌어 내는 힘으로 작용한다.

조은길의 시가 후각 이미지에서 모성 의식을 환기해 따뜻한 인간의 정서를
일깨워 준다면, 다음의 인용 시는 '후감무의식'을 전제로 인간과 자연이 하나
로 환원되는 신화적 원형을 드러내는 데 관심을 집중한다.

   (가) 버스에 앉아 잠시 조는 사이

       소나기 한줄기 지났나보다

       차가 갑자기 분 물이 무서워

       머뭇거리는 동구 앞

       허연 허벅지를 내놓은 젊은 아낙

       철벙대며 물을 건너고

       산뜻하게 머리를 감은 버드나무가

       비릿한 살냄새를 풍기고 있다

—신경림, 「여름날」 전문

   (나) 압구정동 한양아파트 앞길

       아카시아꽃이 활짝 피어

       노오란 꽃잎들을 와르르 포도 위에 쏟아놓는다

       그 위를 아무것도 모르는 계집년 둘이

       허연 다리를 허벅지까지 드러낸 채

       검은 선글라스를 끼고 걸어간다

       어디서 훅 풀 비린내가 스쳐온다

—이시영, 「초여름」 전문

이 두 편의 시는 누가 보아도 후각을 통해 감지하는 정황만 다를 뿐 표현
하고자 하는 무의식의 심층은 동일하다. 이 두 편의 시는 공교롭게도 세 개
의 짝으로 병렬한 이미지도 거의 일치한다. 문명인 "버스"와 "포도"에 대립하

는 자연의 "버드나무"와 "아카시아꽃"이란 상징의 축, 그리고 나아가 "젊은 아낙"과 "계집년 둘"이 "허벅지"를 드러낸 정황까지도 흡사하다. 그러나 여기서는 유사성의 측면을 통해 환기한 시인의 의식에만 주안점을 두고 논의를 꾸려 가고 싶다. 무릇 시란 선후배 시인들의 역학 관계 속에서 자양을 얻는다는 사실도 부정할 수만은 없지 않은가. 더구나 이 글의 취지가 시의 선후 영향 관계를 밝히는 글이 아니니 만큼 그러한 판단은 전적으로 독자들에게 유보하고자 한다.

어쩌면 이 시들은 자연의 생명력을 찬미하는 에로스의 신화를 그대로 옮겨 놓은 듯한 심미적 미감을 자극하기에 충분한 요소를 갖추고 있는 수작이다. 성적 욕망을 넘어선 지점에서 느끼는 에로스의 감각만이 독자들을 우주적 생명력이 충일한 시원의 맥을 짚도록 인도해 줄 것이다. (가)의 시에서 화자는 시각 이미지인 "버스"(문명)의 대척점에 "젊은 아낙"의 "허연 허벅지"(인간)와 "산뜻하게 머리를 감은 버드나무"(자연)와 겹쳐 놓고, 그 공분모를 "비릿한 살냄새"로써 재현하고 있다는 점이다. 이 후각적 감각은 우주적인 생명의 에로스가 한순간에 체감되는 황홀한 경이의 순간이다.

(나)의 시도 "압구정동 한양아파트"란 문명의 첨단에 "아카시아꽃이 활짝 피어/ 노오란 꽃잎들을 와르르 포도 위에 쏟아놓는" 자연의 대극적인 정황을 그린 뒤, 다시 "아무것도 모르는 계집년 둘이/ 허연 다리를 허벅지까지 드러낸 채/ 검은 선글라스를 끼고 걸어간다"고 점층적으로 인간을 묘사하고 있다. 여기에는 "노오란 꽃잎"(자연)과 "포도"(문명), "허연 다리"(인간)와 "검은 선글라스"(문명)의 대비, 그것은 마지막 2연의 어디선가 불어오는 "풀 비린내"(신화의 원형)를 극적으로 강조하기 위한 화자의 전략이다. 이 후각적 지각은 화자가 문명과 자연, 인간이 하나된 에로스의 충동적 감각을 신화의 원형에서 무의식적으로 안출한 것으로 파악된다.

이와 같이 시인은 인류의 원형적인 신화적 세계나 정서를 전달하는 경우라도 직접적인 방식이 아니라 후각적 지각이 감지한 세계를 보여 주는 화법을 취한다. 시인이 후각 체험을 차용한 것은 인간의 심층에 내재한 근원 정서를 우주적 생명의 에로스와 직접 조응하게 만드는 방식이기 때문이다. 거대 문명이 가로막는 생명 충동의 신화는 자연과 인간의 경계를 일거에 무너뜨린다. 자연과 문명의 괴리감을 무화하면서 인간을 다시 자연의 일원으로 편입하게 만들려는 시인의 고뇌가 바로 여기에서 시작된다. 특히 후각 이미지의 경우 무의식적 자각에서 비롯되기 때문에 인류의 집단무의식과 맥을 잇는 가장 기본적인 수단이다. 따라서 '후감무의식'이란 후각 체험을 전제로 하여 모든 인간 존재에게 근원적으로 적용되는 신화적인 정서를 환기하는 특성이 있다. 다시 말해서 이는 인간이 문명의 세계와 접촉할 때마다 우주 창생의 성스러운 공간을 재생하면서 위무하는 서정시의 한 국면을 열어 보이는 데 기여한 바가 크다.

5. 촉각 이미지

인간은 외부의 자극에 대해 적절하게 대응하면서도 환경의 변화에 가장 손쉽게 영향을 받는 민감한 동물이다. 이러한 외부의 자극에 대해 재빠르게 대처할 수 있도록 하는 능력을 감각이라 한다. 인간은 그중에서도 여타의 동물과는 다르게 감각의 한 종류인 촉각, 즉 외수용기에 의해 접촉·반응하면서 대상을 인지하는 경향이 농후하다. 환경의 변화를 자극이라 하고 이러한 자극을 감지하여 생물체가 외부의 자극에 대해 적절하게 대처할 수 있도록 하는 능력을 촉각적 감각이라 한다. 앞 장에서도 개진해 온 것이지만, 우리 몸에는 눈으로 자극을 인식하는 시각과, 소리를 인식하는 청각, 맛을 인지하는 미각, 냄새를 인지하는 후각, 접촉을 인지하는 촉각 등 다양한 감각 기관이 있다.

최근에는 감각을 중시하여 그것을 실생활에 적용하려는 한 예로 이미지 트레이닝이란 영역도 있다. 어떻게 보면 그것은 자기암시, 지시적 자기최면과 흡사한 내용이다. 이에 대한 조각의 예를 든다면, 특정 대상물에 대한 암시를 주고, 상상 속에서 오감을 발휘하여 대상물을 더듬어 나가는 방식이다. 눈을 감고 머릿속으로 생각나는 대로 쪼고 깎아 내면서 상상적 실재로 만들어 보는 것이다. 그렇게 스스로 자아낸 이미지를 실제로 조작할 수 있는 능력이 생기게끔 도와주는 것이 곧 이미지 트레이닝인 셈이다. 이와 마찬가지로 시에서도 이미지를 조작하는 데 익숙해지고, 급기야 상상과 현실의 경계를 허물만큼 탁월한 이미지를 만들어 낸다면, 그것은 실제 체험에서 이미지를 끌어내는 것보다 더 큰 효과를 거둘 수도 있다는 것이다.

이와 같은 반복적이고 감각적 훈련은 상상력을 모체로 하는 시에서는 두말할 나위 없이 중요하다. 촉각이 담당하는 중요한 기능 가운데 하나가 바로 상상에 현실감을 부여한다는 특성이 있기 때문이다. 촉각 신경의 경우 다른 감각 신경에 비해서 신호를 매우 신속하게 전달한다. 따라서 시에서 촉각 이미지는 시인의 느낌을 다른 대상을 선택하여 투사하는 경향과 그와는 반대로 어떤 촉각적 질감을 세계화하려는 경향으로 분류된다. 전자는 시인 자신의 느낌을 객관적 대상에 투사하여 독자와 자신을 감성적 인지로써 공유하려는 의식의 발현인 데 반해 후자는 자신의 촉각적 느낌의 반향을 외부적으로 발산하며 자아의 타자적 태도를 극복해 보려는 리얼리즘적 의지의 일환이다.

1) 촉각투사

일반적으로 촉각 이미지란 피부를 통해 느낀 감각이 우리의 마음의 상에 떠오르는 감각으로 정의된다. 피부는 다른 동물들의 보호 본능과는 달리 접촉을 통해 친밀감을 드러내거나 밀치면서 적의를 드러내거나, 혹은 애정 표현의 감미로운 유혹의 제스처 구실로도 쓰인다. 나아가 세간에 널리 쓰이는 관용구의 하나로 '촉각을 곤두세우다'란 말도 있다. 이는 사전의 정의에 의하면, "무엇에 정신을 집중시켜 즉각 대응할 태세를 갖추다"란 뜻이다. 이처럼 촉각은 언어로 표현하기 어려운 것을 대체하는 제2의 의미 전달 기능도 수행하는 것이다. 다른 감각보다도 용이한 점은 시인이 의도한 의식이나 정서를 의미의 언어에 의지하지 않고 가장 손쉽게 발현할 수 있는 구실로써도 가치를 지닌다.

'촉각투사(觸覺投射)'란 시인이 의도한 정서나 사상을 그에 합당한 촉각 매개물로 직접 투사하여 구체화하는 시적 진술의 한 양식이다. 재미있는 사실은 시인이 상상적으로 인식한 촉각적 감각이 대뇌로 전달되자마자 독자들도 그러한 느낌이 곧바로 재현된다는 사실이다. 그렇다 보니 자연히 독자와 시인이 동일성(identity)을 형성하면서 정서의 질을 공유하는 형태로 드러난다. 다시 말해서 접촉 감각을 통해 인식하는 독자는 모든 대상을 의식 현상으로써 직접 제공 받게 된다는 것이다. 몸의 접촉 경험이 바탕이 되는 이러한 이미지들은 무엇보다도 직접적이고 구체적인 성격을 띠게 마련이다. 이는 자아를 세계화하는 한 형태로서 서정 시인들이 즐겨 쓰는 방식 중의 하나로 손꼽힌다.

앙상한 개가 이 새벽에 핥고 있는 것은
어머니의 女性이다 불면을 죽어라 핥아내면
당신의 아침이다 월경 멈추던 즈음에
어머니는 불 켜진 새벽 마루에서 자주 마늘을 까거나
콩나물을 다듬는다 몸에서 핏덩이를 뱉는 대신
마늘 쭉정이라든가 시든 배춧잎을 오래된 습관으로
잘라내는 거다 생후 사십오 일 된 애완견은
무거운 상징을 핥는다 정신없이 낼름대는 혓바닥이
아무렇게나 드러난 허벅지에 닿았을 때 나는
개의 몸부림을 거둔다 아침 햇살 자글자글 끓고 있는
어머니의 눈가 주름살…… 애써 눈 돌리며 어머니 원피스를
기저귀처럼 허벅지 아래로 감싼다 곁에 누워
강아지 구석구석을 만져주었다 내 손등이며
귓불이며 무릎을 핥고 있는 어린 목숨 건너

싱싱한 날것으로 어머니 살갗 내음 달라붙는다

아침 댓바람에 숨의 결 따라 한참을 울었다

서러움이라고 쓰지 말자, 어린 개가

눈언저리를 열렬하게 핥아내는 거였다

—박진성, 「폐경기」 전문

주지하다시피 '폐경기'란 여성의 일생에서 월경이 중단되어 더는 생식을 할 수 없게 되는 시기이다. 화자는 어머니의 "불면"과 짝을 이룬 "새벽"의 이미지를 통해 폐경기로써 제시된 불모의 상실감을 촉각 이미지로써 구상화한다. 따라서 이 시에서 새벽은 신생의 느낌으로 암유된 정서가 아니라 암울한 소멸의 이미지를 드리운다. 따라서 "생후 사십오 일 된 애완견"이 신생의 혀로 "불면을 죽어라 핥아내면/ 당신의 아침"인데, 그때가 바로 "월경 멈추던 즈음"이라는 정황이 제시된다. 따라서 화자는 어머니가 그것을 잊기 위해 "불 켜진 새벽 마루에서 자주 마늘을 까거나/ 콩나물을 다듬는" 불안한 심리 상태를 보여 준다.

화자가 어린 "강아지"를 "어머니"와 병치한 것은 신생의 느낌과 소멸의 정서를 강화하기 위한 방식이며, 근원적인 성감을 자극하는 장치로써는 "핥는다"는 촉각 이미지를 내세우고 있다. 어머니가 "몸에서 핏덩이를 뱉"지 못하는 상실감을 대신하여 그 어리고 "앙상한 개가 이 새벽에 핥고 있는 것은/ 어머니의 女性"인 것이다. 촉각의 혀로 생명의 불을 활활 당기는 듯 "정신없이 낼름대는 혓바닥이/ 아무렇게나 드러난 허벅지에 닿"는 것이다. 그 모습을 화자는 "무거운 상징"이라 명명한다. 생명의 촉발과 소멸(불모성)이라는 양가성의 아이러니한 국면을 화자가 적절하게 예각화한 구절이라고 볼 수 있다.

화자는 어린 강아지를 연민의 정서로써 "구석구석을 만져" 주자 강아지도 "내 손등이며/ 귓불이며 무릎을 핥"아 준다. 이러한 의식은 다시 "싱싱한 날것으로 어머니 살갗 내음 달라붙"어 급기야 강아지가 서러움에 북받친 화자의 "눈언저리를 열렬하게 핥아" 준다. 여기에는 "어머니"(상실)와 "강아지"

(신생), 그리고 "나"(생명)에 이르는 생명의 전 과정을 포괄하는 연민 의식이 자리 잡고 있다. 나아가 생명의 원초적 숨결을 자극하여 촉발해 내는 촉각 동사인 '핥는다', '닿는다', '감싼다', '만진다', '달라붙는다' 등을 적극적으로 활용하고 있다는 점이다.

이와 같은 특성은 생명의 숨결이 자연스럽게 교감하도록 시적 정황을 이끌어 내는 구실을 담당한다. 그만큼 화자의 생명에 대한 사랑과 타자에 대한 연민 의식이 누구보다도 남다르다는 이유일 것이다. 다시 말해서 촉각적 정황이 "어머니"를 핥던 "강아지"를 내가 "만져주"고, 다시 그 "강아지"가 "나"를 핥는 전이 과정으로 투사된다. 그것이 억지로 의식을 투사한 결과가 아니라 촉각 이미지를 통해 연쇄적인 반응의 형태로 드러난다는 점이 화자가 시의 맛을 알고 쓰는 경우라 할 수 있다. 나아가 그 투사의 결과가 생명 교감의 연대감으로 이어져 자아와 타자의 구분 없는 수평적 생명 사랑의 정신을 구현해 내고 있다는 점도 간과할 수 없는 대목이다.

> 그 잎 위에 흘러내리는 햇빛과 입 맞추며
> 나무는 그의 힘을 꿈꾸고
> 그 위에 내리는 비와 뺨 비비며 나무는
> 소리 내어 그의 피를 꿈꾸고
> 가지에 부는 바람의 푸른 힘으로 나무는
> 자기의 생(生)이 흔들리는 소리를 듣는다
>
> —정현종, 「사물의 꿈 1」 전문

이 시의 부제인 '나무의 꿈'이란 나무가 스스로의 생명력을 역동적으로 일깨우며 실현하려는 꿈이다. 그 꿈은 우주와의 에로스적인 충동과 친화, 나아가 "햇빛"과 "비"와 "바람"과의 촉각투사 과정을 통해 자신의 생명 에너지를 분출한다. 나무는 이렇듯 우주와의 교감과 상호 침투 과정을 통해 "자기의 생(生)이 흔들리는 소리"까지 듣는 과정을 거쳐서야 비로소 자기 존재에 대한 정체성을 확보하게 된다. 이와 같이 시에 드러난 나무는 "햇빛과 입 맞추"고 "비와 뺨 비비"는 아주 생명력이 넘치는 역동적인 움직임을 보여 준다. 나무는 일반적으로는 홀로 그 자리에 서 있는 수동적 존재로 느껴지지만, 실제로는 역동적인 생명을 향해 움직인다. "힘", "피" 등은 자연의 끓어넘치는 생명력이 내포된 개념이다.

나무가 "자기의 생(生)이 흔들리는 소리를 듣는다"는 시적 언술도 우주의 에너지가 충만하여 스스로의 격정에 몸을 뒤트는 입체적인 촉각의 질감으로 다가온다. 그것은 화자가 나무를 "바람의 푸른 힘"과 교감하는 에로스의 생명 에너지로 직접 투사한 데서도 쉽게 발견된다. 피, 태양의 힘, 바람의 푸른 힘 등은 강한 생명력의 욕구와 깊은 관련을 맺는 화자의 투사적 상관물이다. 지상의 나무가 생명력의 도약을 실현할 수 있었던 것은, 무엇보다도 화자의 섬세한 상상력이 촉감적 질감으로 변환되어 죽은 일상의 언어에 신의 입김과도 같은 생명감을 부여한 결과에서 기인한다.

이상과 같이 '촉각투사'란 방식은 서정시의 고유한 인식 양식으로서, 상상력을 위주로 쓰는 시에는 본질적 인자와도 같은 역할을 담당한다. 촉각은 우리 신체나 정신을 하나의 직통 노선으로 엮어 인지 자체가 바로 현실이, 상상 자체가 바로 언어가 되는 상상의 직접성에 호소하는 기능이 있기 때문이다. 박진성의 시 「폐경기」의 촉각적 정황이 시적 주체인 "어머니"를 핥던 "강아지"는 내가 "만져주"고, 다시 그 "강아지"가 "나"를 핥는 전이 과정으로 투사되어 생명의 전 과정을 아우르는 연민 의식을 이끌어 낸다면, 정현종의 시 「사물의 꿈 1」은 시적 대상인 "나무"가 "햇빛"과 "비"와 "바람"과의 촉각투사 과정을 통해 자신의 생명 에너지를 분출하여 "자기의 생(生)이 흔들리는 소리"까지 들으면서 존재가 자기 정체성을 발견하는 과정으로 나아간다는 점이 다르다. 그러나 이 두 편의 시가 시인 자신의 느낌을 객관적 대상에 촉각의 질감으로 투사·소통시켜 대상(독자)과 자신의 사유를 감성적 인지로써 공유하려는 의식의 국면이라는 점에서는 정확하게 일치한다.

2) 반사질감

'촉각투사'가 어떤 촉각적 질감을 자아화하려는 경향으로 나아가 시인과 대상, 독자 상호 간의 공유의 질을 형성한다면, 이와는 역발상의 형태인 '반사질감(反射質感)'이란 비극적 현실에서 도출된 시인의 촉각적 느낌의 방향을 외부적으로 발산하며 이를 극복해 내려는 양식이다. 촉각적 지각을 매개로 자신의 사유를 반사하는 형식이란, 한마디로 말해서 시인의 비극적 정서나 인식을 그에 걸맞은 인지 대상을 통해 보편적 진리를 이끌어 내는 토대로써 작용한다. 나아가 1980년대식 계급성을 떠나 시인의 시작 행위에 정당성을 부여하는 현대적인 소박한 리얼리즘의 성향을 띠는 갈래를 형성한다.

이와 같은 기법에서 흥미로운 점이 있다면, 그것은 '세계의 자아화'가 아니라 '자아의 대상화'라는 독특한 형식으로 드러난다는 점이다. 그렇기 때문에 '투사(projection)' 형태의 역발상인 기존 서정시의 '동화(assimilation)'와는 확연히 다른 형식으로 구분된다. 이 기법은 촉각 매재에서 새로운 진리를 발견해 내는 의식 작용이 전제되고, 그것을 객관화할 수 있는 언어 구조나 장치를 마련해야만 창작이 가능한 시적 진술의 한 형태이다. 그렇다 보니 자연히 독자와 시인이 객관적 인지 위에서 감성과 이성이 교류하면서 비극적 사유를 승화하여 더 나은 세계로 도약해 가는 정서의 질을 공유한다.

    늦은 점심으로 밀국수를 삶는다

    펄펄 끓는 물속에서
    소면은 일직선의 각진 표정을 풀고
    척척 늘어져 낭창낭창 살가운 것이
    신혼적 아내의 살결 같구나

    한결 부드럽고 연해진 몸에

동그랗게 몸 포개고 있는

결연의 저, 하얀 순결들!

엉키지 않도록 휘휘 젓는다

면발 담긴 멸치국물에 갖은 양념을 넣고

코밑 거뭇해진 아들과 겸상을 한다

친정 간 아내 지금쯤 화가 어지간히는 풀렸으리라

—이재무, 「국수」 전문

위 인용 시의 화자는 자잘한 인생사에서 시대사와 결부된 비극적 내면 정서를 끌어내어 삶의 진리를 유추해 내는 시력을 보여 준다. 미각의 소재를 촉각으로 환치하는 특성에서도 시의 일정한 격이 보증된다. 우선 화자는 1연에서 밀국수 삶는 정황을 "늦은" 시간대로 제시하면서 마지막 연의 정황과 짝을 맞춘다. 곧바로 2연에서 "밀국수"의 이미지를 "일직선의 각진 표정"(개인)과 "펄펄 끓는 물"(사회)의 이미지를 대비한 뒤, 다시 "척척 늘어져 낭창낭창 살가운 것"(승화)이라는 촉각적 질감을 통해 리얼리즘의 정서를 환기한다. 여기에다 능청스럽게 "신혼적 아내의 살결 같"다는 시각과 촉각을 재생하는 미감을 비유로 덧붙인다.

화자는 1, 2연에서 올곧은 한 인간의 내면 정서가 펄펄 끓는 시대사와 만나 대적하는 장면을 전경화한다. 불화와 질곡을 겪은 자만이 도달할 수 있는 탄력적이고도 살가운 인간사의 정점을 보여 주기 위한 전략이리라. 더구나 화자는 3연에서 "한결 부드럽고 연해진 몸"에 "동그랗게 몸 포개고 있는/결연의 저, 하얀 순결들!"이라고 화자가 촉각적으로 인지한 궁극적 세계의 모습을 현현해 놓고 있다. 기실 삶이란 "동그랗게 몸 포개"기 위해 "각진 표정"을 푸는 일이 아니던가. 여기서 그치지 않고 화자는 인간의 아이러니한 양면성(각진 · 일직선 · 풀리다/낭창한 · 동그랗다 · 엉키다)을 결구해 내기 위한 기법적 장

시를 쓰는 예비 시인들은 무엇보다도 "결연"이라는 말에 차용한 펀(pun)의 효과를 놓쳐서는 곤란하다는 뜻이다. "결연"은 일차적으로는 '인연을 맺는다'는 '결연(結緣)'에다가, 이차적으로는 '태도가 매우 강하고 굳세다'는 '결연(決然)'의 이중의 의미를 덧붙인 것으로 파악된다. 3연의 "하얀 순결"의 색채 이미지도 4연의 "코밑 거뭇해진 아들"과 상치하기 위한 장치가 아닐 수 없다. 그리고 마지막 연의 "친정 간 아내 지금쯤 화가 어지간히는 풀렸으리라"는 구절도 독자들에게 새로운 정보로써 앞의 촉각 서사를 한순간에 풀어낼 수 있게 하면서, 그간의 서사를 인생의 진리로 역전하는 구실을 톡톡히 감당한다.

이 시는 가히 무기교의 기교라 여겨질 만큼 단순하면서도 그 내부는 아주 옹글게 엮인 구조적 치밀함이 느껴지는 작품이다. 이처럼 촉각적 감각에서 출발한 정서란, 일차적으로는 세계로부터 받는 폭력이나 억압 기제로 인해 개인은 위축될 수밖에 없다는 것은 통념이다. 하지만 그것에 의해 축적된 내면의 슬픔이나 고통을 내부로 결집하여 다시 외부로 반사하는 것이 인간의 심리적 방어 메커니즘의 특성이다. 나아가 '반사질감'의 형식으로 화자의 실존적 기투가 세계성을 띨 때, 나약한 인간의 모순된 양면성이 현실화되는 순간이며, 이는 세계의 허구에 정면으로 대적하는 범박한 리얼리즘 시의 본질과 직결된다는 사실에 예비 시인들은 유의해야 한다.

그해 겨울은 눈이 많이 내렸다. 아버지, 여전히 말씀도 못 하시고 굳은 혀. 어느만큼 눈이 녹아야 흐르실는지. 털실 뭉치를 감으며 어머니가 말했다. 봄이 오면 아버지도 나으신다. 언제가 봄이에요. 우리가 모두 낫는 날이 봄이에요? 그러나 썰매를 타다 보면 빙판 밑으로는 푸른 물이 흐르는 게 보였다. 얼음장 위에서도 종이가 다 탈 때까지 네모반듯한 불들은 꺼지지 않았다. 아주 추운 밤이면 나는 이불 속에서 해바라기 씨앗처럼 동그랗게 잠을 잤다. 어머니 아주 큰 꽃을 보여드릴까요? 열매를 위해서 이파리 몇 개쯤은 스스로 부숴뜨리는 법을 배웠어요. 아버지의 꽃 모종을요. 보세요 어머니. 제일 긴 밤 뒤에 비

로소 찾아오는 우리들의 환한 家系를. 봐요 용수철처럼 튀어오르는 저 冬至의
불빛 불빛 불빛.

—기형도, 「위험한 家系·1969」 부분

앞의 인용 시가 촉감적 질감을 통해 개인사에서 촉발된 화자의 사회의식을 상징적으로 보여 준다면, 이 시는 사회사와 결부된 개인사의 비극을 은유화하는 특징으로 드러난다. 개인과 사회의 관계가 삼투압을 이루며 촉각 이미지를 전제로 제가끔의 대안을 찾는 과정이 섬세하게 펼쳐져 있다. 특히 이 시에서는 촉각적 지각을 통해 무능한 아버지와 당대의 억압적 상황을 함축한 "굳은 혀"를 풀기 위해 "이파리 몇 개쯤은 스스로 부숴뜨리는 법을 배"운 화자의 비장한 실존적 고투가 담겨 있다. 그러기 위해서는 "어느만큼 눈이 녹아야 흐"른다는 비감한 화자의 의식이 전제로 깔려 있는 것이다. "어머니"는 그 길고 핍진한 겨울을 나기 위해 촉각 질감인 "털실 뭉치를 감으며" "봄이 오면 아버지도 나으신다"고 부권에 대한 맹목적인 신념을 지닌 존재이다.

화자는 이에 대해 "언제가 봄이에요. 우리가 모두 낫는 날이 봄이에요?"라고 반문한다. 여기서 화자는 개인의식에서 "우리가 모두 낫는 날"이라는 공동체적 사회의식으로 전환을 꾀하며 시 의식을 확장해 나간다. 화자의 눈에 비친 "빙판 밑"의 세상이 조금씩 풀려 가며 일말의 가능성인 "푸른 물이 흐르는 게 보였"기 때문이다. 그러나 아직까지는 꽝꽝한 요지부동의 "얼음장 위에서도" 화자의 상징이자 세상을 향한 언어의 불길인 "종이"가 활활 다 전소될 때까지 "불들은 꺼지지 않"는다. 여기에서 "네모반듯한 불"은 화자의 정직성과 도덕적 신념을 암유한 메타포 구실을 한다.

화자의 신념은 추운 꿈속에서조차 "해바라기 씨앗처럼 동그랗게 잠"을 잘 수 있는 미래 시간에 대한 철저한 긍정의 전제 조건이 된다. 따라서 화자는 어머니에게 "아주 큰 꽃을 보여" 주겠다는 확신의 어조를 통해 현실의 시간과 만나는 계기를 부여한다. 화자가 겨울이라는 질곡과 좌절의 시간대에서 생체험으로써 깨달은 것을 외부적으로 역반사하는 형태이다. 이러한 결과

는 화자가 통찰의 시간 계기에 따라 "열매를 위해서 이파리 몇 개쯤은 스스로 부숴뜨리는 법을 배웠"기에 가능한 인식이다. 이 촉각적 지각의 배후에는 자기 몸을 거세해야만 더 큰 세계와 만날 수 있다는 지난한 몸부림의 과정이 각인되어 있다.

이와 같은 시간 인식은 결국 화자가 슬픔의 상징인 무능한 부권, 즉 "아버지의 꽃 모종"은 "제일 긴 밤"이었다는 각성의 시간으로 의식의 전환을 야기한다. 더 이상 가망이 없는 부권의 세계를 갈아엎을 새로운 봄의 시간대를 만들어 내기 위해서는 인고와 격절의 과정이 필요하다. 화자가 제시한 "冬至"와 같은 긍정의 시간대란 "제일 긴 밤 뒤에 비로소 찾아오"기 때문이다. 무엇보다도 "우리들의 환한 家系"를 만들어 내기 위해서는 "용수철처럼 튀어오르는" "冬至의 불빛"과 숙명적으로 만나야 한다. 굳이 이 시에서 의의를 찾자면, 그것은 비극의 시간대에 첨착되어 있던 화자가 상징으로 축약한 "용수철"(spring)에서 유추되듯이 화자가 비극적 인식을 벗어나 새로운 세계로의 도약을 예비하는 시간대를 인지한 데 가치를 둘 수 있을 것이다.

이상에서 논의한 바와 같이 시인은 촉각에서 착안된 지각을 시로 옮기는 경우라도 은유나 상징, 희언(pun) 등 다양한 시적 장치를 적절히 구사하여 시적 언술을 마련한다. 촉감적 지각이 환기하는 세계는 한편으로는 '촉각투사'의 기법으로 드러나 세계와 자아의 동일성(identity)을 이끌어 내는 서정시의 전형성에 기여한다면, 다른 한편으로는 '반사질감'의 기법은 현실의 비극성에 대응하는 리얼리즘적 세계 인식을 보편적 진리로 변환하려는 시도에서 출발한다. 전자는 어떤 형태로든 시인 자신의 지각을 객관적 매재에 촉각의 질감을 투사·소통시켜 대상(독자)과 자신의 사유를 공분모로 엮어 내려는 시 의식의 산물이다. 이에 반해 후자는 시인의 실존적 기투가 외부로 분출될 때, 세계의 이율배반적 허위와 정면으로 만나 계급성을 거세한 현대적인 소박한 리얼리즘 시의 본질과 직결된다. 따라서 촉각 이미지란 촉각적 체험이나 질감을 시의 인자로 삼아 모든 인간과 세계의 갈등이나 사회의 부조리와 모순, 욕망 등 인간 세계에 산재한 문제들에 대안을 제시하는 특성을 지닌다.

6. 상대 이미지

현역 시인들이 가장 즐겨 암송하는 시로 김춘수의 「꽃」이 선정되었다는 조사 결과가 『시인세계』(2004년 가을호)란 잡지에 게재된 적이 있다. 그의 시 「꽃」에는 세 가지 시적 관계, 즉 '나·너·우리'라는 간극을 하나로 통일하는 호명 행위가 강한 흡인력을 발휘하기 때문으로 여겨진다. '꽃'은 식물의 상징이자 아름다움을 대표하는 욕망과 미학의 메타포를 거느렸다는 점도 간과할 수 없는 조건이다. 나아가 그의 시에서 '꽃'은 나와 너의 이자 관계(I—thou)에서 고민하는 모습과, '몸짓'과 '눈짓'으로 방향과 변화를 모색하는 모습 등으로 관념화된다. 특히 불러 주어야 '꽃'이 된다는 언어와 존재의 개시성을 철학적으로 형상화한 지적 의미 때문에 현역 시인들도 최고의 암송시로 뽑았을 터이다.

김춘수의 첫 시집인 『구름과 장미』에서 시인은 "구름은 감각으로 설명도 없이 나에게 부닥쳐왔지만 장미는 관념으로 왔다"고 스스로 분석하고 있다. 그의 초기 시에서 '구름'은 의미를 버린 이미지 그 자체인 셈이다. 그러나 '장미'는 온갖 관념적인 의미들이 부가되어 있는 존재로서 시인의 상상력을 작동시키는 상징 매재가 된다. 그가 '구름'을 통해서 무의식에 내재한 감각적인 이미지 조형에 주력했다면, '장미'는 언어와 존재의 다양한 인식론적 의미를 탐색하는 구성물로써 드러난다. 그에게 '장미'는 의미를 유추하고 변용하는 상징적 도구로서의 역할을 수행한 것이다. 여기서 '장미'가 상상력으로써 사물들과의 관계를 의미화하는 '상대 이미지'라면, '구름'은 의미를 소거한 지점에서 이미지 자체로서 존재하는 '절대 이미지'에 속한다.

'상대 이미지'는 한마디로 말해서 시인의 독보적인 상상 작용에 의해 대상과의 관계를 맺는 것이며, 이에 따라 시에 차용된 온갖 사물이나 정황들은 유기적인 구조를 형성한다. 이 상상력의 고리를 통해 시인은 기존 윤리관에 입각한 시적 의미를 창출해 내기도 하지만, 기존 통념의 역방향에서 새로운 인식을 요구하는 문제 제기의 형태를 띠기도 한다. 시인들의 시적 관점이란 시인의 시 의식과 긴밀하게 밀착되어 시인의 윤리적 세계관을 담아내기도 하고, 이와는 역으로 대립을 축으로 이루어진 현상의 세계를 투시하여 실재의 세계를 객관적으로 조명하기도 한다. 전자가 '판단심상'이라면, 후자는 '관계심상'이라 명명할 수 있다.

1) 판단심상

시에서 기본적인 이미지란 다섯 가지 감각기관인 오감을 변주하여 시인의 주관적인 의도를 감각적으로 현실화한다는 사실을 앞 장에서 살펴보았다. 그리고 이 이미지 치환 양식은 기존의 언술을 파괴하여 새로움을 추구하려는 언어 경향과, 독자들의 관념화된 정서를 단숨에 뒤집어 독자적인 정서를 환기하려는 의도에서 착안되었다는 것도 검증했다. 여기에서 한 걸음 더 나아가 '판단심상(判斷心象)'이란 기존의 윤리·도덕적 관점을 축으로 삶의 지혜나 질서, 진실 등을 실제의 현상에서 착안하여 구상화하는 방식이다. 시인들은 삶의 가치와 진리를 실현하기 위해서 구체적 상황이나 대상들이 서로 맺는 이미지의 관계망을 중시한다. 사실상 이것들은 서로 분리된 양태들인데도 시인은 상상력의 필터를 통해 이들을 하나로 아우르며 자신의 세계관을 드러내는 방식으로 초점화한다.

남산 산책로, 오래된 나무들이 자꾸만 제 이름을 까먹는지 사람들이 이름표
를 달아주고 있었다

방년 여섯 살, 걷기 경력 5년차인 손주 뒤를 걷기 경력 70년차인 할아버지가
숨가쁘게 두둠두둠 뒤따르고 있다
―반칠환, 「경력으로 안 되는 일」 전문

　이성의 축으로 구성된 이 자본주의 세계는 그간 경력만으로 모든 것을 해결하려는 보이지 않는 폭력과 강권을 발동해 왔다. 그러나 어처구니없게도 이 세계는 이성만으로는 해결할 수 없는 한계점이 엄연히 존재한다. 특히 인간은 자연의 생명체와는 달리 신에게서 불완전한 몸을 부여 받은 이래 끊임없는 콤플렉스에 시달려 왔다. 일례를 들면, 평생을 기독교 신전에 몸을 바치고도 임종 직전의 순간 "목사님은 이제 예수님 품으로 가시니 행복하시겠어요"라고 연로한 장로가 말을 건네자 "예수가 누군데?"라고 되물었다는 치매에 걸린 어느 목사의 에피소드에서도 인간이 얼마나 한계적 동물인가라는 사실이 여실히 증명된다.

　인용 시의 화자는 "오래된 나무들"에 매달린 낡고 변색된 이름표를 다시 "사람들이 이름표를 달아주"는 치매 노인의 이미지로 변주하고 있다. 특히 "방년 여섯 살, 걷기 경력 5년차인 손주 뒤를 걷기 경력 70년차인 할아버지가 숨가쁘게 두둠두둠 뒤따르고 있"는 사실적 모습을 묘사하면서, 이 세계에 팽배해 있는 이성 편향주의 세태를 꼬집어 비판하고 있다. 여기에는 나무에게 이름표를 달아 주는 사람의 행위와 손주보다 힘겹게 걷는 할아버지의 행위라는 아이러니한 국면을 통해 상보적 세계관을 중시하는 화자의 윤리관이 제시된다.

　'나무'는 '사람'의 관리를 받는 동시에 사람을 위해 존재하듯이, 이 시의 '할아버지'는 '손주'를 돌보면서 걷는 것을 다시 배우는 존재로써 재현된다. 이 상호 보족이라는 이중의 의미망은 독자들로 하여금 수평적인 연대감을 자연스레 반추하게 한다. 이 시의 구조 분석을 통해 알 수 있듯이, 상대 이미지는 하나하나 시에 차용된 상황과 이미지가 화자가 세계를 바라보는 시점에 의해 윤리적인 의미망을 형성하는 것이다. 이러한 태도를 '판단심상'이라고 하는데, 이는 꼭 실재하는 이미지로만 제시하지 않고 상상적 이미지로 나아가는 시도 있다는 점을 다음의 인용 시는 잘 보여 주고 있다.

　광인, 興仁之門 옆을 아랑곳없이 무단횡단하고 있다

빵 한 조각 우적거리며 경적 속에서도 무심히 앞을 바라보며

천천히 발걸음을 옮기고 있다

검게 무장한 채 나무 사이를 거닐 듯

걸음을 떼며 경건하게 지나간다

햇빛이 옹위하듯

그를 둘러싸고 있다

순간, 차들은 앞으로 달려가야만 하는 제 본분을

잠시 잊어버린 채 성당에 들어선 것처럼 멈칫거리고

바퀴는 바퀴대로 둥그레 눈을 굴리며 의아해한다

그리고, 호수 위의 고니처럼 그가 도로를 막 건너갔을 즈음

城門에서는 옛사람들이 뒷짐을 지고는

천천히, ……햇볕 속으로 걸어나오고 있었다

—박주택, 「동대문 광인」 전문

   인용 시의 화자는 자신의 생각을 소거한 채 무심히 '광인'의 행위를 세밀하게 묘사하면서 현재의 사실 정황과 과거의 상상 정황을 전면에 내세운다. 우선 과거와 동일시된 광인과 현재와 동일시된 정상인과의 차이부터 가시화하면서 현재의 모순점을 간파해 내는 데 성공한다. 화자가 광인의 행동을 묘사하는 수식 어구는 "아랑곳없이", "천천히", "경건하게" 등에 함의된 바와 같이 정상인보다 아주 우월한 입지를 표상한다. 이와는 대조적으로 차에 탄 문명인들의 행위를 단적으로 부각한 표지를 찾아보면, "성당에 들어선 것처럼 멈칫거리고"라고 비꼬는 시구이다. 이러한 뒤집기 언어 전략에는 화자의 가치판단에 대한 엄밀한 기준이 적용되어 있다.

   이 시에 등장한 광인은 화자의 묘사 관점에 의해 편집증적인 존재가 아니라, 오히려 모든 집착으로부터 벗어나 있는 인물로 그려지고 있다. 또한 그 광

인은 햇빛의 옹위를 받으며 도로를 아주 무심하도록 천천히 "무단횡단"하며 현실의 규범을 일탈하는 자유로운 존재이다. 그러한 광인의 행위 이면을 틀 어쥐고 있는 정상인의 세계는 일순간 "달려가야만 하는 제 본분을" 잊은 채 졸지에 차들끼리 뒤엉켜 아수라장이 되고 만다. 따라서 "바퀴는 바퀴대로 둥 그레 눈을 굴리며 의아해" 할 수밖에 없는 상황이 연출되는 게 작금의 현실이 다. 그리고 그가 "호수 위의 고니처럼 그가 도로를 막 건너갔을 즈음"에서야 화자의 상상 세계는 마지막 한 획으로 언어의 결정을 보여 준다.

바로 "城門에서는 옛사람들이 뒷짐을 지고는/ 천천히, ……햇볕 속으로 걸 어나오고 있었다"라는 구절이다. 여기에서 화자가 실재하지 않는 "옛사람들" 을 상상적으로 재현하여 간취하고자 했던 상상력의 이면이 만져진다. 그러한 상상적 착안은 바로 '동대문'을 끼고 있었기 때문에 가능했으리라. 그렇다면 왜 화자는 이런 현장을 의도적으로 선택하여 담담히 진술했을까? 그것은 굳 이 설명하지 않아도 광포한 속도에 취해 어디로 가는지조차 모르는 현대인들 의 존재론적인 비애감을 그렸다는 데로 상상적 촉수가 뻗어 나간다. 이러한 묘사의 배후에는 문명이 인간의 여유롭고 아름다운 길의 역방향에서 우리를 끊임없이 추돌하고 있다는 화자의 자각이 깔려 있다.

이와 같이 '상대 이미지' 갈래 중의 하나인 '판단심상'이란 객관적 묘사 태도 로써 시인의 윤리적 의도에 따라 직접적으로 재구성된 방식이다. 원래의 사 물들이 위치한 자리에서 벗어난 판단심상은 시인이 대상과 맺어 놓은 관계망 이 중시된다. 이때 시에 차용된 온갖 대상이나 정황들은 서로 시인의 상상력 의 요구에 의해 부딪치면서 굴절되고 재창조된다. 그러한 까닭에 여기에 귀 속된 이미지들은 새로운 언어적 지위에 도달하거나 구조적으로 시적 의미가 부가된다. 시인은 독자가 상상적 유추로써 다다를 수 있는 범위 내에서 자신 만의 시점으로 세계를 해석하는 입장이 강화된다. 그 결과 여기에는 필연적 으로 그릇된 세계에 대해 비판 기능을 수행하거나, 삶의 진리와 진실을 조감 해 보는 윤리적 관점이 수용되게 마련이다. 따라서 예비 시인들이 이 기법을 원용할 경우 기존 인식의 틀에서 이탈하거나 새로운 세계의 이념을 구현하는 방식이 아니란 점에 유의해야 한다.

2) 관계심상

현대시의 전개 과정에서 볼 때, 시가 반드시 시각적일 필요가 없다는 논의는 19세기 프랑스 상징주의 시에서부터 촉발된다. 형이상학적 사유나 관념상의 체험을 지적으로 조작하여 재생한 시들도 흔히 발견되기 때문이다. 더구나 현대시로 오면서 엘리어트(T. S. Eliot)를 비롯한 지성적인 일군의 시인들이 추상적인 상상력의 세계까지 이미지의 범주로 편입하면서 새로우면서도 거대한 모더니즘의 틀을 만들게 된다. 따라서 '관계심상'은 시인의 사상이나 윤리적 관념을 표백하지 않는 태도를 견지하면서 기존의 언어와 사물들의 간극에 틈입하여 새로운 문제 제기를 하거나, 객관적 사실을 있는 그대로 그리며 진리를 내포하는 시점을 택하는 방식이다.

이와 같은 '관계심상(關係心象)'은 시인의 세계관이나 사상을 직접적으로 표백하지 않으면서 실재하는 세계의 현상을 투시하는 양식이다. 따라서 앞서 기존의 윤리·도덕적인 측면을 포괄하는 삶의 지혜나 질서, 진실 등을 보편화하는 '판단심상'과는 배치된 관점을 유지한다. 이는 시인의 관념을 구현하기보다는 대립적 상황이나 대상들이 서로 맺는 세계의 이면을 정관하면서 '언어의 존재성'을 탐구하는 경향과 '행위의 존재성'을 조망하는 두 경향으로 구분된다. 전자가 기의와 기표의 관계를 통해 존재와 언어의 간극을 심도 있게 탐구한다면, 후자는 행위와 존재의 문제를 통해 본래적인 인간의 실상을 가시화하는 특징을 보여 준다.

처음엔

쥐뿔도 없었다

아무것도 아무개도 없었고

없다는 말이 없었다

있다, 있었다

그런 말은 언제부터 있게 된 걸까?

뿔쥐는

내가 만든 말

뿔쥐를 그릴 수는 있지만

뿔난 쥐는 어디에도 없다

뿔쥐는 無

누가 수염 난 뿔고양이를 두려워하랴

뿔고양이도 無

뿔고양이가 뿔쥐를 씹어먹다 쥐뿔을 남겼다 해도

그게 과연 남은 것일까?

쥐뿔도 없고 개뿔도 없는 밤이다

흙비가 온다

황사를 비가 반죽해 두루 떨어뜨리니

내일 아침엔 눈을 씻고

세상의 얼룩덜룩한 것들을 보리라

—최승호, 「뿔쥐」 전문

이 시는 '쥐뿔'과 '뿔쥐'라는 정체불명의 언어를 뒤집어 그 기원에 대한 사유의 고리를 더듬어 보는 화두와도 같은 특징을 보여 준다. 일반적으로 언어는 '차이'에 의해 발생한다는 것이 현대 언어학자들의 일반론이다. '왼쪽'이라는 언어가 창안되면 반드시 '오른쪽'이라는 언어가 짝을 맞춘다는 논리다. 세계 어느 언어를 뒤적여 보더라도 마찬가지라는 것은 이미 학자들 사이에서도 기정사실로 인정하고 있다. 따라서 이 시는 "처음엔/ 쥐뿔도 없었다/ 아무것도 아무개도 없었고/ 없다는 말이 없었다"고 단언을 한다. 그리고는 "있다, 있었다/ 그런 말은 언제부터 있게 된 걸까?"라는 의문을 제기하면서 무(無)의 세계(혼돈, chaos)에서 유(有)의 세계(질서, cosmos)가 생성했다는 사실을 통해 언어의 궁극을 탐색해 들어간다.

'쥐뿔'은 사전에 나오는 말인 데 반해 '뿔쥐'는 시적 화자인 "내가 만든 말"이다. 여기에서 화자는 불완전한 언어 체계의 허방을 발견한다. 예를 들어 기존 언어 체계는 '접대'와 '대접', '보행'과 '행보' 등에서와 같이 거꾸로 뒤집어도 뜻을 파생해 내는 언어적인 자질을 보여 준다. 표면적으로는 유사해 보이지만, 실제로는 전혀 다른 의미의 관계를 형성하는 것이다. 대접과 접대는 '마음에서 우러나는 목적 없는 행위'와 '어떤 목적을 위해 봉사하는 의도적인 행위'라는 점이 다르고, 보행과 행보도 마찬가지로 '목적 없는 일반적인 걷기 행위'와 '목적을 동반한 걷기 행위'라는 점이 다르다.

노자의 『도덕경』 첫머리에 나오는, "도가도비상도 명가명비상명(道可道非常道名可名非常名)"이라는 경구가 있다. 이 말은 불완전한 인간의 언어로서는 절대 전일의 세계를 다 표현할 수 없으므로 이름을 붙이는 순간 언어는 도(道)에서 벗어나 관념의 형상에 불과하다는 논리다. 즉 "뿔쥐를 그릴 수는 있지만/ 뿔난 쥐는 어디에도 없다"는 화자의 진술은 결코 합치할 수 없는 기표와 기의의 간극을 환기하기에 충분하다. '뿔쥐'는 실재 세계에서는 소통될 수 없는 존재 이전의 기표(無)이기 때문이다. 따라서 화자는 "누가 수염 난 뿔고양이를 두려워하"겠냐는 관념의 세계를 향해 비판의 칼날을 들이댄다. 나아가 "뿔고양이가 뿔쥐를 씹어먹다 쥐뿔을 남겼다 해도/ 그게 과연 남은 것일까?"라는 의문을 제기하는데, 이는 언어의 관념에 압도된 세태를 비꼬며 우롱하는 풍자적 어법이다.

이와 같은 관점에서 화자는 '쥐뿔'과 '개뿔'은 사전에는 존재하지만, 실재 세계에서는 "쥐뿔도 없고 개뿔도 없"다는 좀 더 궁극적인 진술로 나아간다. 여기에서 화자는 실재의 세계와 언어의 세계가 상보 관계가 아니라 이율배반적인 관계로 맺어진 우리 세계의 맹점을 투시하기에 이른다. 나아가 그는 "황사를 비가 반죽해 두루 떨어뜨리"는 '흙비'라는 은유 관계가 세계와 언어의 동일성을 빙자하여 얼마나 많은 관념들을 양산해 왔는가를 넌지시 독자들에게 묻고 있다. 더욱이 "내일 아침엔 눈을 씻"겠다며 새로운 지점에서 '언어의 존재성'을 탐구하려는 화자의 결연한 자세를 내비친다. 그렇게 정관한 시각으로써 "세상의 얼룩덜룩한 것들을 보리라"는 엄격한 입장을 표명하면서, 허구적 언어로써 축조된 인간 세계가 얼마나 난잡하고 부정적인가를 뒤집어 보여 주고 있다.

상기의 인용 시가 언어와 존재의 관계망에 예리한 문제를 제기하여 기존 관념을 벗어난 새로운 사유의 판짜기를 요구한다면, 다음의 시는 우리가 항용 놓치고 있던 죽음이라는 세계의 아우라(aura)를 기존의 인식과는 상대적 관점에서 재현하고 있다는 사실부터가 예사롭지 않다.

실종된 지 일년 만에 그는 발견되었다 죽음을 떠난 흰 뼈들은 형태를 고스란히 유지하고 무슨 소리에 귀를 기울이고 있었다 독극물이 들어 있던 빈 병에는 바람이 울었다 싸이렌을 울리며 달려온 경찰차가 사내의 유골을 에워싸고 마지막 울음과 비틀어진 웃음을 분리하지 않고 수거했다 비닐봉투 속에 들어간 증거들은 무뇌아처럼 웃었다 접근금지를 알리는 노란 테이프 안에는 그의 단단한 뼈들이 힘센 자석처럼 오물거리는 벌레들을 잔뜩 붙여놓고 굳게 침묵하고 있었다
—이영옥, 「단단한 뼈」 전문

이 시는 애초부터 의미를 이끌어 내려는 데에는 무감한 듯 절제된 표현으로만 이루어져 있어 관심을 끈다. 시인의 의식이나 관념, 상상력보다는 '유골'이라는 대상과 그것을 둘러싼 존재의 상황을 가감 없이 드러내는 데 정교한 묘사력을 보여 준다. '관계심상'이란 화법은 인간과 자연, 보는 자와 보이는 자, 자아와 타자, 삶과 죽음 등에 대한 이분법적인 시선을 거두어들였을 때 비로소 성립된다. 이러한 태도와 거의 동일한 입장을 취한 이 시는 2005년 동아일보 신춘문예 당선작으로서 이미 세간에 널리 회자된 작품이다. "짧은 분량으로도 많은 것을 담아내는 자재로움과 절제된 감정이입을 통해 죽은 것들을 또 다르게 살려내는 전환의 힘, 그 핵을 이 시는 지니고 있다"는 황동

규·정진규의 심사평 한 대목이 이를 넉넉하게 보증하고 있다.

　최근 등단한 신인으로서 이렇게 섬뜩하리만치 객관적 거리를 두고 표현하기란 쉽지 않은 일이다. 시인은 이 시에서 대상에 대한 자신의 관념이나 해석을 섞어 투사하는 대신 정황이 직접 말하도록 유도하는 방식을 택하고 있는 것이다. 여기서 '절제된 감정이입'이란 바로 이러한 태도와 기량을 높이 사서 붙인 불가피한 어법으로 보인다. 죽음의 세계가 오히려 삶의 세계를 흡인하는 존재의 국면은 독자에게 새로운 시선을 자아내게 하는 구실을 톡톡히 감당하고 있다. 기실 산 자의 세계에서는 늘 "마지막 울음과 비틀어진 웃음을 분리하지 않고 수거"하지 않던가. 이러한 섬뜩한 인간의 실상을 차가운 죽음의 침묵으로써 드러내는 시도 만나기 쉬운 일은 아니다.

　앞서 인용한 최승호의 시「뿔쥐」가 관념이 실상을 파기하는 국면을 강조하면서 언어의 허구성에 관심을 기울인다면, 이영옥의 시「단단한 뼈」는 산 자의 행위와 죽은 자의 실상을 단단하고도 절제된 언어로써 조율하면서 인간 세계에서의 죽음의 의미란 무엇인가에 대해 질문을 던지고 있다. 두 시인 모두가 기존의 이성으로 고착된 언어와 인간의 관계를 궁구하는 차원에서 대상이나 정황, 이미지들을 문제화하면서 관념의 의미망을 뒤집는 장점을 선보인다. 즉 '언어의 존재성'을 탐구하는 최승호 류의 시와 '행위의 존재성'을 시현해 보이는 이영옥 류의 시라는 두 양식으로 갈래가 나뉜다. 전자가 기표(언어)와 기의(존재)의 어긋난 부분에 잣대를 들이대며 이성의 허구성을 유추해 낸다면, 후자는 사실적인 행위에 초점을 맞춰 기존의 관점과는 어긋난 실존의 이면을 정관한다는 점에서 각기 상이한 특성을 보여 준다.

7. 절대 이미지

　김춘수 시에서 '꽃'은 '나와 너'의 이자 관계(「꽃」)에 주안점을 두고 시적 화자가 '너(꽃)'의 존재를 호명하는 대화 구조로 이루어져 있다. 그러다가 그의 시의식은 다시 "당신과 내가 돌아누"(「타령조 8」)워 단절과 회복의 이중적인 격절의 과정을 거치면서 '허무 의식'으로 내려앉게 되는 과정으로 요약된다. 사실상 그의 시가 도달한 허무 의식은 전통 선시나 하이쿠 등에서처럼 슬프지도 기쁘지도 않은 담담한 어조의 획득으로 귀결되지는 않는다. 그는 「꽃을 위한 서시(序詩)」에서 드러낸 '꽃'의 이미지 또한 시인으로서의 시적 소재이자 철학적 상대 이미지의 개념이 노정되어 있다. 따라서 그의 시에는 '꽃'에서 야기된 허무 의식을 다시 시의 기점으로 삼으려는 분투의 과정이 표백되어 있기도 하다. 호명 행위로써만이 존재감을 부여 받던 '꽃'(「꽃」)이 "얼굴을 가리운 신부"(「꽃을 위한 서시」)라는 이미지로 변용되어 등장하는 것이다.

이 시에서 "얼굴을 가리운" 존재로 언표화된 '신부'는 또다시 불러야 꽃이 되는 피동적인 '꽃'의 다른 명명일 따름이다. 그의 시에서 '꽃'의 이미지는 항용 불완전한 모습으로서 '의미'를 완성할 수 없는 존재로 표명된다. 그가 가변적 존재로 파악한 '꽃'은 이른바 "비유적 이미지를 버리고 이미지를 위한 이미지로써 詩를 일종의 순수한 상태로 만들어 가"기 위한 의식의 일환으로 판단된다. 오규원의 '날이미지시'도 이와 같은 형태를 직접 시현한 대표적 일례로서 거론할 수 있다. 김춘수와 마찬가지로 오규원의 시작 태도도 실재의 이미지와 그에 대한 의미 부여의 행위가 부질없다는 언어적 자각에서 비롯된다. 시에서 사물이나 구체적 현실을 '있는 그대로' 꿰뚫어 보려는 그들의 이러한 시도는 자연히 회화의 세계를 중시하는 근거를 제공한다. 사진가가 사진을 찍거나 화가들이 정물을 그린다고 할 때, 그들은 풍경을 있는 그대로만 찍거나 사생에만 모든 공력을 기울이지 않는다.

사진 예술가들이 어떤 배경에다 중심 포인트를 어떻게 잡느냐, 또는 어느 사물을 어떻게 부각하느냐에 따라 재현된 사진에는 다각도의 실재를 현상한다. 다시 말하자면, 그들은 객관적인 '제3의 눈'을 통해 서술되는 까닭에 시인의 관념이 거세된 시점을 취하고 있는 셈이다. 이와 같은 범주에 속하는 '절대 이미지'는 인간이 언어로써 관념화하기 이전의 세계로 다시 환원하려는 시인들의 치열한 고투의 흔적이다. 따라서 이 영역에서는 시인의 윤리관이나 가치판단이 정지된 채 그 자체의 사물과 현실이 언어로 대체된다. 그럴 때 시는 의미하지 않고 그 자체의 사물로써 스스로 존재하는 자족적인 지위를 점유한다. 이와 같은 시들의 이미지는 실재 사물의 모방도 아니고, 그렇다고 이미지와 이미지 사이의 유사성이나 연상적 고리를 만들지도 않는다.

'절대 이미지'를 수용한 시는 대부분 화자의 지위를 포기한 서술 태도로 말미암아 이미지 자체가 사물로써 기능하는 구조로 이루어져 있다. 김춘수와 오규원의 시에서도 이미지는 의미를 투사하지 않고 스스로 움직이는 시적 유기체 구실을 한다. 김춘수의 '무의미시'나 오규원의 '날이미지시'는 바로 절대 이미지의 시적 기법으로 착안된 독특한 구조이다. 엄밀한 의미에서 두 시인의 세계는 표면적으로는 상이한 태도를 보이지만, 언어와 존재의 관계 탐구라는 지향점은 동일하다. 가장 현격한 차이가 있다면, 오규원의 날이미지시가 관념화되기 이전의 언어 의미를 탐구하는 시인 데 반해 김춘수의 무의미시는 환유의 축을 바탕으로 의미를 소거하는 시라는 점이다.

1) 직관심상

시의 차원에서는 가치가 있지만 통상적인 의미에서는 대상과 주체, 의미도 지워 버리는 것이 김춘수 시인이 주장한 '무의미시'라는 시론의 개념적 특성이다. 시의 내용이 무의미하기 때문에 그는 '서술시', '주술시', '해체시', 나아가 '접붙이기시'라는 양식들을 실험하며 자신만의 독자적인 미학성 확보에 관심을 기울인다. 이와는 다르게 '날이미지시'는 오규원 시인이 계간『시와 세계』(2004년 가을호) 대담에서 언급한 대로 "사변화되거나 개념화되기 이전의 의미, 즉 관념화되기 이전의 의미를 존재의 현상에서 찾아내어 이미지화하는 시"이다. 그렇기 때문에 그 시의 의미는 "관념을 배제한 날것 상태, 관념화되기 이전의 의미를 지향한다. 그런 시의 내용, 즉 이미지를 중요시하는 특성 때문에 날이미지시에서는 이미지의 성격 변화가 무의미시의 형태적 변화처럼 중요"하게 된다.

앞서 언급한 바와 같이 '절대 이미지' 중에서 오규원 류의 '직관심상'은 이미 현존하는 생의 비의를 꿰뚫어 보는 직관력과 혜안이 중시된다. 시에 차용된 온갖 대상이나 정황들은 스스로의 본질을 이미 현현하고 있는데도 우매한 인간들이 그 진리에 관념을 덧씌워 진리로부터 소외되어 있기 때문이다. 따라서 '직관심상(直觀心象)'이란 시인이 외부적 현상의 이면을 정관하여 깨달음을 얻었을 때, 본래의 형상을 있는 그대로 재현하는 이미지 현상 방식이다. 시인들의 직관적 깨달음을 전제로 이루어진 이미지 구성법은 우주의 이법에 따라 인간의 존재 양태가 결정된다는 일원론적 사유를 새로운 대안으로 모색하고 예비한다는 점에 그 가치와 의미가 있다.

> 어제는 펑펑 흰 눈이 내려 눈부셨고
> 오늘은 여전히 하얗게 쌓여 있어 눈부시다
> 뜰에서는 박새 한 마리가
> 자기가 찍은 발자국의 깊이를
> 보고 있다
> 깊이를 보고 있는 박새가
> 깊이보다 먼저 눈부시다
>
> —오규원, 「발자국과 깊이」 전문

김춘수의 '무의미시'와 오규원의 '날이미지시'가 엇비슷한 '절대시'의 영역이라 하더라도 이 둘은 판이하게 다른 인식론적 차이를 보여 준다. 전자가 '예술적 인식'의 차원에서 감각적인 이미지를 시현해 보인다면, 후자는 이미지의 내용을 추구하는 '인식적 예술'의 차원에서 시의 구조를 빚고 있다. 따라서 김춘수의 시는 의미 내용을 해체한 상태로 언어유희 차원에서 탈근대적 예술 형태를 중시하는 이원론적 사유 체계에 바탕을 둔다. 이에 반해 오규원의 시는 기존의 언어 관념을 지우는 일, 즉 언어 이전의 의미를 지향하는 일원론적 불립문자(不立文字)의 세계와 다를 바 없다.

위의 인용 시는 객관적 묘사의 포즈를 취하면서 화자의 의도를 현실화하는 '상대 이미지'의 시들과는 변별력을 보여 준다. 이와 같은 '직관심상'의 구조에서 차용된 이미지는 기존 관념적 언어 체계에서 벗어나 한 차원 도약한 의식의 수준에 있어야만 표현이 가능하다. 언어로 고착되기 이전의 상태에서 화자가 직관으로 깨달은 '그 무엇'을 구체적 묘사 방식으로 드러내야 한다는 점이 중요하다. 이 시에서의 '깊이'라는 표현은 어떤 깨달음을 동반하지 않고는 불가능한 표현이다. 즉 '박새'가 쳐다보는 것은 "발자국"(현상 관념)이 아니라 "발자국의 깊이"(인식 내용)라는 사실이다.

발자국을 쳐다보는 행위는 사실적 묘사의 바탕에서 표현한 행위지만, 발자국의 깊이를 인지하는 서술 행위는 깨달음의 연장선상에서 이해해야 한다. 이렇듯이 이 시가 깨달음을 동반하였는데도 관념적이지 않은 비의가 바로 여기에 숨겨져 있다. 이 시에서의 '발자국'은 '시간의 흔적'이나 '기억의 상흔'으로 고착화된 관념의 언어가 아니다. 즉 직관의 상태에서 화자가 근원적으로 드러난 발자국의 의미에 대해 궁극적인 해답을 던지고 있다. 이 시를 감상하고 잠시만이라도 "발자국의 깊이"에 대해 궁구해 본 독자라면 누구나 자연스럽게 가 닿는 느낌 한 자락을 만날 수 있으리라.

한마디로 말해서 눈 밝은 독자라면 딱딱하게 굳어 있지 않은 눈밭이나 모래밭, 진흙 밭 같은 곳에서만 발자국이 찍힌다는 사실을 그리 어렵지 않게 유추해 낼 수 있을 것이다. 거기에서 우리는 '색깔'이나 '모양'이 아닌 엄연히 '깊이'로만 감지되는 발자국의 실상과 대면하게 된다. 나아가 화자는 의미 이전에 직관으로 틈입하여 "깊이를 보고 있는 박새가/ 깊이보다 먼저 눈부"신 일원론적 진리의 세계를 사실적으로 재현한 형국이다. 오규원의 시가 깨달음을 근거로 '실재의 현상'을 재현하는 데 주력한다면, 김영석의 시는 '행위의 국면'을 직관적으로 포착하여 인간의 양면성을 예리하게 조감하고 있어 관심을 끈다.

김영석 시인은 최근 네 번째 시집인 『외눈이 마을 그 짐승』을 상재하면서 '관상시'의 영역에 대한 논리와 사유 방식을 본인이 직접 밝히고 있다. 관상시란 '직관(直觀)'의 '관(觀)'과 '기상(氣象)'의 '상(象)'이 결합된 조어로서 '상을 직관한다'는 뜻인데, 이는 기상 철학인 주역의 방법론이기도 하다. 즉 기상이란 것은 동양에서 시는 의미 위주의 맥락에서 벗어난 느낌 위주의 시적 전통을 가리키는 핵심적인 개념이 되었다. 그는 시집 말미에 '부록'으로 달린「관상시에 대하여」에서 이를 다음과 같이 간명하고 명쾌하게 풀어놓고 있다.

관상시란 눈에 보이는 것이나 의미만을 가지고 너무 생각하지 말고 눈에 보이는 것 너머의 그리고 의미 이전의 보이지 않고 개념화되지 않는 움직임, 즉 상을 느껴보자는 것이다. 상은 느낄 수밖에 없는 것이고 느낌이야말로 개념과 달리 모호하지만 가장 확실한 앎이기 때문이다. 또한 동시에 인식론적 측면을 떠나서라도 시적 감동은 물론이고 모든 예술적 감동에 있어서 그 〈감동(感動)〉이란 결국 감각-직관의 느낌과 섞여져 있는 미분된 감정에 불과하기 때문이다.

동양의 철학과 시는 '상을 직관하는 언어'로서 개념으로 미분되기 이전의 느낌의 세계를 중시하는 전통이 있다면, 서양의 철학과 시는 감각적인 언어를 통해 인위적으로 의미를 생산하는 경향이 농후하다. 전자는 직관이라는 원형의 길을 택하고 후자는 상상력이라는 사고의 길을 중시한다. 이러한 맥락은 성(聖)과 속(俗)의 세계처럼 일여적으로 우리의 삶에 관여하는데, 외화된 지적 사유가 앞설 경우 의미의 시(隱喩)가 되고, 직관이 앞설 경우 의미를 버린 내감의 언어(氣象)가 그 위치를 점유하게 된다는 논리다. 다음의 시는 비록 김영석의 첫 시집에 실려 있긴 하지만, 이미 그의 잠재의식 속에 '관상시'로써 구상화된 실로 파격을 보여 주는 작품이다.

삽질하던 손을 멈추고
사내는 주위를 둘러본다
여전히 하늘은 푸르고
골짜기는 가랑잎만 살랑인다

손발이 묶인 어린 계집아이를

구덩이 속으로 사납게 밀어 넣는다

버둥대는 계집애의 질린 얼굴이

파놓은 흙빛과 하나다

후미진 양지밭에

흰 들국화가 오종종 몰려 서 있다

사내는 냄새를 맡아보고

꽃잎을 손으로 짓이겨본다

가랑잎 소리에 주위를 둘러보고

거칠게 수음을 하기 시작한다

산길을 내려가는 사내의 손에

딸애한테 주려고 꺾은

빨간 까치밥 열매가 들려 있다

하늘이 푸르고 적막하다.

—김영석, 「범인」 전문

기존의 시 형식이 아니라 객관적인 행위를 전면에 내세운 이 '관상시'에서 가장 먼저 느껴지는 것은 시의 서술자(시적 화자)가 상당히 수동적이고도 소극적인 자세를 취한다는 점이다. 그러면서도 전체를 개관하는 시점으로 인해 시적 화자가 격상된 지위에 있는 느낌으로 다가온다. 언어 의미의 뿌리가 상(象)이기 때문에 사고의 움직임은 거의 보이지 않는다. 가치 평가 이전의 순수한 상, 저절로 그런 행위의 현상만이 사실적으로 묘사되고 있는 것이다. 직관심상의 한 갈래인 관상시가 구체적 언어 관념으로 개념화되기 이전의 인간(범인) 행위의 영역을 극사실적인 기법으로 가감 없이 보여 주는 양식이기 때문이다. 지나치게 생각하지 말고 '있는 그대로'를 느껴 보는 것만이 이 시와 바로 대면하는 방법일 것이다.

김영석의 시는 무엇보다도 '유괴범'으로 대표된 인간의 무의식적인 행위를 통해 인간이 얼마나 터무니없는 존재인가라는 물음에 관심의 초점을 맞추고 있다. 표면적으로 보기엔 짐짓 실재의 현장을 있는 그대로 그려 내고 있는 듯하지만, 실제적으로는 한 인간의 도착적 상황을 구조적으로 병치하여 엄격하게 절제된 묘사의 방식으로 구상화한 역작이다. 앞서 인용했던 오규원의 시가 깨달음을 전제로 하여 사실적 이미지를 그려 내면서 언어 이전의 관념을 재생하는 데 다각도로 관심을 기울인다면, 김영석의 시는 인간 세계를 조망하는 '전지적 관찰자'의 입장에서 한 생각이 일어나기 전의 일, 즉 인간의 궁극적인 실상을 사실적인 행위에서 직관하고 있다는 점이 다르다.

우선 인용 시에 이중적으로 연계된 인간의 근원적인 악과 선의 대립 체계부터 살펴보면 다음과 같다. '삽질하는 손'/'푸른 하늘', '사납게 밀어 넣는다'/'가랑잎만 살랑인다', '계집애의 질린 얼굴(흰 들국화)'/'파놓은 붉은 흙빛(까치밥 열매)', '후미진 곳'/'양지밭', '꽃잎을 손으로 짓이기는 행위'/'들국화 냄새 맡는 행위', '주위를 둘러보는 행위'/'가랑잎 살랑이는 소리', '소녀를 암매장한 손'/'거칠게 수음을 하는 손', '붉은 흙속에 묻힌 소녀'/'딸애에게 주려는 붉은 까치밥 열매'(동일한 색채로써 삶과 죽음의 대조), '푸르다'/'적막하다' 등이다. 이렇게 극명하게 제시된 이율배반적 행위로써 화자는 인간 세계에는 절대 선도 절대 악도 없다는 실로 심각한 깨우침을 이끌어 내는 성과를 거둔다.

상기의 인용 시는 표면적으로 볼 때 목도한 현장을 '있는 그대로' 생동감 있게 현재화한 3인칭 전지적 관찰자 시점이다. 여기서 굳이 '전지적'이라는 말을 뺄 수 없었던 것은 이 시가 깨달음의 인식을 토대로 재구성되었기 때문이다. 이와 같은 모순된 병치 체계로써 화자가 궁극적으로 겨냥한 깨달음의 내용은 자못 충격적이다. 그 내용은 앞서 전술했듯이 '인간의 아이러니한 양면성'에 대한 직관적 자각이다. 나아가 인간의 행위를 담담히 묘사하고 있는 서술자의 지위에 의해 언어적 자극은 배가된다. 이 시는 엄연히 실재의 현상에 바탕을 둔 관조의 시선에서 이미 그에 대한 해답의 실마리가 주어져 있지만, 그보다는 모순된 행위의 전모가 더더욱 중요하다는 사실이다.

전술한 바와 같이 절대 이미지 구분법에서 '직관심상'이란 시인이 언어 이전의 세계나 행위의 본성을 직관적으로 통찰하여 사실적 이미지로써 재현하는 구성 양식이다. 여기서 시에 재생된 온갖 대상이나 정황들은 시인의 깨달음에 의해 객관적으로 현실화되는 관점을 택한다. 그런 이유로 표면적으로는 '실재의 현상'을 언어로써 현실화하는 오규원 류의 '날이미지시'와 '행위의 국면'을 극사실적으로 묘사하는 김영석 류의 '관상시'라는 두 갈래로 가닥이 잡힌다. 전자가 언어 이전의 세계를 중시하는 경향이라면, 후자는 행위 이전의 세계를 강조하는 점이 제각기 다른 특장을 띤 형태로 드러난다.

2) 재현심상

들뢰즈(G. Deleuze)는 시가 단순한 회화라는 사실을 부정하면서 "회화라는 것은 구상적인 형상을 찢어내야 한다. 언어의 회화는 구체적인 묘사를 잡아 뜯어내야 한다"고 언명한 바 있다. 시인들은 의식과 의미를 완전히 소거한 상태에서 현실 세계에서 사물들 간의 관계망을 절연하기도 하고, 비가시적인 심리 세계를 가장 명료한 이미지로 재현하기도 한다. 따라서 '재현심상'이란 사물과 상황에 대한 일체의 관념이 판단 정지를 강요당한 곳에서 실재하는 이미지로 분류된다. 여기에는 실재의 대상을 묘사하기보다는 구상을 포기한 회화, 즉 구체적인 대상을 놓치면서 그 대신 살아 있는 심리적 실재를 현상하는 독특한 이미지의 범주까지 포함된다. 실제 세계이든 상상 세계이든 간에 시인의 관점이 철저히 배격되고 배제된 이미지 자체의 운동만으로 구성된다.

이와 같이 '재현심상(再現心象)'은 추상적인 관념이나 심리 세계를 가시화하는 양식으로서 실험시인들이 즐겨 쓰는 방식 중의 하나이다. 앞 장에서 다룬 '직관심상'이 깨달음을 전제로 하여 객관적인 현장을 사실적으로 가시화하는 이미지 조형술이라면, '재현심상'은 시인의 무의식이나 상상 속에 존재하는 비가시적 이미지라는 점이 다르다. 시인의 관념을 구현하기 위해 대상들이 서로 맺는 유기적 관계망을 오히려 파기하면서 그 자체로 자족적인 언어와 이미지의 지위가 중시된다. 이러한 구조는 인간의 세계를 분리한 채 이미지들의 운동만을 중시하는 김춘수 류와, 현실 세계를 상상 세계로 변용하는 이원 류의 시의 경향으로 구분된다. 물론 이러한 시적 경향은 1950년대 조향의 시 「바다의 층계」 같은 초현실주의나 다다이즘의 시에서도 얼마든지 발견된다.

> 삼월(三月)에도 눈이 오고 있었다.
> 눈은
> 라일락의 새순을 적시고
> 피어나는 산다화(山茶花)를 적시고 있었다.
> 미처 벗지 못한 겨울 털옷 속의
> 일찍 눈을 뜨는 남(南)쪽 바다,
> 그 날 밤 잠들기 전에
> 물개의 수컷 우는 소리를 나는 들었다.
> 삼월(三月)에 오는 눈은 송이가 크고,
> 깊은 수렁에서처럼
> 피어나는 산다화(山茶花)의
> 보얀 목덜미를 적시고 있었다.
>
> —김춘수, 「처용단장 제1부 2」 전문

  김춘수 시인은 '비유적 이미지'가 관념의 수단이라고 여긴 까닭에 '서술적 이미지'를 구사한다고 고백한다. 인용 시는 '서술적 이미지'로서 시의 내면에는 어떤 의미나 관념도 내포되어 있지 않다. 말 그대로 무의미한 이미지만을 인화하여 제시하고 있을 뿐이다. 관념을 배제한 언어의 아름다움을 추구한 '시문학파'의 순수시나, 이미지를 중시하여 새로운 이미지 창조에 주력한 김광균·김기림 류의 '주지시'와도 무관하다. 그의 '무의미시', '존재의 시'는 언어와 언어가 부딪쳐 유발하는 미묘한 감각적 이미지를 위주로 하고 있으면서도 객관적 형태의 사실 묘사인 '직관심상'과는 범주가 다르다. 연계된 사물들 간의 관계가 서로 이질적인 환유의 축을 지향한다. 따라서 그간 '상대 이미지'에 편입된 의미 파악에 명민한 독자들에게는 오히려 난감할 수밖에 없는 구조로 배열된다.

이 시의 주된 이미지는 '삼월의 눈—라일락 새순—산다화—겨울 털—남쪽 바다—물개의 수컷—수렁—보얀 목덜미' 등으로 연계되어 있다. 그러나 이러한 이미지군(群)은 의미의 고리에 의한 병렬 양식이 아니라 언어적 감각으로 서로 어울려 화자의 무의식적 심층을 재현하고 있을 뿐이다. 즉 눈 내리는 삼월의 남쪽 바다의 정경이 인상적, 감각적으로 변용되고 있는 것이다. 이를테면, 물개의 수컷이 우는 소리에서 '물개'는 '바다'와 어울리는 이미지이고, '수컷'은 '바다'의 모성적 질감에서 파생한다. '수컷'이 주는 역동적인 이미지로 인해 '바다'는 더욱 싱싱한 생명력으로 파동친다. '우는 소리'는 슬픔의 정조나 비애의 감정을 지닌다기보다는 다만 가슴에 부딪쳐 파동을 일으키는 공명음, 즉 시각 이미지(바다의 'ㅂ'음)에서 청각적 감각(수컷의 'ㅋ'음)으로 미끄러뜨리며 내면의 파장을 일으킬 뿐이다. 더구나 '처용'을 제목으로 내세우면서도 그에 대한 구체적 언급이 없을 뿐더러, 나아가서는 몽환에 빠져 있던 시인의 유년 시절이 내면 깊숙이 교착되어 있는 작품으로 알려져 있다.

김춘수의 시는 애초부터 어떤 특정 관념이나 의미를 겨냥하지 않는 감각적인 이미지 현상 기법을 통해 독보적인 '절대 이미지'를 실현한다. 시집 『처용단장』으로 대표되는 '무의미시'의 시대에 오면, 그의 수사학은 예전과는 달리 지난한 내적 진통을 거쳐 격절의 환유 이미지로 파열하기에 이른다. 그가 자신의 시론집인 『의미와 무의미』에서 "이미지를 지워버릴 것, 이미지의 소멸—이미지와 이미지의 연결이 아니라(연결은 통일을 뜻한다), 한 이미지가 다른 한 이미지를 뭉개 버리는 일"이라고 주장하는 데서 무의미시의 중요한 단서가 발견된다. 이미지의 연결을 뭉개 버리는 일, 즉 그의 시는 이미지들 사이의 의미의 연쇄 고리를 파괴하기 위한 일환으로 엉뚱한 이미지들을 나열하는 것을 목표로 삼는다. 그의 무의미시론은 이미 그 시대에 탈근대적 사고를 바탕으로 의미의 일관된 전개를 의도적으로 가로막아 해체하고자 하는 데 초점을 맞추고 있었던 것이다.

　근대의 상징인 의미(기의)나 이성에 대한 불신에서 촉발된 탈근대적 사고 구조는 문학에서 사용되는 기호(기표)가 본질이나 의미를 지칭하지 못한다는 자각에서 출발한다. 데리다(J. Derrida)로 대표되는 해체주의자들은 기표와 기의가 행복한 결합에 이르지 못한 근대적 이성 중심의 사고 체계를 부정한다. 그러한 근거를 토대로 하여 문학이 한 기표에서 다른 기표로 끊임없이 미끄러지는 기호의 유희에 불과하다는 사실을 주장한다. 하나의 기호가 하나의 지시 대상, 즉 의미를 지닌다는 소쉬르(F. Saussure)의 사고는 기호와 의미의 호환 관계, 즉 기표로 상징된 근대 이데올로기를 표백하려는 노력의 일환이다. 이러한 사고 체계가 탈근대적 사고에 의해 부정되는 자리에 기호 놀이(언어유희)로써의 문학이 존재한다. 이렇게 끊임없이 지연되고 미끄러지는 '차연(difference)'의 수사학적 발현이 바로 환유인 것이다. 다시 말해 환유는 인접성의 원리를 통해 본질이나 의미의 세계를 지칭하지 못하고 끊임없이 기호들 속으로 미끄러지는 세계를 표현하기 위한 수사적 장치인 것이다.

　그렇다면 김춘수가 의도한 '이미지의 소멸'이 의미하는 바는 무엇인가? 그것은 한 편의 시에 사용된 이미지들이 서로 얽혀 하나의 완결된 의미 구조(통일성)를 파기한다는 시작 태도이다. 그는 뒤의 이미지가 계속 앞의 이미지를 파기하는 것, 즉 이미지들 사이의 연결 고리를 단속하고 휴지해 나가는 것이 그가 의도한 목표인 셈이다. 그렇다면 시인의 상상력에 의해 형성된 통일성을 부정한다는 것은 자아와 대상의 동일성의 세계, 혹은 자아 자신의 동일성마저 부정하겠다는 의도의 발현이다. 이러한 부정은 곧 시의 수사학으로서의 은유를 부정하고자 하는 사고 체계로 직결된다. 즉 은유를 버린 자리에 김춘수의 '무의미시'가 존재한다. 이러한 세계에서만이 비로소 "언어가 시를 쓰고 이미지가 시를 쓴다"(시론집, 『의미와 무의미』 부분)는 일이 가능해진다. 이것은 언어유희의 세계, 즉 환유적 글쓰기의 다른 표현으로 읽어도 무방하다.

　한 무리의 아이들이 자신들의 그림자가 달라붙어있는 벽을 향해 뛰어간다 입

을 항문처럼 오므렸다 폈다 하며 두 다리를 번갈아 들었다 내렸다 하며 뛰어간
다 아이들의 그림자는 계속 벽을 밀고 있다 미끄러져 내리지는 않는다 길들은
벽을 피해 양쪽으로 갈라진다 물렁한 벽인 하늘이 녹아내린다 짓무른 길의 가랑
이 속에서 그림자를 죽죽 늘이며 아이들은 함성을 지르며 뛴다 함성과 발소리가
아이들 앞에 순식간에 벽이 되어 선다 그러나 자궁을 찢고 나온 적이 있는 아이
들은 속도를 줄이지 않는다 아이들의 몸에 하늘이 고름처럼 엉겨붙는다 아이들
의 몸이 점점 더 불어난다 아이들은 자신들이 세운 벽을 뚫고 다시 벽을 세우고
다시 뚫는다 아이들은 진득진득하고 달콤하다 몸에서 떨어져본 적이 없는 그림
자도 벽을 계속 밀어낸다 벽 위까지 튕겨 오르던 그림자는 벽을 뛰어넘지는 못
한다 그러나 그림자는 벽 속으로 스미지 않는다 높고 가파른 벽 너머는 보이지
않는다 아이들은 벽 너머가 보이지 않기 때문에 뛴다

—이원, 「나이키 1」 전문

스위스 출신의 화가 파울 클레(Paul Klee)는 회화가 "보이는 것을 보여 주는
게 아니라 보이지 않는 것을 보이도록 하는 것"이라 정의한다. 그는 가장 간
결하고 단순한 선을 통해 예술의 기원, 인간의 본성에 대해 탐구했던 화가로
널리 알려져 있다. 그가 그림을 통해 바라본 세상은 하나의 아름다운 환상곡
과 같았을까? 절망이 파괴할 수 없는 자연, 그 자연을 닮은 아이들의 환상,
그리고 사랑스러운 음악, 이것이 바로 그가 스스로 가꾸며 평생을 그려 냈지
만, 실상은 허구적으로만 존재하는 꿈의 정원이었다. 이와 마찬가지로 이원
의 인용 시는 누가 읽더라도 실재하지 않는 영역을 보여 주는 명쾌한 비가시
적 회화의 범주다. 시인은 대상이나 현실을 방기하는 대신 스스로 살아 꿈
틀대는 이미지를 얻어 내는 회화 기법에 능수능란한 시적 재질을 보여 준다.
이 시에 등장한 "한 무리의 아이들"은 실재하는 아이(인간)를 묘사한 것이
라기보다는 관념적인 가상현실 속에서 살아 움직이는 생명의 상징이다. 그러
한 면은 아이들이 "자신들의 그림자가 달라붙어있는 벽을 향해 뛰어간다"는
진술에서 쉽게 확인할 수 있다. 질주하는 아이들의 신체에서 아이들의 그림

자가 빠져나온다. 몸은 그림자를 토해 냈으므로 이미 존재의 의미를 실각당한 이미지로 재구성된다. "몸에서 떨어져본 적이 없는 그림자"도 "벽을 계속 밀어"내지만, 아이들은 "벽을 뛰어넘지는 못한다". 그것은 바로 기대지평의 부재라는 메타포를 지닌 "벽 너머가 보이지 않기 때문"이다. 그런데도 불구하고 아이들이 계속 뛰는 행위는 움직이지 않으면 딱딱한 관념으로 고착된다는 위기감에서 비롯된다. 이러한 몸짓이야말로 이 세계에서 마지막까지 생존하려는 최소한의 몸짓인 셈이다.

이로써 미루어 볼 때, 이 시는 인간이 만든 관념의 벽과 그 너머에 있는 가상현실을 향한 인간의 존재론적 고투가 감지되는 구조적 배열이다. 아이들의 몸은 항용 "진득진득하고 달콤하"기 때문에 사물이나 개념으로 취급될 수 없는 존재가 아니던가. 살아 있는 실체로서의 이미지, 언어로 개념화되기 이전의 생명현상을 그대로 재생하려는 화자의 감춰 놓은 저의도 엿볼 수 있게 하는 대목이다. 현재라는 시간도 이와 맥락을 함께 하는데, 예를 들어 사진의 한 컷 같은 장면은 다만 현재로써 살아 있는 이미지를 부여한다. 현재는 단일한 시간 속에서 다양한 공간을 표현하거나, 다양한 공간들 속에서 단일한 시간을 표현하거나 둘 중 하나에 속한다. 화자가 가상현실이라는 현재의 시간대에서 공황감에 시달리는 인간 존재의 가상적·심리적 세계를 구상적인 이미지로 포착하여 생동감 있게 재현한 까닭이 바로 여기에 있다.

지금까지 전술한 바와 같이 절대 이미지 중에서 '재현심상'이란 외형상으로는 묘사 형태로써 이루어져 있다. 그러나 시인이 관념을 투사하여 의미의 세계를 생산하는 것이 아니라 시적 의미를 해체하면서 관념적인 세계나 심리적 정황을 축어적으로 묘사한다. 따라서 외부 세계만을 단속적으로 묘사하면서 언어의 관념을 해체하기도 하고, 가상현실이란 관념적 현실을 구체적인 이미지로 현시하는 두 가지 갈래로 구분된다. 전자가 김춘수의 시 「처용단장 제1부 2」라면, 후자는 이원의 시 「나이키 1」이 거기에 속하는 대표적인 작품이다. 시인의 관념에 의해 얽어진 대상들의 의미망을 오히려 파기하면서 그 자체로 자족적인 언어나 이미지의 지위가 중시된다는 점이 '직관심상'과

는 현격한 차이라 할 수 있다. 이는 앞서 밝혔듯이 기존의 은유적 언어 체계
가 허구라는 사실을 직감한 시인들이 구사하는 이미지 현상 방식 중의 하나
이다. 환유적 글쓰기의 영역으로 자리매김한 이 기법은 이데올로기가 사라
진 시대를 언어유희의 세계 속에 편입한 현대 해체주의자들에게는 중요하게
취급되고 있는 영역이다.

3

언어를 창조하는 은유

1. 은유의 개념

은유를 지칭하는 메타포(metaphor)는 일반적으로 희랍어 'metapherein'에서 유래된 것으로 알려져 있다. 어원을 살펴볼 때, 은유란 'meta'의 '초월해서(over, beyond)'란 뜻과, 'pherein'의 '옮김(carrying)'의 합성어로서 '의미론적 전환'을 뜻한다. 표현의 측면에서 직유가 외적 유사성에 바탕을 둔 직접적 비교라면, 은유는 내적 동일성을 바탕으로 한 간접적 비교라는 점에서 차별된다. 은유는 합리적이고 산문적인 비교를 벗어나 질적인 도약을 통해 두 가지 대상을 동일시하거나 차별화하는 기법이다. 나아가 그 두 가지 특성의 교집합을 벗어나 새로운 세계의 관계망을 구축한다. 따라서 다수의 비평가들은 은유가 논리를 넘어서는, 혹은 우회하는 사고 체계라고 정의한다.

야콥슨(R. Jakobson)은 회화를 예로 들어 아주 명쾌한 주장을 펼친다. 그에 따르면, 시각예술에서 사실감의 표현은 자연스럽고 용이한 것으로 생각하지만, 3차원의 실물을 2차원으로 옮기는 것이기에 인위적 방법을 채택한다고 전제한다. 그리고 그림의 박진감은 저절로 인식되는 것이 아니라 '그림의 관습적 언어'를 익혀야 한다는 사실이다. 그런 관습적 방식이 반복되면, 마침내 '추상화'가 되고, 한자어와 같은 '표의문자'로 바뀐다는 것이다. 따라서 이와 같은 핍진성(verisimilitude)을 회복하기 위해서는 이를 다시 일그러뜨려야 한다는 주장을 펼친다. 결국 은유에서 대상의 왜곡은 사실을 지시하는 것이 아니라 낯설게 지각하기 위한 방식이라는 논지로 요약된다.

야콥슨이 내린 시적 자질에 대한 정의는 러시아 비평가 쉬클로프스키(Shklovsky)의 '낯설게 하기(defamiliarization)'와 거의 대동소이하다. 그의 주장은 시가 '자동화'를 깨뜨려 버리면서 우리의 정신적 건강을 강화해 준다는 논리다. 이 두 학자의 변별점이 있다면, 쉬클로프스키는 인식의 주체와 객체 관계를 논의한 반면에, 야콥슨은 '기호'와 '지시체' 사이의 관계를 궁구한다. 즉 현실에 대한 독자의 태도가 아니라 언어에 대한 시인의 태도로 보고 있다. 문학사는 언제나 '사실' 또는 '진실'을 추구하기 위해 전시대의 문체에 반발하고, 보수주의자들은 새로운 문예사조를 사실의 왜곡이니 진실의 파괴라고 부정하며 무시하고 폄하하기 일쑤다.

그러나 어떤 표현도 리얼리티를 추구하지 않는 것은 없다. 그런데도 전시대의 문학이 부정되는 것은 과거 낯설었던 것들이 자동화·습관화되었기 때문이다. 그러므로 문맥을 떠나 어떤 문체 또는 어떤 비유가 더 사실적이라는 주장은 성립하지 않는다. 형식주의자들이 이질적인 수법을 동원하는 것은 참신한 방법으로 사실을 표현하려는 의도의 산물이다. 어느 한쪽이 더 사실적으로 느껴지는 것은 낯선 것과 친숙한 것 가운데 어느 쪽을 주관적으로 받아들이느냐의 문제이다. 따라서 비교 조사의 유무에 따른 '직유'와 '은유'의 구별은 오늘날 크게 설득력이 없다는 점을 지적하고, 그 극복 방법을 내세운 이는 필립 휠라이트(P. Wheelwright)이다.

그는 자신의 역저인 『은유와 실재』에서 비유가 이미 알려진 것과 체험한 것을 통해 새로운 경지를 제시하는 방편으로 서술의 형식을 지향한다고 단언한다. 즉 A를 이용하여 B를 제시하는 형식은 결국 'A는 B다'라는 것으로서, 이것은 아주 단순한 서술 양식에 지나지 않는다는 지적이다. 논리적 제약에 집착하다 보면 시가 지닌 비논리적 특성을 모두 수용할 수 없게 된다. 따라서 표면적으로 볼 때 유사성을 축으로 하여 논리적 관계에 치중하는 비유를 치환(置換, epiphor)이라고 하고, 비유사성을 축으로 하여 비논리적 관계를 통해 새로운 의미를 창출하는 것을 병치(竝置, diaphor)라 하여 구별한다. 은유는 본의(tenor)와 매재(vehicle)의 관계가 외면적으로는 결합의 축을 중심으로 하여 유사성 내지 이화성의 형식으로 드러나며 시의 가장 주된 요소를 차지하는 시적 화법 중의 하나이다.

2. 은유의 유형

은유는 표층적 개념에서 수사법의 일종일 뿐 아니라 광범위하게 두루 쓰이는 언어의 현상이다. 구상적 사물을 가리키는 언어가 추상적이거나 비유적으로 변용되면 은유가 된다. 따라서 전치된 모든 언어는 은유라 할 수 있는데, 그렇다고 '상징'이나 '함축성'과는 의미가 다르다. '메타포'가 일반적으로 비유, 은유, 암유라는 뜻을 내장하고 있듯이, 편의상 사물에 대한 의미를 전달할 때에 '비슷한 것'을 차용하거나, 또는 모방하여 전달하는 것이라 단적으로 요약할 수 있다.

러시아의 비평가 쉬클로프스키도 『기법으로서의 예술』에서 시의 모든 요소와 기법은 시인의 의도를 효과적으로 전달하기 위한 장치가 아니라고 말한다. 그는 독자의 습관적 수용에 충격을 가하여 깊이 사유하도록 만들기 위한 것이라면서 '낯설게 하기'를 강조한다. 정보 전달을 위주로 하는 산문에서 은유는 독자의 이해를 돕기 위한 것인 반면에 시에서는 미적 효과를 강화하기 위한 장치란 주장이다. 그는 문학의 본질이 '낯설게 하기'에 있다는 논점을 피력하면서 은유의 갈래를 크게 '산문적 은유(prosodic metaphor)'와 '시적 은유(poetic metaphor)'로 구분한다.

여기에서 한 걸음 더 나아가 그는 시의 운율도 실상 무미건조한 생활 언어의 억양을 일그러뜨려 습관화된 청각을 자극하는 수단이라고 강조한다. 시를 비롯한 모든 예술은 대상을 '새로운 인식의 영역'으로 이동하는 '의미론적 전환(semantic shift)'이 근본적인 목적이며 존재 이유라는 견해이다. 은유에 대한 여러 학자들의 논의가 있지만, 그중에서도 정한모는 은유를 도형으로 표현하여 "□(T 본의) + ◇(V 매재) = ◙"라 예시한다. 그에 의하면 본의와 매재가 양립하는 직유와는 달리 은유는 겹쳐 쓰기 형식으로 된 구조여서 한 단어와도 같은 '제3의 언어'로 재창조된다는 논리에도 수긍이 간다.

은유는 인간이 사용하는 낱말 속에서 뿐만 아니라 담화의 개념 자체에서도 두드러지게 나타난다. 이는 인간의 사고 과정의 한 부분이 은유적인 데서 기인한다. 시간의 흐름에 따라 상투화되어 '죽은 은유(dead metaphor)'는 은유의 형식에 대한 구조적 고찰을 거치면 낯설고도 충격적인 은유로 재탄생할 수 있다. 일반적으로 은유는 본의(T)와 매재(V)의 관계가 유사성 내지 동일성

의 형식으로 드러나지만, 이질성의 축도 양립하는 고차원적인 은유도 존재
한다. 이와 같이 포괄적 성격을 지닌 은유의 일반적 특질과 기법적 특질을 크
게 네 가지로 각각 변별해 보면 다음과 같다.

① 일반적 특질
　㉠ 시인의 상상력을 촉발시키는 충격 장치로서 자의적 표현이 가능하다.
　㉡ 은유는 새로운 관계망을 형성하면서 시의 주제와 관련되어 유기적이
　　고도 다중적인 의미망을 형성한다.
　㉢ 시의 애매성이 시적 긴장미를 유발하는 주요 인자로 기능한다.
　㉣ 유사성에 관심을 기울이는 시와 이화성 쪽에 관심을 집중하는 시가
　　있다.

② 기법적 특질
　㉠ 새로운 구성 요소의 첨가: 형용사와 부사가 그 중요한 인자로서 이들
　　은 디테일한 표현으로써 다양한 효과를 낳는다.
　㉡ 대치: 다르지만 유사한 특성에 바탕을 두어 낡은 은유를 새롭게 만
　　든다.
　㉢ 접목이나 병렬: 어휘의 축적으로 사고의 강조나 과장 등을 통해 신선
　　한 느낌을 자아낸다.
　㉣ 반복: 은유적 표현과 그에 해당하는 일상적 표현을 반복해 쓰면 시적
　　운율감과 의미의 중층성이 획득된다.

　은유는 생경한 미지의 대상이나 관념을 기지의 사물로 대체하여 세계에 대
한 이해의 폭을 넓혀 주는 특징이 있다. 쉬클로프스키는 고전주의나 낭만주
의, 또는 낯선 정신세계를 단번에 관통하는 정신의 경제적 전략을 전면적으
로 거부한다. 그의 관점은 기존의 '낯익음', '친숙성'은 '자동화(automatiza-
tion)'로 이어져 기호화(記號化)된다는 생각에서 비롯된다. 예술의 목적은 사

물들이 알려진 그대로가 아니라 지각되는 그대로 감각을 부여하는 데 있다. 예술의 테크닉은 사물을 '낯설게' 하고, 형태를 어렵게 하며, 지각을 어렵게 하고, 지각에 소요되는 시간을 지연한다.

시적 지각 과정이야말로 그 자체로서 하나의 심미적 목적이기 때문에 가능한 한 연장해야 한다. 은유란 한 대상이 예술적이라는 사실을 의식적으로 경험하기 위한 방법이다. 이런 의미에서 본의와 매재의 간극이 크면 클수록 낯설어지고 새로워진다. 이러한 결합을 통해 낡은 은유는 역동적이고 강렬한 표현의 다양화에 이바지하게 된다. 무엇보다도 유의해야 할 점은 은유의 성격이 포괄적이며 통합적이라는 사실이다. 결론적으로 은유가 시 속에서 맡는 역할은 '의미(significance)'를 제시하거나 '존재(presence)'를 창조하는 데 있다. 전자가 치환의 방식이라면, 후자는 병치의 방식으로 분류된다. 따라서 이상적 시어의 은유적 어법은 이 양자가 동시에 호환할 수 있도록 조율하면서 조화해 나가는 것이 더더욱 중요하다.

1) 1:1 치환의 방식

은유가 단순히 유추에 의한 유사성의 발견이나 말의 효과적 전달을 위한 장식이거나 새로운 말의 창조라는 수사학적 논리로는 미흡하다. 차라리 은유의 현대적 논의에서 보여 주고 있는 언어의 상호작용이나 긴장 관계에서 그 가능성의 단서가 발견된다. 동일성이니 유추적이니 하는 사고나 상상의 범주에서 이해하려는 은유의 기능이란 결코 시 어법의 전유물이 아니라 산문을 포함한 일반적 어법에서도 가능하기 때문이다. 은유의 본질은 어떤 사물을 드러내기 위해 그와 유사한 다른 사물로 치환하여 설명하는 어법이다.

하나의 본의에 두 개 이상의 비교를 위해서는 먼저 설명하려는 관념이나 대상(본의)이 있어야 하고, 그것과 빗댈 대상(매재)이 있어야 한다. 그리하여 두 사물 간의 유사성이나 이질성을 통하여 대상을 명백히 가시화해야 한다.

아리스토텔레스(Aristoteles)는 은유를 '의미의 전이'로 설명하여 의미의 이동을 대치론으로 설명하기도 한다. 이 대치론의 맥락에 '치환은유', 즉 옮겨 놓기의 은유가 있다. 치환은유란 두 사물 간의 비교가 아니라 A라는 사물의 의미가 B라는 사물에 의해 자리바꿈하는 것을 의미한다.

형태상으로 보면, 치환이란 용어에서도 드러나듯 'A는 B이다'라는 구문이 성립한다. 치환의 방식으로 구성되는 은유는 모호하고 추상적인 개념(본의, '내 마음')을 이미 잘 알려진 정황이나 사물(매재, '호수')로 대체하여 의미론적 전이를 일으키는 은유의 대표적인 전범이다. 야콥슨의 논리에 의하면 '옮겨 놓기'란 등가성의 원리에 입각한 계열의 축으로 구성된다. 또한 직유에서와 같이 비교 조사가 직접 드러나지 않기 때문에 부분적인 표현에서도 꿰맨 자국이 드러나지 않는다. 따라서 시적 표현의 문리가 트이면 트일수록 널리 활용하는 표현 기교에 속한다.

(1) 유사은유

앞 장에서도 언급했지만 은유는 본의와 매재를 결합하는 구조적 특질을 지닌다. 그런데 어떤 시에서는 본의 따로 매재 따로 노는 경우와 종종 부딪칠 때가 있다. 본의와 매재의 결합이라는 용어에서 '결합'이란 의미를 눈여겨볼 필요가 있다. 다시 말해서 결합이란 서로 유기적으로 얽혀 있다는 것이지 따로 분리되는 것이 아니라는 말이다. 언어적 관점에서는 어떤 사물에 적합한 이름이 다른 사물로 전이된 형식이다. 예를 들어 '내 마음'은 '호수'와 어떤 유사성도 없다. 따라서 이런 표현은 비상사성 속에서 상사성을 인식하는 정신 행위이며, 또 '내 마음'이 '호수'로 변환되면서 의미론적 전이가 일어난다.

이와 같은 은유는 문학 비평가는 물론 전문적인 철학자들에게도 관심의 초점을 모아 온 수사적 기법 중의 하나이다. 두 가지 대상을 하나로 버무려 새로운 영역을 유추적으로 재현해 내는 독특한 세계 인식의 한 방식이기 때

문이다. 나아가 은유는 직설적으로 메시지를 전달하는 것이 아니라 일종의
'돌려 말하기'인데, 직설적으로 말하는 것보다 훨씬 더 생생하고 효율적으로
메시지가 전달된다는 장점이 있다. '유사은유(類似隱喩)'란 본의(T)와 매재(V)
가 1:1 유사성을 축으로 결합하면서 공분모를 드러내는 양식으로서 기존의
'치환은유'를 좀 더 세분화하기 위해 새롭게 명명한 용어이다.

손으로 집어먹을 수 있는 꽃,
꽃은 열매 속에도 있다

단단한 씨앗들
뜨거움을 벗어버리려고
속을 밖으로
뒤집어쓰고 있다

내 마음 진창이라 캄캄했을 때
창문 깨고 투신하듯
내 맘을 네 속으로 까뒤집어 보인 때
꽃이다

뜨거움을 감출 수 없는 곳에서
나는 속을 뒤집었다, 밖이
안으로 들어왔다, 안은
밖으로 쏟아져 나왔다 꽃은
견딜 수 없는 구토(嘔吐)다

나는 꽃을 집어먹었다

—유종인, 「팝콘」 전문

상기 인용 시에서 유사성의 축은 '팝콘—꽃/내 마음 진창—속/창문 깨고 투신—밖/내 속을 까뒤집은 것—꽃, 구토' 등으로 추출해 볼 수 있다. 화자가 표현하고자 하는 것은 "내 마음 진창이라 캄캄했을 때"(T 본의)이다. 이것은 상당히 모호하고 추상적인 마음의 상태이지만, "팝콘"(V 매재)의 특성을 통해 명쾌하게 구상화된다. 화자는 "뜨거움을 감출 수 없는 곳에서" 화자는 자신이 현재의 고통을 이겨 낼 수 없는, 그러한 고통으로 인해 새로운 내적 도약을 예비한다.

화자는 "창문 깨고 투신하듯"이 현재 화자는 힘든 상황을 "내 맘을 네 속으로 까뒤집어 보인"다고 말한다. 이 같은 표현을 통해 하얀 속살을 내밀며 팝콘으로 변해 가고 있는 자신을 발견한다. 여기서 화자가 말한 '꽃'이란 과연 무엇을 의미하는 것일까? 우선 이 시에서 '꽃'은 표면적으로 '팝콘'을 나타낸다. 팝콘은 옥수수 씨앗이 뜨거움을 감추지 못하고 변혁을 이룩해 낸 무의식의 표지이다.

나아가 '팝콘'은 극도의 무기력증에 빠진 화자와 동일시되고 있다. 그런데 화자는 이러한 '꽃'을 "견딜 수 없는 구토"라고 표현한다. 즉 "밖이/ 안으로 들어"오는 순간 "안은/ 밖으로 쏟아져 나왔"기 때문이다. 화자도 내적인 고통의 분화구가 터져 제 속을 밖으로 꺼내 몸을 뒤집어쓴 형국이다. 뜨거워 견딜 수 없는 마음은 밖으로 나오고 단단한 몸은 안으로 들어온 것이다. 그 고통의 몸부림과 뒤틀림이 꽃이란 몸의 형상으로 동일화되어 새롭게 탄생하는 도약의 순간이다.

아랫도리를 통고무로 싼 사내
스피커를 주파수 삼아 손수레 밀고 간다
재래시장 바닥을 알몸으로 알몸으로
점액질을 토해 스스로 뚫고 간다
균형 있는 행보를 하기에는 뱃가죽이 너무 얇다
손가락 더듬어 바람과 햇볕의 접점을 찾는다

햇빛 무성한 날에는 심장이 더욱 짓물러져

외투를 호화롭게 입은 사람들의

농탕치는 웃음에 또 허기진다

내가 나를 장식하는 형틀을 지고

몸속을 훑고 가는 뭇시선에 데일 때마다

포복하며 출렁이는 뇌수,

부유하는 몸뚱어리

숨겨도 숨겨도 노출되는 뻔한 生

백주에도 검문당하는 불온한 나의 피여!

투명도 오히려 허물일 때가 있다

배밀이로 만든 긴 흙탕길

끊어진 줄 알고도 돌아가지 못하는 난장 길

흔들리는 잎사귀의 배후는 늘 허방인데

등을 핥는 바람의 진원지가 섬뜩하다

집도 절도 없이 내 안에 내가 산다

―박일만, 「민달팽이 2」 전문

인용 시의 화자는 단독자 의식을 바탕으로 집을 짓지 못한 "아랫도리를 통고무로 싼 사내"(본의)와 "민달팽이"(매재)를 동일화하고 있다. 이 세계에 내던져진 화자도 사원이나 성전이 그러한 것처럼 신들과 동일한 거소를 갈망한다. 그들은 제 집을 짓기 위해 "손가락 더듬어 바람과 햇볕의 접점을 찾"고 있다. 그러나 그가 거주하는 세계에서는 "외투를 호화롭게 입은 사람들의/ 농탕치는 웃음에 또 허기"질 뿐이다. 바로 이 장소가 탈성화(脫聖化)된 세계의 주변이다. 여기서 인간은 다른 세계와 소통할 뿐만 아니라 다른 세계에서 흡수한 성스러운 힘을 다른 모든 장소에 전달할 수도 있다.

인간도 민달팽이와 다름없이 "숨겨도 숨겨도 노출되는 뻔한 生"일 때만이 비로소 신성의 세계를 지향한다. 그렇다고 해서 신과 만나는 신전이나 사원만이 중심인 것은 아니다. 내가 사는 집, 나아가서는 자신의 몸조차도 다른 세계로 나가는 출구 역할을 한다면 세계의 중심이 될 수 있다. 근대 이성에 물든 비종교적인 인간에게는 "투명도 오히려 허물일 때가 있"으므로 새로운 중심을 창조한다는 것은 나의 세계를 새로 창조한다는 말과 다르지 않다. 그들은 하늘, 물, 식물, 태양, 달, 땅 등에 깃든 우주적 비밀에 관심을 기울이거나 해독하지 않는다. 오직 우주를 정복 대상으로 삼아 파헤치면서 신의 권위에 끝없는 도전만을 거듭하고 있을 뿐이다.

인용 시의 화자가 거론하는 인간이란 누구나 "나를 장식하는 형틀을 지고" "끊어진 줄 알고도 돌아가지 못하는 난장 길"에 서 있는 처지다. 이와 같은 비종교적인 인간은 인간이 신적인 모델 없이 홀로 모든 것을 창조해야 한다는 신념, 즉 탈성화된 비극적인 실존에 처해 있는 것이다. 따라서 "흔들리는 잎사귀의 배후는 늘 허방"이지만, "등을 핥는 바람의 진원지"를 찾아 나서는 과정은 가히 비극적이다. 지금껏 시인이 그래왔듯이 우주율에 따른 중심의 구심력은 "집도 절도 없이 내 안에 내가 산다"는 단독자 의식, 즉 자신의 몸이 집이자 영혼이라는 전제에서 비롯되기 때문이다.

> 쾌락으로 가는
> 길목에 털이 있다. 궁창이 열리고
> 땅이 혼돈을 멈추었을 때, 가장 나중에 만들어진 인간을
> 가장 나중에 완성시킨 건, 아무래도 털이다. 당신이 떠나고
> 세상에서 가장 싼값으로
> 인생을 구겨버리고 싶을 때, 낡은 침대나
> 주전자 옆에서 꼼지락거리는
> 털.
> 윤기가 잘잘 흐르는 털. 궁창이 열리고
> 혼돈이 멈춘 메마른 땅을, 촉촉하게 완성시킨 건
> 아무래도 풀이다. 땅의 털인

풀.

욕망이 없다면

땅이 풀을

풀이 땅을 간지럽히지 않았겠지.

아, 시원해

물 먹고

주전자 옆에 야구르트 먹고

아, 개운해.

날이 저물고

바람이 불면

빼빼마른 창녀들이

잠자리처럼 날아다니겠지.

궁창이 열리고

땅의 혼돈이 시작되겠지.

—원구식, 「털」 전문

앞서의 시와는 다르게 이 시는 '털'(본의)이 '풀'(매재)이라는 전이적 은유 구조로 변용되어 있다. 털과 풀은 외형상의 조건은 유사하지만, 내용상의 의미는 이질감을 자아내기에 충분하다. 이질성을 축으로 하는 확실한 두 대상의 결합은 '욕망=생명'이라는 모호한 주제를 구체화하는 특성을 보여 준다. 털은 화자에 의하면 "궁창이 열리고/ 땅이 혼돈을 멈추었을 때, 가장 나중에 만들어진 인간을/ 가장 나중에 완성"한 존재이다. 그런데도 불구하고 이 털은 "쾌락으로 가는/ 길목"이나 "인생을 구겨버리고 싶을" 때 "꼼지락거리는" 욕망의 이름과 다를 바 없다.

이에 반해 '풀'은 "궁창이 열리고/ 혼돈이 멈춘 메마른 땅을, 촉촉하게 완성"시킨 존재로 긍정화된다. 만약 "욕망이 없다면/ 땅이 풀을/ 풀이 땅을 간지럽히지 않았"을 것이기 때문이다. 이와 마찬가지로 "주전자 옆"에 있는 "털"

과 "야구르트"는 "개운해"로 동일화되어 새로운 차원으로 결합된다. 창녀로 야기된 털(음모, 욕망)과 천지 창조(사랑, 탄생)라는 쾌락과 생명이라는 이중성을 동시에 환기하는 특성으로 재조합된다. 동양적 사유와 맞물려 있는 성(聖)과 속(俗)의 세계를 일여적 관점으로 정관한다는 것은 시인의 확장된 의식이 있었을 때만이 가능한 사유 방식이다.

이와 같이 '유사은유'는 모호하고 추상적인 본의가 상대적으로 구체적이고 이미 잘 알려진 매재로 전이하거나, 구체적인 대상이 다른 이질적인 대상과 결합하기도 한다. 전자에 속하는 유종인과 박일만의 시가 불확실한 관념을 새롭게 재생하는 효과를 거둔다면, 후자에 속하는 원구식의 시는 두 대상의 차이를 동일화하여 아이러니한 삶의 국면을 보여 준다. 본의와 매재의 결합은 동일성을 근간으로 이루어지며, 의미의 변용 내지 확대를 가져온다. 이 동일성은 단순한 외형상의 근사한 특질이라기보다 정신적이고 정서적이며 가치적인 측면이 중시된다. 이처럼 치환의 방식은 기능적인 측면에서 볼 때, 유사성의 축이 시적 인식과 의미망을 결정짓는 요소로 작용한다는 점이 중요하다.

(2) 이접은유

아리스토텔레스는 은유를 '천재의 상징'으로 보았다. 전혀 다른 사물들 사이에서 공통점이나 비슷한 사물들 사이에 존재하는 이화감을 발견해 내는 능력은 분명 천재들에게만 주어진 신의 특별한 선물이다. 만약 누군가에게 상이한 사물들이 각도에 따라 유사하게 보인다면, 아마 그 유사성은 누구에게나 보편타당하게 인지되는 공분모의 발견과 다르지 않다. 아인슈타인(A. Einstein)은 매일 일어나는 일상적 사건들, 예를 들면 '노 젓기'와 역에서 바라보는 '지나가는 기차' 사이의 유사성을 통해 다양한 영감을 병렬하여 물리학의 수많은 추상적 이론을 완성했다. 또한 그 어려운 이론을 일상적인 은유를 통해 대중에게 쉽고 친근하게 설명한 일화도 널리 알려져 있다.

일반적으로 은유는 비유할 의도를 숨기면서, 표면에 직접 그 형상만을 꺼내 보여 주는 특질을 지닌다. 시인은 독자가 상상적 유추를 동원하여 그 본질적인 상사성(想事性)을 해석할 수 있는 함축적인 구조를 마련한다. 이러한 은유는 시인의 언어에 관한 인식과 대상에 대한 태도 및 표현에 대한 정신의 긴박감 등이 문제가 된다. 은유가 만일 안이하게 사용되면 이미지가 아니라 혼란만 야기한다는 점에 유의할 필요가 있다. 시를 은유의 결정체라고 했을 때, 시작 기술에서 본의(T)와 매재(V)가 1:1 동일성을 축으로 하여 결합하는 동시에 다시 상반된 이미지나 의미로 분리되는 특별한 방식이 바로 '이접은유(異接隱喩)'이다. 이 기법은 자연스럽게 '낯설게 하기'의 효과도 거두면서 입체적인 구조를 형성한다는 장점이 있어 현대 시인들이 즐겨 구사하는 양식 중의 하나이다.

> 염소를 매어놓은 줄을 보다가 땅의 이면에
> 음메에 소리로 박혀 있는 재봉선을 따라가면
> 염소 매어놓은 자리처럼 허름한 시절
> 작업복 교련복 누비며 연습하던 가사실습이
> 꾸리 속에서 들들들 나오고 있네
> 비에 젖어 뜯어지던 옷처럼, 산과 들
> 그 허문 곳을 풀과 꽃들이 색실로 곱게
> 꿰매는 봄날, 상처 하나 없는 예쁜 염소 한 마리
> 말뚝에 매여 있었네, 검은 색 재봉틀 아래
> 깡총거리며 뛰놀던 새끼 염소가, 한 조각 천
> 해진 곳을 들어 미싱 속으로 봄을 박음질하네
> 구멍난 속주머니 꺼내 보이던 언덕길 너머
> 보리 이랑을 따라 흔드는 아지랑이 너머
> 예쁜 허리 잡고 돌리던 봄날이었네

쑥내음처럼 머뭇머뭇 언니들은

거친 들판을 바라보던 어미를 두고

브라더미싱을 돌리고 있었네, 밤이 늦도록

염소 한 마리 공장 뒤에 숨어 울고 있었네

부르르 떨리는 염소 소리로, 가슴도 시치며

희망의 땅에, 가느다란 햇살로 박아 놓은 옷이

이제 얼마나 아름다운지, 아기염소 뛰어노는 여기저기

소매깃에 숨어 있다 돋아나는 봄날

언니의 속눈썹 같은 실밥을 나는 뜯고 있었네

—구봉완, 「재봉질하는 봄」 전문

　구봉완의 인용 시는 1970년대의 검은색 몸통의 "브라더미싱"(본의)을 "염소"(매재)로 변용하여 은유화하고 있다. 그러면서 다시 "염소"가 봄날 상처 하나 없이 깡총거리는 "예쁜 염소"(화자)와 응달진 공장의 뒤편에서 "부르르 떨리는 염소"(언니)로 양분되면서 화자의 유년 시절을 재생해 내고 있다. 인용 시의 은유 체계를 세분화해 보면, 유사성의 축은 ① '검은 염소—브라더 미싱' ② '염소의 음메에 소리—재봉질 소리' ③ '염소의 발자국—재봉선' ④ '황폐한 거친 들판—공장 뒤' 등이다.

　이에 반해 이화성의 축은 ① '해지고 허문 곳—희망의 땅' ② '상처 하나 없이 깡총거리는 새끼 염소—공장 뒤에서 부르르 떨리는 염소' ③ '비에 젖어 뜯어지던 산과 들—색실로 곱게 꿰매는 봄날' ④ '구멍난 속주머니—햇살로 박은 옷' 등이다. 이 시의 시적 구획은 생계를 책임진 언니의 희생(공장의 미싱)과 그 혜택을 받아 가사 실습(학교의 미싱)에 임한 화자의 상반된 삶의 양면이 한 꾸리로써 병치되어 있다. 언니의 '고통스런 현실'과 화자의 '내면적 상처'가 염소의 울음이라는 '재봉질 소리'에 의해 극복된다.

　이와 같은 은유는 봄날의 생명력 있는 이미지와 공장의 신산한 현실이 접면을 이루고 있다. 따라서 화자는 우리 근대사의 음영을 상호 화사하고 화해로운 재봉질로 갈무리한다. 시 속의 언니에게는 암울한 그늘이 드리워져 있지만, 화자가 "한 조각 천"으로 "해진 곳을 들어 미싱 속으로 봄을 박음질하"고 있는 정황이다. 삶의 간극과 환부를 아름답게 봉합하는 이 은유적 상상력은 낯선 의미 충돌을 유발하는 동시에 "햇살로 박아 놓은 옷"을 상상 공간에서 마름질하며 아름답게 완성된다.

뜨겁고 춥다, 이 모순의 육체는
그럭저럭 매력적이다
약기운 때문인지 지면에서 얼마쯤
붕 떠 있는 느낌, 금방이라도
곤두박질칠 듯 아슬아슬한 공중부양 같다
들뜬 청춘 같다

초봄이 한겨울보다 매서운 건
세상 움트는 것들의 통증 때문이다
연초록은 원래 비릿하고
청춘은 불량을 무기로 내세운다
이빨 사이로 찍찍 침을 내뱉거나
면도날을 질겅질겅 씹기도 하는

그 시절 지나면 몸살이란
스위치를 올리자마자 팍 불이 나간
백열등 같은 것, 잠시 미련처럼 빛살이 어려
알전구를 귀에 대고 흔들어본다
이 어둠을 어찌 돌이킬래?
누군가 속삭인다
끊긴 필라멘트마냥 파르르 오한이 온다

> 추워서 뜨거웠고 어두워서 환했던
> 기억이 있다, 그 불량의 시절인 듯
> 연탄불처럼 다시 층층 포개지고 싶다
> 포개져 마침내 화르륵 타오르는 체위이고 싶다
> 나중에는 부엌칼로 갈라야 하더라도
> 가르다가, 앗 뜨거라 불투성이로 깨지더라도
>
>
> 몸살이란, 그 기억에 살이 낀 것이다
> 혼자 열없이 열 오른 것이다
>
> —강연호, 「몸살」 전문

강연호의 인용 시는 병리적인 '몸살'의 증상, 즉 "뜨겁고 춥다"는 "모순의 육체"(T 몸살)에서 "불량의 시절"(V 청춘)을 연상하는 은유의 고리를 마련한다. 그리고 이를 다시 '백열등'의 이미지와 결합·충돌시키면서 의미 공간을 확장하는 이접은유의 특장을 선보인다. '몸살'이란 일차적으로 '몸이 몹시 피로하여 일어나는 병'이지만, 이차적으로는 '어떤 일을 하고 싶어 안달이 나서 못 견디다'란 의미로 널리 통용된다. '청춘'이란 아직 시작에 불과한 미완의 존재이지만, 미래의 가능태를 향해 열려 있는 존재이다. 화자는 시의 전반부에서부터 무한 도전의 정신 에너지와 몸 자체로도 싱그러운 육체 에너지에 대해 "들뜬 청춘 같다"는 도식을 구축한다.

나아가 화자는 "초봄이 한겨울보다 매서운 건/ 세상 움트는 것들의 통증 때문"이라고 말한다. 이와 마찬가지로 '청춘'도 "불량을 무기"로 삼는 과도기를 지나야만 한 차원 도약의 순간을 맞기 때문이다. 그러나 화자는 "그 시절 지나면 몸살이란/ 스위치를 올리자마자 팍 불이 나간/ 백열등 같은 것"이라는 체념적 진술을 던진다. 여기에는 새로운 세계를 향한 열정마저 상실한 중년의 내면이 투시된다. 누군가 화자에게 속삭이듯이 "이 어둠을 어찌 돌이킬래?"라는 환청에 시달릴 뿐이다. 그의 현실이란 "끊긴 필라멘트마냥 파르르 오한"이 드는 상황인 것이다. 바로 여기가 '청춘'(T 젊음)의 불량기와 '백열등'(V 중년)이란 무기력의 정서가 '몸살'(오한)의 이미지와 겹쳐지면서 차별화되는 지점이다.

그러나 사람에게는 정도의 차이는 있을지언정 "추워서 뜨거웠고 어두워서 환했던/ 기억"이 있을 것이다. 그 "불량의 시절"을 다시 돌려놓고 싶은 뜨거운 열정의 마음만은 덮지 않았을 것이다. 설령 그 열정이 지나쳐 "나중에는 부엌 칼로 갈라야 하더라도/ 가르다가, 앗 뜨거라 불투성이로 깨지더라도" 언젠가 한번은 꼭 다시 돌아가고픈 환한 퇴폐의 시절이 있었을 것이다. 따라서 화자에게 몸살이란 "기억에 살이 낀 것"과 다를 바 없다. 다시 말해서 과거와 현재 사이에 불길한 액살(煞)이 끼어 있는 형국인 셈이다. 이 몸살이야말로 육체에게는 잠시 해악을 끼치기도 하지만, 정신적으로는 끊임없이 스스로를 추동하는 생의 활력소 구실을 하기 때문이다.

÷의 달이 호수에게 왜 나를 비추느냐를 묻자 그는 나를 비춘 적이 없다고 되물었다. 구름이 서행하다 몸의 스크럼을 푼 곳은 문자 이전일까, 이후일까? 그녀는 나와 괜히 결혼했다고 트집을 일삼으며 웃었다. 통통 튀던 %들조차 널 중심으로 나를 취했으나, 한쪽으로 기울었다. 삐딱한 관점에서 너는 위장 이혼을 종용했다. 그들이 거주한 몸은 빗장뼈를 뽑았기 때문에 헐거웠다. 시가 살아 있기 때문에 그는 솔직할 수 없다고 고백했다. ┼에 고착된 그들은 양쪽 도어록을 잡고 울었다. 서로 힘껏 잡아당겨서 열리지 않았다. 예수의 발 뒤꿈치도 뒤집어 볼 수 없었다. 파경을 각오한 호수의 달빛이 시퍼런 칼날을 휘둘러댔다. 기도로써 뽑아든 평등의 벽을 보았다

—강희안, 「÷%┼」 전문

강희안의 시에는 자아와 대상, 기표와 기의가 긴밀하게 동일화되어 의미를 명징하게 만드는 서정의 기능이 거세되어 있다. 결코 동화될 수 없는 자아와 대상과의 파열을 겪는 서정의 역기능에 시선이 고정된다. 화자는 은유를

통해 기호 표현의 양면성에 관심을 모으면서 기존의 세계가 고착화한 관념의 폭력성에 집중한다. 인용한 시의 화자는 무엇보다도 세계와 불화를 겪는 시적 정황을 초점화하고 있다. 제목은 "÷"(이성)라는 수식이 각도의 형태를 달리하면서 "%"(기대지평)로 미끄러지고, 나아가 궁극적으로는 평등이 벽이 되는 "♦"(감성)의 형태를 지향한다.

'수식'이라는 가장 확실한 이성적 세계에서부터 '확률'이라는 모호한 가능성의 세계를 거쳐 '마음'이라는 가장 불확실한 심리적 세계까지를 내포한다. 인용 시에서는 수식을 대표하는 "÷"(T)가 유사성을 축으로 하여 '호수의 표면에 비친 달'(V)의 형상으로, 확률을 대표하는 "%"(T)가 널뛰기의 '널'(V)의 형상(혹은 삐딱한 관점)으로, 마음을 대표하는 "♦"(T)은 문과 문고리가 되어 서로 "양쪽 도어록을 잡고" 있는 형상(V)으로 은유화된다.

이와는 역으로 이화성의 축에서 볼 때, "÷의 달"(주체)은 "호수"(객체)에게 "왜 나를 비추느냐를 묻자 그는 나를 비춘 적이 없다"고 되묻는가 하면, "%들"까지도 "널(타자) 중심으로 나(자아)를 취했으나, 한쪽으로 기울었다"는 불화에 봉착한다. 나아가 화자는 "♦에 고착된 그들"(소통)은 "서로 힘껏 잡아당"긴 결과 자아와 기호의 관계가 "평등의 벽"(절연)이 된 심각한 국면을 포착한다. 결국 인용 시의 골격은 "결혼했다고 트집" 잡혀 "위장 이혼을 종용" 당하고, 결국 "파경"을 염두에 둔 형태로 분리되는 형국이다.

이상과 같은 '이접은유'는 동화와 이화의 두 축이 서로 넘나들며 의미를 생성하는 구조이다. 구봉완의 시가 상반된 삶의 음영이 화해로운 재봉질로 갈무리되는 동일성의 측면을 강조한다면, 강연호와 강희안의 시는 기호 표현의 양면성을 통해 자아와 대상의 괴리감에 주목한다. 유사성과 이화성의 기능적인 측면을 볼 때, 동화의 축은 시적 인식을 새로운 관계망으로 응집하여 시적 골격을 만들어 낸다. 이에 비해 이화의 축은 아이러니한 삶의 보편적 진실이라는 결구를 이끌어 내는 힘을 발휘한다는 특징이 있다. 즉, '유사은유'가 단순하지만 감각적이고 명료한 직접적인 이미지라고 한다면, '이접은유'는 시의 주제와 관련되어 유기적이고 긴밀한 다중적이고도 입체적인 구조를 형성한다는 점이 다르다.

2) 1:다(多) 병렬의 방식

새로운 은유를 창조하기 위해서는 과거의 경험에서 축적된 관념의 편견을 버리고 사물과 대상에 대한 인식의 개념을 다시 세우는 데서 출발해야 한다. 창의적 은유가 지닌 특징은 전혀 관계가 없어 보이는 대상들을 하나의 관계로 병렬해 내는 능력에 있다. 은유적 표현은 일상 언어와 마찬가지로 점점 복잡해진다. 시에서 은유는 단순히 유사성을 나타내는 것에서 일련의 연상의 고리를 엮는 것까지 여러 역할을 수행한다. 은유는 시에서 세부의 아름다운 영상으로 존재할 수도 있고, 그 시의 중심 개념과 지배소로 도약할 수도 있다. 은유와 환유의 차이를 풀어 보면, 이론상 그 본의와 매재를 연결해 주는 고리에 유사성(차이성 속의 유사성)이 있느냐 없느냐의 차이라고 분류할 수 있다. 좀 더 엄밀히 말하자면 고리 자체의 문제라기보다는 고리로 엮인 두 상관물이 유사성을 축으로 결합하느냐, 혹은 인접성의 축으로 결합하느냐의 문제로 귀결된다.

환유는 고대 그리스어 'metonymy'라는 말로서, '이름의 변화', '다른 이름'이라는 뜻에서 유래한다. 환유는 원래 대상과 밀접한 관계를 맺고 있거나, 그 대상이 시사하는 말을 통해 그 사물과 관계가 깊은 다른 어떤 것으로 확대 해석되는 방식이다. 따라서 환유는 일반성이나 추상성 대신 구체적이고 생생한 이미지(예: '관심'을 보여 달라→'귀'를 빌려 달라)가 창조되는 효과를 낳는다. 은유가 유사성으로 연결된 고리와 관련을 맺는다면, 환유는 인접성에 의한 사물의 관계로서 병치·병렬의 구조를 통해 의미론적 전이 과정을 겪는다. 즉, 환유가 인접성의 비유라는 점은 유사성의 비유라는 은유와 가장 현격하게 변별되는 지점이다. 은유가 유사성의 고리를 축으로 한 구심력의 응집 과정이라면, 환유는 인접성의 관계를 축으로 한 원심력의 확대 과정으로 요약된다.

전자가 '고리은유'라면 후자는 '다치은유'라 명명할 수 있다.

　(1) 고리은유

　은유는 본질적으로 다른 두 가지 또는 그 이상의 요소를 연결하는 방식인데, 이때 시인은 자신만의 발견을 통해 말의 문자적인 의미와 엉뚱한 비교를 하게 마련이다. 그때 독자에게는 예기치 않게 충격적이면서도 신선한 발견의 효과가 발생한다. 레오나르도 다빈치(Leonardo da Vinci)는 벨의 소리와 돌에 떨어지는 물방울 소리 사이에 존재하는 규칙적인 관계를 여러 가지 연상의 고리를 통해 발견했고, 이를 바탕으로 연상한 결과 '파동이론'을 완성했다. 나아가 에디슨(T. A. Edison)의 전기 시스템은 일반적 상식의 모순을 극복하고 높은 저항을 받는 전구 속의 필라멘트를 병렬로 연결하여 진리를 실현한 일례도 있다. 그들은 상식적인 사람들이 결코 도달할 수 없는 새로운 관계의 의미망에 눈길을 돌렸던 것이다.

　은유에서 병렬의 방식이란, 이질적인 두 가지 이상의 요소가 병렬되면서 새로운 의미를 획득하는 방법을 말한다. 병렬과 종합을 통해서 의미론적 전이가 성취되거나 이미지가 창출되는 경우를 일컫는다. 이것은 유사성이나 인접성을 통해서 형성되는 경우도 있지만, 어떤 돌발적인 경험의 특수성을 통해서 이루어지는 경우도 비일비재하다. '고리은유'란 1개의 본의(T)에 여러 가지 매재(V)가 유사성이란 공분모를 축으로 고리를 만들며 결합하는 양식으로서 동일성을 근간으로 하는 '계열의 축'을 지향한다. 기존에는 '복합은유', 혹은 '혼합은유'라는 명칭으로 불리기도 하는데, 이와는 반대편의 축인 '다치은유'와 구분하기 위해 새롭게 명명한 용어이다. 다음의 시는 이러한 특징을 선명하게 제시해 준다.

　병원에 갈 어머니께서

한 소식 던지신다

허리가 아프니까
세상이 다 의자로 보여야
꽃도 열매도, 그게 다
의자에 앉아있는 것이여

주말엔
아버지 산소 좀 다녀와라
그래도 큰애 네가
아버지한테는 좋은 의자 아녔냐

이따가 침 맞고 와서는
참외밭에 지푸라기도 깔고
호박에 따리도 받쳐야겠다
그것들도 식군데 의자를 내줘야지

싸우지 말고 살아라
결혼하고 애 낳고 사는 게 별거냐
그늘 좋고 풍경 좋은 데다가
의자 몇 개 내 놓는 거여

—이정록, 「의자」 전문

인용 시에서 은유의 고리만을 살펴보면, 의자를 본의로 하여 다양한 매재
가 등장한다. ① 꽃과 열매의 받침, ② 아버지의 장남, ③ 참외밭의 지푸라기,
④ 호박에 받치는 따리 등으로 구분된다. 인용 시에서 의자(T)는 보편적 상징
인 '쉬는 자리'에서 출발하여 '보호하는 자리'의 기능으로까지 확대된다. 어머

니는 "허리가 아프니까/ 세상이 다 의자로 보"인다고 말한다. 사람만이 의자에 앉아 쉬는 것이 아니고 '꽃과 열매'(V1)도 다 의자(꽃받침)에 앉아 쉬어야 한다는 점을 강조한다. 또한 생전에는 아버지의 의자였던 장남 '아들'(V2)에게 주말엔 벌초도 할 겸 산소에 인사를 다녀오라고 당부한다.

　게다가 어머니는 '참외에 깔아 주는 지푸라기'(V3)도 깔고 '호박에 받치는 똬리'(V4)도 받쳐야겠다고 혼잣말로 중얼거린다. 여기서의 '지푸라기'와 '똬리'는 앞서 '안식'을 내포하던 의자의 의미에서 변형된다. '참외'나 '호박'의 의자인 그 대상들은 짓무르거나 상하지 않게 하는 '보호'의 기제 역할을 담당하기 때문이다. 더구나 어머니는 그것들을 '식구'로까지 여기고 있다. 이는 일찍이 프란체스코 성인이 '나무'와 '꽃'과 '새'들을 '형제'라고 불렀다는 일화를 상기하는 대목이다. 즉, 이러한 태도는 불교에서 모든 만물을 인간과 동일한 존재로 여기는 수평적 세계 인식과 다를 바 없다.

　나아가 시 속의 어머니는 화자에게 "사는 게 별거냐"고 되묻는다. 즉, 가족이나 타자를 위해 "그늘 좋고 풍경 좋은 데다가" "의자 몇 개 내 놓는" 것이란 결코 가볍지 않은 주제 의식을 완성한다. 이 시는 이같이 삶에 대한 매우 날카로운 통찰을 바탕으로 씌어졌다. 시인은 의자와 삶에 대한 관계를 문제로 삼아 은유의 계열축을 중첩하면서 개성적 시 쓰기의 전범을 보여 준다. 여기에서 은유의 기능은, '의자'(본의)의 속성을 다양한 은유 고리(매재)로 연계하면서 이타성이 보편타당한 인생론적 진실이라는 주제 의식을 강화하는 요소로써 기능한다는 측면이 중요하다.

실수로 또는 부부싸움으로 거울을 박살내 보았는가
거울 조각마다 찢어진 풍경, 찢어진 비명 소리
먼지만 한 거울 속에도 잔인하게 들어 있는 울긋불긋

산은 거대한 거울이다
거대한 울퉁불퉁 속에 작은 울퉁불퉁 첩첩 모여 있다

그 속을 휘적휘적 지나가다 보면 心鏡이 저억 저억 찢어지고 있다

매끈하던 모과가 팔월이 되자 울퉁불퉁 다면경이 된다
모과는 울퉁불퉁할수록 향기롭다
모과벌레가 그 위에 갸우뚱 갸우뚱 작은 얼굴을 돌리고 있다
벌레의 心鏡이 쩌억 쩌억 찢어진다 실금 사이로 피가 스민다

모과벌레가 모과 한 모퉁이 골라 사각사각 구멍을 판다
향내 나는 모과 속에 몰아지경 머리를 파묻는다
오리나무 위에 울긋불긋 노을이 진다 산새 소리 속을 지나간다
상처는 거울을 울퉁불퉁 山經으로 만든다

나는 오늘 밤 돌아가
울퉁불퉁한 그녀의 몸 한 후미진 모퉁이에 황홀히 머리를 파묻을 것이다
—오자성, 「거울은 울퉁불퉁하다」 전문

상기 인용 시는 '깨진 거울'의 이미지에서 출발하여 '산'과 '모과'의 이미지로 고리은유를 만들어 나가면서 "山徑"의 이법에 이르는 과정을 보여 준다. 따라서 깨진 거울은 부부 관계나 인간관계의 동일성이 파괴되어 불화가 조장되고, 나아가 욕구불만을 표출하는 대사회적 기능 장애의 메타포로 암시된다. 남성 이데올로기의 퇴조 이후 개인의 발견으로부터 시작되는 현대 철학의 사조는 개인의 가치와 개인의 욕구를 중시하는 사회적 분위기를 조장했다. 이는 전통적 가족 이데올로기의 붕괴, 즉 현대적 의미에서의 가족 해체 현상이 여기에서 비롯되었다는 논리와 상통한다. 다시 말해서 개인을 가정이라는 유기적 소사회의 한 부분으로서 파악하려는 기존의 관점과 구성원 개개인의 욕구에 가치의 중점을 두는 현대적 패러다임은 필연적으로 상호 대립할 수밖에 없다는 태도이다.

　　인용 시의 화자는 1연에서 “부부싸움으로 거울을 박살내 보았는가”라고 넌지시 질문한다. “거울 조각마다 찢어진 풍경, 찢어진 비명 소리”가 “잔인하게 들어 있는 울긋불긋” 파편화된 세계의 실재와 마주해 본 적 있느냐는 전언이다. 부부란 인생이 최초로 탄생하고 인간관계를 맺는 기본 공동체이며, 문화 및 습관을 배우고 환경의 기초가 되는 혈연집단이다. 따라서 애정, 존경 내지는 신뢰를 바탕으로서 협력하여 살아가야 하는 토대가 마련되어야 한다. 시의 화자는 2연에서 ‘깨진 거울’로 예거한 부부 관계를 ‘산’으로 투사하여 “산은 거대한 거울”이라는 일차 은유의 고리를 건다. 거기에는 “거대한 울퉁불퉁 속에 작은 울퉁불퉁 첩첩 모여 있다”고 사실적 관찰을 바탕으로 기존의 관점을 수정하려는 태도를 취한다. 그간 동일화의 모델이었던 ‘산’이 인용 시에서는 “心鏡이 저억 저억 찢어지고 있”는 격절의 모습으로 현현한다.

　　나아가 3-4연에서는 다시 ‘산’이 ‘모과’의 이미지로 이차 은유의 고리를 걸면서 “매끈하던 모과가 팔월이 되자 울퉁불퉁 다면경이 된다”는 새로운 역설적 진리를 포착해 낸다. 즉 “모과는 울퉁불퉁할수록 향기롭다”는 진술이 앞의 부정적 사태를 긍정화하려는 전거를 마련하기 위한 방편으로 기능한다. 따라서 “벌레의 心鏡이 쩌억 쩌억 찢어진다”는 구절은 1연의 인간사와 2연의 자연사가 상통한다는 연쇄적인 의미와 동일한 맥락을 형성한다. 다시 말해서 “실금 사이로 피가 스민다”는 비극적 사태는 파열한 세계의 ‘거울’을 “울퉁불퉁 山經으로 만”들려는 시인의 구체적 은유 전략에 의해 광휘의 순간으로 재탄생하게 된다. 모과벌레가 “향내 나는 모과 속에 몰아지경 머리를 파묻”듯이 화자도 마지막 5연에서 “울퉁불퉁한 그녀의 몸 한 후미진 모퉁이에 황홀히 머리를 파묻을 것이다”는 동일화의 논리가 설득력을 얻게 되는 소이가 바로 여기에 있다.

　　사수가 한쪽 눈을 감는 것은 과녁을 떠나는 그 영혼을 보지 않기 위해서다

　　어떤 형벌이 사수의 눈동자 속에

과녁의 동심원을 그렸을까

한 입 어둠을 씹어 먹는 허공의 아득한 중심에서
정확히 자신의 죽음을 겨누어 떨어지는, 빗방울
우산은 방패가 아니었다

바람 불 때마다 영혼의 부력으로 뒤집히는 중심의 테두리 그 팽팽한 시간 위
에서
빗물이 명중의 제 몸 잠시 허공에 흩어 놓을 때

한 발의 生이 안개처럼 피어오른다 그리하여 저편
영혼으로 과녁을 치는 무지개,

중심을 산 너머에 숨겼으므로
검은 부리로 넘어가는 새가 있다 구름 사이로

누구를 겨누어 저 달은 오늘도, 눈꺼풀을 내려 초점을 잡는 것일까 한쪽 눈
을 감을 때마다 보이는
둥글게 갇힌 자신의 영혼 그리고
영원히 외눈인 해와 달

사수는 두 개의 과녁을 노리지 않는다

—신용목, 「중심을 쏘다」 전문

인용 시에 병렬된 은유의 고리를 살펴보면, 본의인 "과녁"(T)에서 출발하여 "눈동자"(V1), "빗방울"(V2), "우산"(V3), "무지개"(V4), "해"(V5), "달"(V6) 등으로 연쇄한 매재에 이르기까지 다양한 변주의 형태를 보여 준다. 이 「중심을

쏘다」는 앞서 언급한 「의자」와는 다르게 본의와 매재의 관계가 먼 거리를 유지하고 있어 일견 난해하여 치밀한 독법이 요구된다. 그러나 여기에서는 이 시의 전체 디테일한 구조를 읽어 내는 일보다는 은유의 그물망이 어떻게 연계되고 있는가에만 관심의 범위를 한정한다.

먼저 "눈동자"란 언표만 해도 "과녁"과 다르지 않다. 한쪽 눈을 감고 눈동자의 초점과 과녁의 중심이 일치했을 때만이 격발이 가능하기 때문이다. "빗방울"도 마찬가지다. 수면에 몸을 투신하여 "과녁"을 만드는 존재이지만, 여기에서는 그 관계보다는 "우산"과 대립적인 관계가 중시된다. 우산이 "방패"이자 "과녁"이기에 빗방울은 "자신의 죽음을 겨누어 떨어지는" 존재에 불과할 뿐이다. 나아가 "무지개"는 또 어떠한가. "영혼으로 과녁을 치"며 "중심을 산 너머에 숨"긴 채 "과녁"의 일부만 보여 주는 대상이다. 부조리한 세계의 실상을 간파하는 이 농축된 표현에서 시인의 기량이 확인된다.

불특정 다수의 암유인 "검은 부리로 넘어가는 새"가 등장하는 것은 어쩌면 '지금—여기'에 부가된 필연적 현실인지도 모른다. 여기에서 더 나아가 화자는 '달' 또한 "눈꺼풀을 내려 초점을 잡"으며 "태양"을 겨누고 있다고 넌지시 말한다. 누구나 "둥글게 갇힌 자신의 영혼"과 맞닥뜨리는 게 인생 아니던가. "영원히 외눈인 해와 달"은 현재 우리 자신의 모습과 일맥상통한다는 의미를 강화하기 위한 언표이다. 결국 화자는 사수(인간)가 결코 "두 개의 과녁을 노리지 않"기 때문에 불행을 자초한다는 쓰디쓴 전언을 남긴 셈이다.

이와 같이 '고리은유'란 하나의 본의(T)에 표면적으로는 이질적인 두 가지 이상의 매재(V)가 유사성을 축으로 병렬되면서 집중력 있게 시인의 의도를 실현하는 방식이다. 병렬과 종합을 통해서 의미론적 통일감을 부여하거나 새로운 이미지로써 변주되는 경우를 일컫는다. 이정록과 오자성의 시가 본의를 쉬운 속성의 매재로 연계하면서 불화에서 화해로 이어지는 긍정적인 진실을 환기한다면, 신용목의 시는 본의를 난해한 속성의 매재로 전치하면서 욕망이 자초한 비극적 진실을 드러낸다. 따라서 1:1 병렬의 방식이라 할지라도 세계와의 관계 양상에 따라 두 가지 방식으로 구분된다. 하나는 세계와

의 화해와 동일성을 추구하려는 전통 서정 계열의 시와, 다른 하나는 세계
와의 불화나 괴리감을 부각하려는 신서정 계열의 시로 대별된다는 점에 유
의해야 한다.

(2) 다치은유

앞서 언급한 '고리은유'와 '다치은유(多置隱喩)'의 차이란, 매재들끼리 유사
성이 있는가, 이질적인가 하는 점에서 차별된다. 하지만, 이런 차이는 부분적
인 차이가 아니라 아주 현격하게 구분되는 인자이다. 고리은유와 같이 유사
관계를 지닐 때는 전체 구조가 하나로 통일되어 전체 의미가 확정된다. 이에
반해 '다치은유'처럼 환유의 축으로 미끄러져 나가는 방식으로 다변화될 때
는 의미를 수렴하기 곤란한 난점이 있다. 독자들이 의미 있는 그 무엇으로 바
꾸려고 노력하는 과정에서 시인이 매재로 제시한 사물들이 다채롭게 변전하
면서 새로운 의미론적 전환을 꾀하는 장점도 수반된다.

은유는 대체로 병렬의 고리를 통해 유사성이 없는 두 가지 이상의 상관물
이 의미론적 전이 과정을 겪는다. 그러나 환유는 사물의 일부를 통해 그 사
물과 관계가 깊은 다른 '무엇'으로 확대·해석되는 특징을 지닌다. 즉 환유가
인접성의 비유라는 점이 은유와는 크게 차별되는 자질이다. 은유가 차이성
속에 숨은 유사성이란 '계열의 축'으로 통일되는 과정이라면, 환유는 인접성
속에 숨은 이질감이란 '선택의 축'으로 대체되는 과정이다. 따라서 '다치은유'
란 1개의 본의(T)에 여러 가지 매재(V)가 인접성으로 미끄러지며 결합하는 양
식으로 분화된다는 점에 유의해야 한다.

그날 누이는 누런 주전자를 들고 뙤약볕 속을 가고 있었다 아버지의 거시기
가 달린 주전자를 들고 가고 있었다 목마르고 목말라 아버지의 거시기를 빨며,
불볕 속을 가고 있었다 누런 아버지의 거시기가 흘러 얼룩이 진, 검정 무명치마

를 입고 가고 있었다 옆구리 찌그러진 주전자 되어, 한 됫박 눈물 찔끔거리며 돌
아올 수 없는 길 가고 있었다 이놈의 주정뱅이, 이놈의 아편쟁이, 이놈의 개망
나니, 어머니가 주전자를 마구, 마구 짓밟으며 울부짖었다 주전자만 보면 지금
도 나는, 긴장을 한다 주전자처럼 어깨를 오므리고, 파르르 떤다 나는 노란 주
전자의 노란 주전자, 머리뚜껑이 들썩거리는

—유홍준, 「노란 주전자」 전문

상기 인용 시는 "노란 주전자"라고 하는 하나의 본의(T)를 중심으로 매재
(V) 자체가 변형이나 대체의 과정을 겪지 않는다. 그러나 특이하게도 '다치은
유'의 효과를 고스란히 드러내고 있어서 주목되는 작품이다. 매재 자체가 다
른 대상으로 전치되는 것이 아니라 매재의 내포적 주체가 변형, 굴절되는 특
징을 보인다는 사실이다. 먼저 인용 시에 드러난 환유 축의 갈래를 변별해 보
면, 은유 대상인 "노란 주전자"(T 본의)가 "아버지의 거시기가 달린 주전자"(아
버지, V1), "옆구리 찌그러진 주전자"(누이, V2), 어머니가 울부짖으며 짓밟는
주전자(아버지, V3), 어깨를 오므리고 뚜껑이 들썩거리는 주전자(화자, V4) 등
다양한 가족 구성원으로 전치되고 있다.

"노란 주전자"라는 객관적 대상을 "아버지의 거시기가 달린 주전자"라고
변용된 것은 부권 중심 사회의 암유이다. 따라서 "거시기가 흘러 얼룩이 진,
검정 무명치마를 입"은 '누이'(여성)가 그 폐해로 인해 "한 됫박 눈물 찔끔거리
며 돌아올 수 없는 길 가고" 있는 정황이 제시된다. 여기는 다양한 각도의 해
석이 가능한 구절인데, '아버지'는 말 그대로 무능한 부권의 전형으로 제시된
다. "이놈의 주정뱅이, 이놈의 아편쟁이, 이놈의 개망나니"라고 어머니가 울
부짖으면서 "주전자"(아버지)를 "마구, 마구 짓밟"고 있기 때문이다.

나아가 화자인 자신도 "노란 주전자의 노란 주전자", 즉 부권 사회의 피를
대물림한 존재이지만, 오히려 "주전자만 보면" "머리뚜껑이 들썩거리는" 존
재로 변환된다. 이는 가부장제의 권력을 가족에게 휘두르는 아버지에 대한
화자의 분노감에서 기인한다. 아버지는 무능한 자신에 대한 욕구불만을 가

족에게 폭력 행사하는 부권 사회의 전형적 인물이다. 화자의 반면교사로서
의 아버지는 한 가계를 이끌기는커녕 오히려 해체하는 역할을 주도한다. 결
국 이 시는 "주전자"라고 하는 하나의 본의(T 가족)가 여러 개의 주체(V 개체)로
전치되는 격절의 과정을 거치면서 하나이자 전체인 가족공동체의 비극적 연
대감을 환기하는 특성으로 집약된다.

저것이 상자인지 사체 보관함인지

저것이 욕조인지 유골 항아리인지

저것이 변기인지 우체통인지 난 모른다

새로 나온 고양이 전용 세탁기인지

새로 나온 신사용 거들인지 난 모른다

어쨌든 누군가

난 석기함을 입는다 말하면 이것은 옷이 된다

난 석기함을 읽는다 말하면 이것은 책이 된다

난 석기함을 피운다 말하면 이것은 담배가 되고

난 석기함을 먹는다 말하면 이것은 음식이 된다

한 마리 붕어빵이 되고 맛있는 찹쌀호떡도 된다

(중략)

석기함은 무엇인가? 당신이

거울을 통해 석기함을 만나면 그것은 당신이 되고

생의 종점에서 석기함을 만나면 그것은 죽음이 된다

석기함은 과연 무(無)엇이고 어디 있는가?

그것이 인간인지 기계인지 짐승인지

하나의 실체인지 유령인지 허깨비인지

하나의 혼돈인지 꿈인지 환각인지 착란인지 난 모른다

그래서 요즘 나는 석기함에게

발이 시려운 편지를 쓴다

석기함으로 맛있는 요리도 해먹고

석기함으로 맛있는 목욕도 한다

석기함에 누워 달콤한 꿈을 꾸기도 하고

석기함과 함께 놀이동산에도 간다

—함기석, 「석기함」 부분

　　인용 시에 등장하는 "석기함"은 '함기석'이란 시인 자신의 이름을 거꾸로 뒤집은 언표이다. 따라서 시인은 "석기함"이 무엇인지 모른다. 이렇듯 애매모호한 "석기함"은 이 시의 본의로 작동한다. "석기함"(T)을 "입는다"고 말하면 '옷'(V1), "읽는다"고 말하면 '책'(V2), "피운다"고 말하면 '담배'(V3), "먹는다"고 말하면 '음식'(V4)이 되어 "붕어빵"(V4—1)과 "찹쌀호떡"(V4—2)의 하위개념으로 끊임없이 미끄러진다. 나아가 '나'(화자)라는 주체가 인식했던 "석기함"(T—1)은 "거울"(은유 수단)을 통해 만나면 "당신"(V—1)이라는 타자로 전이되고, "생의 종점"(은유 결과)에서 만나면 "죽음"(V—2)이 되기도 한다.

　　누구도 정체불명의 존재인 "석기함"이 "과연 무(無)엇이고 어디 있는가?"를 알기란 불가능한 노릇이다. 그것이 "인간인지 기계인지 짐승인지" "혼돈인지 꿈인지 환각인지 착란인지" 도무지 확인되지 않는 기호화된 존재이기 때문이다. 따라서 화자는 "석기함"(T—1′)에게 "편지"(V—1′)도 쓰면서 주체와 타자의 소통 관계를 맺기도 하고, "석기함"(T—1″)으로 "맛있는 요리"(V—1″)도 해 먹는 요리 도구로 전락시키기도 한다. 나아가서는 앞서 제시된 "석기함"(T—1‴)의 매재를 뒤섞어 "맛있는 목욕"(V—1‴)이란 비문을 통해 기존 언어 체계를 전복하려는 음험한 의도를 드러내기도 한다.

　　그 결과 인용 시는 기존의 은유에 의해 관념화된 기의를 완전히 제거한 '순수언어'를 지향하는 의식의 일환으로 언어 해체의 과정을 보여 주는 데 성공한다. "석기함에 누워 달콤한 꿈을 꾸기도 하고", "석기함과 함께 놀이동산에도 간다"(T+V)는 언어의 꿈은 차라리 슬픈 미학이다. 하나의 "실체인지 유령인지 허깨비인지" 모르는 게 기실 후기산업사회의 실체이자 전모일는지도 모른다. 따라서 '함기석'이자 '석기함'인 시의 화자가 판타지 형식으로 사라지고 나타나고 재조합된다. 아담은 시원에서 사물의 실재를 명명했지만, 함기석은 기의와 기표가 결합하지 못하고 끊임없이 부유하는 현실과 대면한다.

앞서 인용한 유홍준의 「노란 주전자」에서는, 하나의 본의(T 노란 주전자)가 기표의 변화 없이 여러 개의 주체(V 누이·아버지·화자)로 전치되는 굴절의 과정을 거치면서, 하나(해체)이자 전체(통합)인 비극적인 가족공동체의 간극을 환기하는 특성으로 집약된다. 이에 반해 함기석의 「석기함」에서의 환유는 화자 이름인 '함기석'(T)의 언표를 뒤집어 "석기함"(T−1)에서 파생된 수많은 인접 고리(V)를 병렬하여 끊임없이 차연되는 기표(시니피앙)와 기의(시니피에)와의 절연된 관계망을 재확인하는 요소로 기능하고 있다. 이와 같이 '다치은유'란 대체로 병렬의 고리를 통해 두 가지 이상의 상관물이 의미론적 전이 과정을 겪게 마련이다. 나아가 환유는 사물의 일부를 통해 그 사물과 관계가 깊은 다른 '무엇'으로 확대·해석되는 특징을 지닌다. 따라서 후기산업사회의 복잡다단한 현실의 실체를 드러내는 데 강점을 지닌 기법 중의 하나이다.

3) 1:1 병치의 방식

필립 휠라이트는 시에서 은유의 진수란 '의미의 옮겨 놓기'가 아니라 병치, 즉 '마주 놓기'의 관계에서 좀 더 구체적으로 밝힐 수 있다고 지적한다. 그는 치환은유를 'epiphor', 병치은유를 'diaphor'로 표기하면서 이 둘의 관계를 구분한다. 여기서 'phor'는 '의미론적 전환'을 뜻하며, 접두사인 'epi'는 '포개다', 'dia'는 '통과'를 의미한다. 이 말에는 각각 치환과 병치의 근본적 속성이 함의되어 있다. 그는 '의미론적 전이'가 신선한 방법으로 어떤 실제적이거나 상상적인 경험의 특수성을 통과하면서 새로운 의미를 획득하는 측면을 강조한 것이다. 이것은 치환은유에서처럼 어느 한쪽으로 포개어 합친 형태가 아니다. 예를 들어 "군중 속에 낀 이 얼굴들의 환영/ 비에 젖은 검은 나뭇

가지에 걸린 꽃잎들"(에즈라 파운드, 「지하철 정류장」)이란 시에서, 첫 행의 "얼굴
들"과 둘째 행의 "꽃잎들"이라고 병치된 이미지는 단지 하나의 인상적인 대
조만을 보일 뿐이다.

　예거된 시는 두 이미지가 대립적인 관계라기보다는 비유적인 특징이 더 강
하게 어필되어 있다. 두 이미지의 사이에서 독자가 포착한다고 생각하는 유
사성은 전체적이 아니라 귀납적이다. "얼굴들의 환영"과 "나뭇가지에 걸린 꽃
잎들"은 서로 대립된 인상을 주면서도 "얼굴"이 "꽃잎"으로 치환된 변용에 가
깝다는 점이다. 따라서 병치와 치환의 어법은 엄격히 구분되는 것이 아니라
병치에 가까운 치환의 시법을 요구하게 된다. '병치은유'는 양립의 종합이나
대조의 관계를 취하고 있는 은유의 한 형태이다. '치환은유'와는 달리 두 대
상이나 상황 사이에 유사성이 없고, 등식 관계가 성립되지 않아도 문맥상의
배열이 병치의 관계를 맺고 있으면 가능하다는 말이다. 따라서 구조에 의해
엄격하게 대비된 두 이미지 사이의 관계가 유사성을 띠기도 하고, 차별성을
전제로 대립된 의미망을 구축하기도 한다. 전자를 '양립은유'로, 후자를 '상
치은유'라 명명하고자 하는 소이가 바로 여기에 있다.

(1) 양립은유

　은유에서 치환의 방식이 'A는 B이다'의 단정적 표현을 취한다면 병치의 방
식은 치환 방식의 주된 요소인 '–이다'가 생략된 형태의 표현이다. 그러므로
본의와 매재가 당돌하게 병치되는 형식으로 나타나게 된다. 은유는 어떤 구
조의 형태를 취하든 조합(Combining)이라는 말로써 설명이 가능하다. 의미
론적인 전이가 신선한 방법으로 어떤 경험(실제 경험이든 상상에 의한 경험이든)의
특수성을 통과하여 새로운 의미를 획득하는 것이 병치의 방식이다. 여기에서
획득된 의미는, 참신하고 순수한 의미를 지칭하는 개념이다. 치환은유에서
보았던 유사성의 요소나 모방적 인자가 배제된 상태이기 때문에 당돌하고 경

이롭기도 하지만 때로는 난해하며 두려운 느낌을 자아내기도 한다.

병치의 속성은 제시된 상황이나 이미지가 서로 대결 상태를 유지하기 때문에 의미나 정서가 제3의 효과를 형성하는 특질이 있다. 이것은 예술의 형식 가운데 비대상음악과 추상회화가 추구하는 의미의 공간과 부합될 수 있다. 이러한 예술에서 수단으로서의 리듬이나 선, 혹은 색채는 거의 완벽하게 목적의 대상으로 간주된다. 시의 경우 이러한 견해는 일찍이 사르트르(J. P. sartre)가 천명한 바 있다. 그에 의하면 시는 '수단으로서의 언어'가 아니라 '사물로서의 언어'라는 측면이 중시된다. 따라서 '양립은유(兩立隱喩)'란 시인이 선택한 정황이나 이미지(T 본의)가 공분모를 축으로 다른 정황이나 이미지(V 매재)로 양립되는 양식으로서 기존의 '병치은유'를 세분한 새로운 용어이다.

눈물이야말로 알 중의 알이라고 비로소 내가 말한다 눈물은 젖은 슬픔의 몸
이 아니다 무너지는 몸이 아니다 가장 슬플 때 사람의 몸은 가장 둥글게 열린다
가장 처음의 자리로 돌아간다 알로 돌아간다 젖은 핵이다 가장 둥글다 눈물은

새들도 마찬가지다 새들은 모두 알에서 나왔기에 더욱 그러하다 그들의 노래
를 울고 있다고 새들이 울고 있다고 말한 우리말은 아주 뛰어난 나의 母國語다
노래는 울음이다 눈물이다 최초의 말이다 둥근 알이다 사람들도 마찬가지다 처
음 태어났을 때 우리는 누구나 울었다 최초로

거기에 있거라 둥글다를 이 최초를 들고 오늘 내가 너에게 간다
—정진규, 「눈물—알 16」 전문

상기 인용 시는 '양립은유'의 속성을 아주 명쾌하게 보여 주는 작품으로 예거할 수 있다. 1연에서 제시한 '눈물'의 이미지를 2연의 '새'의 이미지로 양립시켜 두 대상의 공통분모를 추출하고 있다. 그것은 "마찬가지다"라는 구절에

서 아주 쉽게 확인된다. 시적 화자는 '눈물'이 "슬픔의 몸"이나 "무너지는 몸"
이 아니라고 기존의 인식을 뒤집는다. 이러한 진술은 "가장 슬플 때 사람의
몸은 가장 둥글게 열린다"고 믿기 때문이다. '새'도 '눈물'과 마찬가지로 둥근
"알에서 나왔기"에 "그들의 노래를 울고 있다"고 말한 "우리말은 아주 뛰어난
나의 母國語"라는 말과도 일맥상통한다. 따라서 "최초의 말"이 "둥근 알"이
듯이 "처음 태어났을 때 우리는 누구나 울었"던 것이다. 화자의 상상력은 '눈
물'에서 '새의 울음'거기에서 인간의 '생명의 울음'으로 연계되는 동일화의 질
서를 표방한다.

　'눈물'은 둥글어서 '알'이고, 둥근 것은 '자궁'의 상상력과도 궤를 같이 한
다. 인간이 태어나는 순간 터뜨리는 '울음'은 생명의 탄생이자 완성을 의미
한다. "사람의 몸은 가장 둥글게 열린다"는 진술이 설득력을 얻는 것도 바로
이 부분이다. 그렇다면 '둥글다'는 의미와 '생명'과의 관계는 무엇일까? 여기
에서 굳이 우주 순환의 원리나 불교의 공(空)의 세계를 거론하지 않더라도 신
화가 왜 난생의 기표를 차용하는가를 살펴볼 필요가 있다. 신화의 주체는 태
생의 근원인 배꼽(흉터)이 없다는 사실에서 저절로 신격이 부여된다. 나아가
화자가 마지막 3연에서 "거기에 있거라 둥글다를 이 최초를 들고 오늘 내가
너에게 간다"는 것은 시간과 공간, 인간과 신성의 질서가 하나로 완성된 둥
근 세계를 표상한다. 따라서 '눈물'과 '새', 알과 '모국어'의 관계가 양립하면서
'최초'의 이미지인 '둥글다'로 응집되는 '양립은유'의 구조적 특성을 아주 구체
적으로 보여 주고 있다.

1

선전물이 붙는다 오늘 하루뿐이라는 창고大개방

준비 없는 행인의 주머니를 들썩이게 만든다 간혹

마음 급한 지폐들이 앞사람 발뒤꿈치를 따라 가고 몇몇은

아예 선전물처럼 벽에 붙어버린다

떨어진 상표딱지, 올 풀린 스웨터, 뜯어진 주머니, 비뚤거리는 바느질까지

다들 제 몸에 상처 하나씩 지닌 것들이다
습기 찬 창고에서 울먹이는 소리는 여간해선 지상으로 들리지 않는 법

2

조금은 잦은 듯한 창고개방이 우리집에도 열린다
일 년에 다섯 번 혹은 예닐곱으로 늘어나기도 하는 그날엔
아버지 몸에서 하나 둘씩 튀어나오는 물건들을 받아내느라 힘들다
하지만 나는
집안 여기저기서 날아오는 냄비며 플라스틱 용기들이
조금씩 떨고 있는 것을 보았다
때론, 손끝에서 퍼진 그 울먹임이 아내의 머리를 찢고
다리에 멍울을 남기고 깨진 도자기에 발을 베게 만들지만
아버지의 창고 그곳에서
누구도 딸 수 없었던 창고의 자물쇠가 서서히 부서지고,
서로 쓰다듬을 수 없어 곪아버린 물집들이
밤이면 울렁거리는 속을 부여잡고
제 심장 소리에도 아파하고 있을 것이다

3

아직, 연고 한 번 바르지 못한 상처들로 창고가 북적거린다
창고의 문을 열어두는 이유는
더는 그것들을 보관할 수 없어서가 아니다
서로 다리 한 쪽씩 걸치고 있는
우리들의 절름발이 상처를 들여다보는 것이다
몇 번의 딱지가 생기고 떨어졌어도
한번 베인 자리는 쳐다보기만 해도 울컥하는 법이지
그래서 창고 개방하는 날

거리에는 저마다의 창고에서 빠져나온

우리들이,

눈송이처럼 바닥을 치며 쌓여가고 있었다

―방수진, 「창고대(大)개방」 전문

　방수진의 인용 시는 1부분의 "창고大개방"과 2부분의 '아버지의 폭력'을 대비하면서 3부분의 병치의 종합이라는 중층구조로 이루어져 있다. 이러한 양립의 형태는 사회사와 인간사의 비교를 통해 인생론적 진실의 세계를 가감 없이 보여 주는 데 일조하고 있다. 시적 화자는 1부분에서 곳곳에 "선전물이 붙"으면서 시작된 "오늘 하루뿐이라는 창고大개방"이란 특성에서 "준비 없는 행인의 주머니를 들썩이게 만"드는 일반적 현상에 대해 진술한다. 간혹 마음이 급한 사람들은 지폐를 든 채 "앞사람 발뒤꿈치를 따라 가"기도 하고, 또 몇몇 사람들은 아예 "선전물처럼 벽에 붙어버린다"고까지 언급한다. 그러나 그들은 거기에 진열되는 상품과 마찬가지로 "떨어진 상표딱지, 올 풀린 스웨터, 뜯어진 주머니, 비뚤거리는 바느질"로 봉합된 존재들이다. 따라서 시적 화자는 "다들 제 몸에 상처 하나씩 지닌" 소시민들의 내면을 들여다본다. 그러나 "습기 찬 창고에서 울먹이는 소리는 여간해선 지상으로 들리지 않는 법"이라는 인간의 심층 깊숙이 내재하는 환부에 대해 거론한다.

　이와 같은 의식을 전제로 하여 시적 화자는 2부분에서 "조금은 잦은 듯한 창고개방이 우리집에도 열린다"고 의식을 전환하여 '양립은유'의 형태를 구조화한다. 삶에서 깊은 상처를 지닌 '아버지'의 폭력적 행위로 인해 야기되는 일련의 사태에 관심을 집중하면서 밀도 있게 묘사해 나간다. 일 년에 다섯 번씩 치르던 행사가 예닐곱 번으로 늘어나기도 하는 것이다. 그날 시적 화자는 창고의 은유인 "아버지 몸에서 하나 둘씩 튀어나오는 물건들을 받아내느라 힘들다"고 진술하면서 가족들의 곤고한 삶을 환기해 낸다. 아버지의 손끝에서 퍼진 그 울먹임이 "아내의 머리를 찢고/ 다리에 멍울을 남기고 깨진 도자기에 발을 베게 만들지만"시적 화자에게 그보다 더 슬픈 일은 집 안 여기저기서 날아오는 "냄비며 플라스틱 용기들이/ 조금씩 떨고 있는 것을 보았다"는 데 있다. 누구도 딸 수 없었던 "아버지의 창고"의 "자물쇠가 서서히 부서지고" 있었던 것이다. 나아가 시적 화자는 "서로 쓰다듬을 수 없어 곪아버린 물집들"이 "제 심장 소리에도 아파하"며 터져 나온다는 사실을 인지한다.

시적 화자가 3부분에서는 그간의 병렬 형식을 "아직, 연고 한 번 바르지 못한 상처들로 창고가 북적거린다"는 통합적 진술을 통해 구조적 통일성을 꾀한다. 창고의 문을 열어 두는 것이 '그것들(상품, 상처)'을 보관할 수 없어서가 아니라 "서로 다리 한 쪽씩 걸치고 있는/ 우리들의 절름발이 상처를 들여다보는 것"이라고 진술하고 있다. 상처란 몇 번의 '딱지'로써 봉합될 수 없다는 전언이 묘미를 얻는 대목이다. 그래서 "창고 개방하는 날"의 거리에는 저마다의 창고에서 빠져나온 사람들이 "눈송이처럼 바닥을 치며 쌓여가고 있"다는 역설적 전언으로 종지부를 찍는다. 결국 인용 시는 사람들이 누구나 상처를 주고받는 일련의 사태와 만나면서 궁극적으로 세상 모든 사람들이 서로 소통을 이루는 삶에 초점을 맞춘다. 그렇다면 시적 화자가 "한번 베인 자리는 쳐다보기만 해도 울컥하는 법"이란 사실을 재현한 까닭은 무엇일까? 그것은 세간의 창고가 '자물쇠'로써 물건들을 지켜 내듯이 인간의 상처도 '자물쇠'로 굳게 잠가야 한다는 비극적 전언인 셈이다.

전거한 대로 '양립은유'의 진가는 시 속에서 새롭게 고안된 배열, 곧 병치의 형식에 의해서만 드러나는 어떤 특수성의 세계 인식에 있다. 구조적 병치를 통해서 의미론적 통일감을 부여하면서 낯선 의미의 질과 만나는 경우를 일컫는다. 정진규의 시 「눈물―알 16」이 '눈물'(본의)을 '새'(매재)와 대비하여 공분모인 '둥글다'로 종합하여 최초의 세계인 신성의 질서를 현시한다면, 방수진의 「창고대(大)개방」은 1부분의 "창고大개방"(본의)과 2부분의 '아버지의 폭력'(매재)을 대비하면서 3부분에서 인간의 상처도 '자물쇠'로써 견고하게 잠가야 한다는 인간사의 질서를 구현한다는 점에서 차별된다. 따라서 1:1 병치의 방식이라 할지라도 시인이 추구하는 세계관에 따라 각기 변별력을 달리한다. 시인의 지각 관점이 신(神) 중심이면 초월적인 태도가 중시되고, 인간 중심이라면 승화라는 장치가 필요하다. 이와 같이 '두 가지의 다른 정황이 같다'라는 인식은 그 자체가 발견의 세계이기 때문에 다양한 의미의 파장을 형성하면서 시인의 의도를 감각화하는 데 기여한다.

(2) 상치은유

병치란 상황이나 이미지가 대조적인 구조인데도 불구하고 '옮겨 놓기'의 뉘앙스가 어느 정도 내포되었다고 볼 수 있다. 필립 휠라이트는 '치환은유'가 대상을 의식하는 은유로서, 인위적인 의도가 가미되고 자연이나 선행 예술에서 모방적 요소가 많아서 순수하지 않다고 지적한다. 이에 반해서, '병치은유'는 비대상음악이나 추상화에서 발견되는 것처럼 "있는 그대로의 순수한 것"이라고 하여 긍정적인 기법으로 평가한다. 유사 경험을 배제한 순수시나 무의미시, 혹은 세계 상실의 시에서 가장 쉽게 병치은유를 접할 수 있다. 이승훈은 '치환은유'가 시 속에서 맡는 역할이 의미(significance)를 암시하는 일이라고 한다면, '병치은유'가 맡은 역할은 존재(presence)를 창조하는 일이라고 하였는데, 이는 병치은유가 낯선 의미를 지향하고 있다는 말과 동일한 맥락이다.

이와 같은 전제로 하여 병치의 방식 중에서 '양립은유'가 '다르면서도 같다'는 인식을 전제로 하여 구축되는 양식이라고 한다면, '상치은유'란 '같으면서도 다르다'는 인식의 축으로 성립하는 기법이다. 따라서 '상치은유(相値隱喻)'란 시인이 의도적으로 병치한 정황이나 이미지(T≠V)가 서로 상극의 관계를 맺으면서 제3의 의도를 실현하려는 양식이다. 이러한 상치의 상황은 결코 한 사물을 쉽게 설명하려는 측면보다는 새로운 분위기나 의미를 창조하려는 치밀한 기획이다. 여기서 존재의 리얼리티를 새롭게 인식할 수 있는 계기가 부여된다. 상치은유는 기능적인 측면에서 볼 때, 발견 자체가 새롭기 때문에 별다른 기교를 부리지 않으면서도 충격적인 효과를 거둘 수 있는 형식이다. 따라서 유사한 두 가지 현상이나 이미지 사이의 극단적 괴리감을 통해 강력한 메시지를 이끌어 내는 실효성을 거둔다.

   아침마다 산은 어린아이처럼 시끄럽다.
   새들이 숨어 있는 나무들은
   긴 목으로 여기저기 기웃거리고
   쉴새없이 빠르게 지저귄다.

   아침마다 만원 지하철은 조용하다.
   피곤한 팔다리들은 얕은 잠에 취해 있고
   그 위로 무뚝뚝한 얼굴이 가득 돋아 있다.

   저녁이 되면 지하철은 시끄러워진다.
   얼굴들은 발그레해지고 표정 넘치도록 깔깔거리고
   술 먹으러 가는 팔다리들처럼 활기차다.

   저녁이 되면 산은 고요해진다.
   바람이 곁을 달라고
   어두운 나무들을 흔들어보다가
   오히려 깊은 어둠에 갇혀 빠져나오지 못한다.

—김기택, 「출퇴근길 풍경」 전문

   위의 인용 시는 시적 화자가 '산'과 대비된 '지하철'의 정황을 객관화하여 보여 주고 있는 배열이다. '산'(1, 4연)이라는 자연사와 '지하철'(2, 3연)이라는 인간사의 상반된 풍경을 제시하는 상치은유의 구조를 선보이고 있다. 하나는 "아침마다 산은 어린아이처럼 시끄럽다"/"아침마다 만원 지하철은 조용하다"는 축과, 다른 하나는 "저녁이 되면 지하철은 시끄러워진다"/"저녁이 되면 산은 고요해진다"는 실상과 대구를 이룬 형태다. 따라서 독자들에게는 시적 화자가 노리는 '문명 비판'의 의도를 아주 쉽게 간파할 수 있도록 구조적 특성으로 부조된 작품이다.

1연에서 시적 화자는 '산'의 아침을 생명과 신생의 기운으로 '새'들이 "여기 저기 기웃거리고/ 쉴새없이 빠르게 지저"귀는 활기찬 모습으로 포착하는 데 반해 2연에서는 '지하철'의 아침을 일상에 치친 사람들이 "얕은 잠에 취해 있고/ 그 위로 무뚝뚝한 얼굴이 가득 돋아 있"는 곤고한 정황을 제시한다. 이와는 역으로 3연에서의 시적 화자는 '지하철'의 저녁을 "얼굴들은 발그레해지고 표정 넘치도록 깔깔거리고/ 술 먹으러 가는 팔다리들처럼 활기"에 넘치는 상황으로 그려 내는 반면 '산'의 저녁을 "바람이 곁을 달라고/ 누운 나무들을 흔들어보다가/ 오히려 깊은 어둠에 갇혀 빠져나오지 못"하는 고요한 국면으로 묘사하고 있다. 이는 '산'과 '지하철'로 알레고리화된 아침과 저녁의 풍경이 당돌하게 상치되어 마주 보고 있는 형국이다.

이와 같이 인용 시는 유사성이나 동일성으로 '보여 주기'의 구조가 아니라 전혀 이질적인 정황들이 '마주 보기'하고 있는 상태이다. 즉, '산'은 아침에 시끄럽고 저녁에 고요한 반면 '지하철'은 아침에 조용하고 저녁이 되면 시끄러워진다고 말하면서 자연사의 질서에 배치된 인간사의 국면을 제시한다. 이는 서정시의 투사나 동화의 형태가 아니면서도 문명 비판의 태도를 아주 명쾌하게 반추하는 특성으로 귀결된다. 이와 같이 '상치은유'는 직설적으로 메시지를 전달하는 것이 아니라 이질적인 상황의 대조를 통해 상이한 국면을 부각하여 독자들이 메시지를 자연스럽게 유추할 수 있도록 만드는 장치로 기능한다.

1

그녀가 팔을 들어 나를 부를 때 나는 회고주의자가 된다* 반소매 안에 언뜻 비친 순(筍)은 내가 돌아갈 고향이다 그녀의 팔이 만드는 점강법(漸降法)이란 이미 저 구릉의 일부인 것, 모르는 데서 자란 풀이 언덕을 타고 오르듯 한쪽 방향으로 쏠려 간 가지런함은 내가 잠시 머리를 뉘었다는 뜻이다

>

2

　그녀가 나를 부르고 팔을 내릴 때 내 회고주의는 완성된다 그녀의 팔은 뜯어낸 마루 밑, 숨죽인 사금파리 같은 나를 숨긴다 나의 먼지는 대괄호와 같은 것이어서 그릇의 내면은 빛난다 살의 일을 다 살에게 맡기고 나면 창살에 머리를 박는 수인(囚人)처럼 심장은 갈빗대 안에서 두근댈 것이다

*"현대식 교량을 건널 때마다 나는 갑자기 회고주의자가 된다"(김수영, 「현대식 교량」에서 인용).

—권혁웅, 「손짓」 전문

현대식 교량을 건널 때마다 나는 갑자기 회고주의자가 된다
이것이 얼마나 죄가 많은 다리인 줄 모르고
식민지의 곤충들이 24시간을
자기의 다리처럼 건너다닌다
나이 어린 사람들은 어째서 이 다리가 부자연스러운지를 모른다
그러니까 이 다리를 건너갈 때마다
나는 나의 심장을 기계처럼 중지시킨다
(이런 연습을 나는 무수히 해왔다)

그러나 문제는 이러한 반항에 있지 않다
저 젊은이들의 나에 대한 사랑에 있다
아니 신용이라고 해도 된다
「선생님 이야기는 20년 전 이야기이지요」
할 때마다 나는 그들의 나이를 찬찬히
소급해가면서 새로운 여유를 느낀다
새로운 역사라고 해도 좋다

이런 경이는 나를 늙게 하는 동시에 젊게 한다

아니 늙게 하지도 젊게 하지도 않는다

이 다리 밑에서 엇갈리는 기차처럼

늙음과 젊음의 분간이 서지 않는다

다리는 이러한 정지의 증인이다

젊음과 늙음이 엇갈리는 순간

그러한 속력과 속력의 정돈 속에서

다리는 사랑을 배운다

정말 희한한 일이다

나는 이제 적을 형제로 만드는 실증을

똑똑하게 천천히 보았으니까!

—김수영, 「현대식 교량」 전문

권혁웅의 시 「손짓」은 김수영의 시 「현대식 교량」을 패러디하여 과거의 삶과 현재의 삶을 컨텍스트(context)하면서 서로 겹치면서 어긋나는 관계의 국면을 보여 준다. 권혁웅은 1부분 첫 행에서 "그녀가 팔을 들어 나를 부를 때 나는 회고주의자가 된다"는 진술을 전제로 하여 2부분 첫 행의 "그녀가 나를 부르고 팔을 내릴 때 내 회고주의는 완성된다"는 상치 구조를 전면에 내세우고 있다. 일견 표면적으로는 동일성을 축으로 이루어진 형태로 보이지만, 이면적으로는 이화성을 축으로 극명한 대조를 보이는 구절이다. 권혁웅 시의 화자인 '나'는 타자인 '그녀'의 손짓에 의해 "회고주의자"가 되는 존재로 명시된다. 이는 그녀의 존재가 나를 구성하는 필연적 조건이란 의미와 상통한다. 주체가 타자를 명명하는 주체 위주의 구조가 아니라 타자가 주체를 결정한다는 전제로써 이루어진다. 김수영의 시에서 "회고주의자"는 "현대식 교량"을 보는 순간 작동한다. 여기서의 '다리'는 일제가 민족의 수탈을 위한 방편이었기 때문에 "죄가 많은 다리"로 언표화된다.

이와 같이 근대화를 상징하는 "현대식 교량"이 김수영에게는 식민지를 환기하는 배반의 기호인 것이다. 이때가 바로 김수영이 살던 과거의 젊은 시절을 권혁웅이 사는 현재의 젊은 세대에 겹쳐 볼 수 있는 정지의 순간이기도 하다. 세대 간에 가로막힌 이해와 공감의 순간을 시적 화자는 "현대식 교량"으로 제시하고 있다. 김수영의 화자는 다리를 건널 때마다 느끼는 감정의 작동을 "기계처럼 중지시키"며 끊어 내 버리려고 한다. 죄를 내장한 현대식 다리에서 김수영은 인식의 엇갈림을 모두 받아들이면서 또 다른 '사랑'의 형태로 수렴하여 사랑의 관계성에 대해 고민한다. 결국 '사랑'이란, 현대식 교량과 마찬가지로 관계의 현재성이며 '신용'의 문제로 변질된다. '다리'와 '신용'의 이름으로 불리는 '사랑'이란, 결국 고통의 상징이 아닌 편리의 상징이기 때문이다. 김수영의 시는 '적'에서 '형제'로 변환되는 극적인 '사랑'을 다시 '신용'의 관계로 환치하는 특징으로 귀결된다.

김수영의 시의 화자는 "다리를 건너갈 때" "심장을 기계처럼 중지시"키지만, 권혁웅의 시의 화자는 관계가 구성될 때 '심장'이 "갈빗대 안에서 두근"거리며 운동을 한다. 권혁웅의 시의 "회고주의자"는 다만 "그녀가 팔을 들어 나를 부를 때"뿐이다. 이와 같이 그녀와의 관계가 순간에만 성립하기 때문에 김수영 시의 "회고주의자"는 권혁웅 시의 화자에 의해 겹치면서 빗나간다. 권혁웅 시의 화자인 '나'에게 '그녀'는 "내가 돌아갈 고향"이다. 여기에서의 '고향'은 기존 서정시에서의 고향 이미지와 크게 다르지 않다. 권혁웅 시는 '현대성'을 지향하지만 '고향'을 잃지 않는 비대칭적 관계로 재구성된다. 따라서 화자는 주체가 타자에 의해 좌지우지되는, 타자가 주체를 압도하는 행위의 국면을 포착한다. 1부분에서 그녀의 호명은 결국 '나'의 실체를 조명하는 기제가 아니라 2부분에서는 "숨죽인 사금파리 같은 나를 숨"게 하는 언표인 것이다. 따라서 인용 시는 타자(그녀)의 호명 행위가 급기야 나의 실체를 지우는 상치의 구조적 특성을 적절하게 예증한다.

이상에서와 같이 '상치은유'의 기능은 비교나 대조나 유추에 의한 동일성의 발견이라는 차원을 넘어 비동일성에 의한 폭력적 결합과 창조에 있다. 김기택의 시 「출퇴근길 풍경」이 '산'과 '지하철'의 풍경을 '시끄러움'과 '조용함'으로 대조하여 문명 비판적 인식을 이끌어 낸다면, 권혁웅의 「손짓」은 김수영

시를 패러디하여 '나'라는 과거와 '그녀'라는 현재를 '사랑'으로 수렴하여 겹치면서 어긋나는 관계성에 주목한다. 따라서 '상치은유'란 어떤 사물을 쉽게 인식하고 표현하려고 본의에 매재를 동원하는 형식을 빌었던 수사학적 방식이 아니다. 오히려 이질적 언어를 병치하여 언어의 상호작용, 긴장 관계를 조성하는 동시에 낯선 의미와 정서를 통해 리얼리티를 창조하는 독특한 화법이다. 시행은 서로 연관을 맺고 있는 것이라기보다는 오히려 별개의 독립된 이미지로 병치되어 있다. 그러면서도 이질적인 요소를 병치 배열하여 새롭고도 낯선 의미를 파생하는 효과를 낳는다. 시인이 두 사물이나 현상 간에 어떤 연관성을 거세한다는 것은, '같으면서도 다르다'는 심각한 대립이나 갈등의 문제를 이율배반적인 관계망으로 부각하려는 구조적 기능과도 무관하지 않다.

4

약속을 파기한 상징

1. 상징의 개념

상징은 흔히 쓰는 말인데도 막상 누가 상징이 뭐냐고 묻는다면 그 대답은 그리 간단치가 않다. 기껏해야 '비둘기'는 '평화'의 상징이고, '기자'는 '무관의 제왕'이고, '간호사'는 '백의의 천사' 등등만을 거론하기 십상이다. 그러나 상징에는 그런 단순한 예거만이 있는 게 아니라 그리스도교의 십자가, 그리스도교 구명 단체의 적십자, 이슬람 국가의 초승달 등과 같이 그림으로 표현하거나, 화학원소 칼륨을 의미하는 'K'와 같이 문자로 나타낼 수도 있다. 나아가 무한대를 나타내는 수학기호 '∞' 또는 달러 표시 '$'와 같이 임의로 상징을 부여할 수도 있다. 철학에서 상징이란 그 자신과는 다른 어떤 것에서 인과적으로 산출되는 것이 아니면서 그 다른 어떤 것을 가리키는 표지이기도 하다.

상징이라는 말은 기호론에서도 매우 다양한 의미망으로 변전된다. 또한 과학 분야 이외에 예술이나 종교 등의 영역에서도 중요하게 취급되는 기호를 뜻하기도 한다. 특히 논리개념학의 한 분야인 기호학의 관점에서 볼 때, 상징과 기호 사이에는 아주 뚜렷한 변별점이 있다는 사실도 간과할 수 없다. 앞서 예시한 상징들은 일반적으로 상징이라기보다는 '기호', 또는 '기호적 상징'이라 명명한다. 나라의 국기, 회사의 상표, 학교나 단체 등의 배지를 비롯한 휘장이나 문장(門帳), 십자가나 만(卍)자와 같은 종교의 표지, 올림픽 경기나 월드컵 도안 등도 모두 상징으로 분류된다. 이때의 상징은 '기호적 상징'과 구별하여 '제도적 상징'이라고 부르는데, 상징에는 원래 고대 희랍어 'Symballein'에서 유래한 말로서 '조립하다', '짜맞추다'라는 의미가 근원적으로 내포되어 있기 때문이다.

나아가 상징은 어원의 명사형인 'Symbolon'은 표상(mark), 증표(token), 기호(sign)의 기능도 수행한다. 이러한 상징의 기능은 아주 쉬운 일례로써 고구려 건국신화에도 등장한다. 『삼국사기』 고구려 본기 제2장에서 보면 주몽(朱夢)이 고구려를 세운 직후 부여에 있는 아들 '유리'가 부러진 칼 도막을 들고 찾아온다. 그 칼 도막은 주몽이 부여의 태자들의 등살에 못 이겨 어머니

와 처를 거기에 두고 도망쳐 나올 때, 곧 태어날 자식에게 자신의 핏줄이라는
증표로써 숨겨 놓은 것이었다. 따라서 주몽은 유리의 칼 도막을 자신의 단검
(斷劍)과 맞추어 본 뒤 아들이라는 사실을 확인했다는 내용이다. 이렇듯 상징
이란 어떤 것에 부합되는 기호나 표상의 의미까지 함축하는 특성을 지닌다.
　상징이란 하나의 기호로써 다른 어떤 것을 대신하는 대체 기능이 중시된
다. 이것이 상징의 가장 기본적이고 일반적인 의미로 통용되는 전제 조건이
다. 이와 같은 '기호적 상징'이나 '제도적 상징'도 시에서 사용하지만 시는 언
어로 표현하는 예술인 만큼 '문학적 상징'을 주로 사용한다. 특히 시에서는 여
타의 예술 장르에서보다도 문학적 상징이 절대적으로 요구된다. 시는 내포적
이고도 함축적인 언어의 특질인 상징을 근간으로 삼아야만 밀도 있는 작품이
형성되기 때문이다. 그렇다면 시적 상징이란 무엇인가? 휘티어(J. G. Whittier)
의 "자연은 상징과 암호로 말한다"는 말을 상기하면서 (가)의 이상섭이 『문학
비평용어사전』의 정의와 (나)의 브룩스와 워렌이 『시의 이해』에서 비유와의
비교를 통해 상징이 지닌 특성에 관한 글의 한 부분을 살펴보면 대략의 얼개
를 파악할 수 있다.

　(가) 문인은 말을 사용하는 만큼 기호적 상징은 물론 제도적 상징도 필요한
만큼 사용하지만, 특히 문학적이랄 수 있는 상징을 사용하는 일에 정성을 기울
인다. 문학적 상징은 우선 심상(心象, image)의 일종으로 본다. 그러나 일반적
심상이 구체적, 감각적 사물을 환기시키는 낱말이라면, 상징은 그런 사물을 가
리키는 또는 암시하는 또 다른 의미의 영역을 나타낸다. '장미꽃'이라는 낱말이
하나의 구체적 감각적 인상을 되살리는 데서 그친다면 그것은 심상이고, 이 장
미꽃이라는 심상이 정열, 또는 쉽게 사라지는 사랑의 아름다움 등의 뜻을 가리
키든가 암시하면 상징이 될 수 있다.

　(나) 상징은 원관념이 생략된 은유로 보인다. '소녀들의 장미 동산에 있는 여
왕장미'라고 하면 은유이지만, 시인이 단순히 사랑의 성질을 암시하기 위해 장

미를 가리킬 뿐 비유적인 틀을 지시하지 않는다면 이때의 '장미'는 그의 사랑의 상징물이다. 우리는 비유적인 전화(轉化)를 강조할 때 은유라는 말을 쓴다. 예컨대 '소녀는 장미이다'라고 하면 장미의 특질이 소녀에게 전이(轉移)된다. 그러나 다른 무엇을 대신하는 것으로써의 대상이나 행동을 생각할 때 우리는 상징이란 말을 쓰는 것이다. 그러므로 상징은 의미를 지적하는 표시(signs)이다.

상기의 인용문 (가), (나)에서 독자들은 다음의 중요한 두 가지 사실을 유추할 수 있다. 첫째는 상징이 은유와는 달리 본의가 처음부터 전제되지 않는다는 점이다. 본의가 생략되어 있기 때문에 그것이 정확히 무엇인지 1:1의 의미 도식이 성립하지 않는다. 따라서 상징은 불확정성의 원리로 대표되는 잉여의 의미를 거느리게 마련이다. 둘째는 비유가 본의를 전이한다면, 상징은 본의를 대신한다는 점이다. 여기서 대신한다는 것은 본의가 본의대로의 특성을 지니고, 매재는 매재대로의 특성을 지니면서 양자가 온전히 결합되어 새로운 의미를 양산해 낸다는 점이다. 따라서 은유와 이미지가 시의 명확한 구상성에 작용하는 것과는 달리 상징은 시 전체의 유기적이고도 함축적인 의미망에 포섭된다는 사실로 요약된다. 이러한 상징에 대해 어반(W. M. Urban)은 『언어와 진실(Language and Reality)』이란 저서에서 다음과 같은 네 가지 특징으로 세분한다.

① 모든 상징은 무언가를 표시한다.
② 모든 상징은 2중의 지시(指示)를 갖는다.
③ 모든 상징은 허구와 진실을 포함한다.
④ 모든 상징은 2중의 적절성(適切性)을 지닌다.

이와 같은 지적은 결국 상징이 지닌 본의와 매재 사이의 동일성, 본의가 지닌 추상적 의미, 이로 인한 상징의 부정확성, 그리고 상징이 지닌 암시적 성격으로 인한 다의성 등을 의미하게 된다. 이런 점에서 볼 때, 결국 시적 상징이란 일상화된 일반적 상징의 차원을 넘어 시인 자신의 개인적이며 특수한 상상력의 총체라고 파악하는 것이 학계의 일반적 통설이다. 결론적으로 이상의 논의를 종합해서 '상징이란 무엇인가?'라는 질문에 대한 해답을 찾아보면, 상징이란 눈으로 볼 수 없는 '비가시적인 본의(tenor)'는 나타나지 않고 눈으로 볼 수 있는 '가시적인 매재(vehicle)'만이 나타나 있는 형태로서, 이때 시인에게는 가시적인 매재로서 비가시적인 본의를 새롭게 구현해야 한다는 책무가 주어진다는 사실이다.

시에서 상징은 언어 표현 양식에 주요한 위상을 차지하고 있는 한편, 독자의 미학적 감상 행위에도 상상력과 결부되어 주요한 위치를 점한다. 따라서 문학적 상징은 태극기를 한국으로, 교통신호를 교통법규 지시 의미로 이해하는 일반적인, 또는 제도적 상징과는 다르다. 문학적 상징은 위에서 언급한 바 있듯이 비가시적인 것을 암시하는 가시적인 것을 의미한다. 이렇듯 상징은 본의(비가시적 세계)는 숨기고 매재(가시적 세계)만 차용하여 우리의 정서와 심리적 내용, 혹은 이념적인 세계를 현시하는 기법 중의 하나이다.

시적 상징은 관점에 따라 여러 유형으로 나눌 수 있겠지만, 크게 사적인 '개인상징'과 관습적으로 쓰이는 '공유상징', 나아가 무의식적으로 통용되는 '원형상징'이라는 세 갈래로 구분된다. '개인상징'이란 지적인 상징으로서 특정한 시인의 한 작품에, 혹은 전반적으로 두루 편재하는 특수하면서도 개성적인 형태로 구조화된다. '공유상징'은 오랜 세월을 거쳐 역사적·문학적으로 두루 사용하여 일반화된 친근한 상징들이 여기에 속한다. 자연적 상징, 특수한 제도의 상징, 알레고리성 상징, 문학적 전통의 상징 등이 다 여기에 포함된다. '원형상징'은 전 인류에게 포괄적으로 적층된 이미지나 신화 등에서 자연 발생적으로 환기하는 집단무의식과 관련이 깊은 것들이 모두 다 여기에 해당한다.

2. 상징의 유형

1) 개인상징

　상징은 은유와도 같이 함축적 용법을 위한 언어적 사용이라는 측면에서는 유사하다. 상징 역시 은유와 같이 감각화를 통하여 새로운 의미를 드러내는 문학 언어의 특질을 대표하는 기법이다. 그러나 은유가 두 관념 사이의 공통성과 유사성에 기반하는 것과는 달리, 상징은 감각적 대상으로서의 매재가 비본래의 의미를 드러낸다는 점에서 은유와는 다른 성격을 띤다. 은유는 본의와 매재가 드러나지만 상징은 본의의 형태를 감추면서 초점화된 매재만으로 함축된 의미를 유발하는 것이 특성이다. 따라서 은유에서는 본의가 명확하게 드러나지만 상징에서의 본의는 애매함과 모호성이 더 강하다. 그래서 대상에 대한 의미가 더 다의적이고 그 폭은 더 넓어진다는 특장을 지닌다.

　이와 같이 지시적 기능이 거세된 상징은 시의 특질과 다름없는 애매모호한 성격이 강화된다. 더구나 어떤 의미 속에 제한을 받지도 않을 뿐더러 다양한 의미를 함축하거나 추상적인 성격을 띠기까지 한다. 따라서 상징적 이미지를 이해한다는 것은 한 시인의 세계관이나 가치관 등 상상력의 토대를 밝히는 일과 동궤를 이룬다. ‘개인상징’은 하나의 시에서만 드러나는 것이 아니라 한 시인의 시집 전반을 포괄하는 반복적인 이미지로써 편재한다. 이는 독창적으로 구성된 단일한 상징으로서, 한 개인의 새로운 발견에 의해 특수한 의미를 응축한다. 따라서 이것은 관습이나 전통에 의해 보편성을 띠지 못하고 한 편의 시나 여러 편의 관련 시를 통해서 한 개인에게만 특별하게 통용되는 상징이다.

　　이곳은 내가 파 놓은 구덩이입니다
　　너 또 방 안에 무슨 짓이니
　　저녁밥을 먹다 말고 엄마가 꾸짖으러 옵니다

구덩이에 발이 걸려 넘어집니다

숟가락이 구덩이 옆에 꽂힙니다

잘 뒤집으면 모자가 되겠습니다

오랜만에 집에 온 형이

내가 한 눈 파는 사이 구덩이를 들고 나갑니다

달리며 떨어지는 잎사귀를 구덩이에 담습니다

숟가락을 뽑아 들고 퍼 먹습니다

잘 마른 잎들이라 숟가락이 필요 없습니다

형은 벌써 싫증을 내고 구덩이를 던집니다

아버지가 설거지를 하러 옵니다

반짝반짝 구덩이

외출하기 위해 나는 부엌으로 갑니다

중력과 월요일의 외투가 걱정입니다

그릇 사이에서 구덩이를 꺼내 머리에 씁니다

나는 쏙 들어갑니다

강아지 눈에는 내가 안 보일 수도 있습니다

친구에게 전화가 옵니다

학교에서 나를 본 적이 없다고 말합니다

나는 구덩이를 다시 땅에 묻습니다

저 구덩이가 빨리 자라야 새들이 집을 지을 텐데

엄마는 숟가락이 없어져서 큰일이라고 한숨을 쉽니다

—이우성, 「무럭무럭 구덩이」 전문

상기 인용 시는 2009년 한국일보 신춘문예 당선작으로서 한 시인의 일상
적 체험을 통해 '구덩이'라는 특수한 개인상징의 실례를 보여 주는 가작이다.
여기서의 구덩이는 크게는 시적 화자의 '가장 소중한 무엇(정신 행위)'이자 '화자
를 가두는 덫(자본 권력)'이란 이중의 의미망으로 포섭된다. 나아가 여러 가지

형태로 변주되면서 다양화되는 특징을 보여 준다. 여기서 표면적으로 드러난 의미를 살펴볼 때, '구덩이'를 통해 이율배반적 특성을 유추하기란 그리 용이하지가 않다. 그러나 조금만 궁구해 보면, 첫 행의 "이곳은 내가 파 놓은 구덩이입니다"라는 구절은 우리가 흔히 세간에 떠도는 말로서 '제 구덩이(무덤) 제가 판다'는 말과 '어떤 세계에 깊이 천착한다'는 두 가지 의미로 활용된다는 사실을 깨닫게 된다. 시적 화자의 관점에서는 '시작(詩作)의 과정'일 수도 있고, 어머니의 관점에서는 '자본과 관련 없는 무용한 일'일 수도 있기 때문이다.

생계를 책임지고 있는 어머니와 화자와의 말다툼, 즉 "구덩이에 발이 걸려 넘어"져 "숟가락이 구덩이 옆에 꽂"히는 사건이 발생하는데, 그 형상을 슬쩍 뒤집으면 '모자'가 된다는 비약적인 시적 상상력의 진폭을 보여 준다. 더구나 그 관계는 의존적인 모자 관계(화자의 타자성)에서 자모 관계(화자의 주체성)로 변용되는 의미체로써의 기능도 발휘한다. 도저히 신인의 작품에서는 맞닥뜨리기 어려운 충격적인 상상력이 아닐 수 없다. 그리고 화자가 "한 눈 파는 사이" 형이 들고 나간 '구덩이'는 "잘 마른 잎들"만이 담겨 있는 정황이다. 이것은 빈곤한 '동생의 밥그릇'으로 유추되어 물질적인 재화(財貨)를 상징한다. 나아가 부엌의 그릇으로 유추되는 "반짝반짝 구덩이"를 "머리에 씁니다/ 나는 쏙 들어갑니다"는 구절이 나오는데, 이는 자본 권력이라는 제도권 안으로 들어갈 수밖에 없는 화자의 비극적인 운명을 암시하는 대목이다.

그러나 화자는 여기에서 상상력이 머무르지 않고 "구덩이를 다시 땅에 묻"으며 "저 구덩이가 빨리 자라야 새들이 집을 지을" 것이라며 시작 의지와 생명성을 옹호하려는 의식을 발현한다. 죽은 나무를 파낸 황폐한 '구덩이(정신의 핍진성)'는 다시 새로운 씨앗(새로운 시 작업)과 함께 다시 땅에 묻어야 새들이 깃드는 집으로 자라날 수 있기 때문이다. 그리고 화자는 마지막 부분에서 "엄마는 숟가락이 없어져서 큰일이라고 한숨을 쉽니다"라고 은근슬쩍 5행에서 화자의 "구덩이 옆에" 숟가락이 꽂힌 상황을 환기하며 알레고리를 눙치는 기법을 보여 준다. 이 집안을 책임지고 있는 어머니의 생계 위협을 상징적으로 마무리하는 고도의 테크닉인 셈이다. 이와 같이 인용 시는 '구덩이'라는 매재를 통해 무덤과 생명, 자본과 정신, 생존과 문명, 물질과 영혼, 권력과 순수 등 이율배반적인 특성을 함축하면서 새로운 '개인상징'의 정수를 보여 주는 대표적인 작품이다.

　　○인의 바깥은 헐거운 자유라 했다
　　우물 안의 올챙이가 외출을 서두르는 그 너머엔
　　파르르 하늘매발톱이 자랐으므로
　　그의 두 발은 깊이 빠져든다 했다

　　그는 ○점의 기억조차 난생의 형상이라 했다
　　그 시절 내내 은자의 행색 펼칠 때마다
　　네 발에는 굳은살이 새살새살 돋고 있다 했다
　　그가 빛 없이 동사의 지위를 얻었다면

　　유인의 ○인은 좀 더 우수한 종으로 진화했으리라
　　스스로의 정교한 각을 잃어버린 이후
　　한 번도 문장을 완성한 적이 없다 했다
　　그가 전갈의 배꼽자리 버리는 동안

　　○안의 바깥에 사로잡혀 궁그르다 지쳤다 했다
　　통통 공의 탄성에 눈멀었으므로
　　그는 두 발로 직립하는 일을 파기한다 했다
　　○안에 ○인의 그림자를 포갠, 그는

　　◎의 凹凸을 넘보다가 두발만 길어졌다 했다

―강희안, 「○인의 그림자」 전문

상기 인용 시는 'ㅇ'를 통해 불확정성의 원리로써 기호화된 인간 세계의 맹점을 꼬집어 내는 독특한 '개인상징'을 선보인다. 먼저 1연의 'ㅇ인'은 넓게는 '임의의 공백'이자 '우물의 단면'으로도 조감되지만, 좁게는 '공인(公認)'이자 '원인(原因)'이며 '오인(誤認)' 등등 확정할 수 없는 다양한 의미망을 구축하고 있다. 전자가 '우물 안의 올챙이'에서 유추된다면, 후자는 "ㅇ인의 바깥은 헐거운 자유라 했다"는 문맥의 구조에서 얼마든 적용이 가능하다. 그러나 3연의 'ㅇ인'은 '원인(猿人)', '공인(公人)', '-인(人種)' 등으로 유추되는 바와 같이 전혀 다른 의미의 질로 분화된다. 더구나 2연의 'ㅇ점'은 '원점(原點)', '오점(汚點)', '영점(零點)' 등을 지칭하는 것 같지만, 4연의 'ㅇ안'은 '공안(公案)', '원안(原案)', '오안(汚案)' 등에서와 같이 그밖의 어떤 기표라 해도 가능한 열린 텍스트에 해당한다.

지금까지 임의의 공백(상징)인 'ㅇ'를 자의적으로 메워 본 바와 같이 언어의 형식인 기호는 그 자체로써 불완전하다는 사실이다. 'ㅇ'는 미완의 공백(blannk)이지만 결코 채워 넣어야 할 그 무엇이 아니다. 화자는 신(神)의 기표인 "난생의 형상"을 통해 기호로 구축된 인간 세계의 허구를 폭로하는 것이다. '원인(原因)'이 '오인(誤認)'으로 '공인(公認)'이 되고, '원점(原點)'이 '오점(汚點)'으로 '영점(零點)'을 잡는 희극적 아이러니야말로 근대적 사유가 당면한 현실인 셈이다. 따라서 "ㅇ안의 바깥"이란 "정교한 각을 잃어버린" 이성의 질서를 탈구축한 파토스의 공간이다. 여기는 인간 세계와는 다르게 "굳은살이 새살새살" 돋는 새로운 질서로 편재되어 있다. 그러나 "우물 안"과도 같이 'ㅇ'로 구획된 '종(種)'의 세계는 "한 번도 문장을 완성한 적이 없"는 불완전한 영역으로 표상된다. 이 지점에서 미완이자 탈구축의 기호였던 'ㅇ'는 바깥으로의 길이 막힌 판옵티콘(panopticon), 즉 원형감옥으로 기능한다. 'ㅇ' 안에서 바깥을 꿈꾸는 행위란 결국 근대적 질서의 완전한 외부, 혹은 신의 영역으로 나아가고자 하는 순수한 욕망이다.

이와 같은 이유로 인해 화자는 4연에서 어디로 튈지 모르는 "공의 탄성"으로 인해 온전한 인간으로 "직립하는 일을 파기"할 수밖에 없다고 선언한다.

불완전한 기표를 통해 완전한 기의를 유추하는 일은 명백한 오류이기 때문이다. 그 자구책의 일환으로 화자는 마지막 5연에서 'O'라는 큰 형식에 작은 형식인 'O'를 포갠 '◎'를 제시한다. 이 기호가 '우물의 단면'일 경우엔 음각이지만, '젖꼭지'일 경우엔 양각이라는 두 관점, 즉 "凹凸"이라는 형식과 동일하다. '◎'가 'O'의 안팎을 자유롭게 아우르는 기호라면, '凹凸'은 "정교한 각"을 갖춘 매우 드문 언어의 형식에 해당한다. 언어 성립의 한 예외적 장면을 함축하여 보여 주면서 시의 화자는 글에 대한 말의 우위를 전제한 로고스중심주의(logocentrism)에 대한 은밀한 모반을 시도하는 동시에 음성과 문자의 구분을 지우는 근원적인 언어를 예시한 것이다.

고대 메소포타미아 인들은
보석을 갈아 눈과 입에 발랐다
립스틱의 기원이 되었다
고대인들은 빛나는 눈과 입술로 별에 닿고 싶어 했다,
라고 나는 단정한다

그러므로 날개는 별에서 태어난다
그러므로 내 눈과 입술에
별이 뜨고 날개가 돋는다, 란 논법엔 오류가 없다

클레오파트라는 딱정벌레와
개미 몸을 짓이겨 입술을 칠했다
클레오파트라의 입술에 굶주린 곤충들이 날아들었다
여인의 입술을 위해 쉽게 목숨을 버렸다
그러므로 죽음 속에서 립스틱은 빛난다,
는 문장도 용서될 수 있다

당신이 별을 바라볼 때 애잔해지는 이유는

죽음을 넘어선 욕망의 얼굴과

잠시 마주쳤기 때문이다

욕망은 순결한 육체를 천천히 날아올라

별들 사이에서 별이 되는 것이다

그러므로 당신은 아침마다

당신의 입술에 날개를 그려 넣는 것이다

입술을 칠하며 별을 건너는 것이다

당신, 반짝인다

—서안나, 「립스틱의 발달사」 전문

    서안나의 인용 시는 '립스틱'이란 개인상징을 삼단논법으로 풀어내는 개성적인 상상력의 궤적을 보여 준다. 자유분방한 연상의 방식을 취하는데도 객관적이고 보편타당한 느낌을 자아내는 수사적 방식이 존재한다. 전통적 논리학인 삼단논법에서 립스틱 발달사에 관한 감성 논법을 창안한 것이다. 화자는 "보석을 갈아 눈과 입에 발랐다"는 사실을 대전제로 하여 "고대인들은 빛나는 눈과 입술로 별에 닿고 싶어 했다"라는 소전제를 예시한다. 그리고 이 감성의 범주에서 "날개는 별에서 태어난다"든가, "내 눈과 입술에/ 별이 뜨고 날개가 돋는다"는 논리를 넘어선 결론을 도출해 낸다. 형식적으로는 논리적 추론 과정이지만, 내면적으로는 감성적 유추의 기법을 활용한 셈이다.

    이와 같은 형식은 독자들의 논리와 감성을 동시에 자극하여 역사적 사실(객관)과 상상력(주관)의 보편성을 획득하는 새로운 방식이다. 따라서 화자는 이 낭만적 변형 논법에 대해 결코 "오류가 없다"고 강변하고 나선다. 설혹 오류가 있다 해도 '별'로 긍정된 상징의 논리라면 다 "용서될 수 있"는 것이 아니냐는 태도다. 시적 진실은 욕망보다는 그것을 넘어선 이상의 세계 위에서 오히려 빛을 발하는 속성이 있기 때문이다. 이 같은 논리가 "오류가 없다"고 능청을 떠는 것은 다분히 시적 논리에 근거한다. 나아가 시의 화자는 '개미'와 '딱정벌레'를 짓이겨 립스틱을 입술에 칠했다는 사실을 대전제로 내세운 뒤 "클레오파트라의 입술에 굶주린 곤충들이 날아들었다"는 욕망의 상징에 주목한다. 그야말로 사랑과 권력은 목숨 값을 지불해야 할 정도로 아름답다는 말이다.

이상과 같은 유추의 과정이 있었으므로 "죽음 속에서 립스틱은 빛난다,/는 문장도 용서될 수 있다"는 아이러니한 결론도 설득력을 얻는 것이다. 이 지점에서 '립스틱'은 결코 이성의 논리로서는 합치될 수 없는 '이상'과 '욕망'과 '사랑'을 모두 포괄하는 개인상징의 지위를 부여 받는다. 화자에게 시적 진실이란 곧 논리학적 오류와는 무관하다는 태도의 표명과 다르지 않다. 따라서 당신은 아침마다 "입술에 날개를 그려 넣"으며 '별'에 다가가고, 마침내 별이 되어 "반짝인다"는 마지막 결구에서는 이미 독자와 모종의 묵계가 용인된 셈이다. 논리학에서는 서안나의 수사학이 오류일지 모르지만, 시적 상징의 세계에서는 누구도 구획할 수 없는 넓은 의미의 여백을 조성하기 때문이다.

레니에(J. Regnier)의 말에 따르면 상징이란 "추상과 구체를 그 한쪽 항목 이외에 암시되어 있도록 상호 비교하는 것"이다. 이 말은 상징이 사상, 감정을 직접 표명하는 양식이 아니며, 또한 구체적인 영상에 의한 명증한 직유의 방법도 아니란 태도이다. 즉, 설명하기 어려운 마음속에 자리하고 있는 사상, 감정을 낯설고도 새롭게 환기하면서 시인이 깊이 사유한 '특수한 무엇'인가를 어느 한쪽에 암시하는 양식이라는 태도이다. 따라서 '개인상징'이란 '사상, 감정의 환기'란 기존의 사상이나 감정의 해체를 통한 시인의 개성적 시각이 가미된 낯선 창조적 결합을 의미한다. 환언하면 다른 대상과의 비교를 통해서 드러내는 것이 아니라 한 편의 시에서나 한 시인의 다수의 시 속에 반복적으로 재구되어 나타나는 이미지를 의미한다. 나아가 한 시대나 한 민족, 혹은 어느 특정한 역사적 시기에 되풀이되는 이미지를 의미할 수도 있다.

2) 공유상징

범박하게 말해서 상징이란 관념이나 정신이 구체적인 사물을 통해 표현된 형식의 구조라고 정리할 수 있다. 시뿐만 아니라 인간들이 만든 이 지상의 모든 문화들은 상징의 구조에 담겨 있다고 해도 과언이 아니다. 태극기는 대한민국의 상징이며, 어떤 학교의 교표는 그 학교의 상징이며, 횡단보도의 붉은 신호등은 '정지'를 의미하는 상징이다. 더 포괄적으로 적용해 보면, 인간의 생각과 감정을 음성으로 표현하는 '말'이나 문자로 표현하는 '글'도 역시 상징이다. 수사학에서는 집단이 규정해 놓은 것을 '제도적 상징', 그리고 특정 민족의 규약인 언어를 '언어적 상징'이라고 구분하기도 한다. 좀 더 심도 있게 궁구하면 한 건축가가 그의 이상을 담아 건물을 설계했다면 그 건물은 실용적인 의미의 건축물이 아니라 그 이상의 상징인 것이다.

어떤 의식을 전제로 하여 창안된 정신적인 인간 활동의 결과물은 모두 다 상징이라는 말과 통한다. 에른스트 캇시러(E. Cassirer)의 언명처럼 인간들은 정신 활동을 근간으로 삼아 스스로 만든 상징의 숲에 갇혀 살아가는 복잡다단한 동물들이기 때문이다. 상징의 갈래 중에서 '개인상징'이 개인의 전유물인 사적인 상징이라면, '공유상징'은 보편성을 준수하는 공적인 상징에 속한다. 개인상징이 한 개인의 특수한 체험에 의해 독창적으로 채택된 것인 데 반해 공유상징이란 한 국가나 제도에서 흔히 소통되는 보편적 상징으로 분류된다. 따라서 국가적, 문화적, 혹은 인류사적으로 굳어진 상징을 빌리기 때문에 제도, 인습, 자연, 문화 등을 포괄하는 개념으로 수용된다. 그런데 여기서 명칭이 중요한 것은 아니라 공유상징을 어떻게 시에 적용하는가가 가장 중요한 관건이 된다.

같은 문화권 내에서 이미 통용되는 다양한 제도나 전통, 문화의 공분모를 시에 도입할 경우 시의 의미가 풍부해진다는 것은 자명하다. 새로운 의미를 창조하는 것보다 이미 형성된 보편타당한 의미체들에 기댄다는 것은 가장 자연스럽게 공감대를 유발해 내는 편의적 방식이기 때문이다. 예를 들어 민족적 비극을 드러내고자 할 때, '광주의 오월'이라든지, 심각한 갈등의 국면을 '춘향의 절개'를 통해서 보여 준다든지, 혁명적인 이미지로써 '동학'을 차용한다든지 하는 방식이 여기에 속한다. '공유상징'이란 일반적으로는 대중적 상징(public symbol)이라고도 하는데, 이는 오랜 시간 동안 특수한 문화를 배경으로 하여 사용된 상징을 의미한다. 따라서 한 개인이 창안한 특수한 상징이 아니라, 더불어 사는 사람들의 문화나 관습, 제도 등과 자연스럽게 밀착되어 형성된 상징이라고 정의된다.

> 가을에는
> 기도하게 하소서
> 낙엽들이 지는 때를 기다려 내게 주신
> 겸허한 母國語로 나를 채우소서.
>
> 가을에는
> 사랑하게 하소서……
>
> 오직 한 사람을 택하게 하소서.
> 가장 아름다운 열매를 위하여 이 비옥한
> 시간을 가꾸게 하소서.
>
> 가을에는
> 호올로 있게 하소서……
>
> 나의 영혼,
> 굽이치는 바다와
> 百合의 골짜기를 지나,
> 마른 나뭇가지 위에 다다른 까마귀같이.　　　　—김현승, 「가을의 기도」 전문

　상기 인용 시의 경우 "오직 한 사람"과 "가장 아름다운 열매"의 상징 의미를 밝히기 위해선 기독교 문화를 이해해야 한다. 기독교 문화권에 있는 독자는 언뜻 그것이 무엇을 의미하고 있는지 이해할 수 있으나, 그렇지 않을 경우 매우 곤혹스럽다. 즉 "오직 한 사람"이 기독교에서의 '예수'라는 사실과 "가장 아름다운 열매"가 '완전하게 순수한 사랑'임을 알기 위해선 기독교 문화를 이해해야 한다는 것이다. 김현승은 평생을 기독교적인 신앙과 정신을 바탕으로 하여 인간의 내면 깊은 곳에 자리 잡은 고독의 문제에 누구보다도 깊이 있게 천착한 시인이다. 그가 평생을 화두처럼 안고 있었던 고독은 사치스런 감상과 허무가 아니라 삶 속에서 가장 진실하고 견고하면서도 순수한 생명의 실체이며, 궁극에 도달한 절대화된 내면의 모습이다.

　그의 시에서 반복되는 '까마귀'의 이미지를 통하여 이러한 점들을 발견하는 일은 어렵지 않다. 인용 시에 드러난 바와 같이 시적 화자는 "가을에는/ 호올로 있게 하소서……// 나의 영혼,/ 굽이치는 바다와/ 百合의 골짜기를 지나,/ 마른 나뭇가지 위에 다다른 까마귀같이"라고 간구에 가까울 정도로 고백하고 있다. 여기에서의 까마귀도 앞에서의 이미지와의 연장선상에서 인간의 모든 욕망을 벗어 던진 채 절대자 앞에 겸허하게 서 있는 순수하면서도 견고한 정신의 상징으로서 기능하고 있는 이미지이다. 이러한 상징 역시 매우 인습적이고 관습적인 문화의미권적 상징이라 할 수 있다. 이외에도 '매(梅)·란(蘭)·국(菊)·죽(竹)'으로 선비의 기품과 지조와 절개를 의미한다든지, 한국적 풍류의 조건으로 '꽃·달·술·벗' 등을 통해 시적 의미를 확보한다든지 하는 데서도 모두 오랜 문학적·문화적 전통이나 인습적·관습적 상징에서 빌려 왔다는 사실이 입증된다.

　　선운사 도솔암 내원궁 수목정원 한쪽
　　바위에 기댄 소나무 허리에 흉터가 깊다
　　일생을 기대보려다 얻은 상처인 것이다

　　　　＞

일곱 가지 보물로 지은 법당이 있고
한량없는 사람들이 산다는 도솔천
지장보살도 어쩌지 못하는 관계가 있나 보다

내원궁 계단을 조심조심 내려오는데
진달래꽃과 생강나무꽃이 거리를 두고 환하다
당신과 나, 적당한 거리가 도솔천이다.

—공광규, 「적당한 거리」 전문

　　인용 시에 등장하는 도솔천은 불교의 우주관에서 분류되는 천(天)의 하나로서 미륵보살이 머물고 있는 천상의 정토이다. 범어 듀스타(Tusita)를 음역으로 의역하여 지족천(知足天)이라고도 불린다. 즉, 이곳에 사는 사람들은 오욕에서 벗어나 한량없는 아름다움에 자족하고 있다고 알려져 있다. 불교에서는 세계의 중심에 수미산이 있고, 그 산의 꼭대기에서 12만 유순(由旬) 위에 있는 욕계 6천 중 제4천인 도솔천이 있다고 전한다. 인용 시는 이러한 불교 문화권의 의식을 근간으로 하여 무기교의 기교와도 같은 관조적인 시적 조형력을 선보인다. 우선 화자는 1연에서 '도솔암'과 '소나무'의 밀착된 관계에 대해 진술하면서 "일생을 기대보려다 얻은 상처"를 직관해 낸다. 그리고 2연에서는 "보물로 지은 법당"과 "한량없는 사람들이 산다는 도솔천"의 관계를 대조하면서 "지장보살도 어쩌지 못하는 관계"에 대해 의식을 진전시켜 나간다.

　　나아가 마지막 연에서 화자는 "진달래꽃과 생강나무꽃이 거리를 두고 환하다"고 긍정하면서 "당신과 나, 적당한 거리가 도솔천"이라는 결구를 넌지시 완성하는 구조적 완결미를 보여 준다. 원래 도솔천은 내원과 외원으로 구성되어 있는데, 외원은 수많은 천인들이 즐거움을 누리는 곳이고, 내원은 미륵보살의 정토로서 '내원궁'이라고 알려져 있다. 이 내원궁은 석가와 마찬가지로 미래불이 중생 교화를 위한 하생의 때를 기다리는 곳이기도 하다. 따라서 화자는 '내원궁'과 '법당'의 거리를 '진달래꽃'(붉은색)과 '생강나무꽃'(노란색)

의 색채 이미지로 대비하면서 "당신과 나, 적당한 거리가 도솔천"이라는 미학적 도식을 완성한다. 공광규는 1980년대 시절에는 현장시를 써서 시대적 양심을 예리하게 꼬집어 냈던 시인으로 널리 알려져 있다. 그러나 2008년에 발간된 시집 『말똥 한 덩이』에서는 불교적인 사유와 관념을 감각적 터치로써 이미지화하여 언어의 속살을 보여 주는 시인으로 조명되고 있기도 하다. 인용 시에도 그는 해박한 불교적 사유와 시적 감수성이 절묘하게 결합하는 직관의 힘을 선보이고 있다.

공광규 시인은 동양 문화권에서는 누구나 공유할 수 있는 불교적 상징들을 활용하여 "적당한 거리"라는 추상적인 관념을 이미지로써 부조하는 발견의 시학을 선보인다. 이렇듯이 대중적이면서도 관습적인 '공유상징'은 특수한 사적 개념을 뛰어넘어 모든 사람들이 공유할 수 있는 보편적 상징(universal symbol)을 의미한다. 이는 인습적 상징, 제도적 상징, 자연적 상징, 알레고리적 상징, 문화적 전통의 상징, 종족 문화적 상징이라 불리는 것들을 두루 포괄한다. 이에 해당되는 대표적인 시는 윤동주의 '십자가'인데, 여기서 '십자가'는 예수나 기독교를 상징한다. 십자가라는 구체적이고 가시적인 것은 인습적으로나 대중적으로 순교를 상징하고 있다는 것은 주지의 사실이다. 따라서 '공유상징'은 시인의 창의적인 정신 활동의 산물이라기보다는 우리 모두가 공감하는 그 관념이나 의미를 새로운 발견적 이미지로써 구상화하는 일반적이고도 보편적인 상징의 한 갈래로 분류된다.

3) 원형상징

원형이라는 비평의 개념은 개개의 작품에서 받은 인상이나 감동을 중시하지 않는 측면이 우세하다. 시공(時空)을 달리하는 여러 작품에 내재하는 원형 상호 간의 관계를 통해 시인의 무의식의 심층을 들여다보려는 관점이 중시된다. 신화·원형을 문제 삼는 비평에서는 개개의 작품에 대한 가치 평가를 하는 데에 주력하는 것이 아니란 의미이다. 대표적인 원형비평가인 노드롭 프라이(N. Frye)는 시 작품을 인상이나 감동의 기록으로 보지 않고, 개개의 작품을 유기화한 지식의 조직으로 보며 가치판단을 이차적인 것으로 분류한다. 원형이란 말은 정신분석학 및 심리주의 비평과도 밀접한 관계가 있다. 신화·원형비평의 핵심적인 개념인 '원형(archetype)'이라는 용어도 정신분석학자인 칼 구스타프 융(C. G. Jung)에게서 빌려 온 개념이다.

이렇듯이 정신분석은 신화를 바탕으로 삼아 개인의 개성을 추구하는 데에 주력하고, 신화는 한 집단의 정신과 성격 상태를 탐구한다. 이를테면 '꿈'에 대해서 정신분석학에서는 개인의 무의식적인 욕망과 불안의 반영으로 이해하지만, 신화에서는 한 집단의 희망, 가치, 공포, 열망 등을 반영하는 것으로 해석한다. '신화'나 '원형'이라는 말이 시사하는 바와 같이 원형은 신화(myth)를 떠나서는 존재할 수가 없다. 이러한 점에서 이 '원형상징'은 신화를 연구 대상으로 삼는 인류학과도 밀접한 관련을 맺는다. 오늘날 신화를 고대인의 허구나 환상이라고 생각하는 이는 거의 없다. 그것은 신화가 실재(reality)를 반영하고 있고, 진리(truth)를 외면하기보다는 진리와 밀접한 관계망을 구축하고 있기 때문이다.

신화는 그것이 발생하고 성장하는 각 민족의 문화적 환경에 따라 그 민족 특유의 형태를 띠게 되지만, 각 민족의 신화 사이에는 유사한 모티프나 테마를 발견할 수 있다. 이 유사한 모티프나 테마는 공통적인 이미지를 형성하는 경향이 있는데, 이것이 이른바 보편적 상징으로서의 원형이다. 이에 대하여 필립 휠라이트도 "원형은 전부는 아니나 인류의 광범한 영역에서 똑같거나 아주 비슷한 의미를 전달하는 것으로 이루어져 있다. 아버지인 하늘과 어머니인 대지, 광명, 피, 상하, 바퀴의 축과 같은 상징들이 시간적으로 공간적으로 서로 멀리 떨어져 있어 어떤 역사적 영향과 그들 사이의 인과관계를 맺을 가능성도 없는 문화에서 몇 번이고 되풀이되고 있는데, 이런 것이 바로 원형이라 할 수 있다"고 말한 바 있다.

프로이트(G. Freud)가 주장한 무의식이 주로 억압된, 즉 의식이 거부하는 유년기의 사건으로 이루어진 데 반해, 융(C. G. Jung)의 무의식은 인류의 유전적 유산에 속하는 상속 받은 요소들로 형성되어 있다는 논리에서 출발한다. 그들이 가장 분명하게 차별성을 드러내는 곳은 신화와 종교 의례의 영역이다. 융이 상이한 문화에서도 고유한 신화들이 공통점을 보이고 있으며, 이를 단순히 종족의 이동이나 문화 교류로 설명할 수는 없다고 지적한다. 또 우리의 꿈이나 환상이 보통은 인간이 지각하지 못하는 신화와 닮아 있다고 밝히고 있다. 이런 유사성을 설명하기 위해 그는 인류의 역사를 탐문하고, 우리의 정신은 육신과 마찬가지로 진화의 흔적을 보존하고 있다고 추론한다. 결국 융의 생각은 진화론과 연관되는 유전학과 생물학의 결론을 심리의 영역에 적용한 것이다.

전거한 대로 융은 '집단무의식'을 구조화하는 요소들을 가리키기 위해 '원형(archetype)'이라는 용어를 사용한다. 그는 원형을 생물학적 기원에 두면서 본능과 비교되는 유전적 성격을 강조한다. 그에 의하면 우리가 본능이라 부르는 것은 감각에 의해 지각되는 생리학적 충동이라고 전제한다. 그러나 이 본능들은 환각에 의해서도 발현되지만, 그 존재를 드러낼 때는 주로 상징 이미지에서 촉발된다는 입장이다. 원형이라 부르는 것은 육신의 본능처럼 우리의 상상력에 사유와 행태의 보편적 모델을 제공한다는 의미로 분석한다. 나아가 상상력이 주관적이라는 고정관념을 깨는 계기로써 작동하는 데 반해 원형의 관점에서는 상상력이 무작위적으로 전개되는 것이 아니란 사실을 증명한다. 그에게 상상력이란 각 개인의 특수성이 아니라 제각각의 종(種, species)에 포섭된 본형의 질서에 따라 발현한다는 관점을 중시하기 때문이다.

올해는 매미가 극성이다 여러 해 땅 속에 묻혀 있었으니 어둠을 알배고 있었을 슬픔을 알배고 있었을 매미가 올해는 극성이다 한낮의 인사동에서도 매미가 운다 내가 사는 산 가까운 수유리 이곳은 새벽부터 매미의 바다다 떼울음 바다다 수유리 사람들은 그래서 모두 잠이 모자란다 매미의 울음은 매미의 울음일 뿐 이제는 지우기를 잘하는 나도 잠이 모자란다 심상치 않다 어제는 떼죽음 당

한 물고기들이 허옇게 바다에 떠올랐고 그제는 물난리로 양계장의 닭들이 수천
마리씩 죽어 나갔다 저들의 알을 거둘 수 없게 되었다

—정진규, 「떼울음—알 37」 전문

　이 시는 '알'이라고 하는 원형상징을 현실적이고도 실제적인 문명 비판적인
의식과 연계하여 드러내고 있어 관심을 환기한다. 우선 문명적 삶의 역기능
에 대해 살펴보면, 시의 화자는 매미 소리 때문에 괴롭고 곤혹스럽다는 의식
을 표명한다. 매미 소리는 도심 한복판에서 변두리인 수유리까지 온 도시를
주야장창 뒤흔들고 있다. 오랜 세월 동안 애벌레의 상태로 있다가 불과 보름
정도 살고 죽어야 하는 매미의 운명을 감안한다 하더라도 밤잠을 설치게 하
는 매미 소리는 여간 골치 아픈 게 아니다. 그러나 달리 생각하면, 이 짧은 시
간에 종족을 번식해야 하는 것이 매미의 운명이지만, 제 짝을 부르는 매미 소
리는 도시의 온갖 소음 공해 때문에 제대로 전달될 리 만무하다. 당연히 매미
소리는 더욱 소란해질 수밖에 없으며, 앞으로도 더더욱 이 현상은 불가피하
게 지속될 것이다. 사람이 편히 살자고 이룩한 문명 때문에 생명이 더 이상 번
식하지 못하게 되고, 그 피해는 오롯이 사람들에게 되돌아오는 모순된 형국
에 초점을 맞춘다. 화자는 이런 상황을 "알을 거둘 수 없게 되었다"고 언표화
하는데, 여기가 바로 '알'의 원형적인 상징성이 선명하게 부각되는 대목이다.
　'알'은 모든 생명체에게 존재의 시작을 의미하며, 그 형상이 둥글다는 데서
완전함, 또는 전체라는 상징성을 내포한다. 알의 상징성은 우리 신화의 대부
분을 차지하는 난생 신화에서도 쉽게 발견된다. 고구려의 동명왕 신화, 신라
의 박혁거세 신화, 가야의 김수로왕 신화 등 우리나라 대부분의 건국신화가
이 계통에 속한다고 해도 과언이 아니다. 우리 신화에서 성스런 존재는 주로
알을 매개로 하여 시작되고, 알을 깨고 나오면서 인간이라는 흉터, 즉 배꼽
이 없는 완전자로서의 모습을 현현한다. 따라서 신화에서 '알'은 신성과 세속
에 함께 뭉뚱그려진 상태로서, 신성한 존재가 세속에서 다시 태어나기 전의
카오스를 의미한다. 여기는 시간도 공간도 거세된 채 신격이 부여된 존재로

재탄생하기 위한 생명의 씨앗이 내재된 영역일 뿐이다.

이렇게 볼 때, 위의 인용 시에 나타난 알의 상징성은 새로운 생명의 씨앗, 그리고 새로운 존재로 변화하기 직전의 상태로 나타난다. 이런 알이 이 세상에 존재하지 않을 때, 그 세상은 온통 죽음의 그림자로 뒤덮일 것이다. 이 시는 인간이 자신의 욕망에 따라 철저하게 인간 중심적인 삶을 살아왔으므로 초래한 생태학적 위기와 그 위기에서 자유로울 수 없는 인간의 운명을 경고하고 있는 셈이다. 이런 문명적 삶이 지속된다면 인간을 비롯한 모든 생명체는 알을 낳을 수 없게 될 것은 자명하다. 인용 시의 알이 상징하고 있는 것처럼 원형상징으로 되풀이되는 우리 주변에 헤아릴 수 없을 정도로 다양하게 존재한다. 가장 대표적인 것으로 '물'은 창조와 신비, 삶과 죽음, 풍부한 성장, 둘째 '태양'은 창조적 에너지, 부성(父性), 시간과 생명의 순환, 셋째 색채에 있어서 '흑색'은 혼돈과 죽음, '붉은색'은 피와 희생과 정열, '녹색'은 성장과 희망 등을 나타내며, 넷째 '원(圓)'은 전일성(全一性)과 통합, 생명의 근원으로서의 우주 등을 의미한다. 이러한 상징들은 먼 과거로부터 오늘날의 시인들의 작품에 이르기까지 끊임없이 고구되면서 반복 · 재구되고 있는 원형상징이다.

맘 천근 시름겨울 때
천근 맘 시름겨울 때
마른 논에 고인 물
보러 가자.
고인 물에 얼비치는
쑥부쟁이
염소 한 마리
몇 점의 구름
紅顔의 少年같이
보러 가자.

＞

함지박 아낙네 지나가고

어지러이 메까치 우짖는 버드나무

길.

마른 논에 고인 물.

—박용래, 「버드나무 길」 전문

상기 인용 시의 화자는 삶을 비극적으로 인식하고 그에 대응할 힘이 없는 무력한 인생 태도를 현시한다. 박용래 시에서 원형상징인 '물'에 대한 열망은 이러한 비극적 인식에서 비롯된다. 그러나 그의 여타의 시들과는 달리 이 시에서 '물'은 고요한 상태, 그리고 잔잔한 물 위로 되비치는 사물에 대한 인식, 화해와 평화의 이미지로 형상화된다. 다시 말해서 화자는 "맘 천근 시름겨"운 공간에 상존하고 있다. 이 시 구절 "메까치 우짖는" 소리는 평화의 세계를 표상하지만, 1행과 2행은 아름다운 평화의 세계가 단절된 현실에서 방황할 수밖에 없었던 자신의 내면을 직시하고 있다. 그것은 시적 화자의 뼈아픈 좌절에 대한 자기반성적 거울과 다를 바 없다. 따라서 화자는 "마른 논에 고인 물"을 보러 가려는 태도를 드러내는데, 이때의 '물'은 현실을 정화할 수 있는 '물'이자 황폐한 세계에 생명을 부여할 수 있는 물질적인 기제이다.

그러나 그 '물'은 흐름을 멈춘 채 정지하고 있기 때문에 화자 자신이 찾아 나설 수밖에 없는 상황으로 언표화된다. 6행에서 9행 사이에 나오는 "쑥부쟁이/ 염소 한 마리/ 몇 점의 구름/ 紅顔의 少年" 등의 이미지군(群)은 물의 원형상징인 재생과 정화의 거울에 "얼비치는" 상승과 하강의 이중 구조를 통해서 자아의 정화에 기여한다. 이렇게 정화된 화자는 2연의 "함지박 아낙네 지나가고/ 어지러이 메까치 우짖는 버드나무/ 길"을 꿈꿀 수 있는 것이며, 바로 그 길이 "마른 논에 고인 물"로 환원되는 공간이다. 다시 말해서 이 시는 수직 이미지와 수평 이미지가 물의 상징 공간 안에서 유기적으로 통합되고 있다. 이러한 과정에서 화자는 자연과 현실, 인간을 하나로 아우르는 동시에 침잠의 세계로 몰입하려는 태도를 드러낸다. 이 같은 화자의 의식은 원형상징인 '물'을 통해 슬픔과 좌절로 인한 무력한 자아를 재생과 정화의 힘으로 치유하려는 무의식적인 자각에서 기인한다.

　문학에서 원형에 대한 연구는 프레이저(J. G. Frazer)의 방대한 저서 『황금가지』 출간 이후 융을 중심으로 한 심층심리학적 연구가 이루어지면서 본격적으로 개진된다. 그간에는 시인이 전통적 소재에 의존했을 것이라는 짐작이 오류라는 점을 밝히면서 문예비평에서도 중요한 개념의 하나로 간주되기에 이르렀다. 오히려 시인은 그 알 길 없는 본성을 드러내기 위해서는 신화적 형상을 필요로 하는 독창적 경험에 의존했을 것이기 때문이다. 그 경험은 스스로를 표출하기 위해 신화적 형상을 원용하는 과정을 겪었으며, 예술의 효능이란 집단무의식이 작품에서 차지하고 있는 몫에 기인한다. 작품은 이를 통해 우리의 가장 깊은 곳에 있는 무의식을 건드리고 전율하게 한다. 집단의식의 위기에 대응하기 위해 원형은 작품 속에서 제 모습을 드러내고, 예술은 당대 정신의 교육을 위해 작업한다는 태도를 견지한다. 융은 역사적이고 사회학적인 측면에서 후자를 검토하여 예술의 예언적 차원을 드러내려 했지만 창조적 상상력의 옛 뿌리를 캐는 데 더 많은 기여를 했다는 평가를 받고 있다.

　앞서 밝힌 융의 이론에서는 '원형(archetype)'이 인류의 가슴속 깊이 깔린 의식이 인류 전체에 유사하거나 동일한 것이라는 전제 아래 논의된다. 따라서 원형은 신화·종교·역사·풍속 등에서 수없이 반복되어 나타나는 이미지, 화소(話素, motif)나 주제가 된다. 중요한 것은 이들이 똑같은 모습으로 되풀이되거나, 막연하게 나타나는 것이 아니라 조금씩 변모된 형태로 반복되어 변전된다는 사실이다. 변모된 형태로 드러난 원형의 모습을 상징이라고 할 수 있는데, 이는 논리나 합리성을 떠나 초월적인 힘으로 독자에게 정서적 반응을 유발한다. 융이 원형을 강조한 것은 신화 자체나 그것을 만들어 낸 사람들이 구현한 염원의 표상으로서, 끊임없는 반복을 통해 인류의 깊은 의식 속에 공통적으로 자리해 있다고 믿었기 때문이다. 따라서 '원형상징'은 인류 전체가 공유하는 의식의 표상이란 점에서, 논리를 초월한 인류의 원형으로서

오늘날에 이르기까지 강한 자장을 형성한다는 점에서 비평가들에게도 관심
의 대상이 되고 있다.

5

세태를 풍자한 알레고리

1. 알레고리의 개념

알레고리(allegory)는 은유적으로 의미를 구현하는 문학에서 즐겨 차용하는 표현 방식이다. 일반적으로는 수사학의 형식으로 간주되지만 항상 언어를 통해서만 형상화되는 것은 아니다. 눈짓을 가리키는 말일 수도 있고, 사실적인 회화나 조각 등의 재현 예술에서도 얼마든지 목도할 수 있다. 이 단어의 어원은 단어의 일반적인 용례보다 더 넓은 의미를 내장하고 있다. 비록 다른 수사학적인 개념들과 유사하지만, 알레고리는 그 상세함에서 은유보다 길게 각인하는 특질을 지닌다. 유추가 이성이나 논리에 호소하는 데 반해 알레고리는 감성이나 상상에 호소한다. 예컨대 우화는 하나의 명확한 교훈을 가진 짧은 알레고리의 용례로 거론하기에 아주 적합한 형식에 해당한다.

알레고리는 방법상 용기, 사랑, 덕성, 악, 지혜 등의 관념을 사람의 관계로 수렴하는 양식적 특성을 표방한다. 도덕적 원칙의 수락이라는 명제로써 관념이 사람의 관계로 형식화되어 수용된다. 이렇게 의인화된 관념은 특정한 측면이 강조된 인물로 그려지며, 이때 인물은 그 관념의 정신적 작용을 강조할 만한 행동을 취한다. 예를 든다면 서구 문학에서 가장 잘 알려진 알레고리는 번연(J. Bunyan)의 『천로역정』이란 소설이다. 기독인이라는 주인공이 전도인의 경고를 받아 '파괴시'를 떠나 '천국시'라는 곳으로 가는 도중에 '신앙인'이란 친구도 사귀며, '절망'이란 거인을 만나 혼나기도 하고 '허영시'에서 유혹을 받기도 하는 서사로 구성되어 있다. 이는 기독교인이 이 세상을 살아갈 때에 당하는 여러 가지 정신적 체험을 여행기 형식으로 다룬 일종의 풍자적 성격을 내장하고 있다.

중세에는 성경의 사실을 알레고리로 해석하는 방법이 크게 발전하여 그 방법이 신화와 문학의 해석에도 적용되기도도 한다. 일례로써 모세의 영도를 받아 이스라엘 민족이 애굽에서 나오는 역사적 서사는 예수의 인도로 인간이 죄악의 사슬에서 풀려나온다는 정신적 알레고리로 해석하기도 한다. 따라서 당시에는 표면상 사소하고도 하찮은, 또는 부도덕한 서사까지도 모두 심층적 의미를 내장한 텍스트로 간주되기까지 한다. 나아가 일부 작가들은 외부 서사와 내부 주제의 병행을 기하기 위해 특별한 구조적 기교를 부리기도 하는 창작 방식도 유행한다. 그러나 알레고리의 관념 위주의 구조, 또 그 명백한 추상적 의도 및 교훈적 태도는 낭만주의에 이르러 상징과 신화와 같은 중의성과 암시성이 풍부한 이미지의 선호에 의해 일시적으로 쇠퇴하는 경향을 보이기도 한다.

그렇다고 해서 알레고리의 요소가 창작과 텍스트 해석의 방식에서 사라졌다고 생각하면 곤란하다. 알레고리는 사실주의 시대에 이르러서는 주요한 기법적 장치로서 거론되면서 가장 강력한 문학의 사회적 기능을 수행한다. 알레고리(allegory)는 성격이나 형태가 상징과 유사하기 때문에 흔히 상징과 함께 거론되는 표현 기법 중의 하나이다. '다른 것을 말하다'라는 희랍어를 어원으로 하는 알레고리는 우리말로 우유(寓喩) 또는 우의(寓意), 풍유(諷喩)라고 번역하기도 한다. 브룩스와 워렌에 의하면 알레고리는 확대된 은유라고 정의된다. 엄밀히 말해서 알레고리란 "주제와 인물이 설화 밖에 숨어 있는 의미와 다름없는 그런 설화이다"라고 정의하듯이 본의(원관념)를 숨기고 매재(보조관념)에 의해 본래의 의미를 암시한다는 점에서 일종의 '확대된 은유'라고 단정하는 그들의 정의는 타당하다.

시인은 왜곡된 현실이나 은폐된 사실을 폭로하기 위해서는 부정이나 거부와 같은 직접적인 발언에 의존하기보다는 미적 감동을 불러일으킬 수 있는 간접적 수단을 동원한다. 이것은 현실을 풍자하려는 의도가 객관적이고도 합리적인 상황 속에서 실현되었을 때, 독자들의 공감을 이끌어 낼 수 있기 때문이다. 따라서 풍자의 대상이나 정황(본의)과 딱 맞아떨어지는 객관적 대상이나 상황(매재)으로써 형상화해야만 실현될 수 있다는 특징이 있다. 다시 말해서, 본의를 은폐하고 매재만으로 드러내야 한다는 측면에서는 상징과 매우 유사하다. 그렇지만 상징이 하나의 매재만으로 확정할 수 없는 다양한 의미(1:多)를 드러낸다면, 알레고리는 하나의 매재에 시인이 겨냥한 하나의 관념이나 정황(1:1)을 의도하고 있다는 것이 가장 뚜렷한 차이점이다.

2. 알레고리의 유형

1) 우화풍자

'우화풍자'는 다른 사물이나 동·식물 등을 의인화하여 비유하려는 속성을 띠기 때문에 암시적 성향이 강하다. 이솝우화는 알레고리로서 여러 동물의 이야기를 빌려 인간에 대한 교훈 또는 풍자의 효과를 거둔다. 알레고리의 방법은 대상의 본질을 다른 구상적인 것에다 비유하여 풍자하는 비유 중에서도 가장 적극적인 표현의 한 방법이다. 일상사의 현실이 복잡해지면 복잡해질수록, 부조리가 횡행하면 할수록 알레고리가 허용되는 범위는 넓어지게 마련이다. 우화는 일종의 돌려 말하기 형식이기 때문에 대상의 신랄한 풍자보다는 해학성을 통한 교훈성에 무게를 두는 자세를 취한다. 이와 같은 우화의 방식을 자유자재로 구사했던 시인으로는 마야코프스키(V. Mayakovsky)라든가 캐스트너(E. Kastner) 등이 있으며, 영국의 옛 동요집 「마더 구스」 속에도 이런 작품들이 다수 수록되어 있다.

오웰(G. Orwell)의 『동물 농장』은 독재정치에 대한 현대 최대의 우화적 알레고리이다. 김만중의 『구운몽』은 불교 및 도교의 알레고리 요소를 포함하며, 중국의 『손오공』 역시 단순한 원숭이의 이야기를 넘어서서 불교인의 인생행로를 심층적으로 탐색하는 측면이 내포된다. 『이솝우화』는 가장 널리 읽히는 대중적 알레고리라 명명된다. 우화는 의인법 대신 의동물법을 사용했다고 할 수 있는, 즉 사람을 닮은 동물 이야기라고 요약할 수 있다. 동물들의 표면적 특질을 토대로 하여 인간의 어리석음이나 자기 위악성, 또는 부조리한 측면을 희화화하기 위한 태도를 강조한다. 따라서 우화의 형식은 비판의 형식보다는 교훈에 무게를 두기 때문에 해학성을 견지한 현대시에도 커다란 영향을 미치고 있다. 나아가 지금도 널리 변용되고 회자되는 '우화풍자'의 전형적인 모델이다.

타조는 제가 짝다리라는 사실을 모른 채 경중경중 뛰기만을 좋아하는 동물이다. 부스럭대는 소리라도 들릴라치면 덩치에 어울리지 않게 혼비백산하는 걸 보면 영락없는 새가슴이다. 게다가 속도는 어찌나 빠른지 협곡을 한 달음에 주파할 정도여서 주위를 놀라게 한 적도 있다. 퀭한 눈을 끔뻑대며 주위를 휘 둘러본 것도 간만의 일이다. 녀석은 그간 먹고 도망치는 일에만 몰두했을 뿐 도무지 여가가 없다. 가끔 새들이 등에 올라타 부리로 간지럼을 타도 아랑곳하지 않는다. 넋빠진 듯 축 늘어진 목으로는 소리조차 삼킨 채 폭식만을 일삼게 되었다는 소문이다

한때 얹어 두었던 계관은 몸의 기억을 더듬지만, 누구도 태생이 무엇이며 지금은 어디에 사는지조차 관심이 없다. 태어나면서부터 볼품없이 까맣게 오그라든 검은 낯바닥, 터무니없는 몸집과 퇴화된 날개로 한 시절 용케도 잘 견디는가 싶더니, 요즘 들어 부쩍 정신을 놓치는 일이 잦아진다나? 그래도 아직은 완강하게 버틴 두 다리로나마 새로운 길을 찾아 무작정 떠날 작정을 했다지, 아마

타조는 제가 짝다리라는 사실을 모르기 때문에 죽을 힘을 다해 발버둥친다. 저리 큰 걸음으로 몇날 며칠 평원을 내달리다 아침에 깨어나 보면, 다시금 원심점이란 사실에 소스라쳐 놀란 적이 한두 번이 아니다. 정신나간 친구놈이 링반데룽 현상인가 뭔가라며 신경증적 치료를 권유했지만, 그는 결코 누구의 말에도 솔깃하거나 휘둘릴 까닭이 없다. 내일은 반대편 길로만 줄달음치면 이 지평을 벗어날 수 있으리라 확고부동하게 믿는 눈치다. 갈수록 이런 타조가 기하급수적으로 늘고 있다고 한다. 골머리 썩기 전에 철저한 대책 마련이 시급하다는 후문이다

— 강희안, 「타조의 꿈」 전문

새의 상징인 날개가 달려 있어 조류로 분류되지만 비상의 능력을 상실한 타조는 이 시대의 시인, 혹은 시를 상징하는 알레고리로 암유된다. 시의 화자

는 한때 시인의 머리에는 존엄한 계관이 씌워졌던 시절을 반추한다. 시인은 신권이란 격을 부여 받을 정도로 왕실이나 귀족에 의해 추앙되었으며 대중의 존경의 대상이었다. 그 시절에 시를 쓰는 일 자체가 시대의 이데올로기에 부합하는 명예로운 일과 다를 바 없었으리라. 하지만 후기산업사회에서 시인의 위상은 더 이상 존경의 대상도 선망의 대상도 아니라고 시의 화자는 단언한다. "터무니없는 몸집과 퇴화된 날개"로 "한때 얹어 두었던 계관"인 과거의 영예에 의존한 채 환영에 사로잡혀 살아가는 존재들이기 때문이다. 마치 감당할 수 없을 만큼 몸피가 커져서 뒤뚱거리는 타조처럼 몸집은 커졌지만 새로운 시를 창조해 내지 못하고 같은 자리를 반복적으로 맴도는 지금의 시, 혹은 시인을 시적 화자는 우화적 기법을 통해 해학적으로 빈정대고 있는 셈이다.

인용 시에서 "죽을 힘을 다해 발버둥"쳐도 "다시금 원심점이란 사실에 소스라쳐 놀"라는 존재는 누구인가? 하다못해 인간조차 물신화·자본화된 현대사회에서 시인이라는 존재는 현실성과는 무관한 우스꽝스런 존재로 취급된다. 따라서 주변에서 "신경증" 환자 취급 받는 것도 당면한 현실이다. 후기산업사회의 관점에서 바라봤을 때 시인은 정상적인 존재로 인정받을 수 없다는 게 화자의 판단이다. 그래도 시인은 그 현실의 너머를 지향하며 "이 지평을 벗어날 수 있으리라"는 믿음을 저버리지 않는 존재다. 꿈꾼다는 일은 어느 시대를 막론한 시인의 전제 조건이기 때문이다. 다만 불구인 현존성을 전혀 고려하지 않은 채 계관시인의 환상만을 "확고부동하게 믿는" 복원의 꿈이라면 그것은 시대착오적인 발상이기 십상이다. 시인이 벗어나고자 하는 것은 시에 대한 전근대적인 낭만적 태도라는 점이다. 그러한 태도를 표방한 시, 혹은 시인들을 향해 화자는 "철저한 대책 마련이 시급하다"는 사실을 환기하고 있는 것이다.

전복은 귀하고 값이 비싸 조개들의 여왕이라고들 하지요. 하지만 껍데기가 외짝이어서 먹으면 사랑에 실패한대서 서양 사람들은 꺼려 한다나요. 어물전을 지나치다 가만 들여다보면 무에 그리 자랑스러운지 아니면 헤픈 건지 다들 보아라, 아예 맨살을 척 드러내고 있어요. 그도 모자라 이리저리 몸을 뒤틀며 요동까지 치지요. 질펀하고 거무튀튀한 게 어쩜 오십대 아줌마의 거시기와 똑 닮았는지요. 그러니 값을 흥정하던 아줌마들도 민망스러워 차마 고갤 돌리곤 하지요. 그래도 노릇노릇 구운 속살을 썰어먹는 고소한 맛은 일품입니다. 게다가 화려한 속옷 차림에 영롱한 진주까지 두르고 수라상에 올라 임금의 입맛을 희롱한 것들도 있었으니 여왕이라는 말이 그저 빈말만은 아닌 듯도 하지요. 그런데 최근엔 대량 양식으로 서민들의 술상에도 흔히 오르니 어쩔거나, 여왕조개의 체면도 많이 구겨졌다니까요 글쎄.

—김선태, 「조개 야담 3—전복」 전문

상기 인용 시에서 귀하고 값이 비싸 일명 "조개들의 여왕"이란 명칭으로 회자되는 '전복'은 우화적 알레고리로 차용된 대상이다. 자본주의 상품성과 관련된다는 점에서 전복은 물신적 사유의 산물로 취급된다. 그들은 한때 "화려한 속옷 차림에 영롱한 진주까지 두르고 수라상에 올라 임금의 입맛을 희롱"하기도 하는 권력을 누리기도 했다. 그러나 성을 상품화하는 후기산업사회의 자본의 논리 앞에서 그들은 이제 소비의 원칙에 따르는 현실의 암유로 기능한다. 더욱이 그 행위는 단순히 그것이 주는 사용 목적의 차원을 넘어서 "대량 양식"을 통해 지고한 소비 욕구를 자극하는 후기산업사회의 논리가 깊숙이 침투해 있는 국면으로 변질된다. 이러한 본격적 대중소비사회가 출현한 이후 인간의 행위는 그것 자체로는 어떤 질적 가치도 거세되기에 이르렀다는 시적 화자의 인식에 따른 예단이다.

이와 같은 자본주의 관점은 이용될 수 있는 경우에만 가치를 얻는다는 행복한 소비 지수에 비례한다. 따라서 최근엔 "대량 양식으로 서민들의 술상에도 흔히 오르니" "여왕조개의 체면도 많이 구겨졌다"고 내심 비위를 꼬는 화자의 속내는 무엇일까? 그것은 인간의 가치가 상품의 근대 이전의 가치 체계와 같이 절대적 평가에 준하는 것이 아니라, 수요와 공급의 법칙에 좌우되는 현실을 우롱하기 위한 화자의 언술 전략이다. 나아가 "무에 그리 자랑스러운지 아니면 헤픈 건지 다들 보아라, 아예 맨살을 척 드러내고” 그도 모자라 “이리저리 몸을 뒤틀며 요동까지 치”는 정황은 도덕성과 인간성을 아예 유기하고 파기해 버린 속악한 자본주의의 일그러진 얼굴이다. 화자는 인간조차도 자본주의 상품 세계에서는 모두 독립적인 존재와 본래적 가치를 상실하는 정황에 초점을 맞춘다. 상품적 가치를 위한 도구로 전락해 버리고 마는 인간의 세태를 직시하며 교시적 기능을 강화하는 순간이다.

알레고리에서 암시된 의미는 동·식물이나 무생물에 인격을 부여하는 형식 속에 내포되는데, ‘우화풍자’의 이런 성격은 인용 시에서 확인한 바와 같이 의인법과 아주 밀접하게 관련을 맺고 있다. 화자의 관점도 강희안의 시「타조의 꿈」에서는 전언체 형식을 빌려 일반화된 속설의 형태로 구조화하기도 하고, 김선태의「조개야담」에서는 나레이터 형식을 취하면서 자기화하는 속성으로 수렴하는 특질을 보이기도 한다. 화자가 어떤 방식과 관점을 취할 것인가의 문제는 시의 소재나 문제의식에 질감에 따라 시인이 선택할 고유한 몫이다. 다만 오늘날 흔히 쓰이는 알레고리의 기본적인 속성은 현실과 밀착되면서 유머와 위트가 곁들여진 날카로운 풍자의 정신이라고 요약된다는 점은 분명하다. 따라서 독자들은 현대시의 알레고리가 단순하게 평면적으로 드러나지 않고, 언어유희(pun)나 은유 등 다양한 기법을 빌어 나타나야 더 입체적이고도 풍부한 의미망을 거느린다는 사실에 유의해야 한다.

2) 모사풍유

앞에서 언급한 바와 같이 알레고리는 ‘확대된 은유’라고 우선 정의할 수 있는데, 그것은 표면적으로는 실제 대상과 풍자 대상 간의 동일한 요소들, 즉 통상적인 유사성의 이미지를 두루 갖추고 있기 때문이다. ‘모사풍유’는 실제의 사회·역사적 상황이나 대상의 특징을 있는 그대로 모사하는 방식을 취하면서 그 배후에 정신적·도덕적 관점에서 불합리한 세태나 부당한 인물을 비꼬면서 풍자하는 뚜렷한 이중 구조를 거느린다. 이때는 교시적 기능을 강조하는 '우화풍자'와는 달리 풍자 대상이나 세태에 대해 시퍼런 비판의 칼날을 들이대며 폭로하는 성격이 강하다. 한마디로 말하면, 구체적인 정황의 전개와 동시에 추상적 의미의 층이 그 배후에 동반되는 것이 어떤 알레고리 형태보다도 확실하고 명쾌하게 도드라지도록 꾸민 시가 '모사풍유'인 것이다. 예를 들어 "마스크에/ X자/ 벙어리 흉내인가/ 함구령 때문인가./ 글쎄/ 그걸 몰라/ 벙어리 흉내 같기도 하고/ 함구령 같기도 하고./ 모르긴/ 뭘 몰라/ X자 뒤엔/ Y가 있다는 뜻이지"(박진환, 「한보풀이 4」)란 짧은 시를 보면 쉽게 확인된다.

객관적인 입장에서 시적 화자는 비리로 얼룩진 당시의 '한보그룹 사태'를 진술하면서, 종국에는 '함구령'을 의미하는 'X자'를 통해 그들이 철저하게 은폐하려 했던 의도를 밝히고 있다. 즉 은폐의 상징인 'X자'가 오히려 진상을 드러낸 결정적 단서를 제공하고 있는 자가당착적인 국면을 까발린다. 한보 사건을 국회 청문회에서 다룰 당시 한보 대표는 'X자'가 새겨진 마스크를 쓰고 나왔는데, 그것을 우리는 무비판적으로 "함구령 때문"에 "벙어리 흉내"를 내고 있다고만 생각했으리라. 그러나 화자는 짐짓 모르는 체 능청을 떨다가 순간적인 기지를 발휘하여 마지막 행에 와서야 독자의 뒤통수를 치는 "X자 뒤엔/ Y가 있다는 뜻"이라고 극적 반전을 완성한다. 여기서 'Y'는 한보그룹 비리의 뒤(배후)엔 당시의 집권자였던 'YS'가 적극적으로 가담했다는 사실을 통렬하게 폭로하고 있는 셈이다. 이러한 풍자가 설득력을 얻는 데는 화자가 알파벳 순서에서 착안한 독특하면서도 아이러니한 상상적 유추에서 비롯된다. 따라서 인용 시는 한보의 배후엔 당시 집권자가 연루되었다는 사실을 세상을 향해 거침없이 비판하고 있는 '모사풍유'의 전형적인 구조를 보여 주고 있다.

걸프전 때도 그랬고

아프카니스탄 침공 때도 그랬다

사막에서 전쟁이 시작되면

콘돔 회사 주가가 껑충 뛰어오른다

사막에서 불어오는 모래막이용

총구 덮개로 콘돔이 힘을 쓰기 때문이다

주도면밀한 강간범처럼

벌겋게 달아오른 총열에 덮어 씌운 콘돔

드르륵 드르륵 교성을 지르며

총알은 단번에 콘돔을 찢고 튀어나가

모래 언덕 깊숙이 파고들어가 박힌다

무진장의 석유를 애액처럼 핥아댄다

CNN을 타고 생중계되는 미국식 포르노

바지를 까내린 점령군들 허여멀건 엉덩짝이 보이지 않도록

빙 둘러서서 망을 봐주고 있는 이십일 세기

뭔가 더 짜릿한 장면이 없나, 드르륵 드르륵

나는 충혈된 눈으로 밤새 채널을 돌린다

—손택수, 「콘돔 전쟁」 전문

손택수의 인용 시는 '사막'에서 발발한 '이라크전'이란 실제 사실을 "콘돔"
의 주가 폭등과 관련지어 아주 감각적으로 풍자한다. "강간범"이라는 성적
메타포를 거느리는 이 신랄한 '모사풍유' 속에는 미제국주의를 향한 서슬 퍼
런 비판의 칼날이 예비되어 있다. "걸프전"이나 "아프카니스탄 침공 때"와 마
찬가지로 화자는 사막에서 전쟁이 시작되면 "콘돔 회사 주가가 껑충 뛰어오
른다"는 점을 강조한다. 화자는 그것이 "사막에서 불어오는 모래막이용/ 총
구 덮개로 콘돔이 힘을 쓰기 때문"이라는 자본주의적 현실을 예거한다. 시의
화자는 주도면밀한 강간범으로 비유된 미제국주의자들의 철두철미한 욕망
(힘의 논리), 즉 악(惡)의 법칙을 "총열"과 동일화한다.

그들의 벌겋게 달아오른 "총열"(성기)에 악의 흔적이 남지 않도록 "콘돔"을
덮어씌운다는 인식에는 무서운 은폐의 욕망이 도사리고 있다. 잔인한 힘의

법칙에 우선하는 음험한 자본주의적 욕망을 조롱하는 시선이 깔려 있는 셈이다. 더구나 파열음을 내며 욕망은 "드르륵 드르륵" 한순간 콘돔을 찢고 교성을 지르며 튀어 나가는 무자비한 행태로써 표출된다. '테러와의 전쟁'이란 슬로건을 내건 전쟁은 명분에 불과하다는 사실을 단적으로 보여 주는 대목이다. 그들의 행위는 모래 언덕 깊숙이 틈입하여 "무진장의 석유를 애액처럼 핥아" 대는 강간범의 추행과 동일화된다. 그들이 전쟁을 일으킨 데는 유전을 독차지하기 위한 일환이었다는 사실을 부각하기 위한 풍자적인 성적 메타포인 셈이다. 전쟁이란 명분의 배후에는 음험하게 도사린 자본주의적 욕망과 폭력의 논리가 유착 관계를 맺고 있다는 사실을 밝혀내고 있는 것이다.

이 같은 현실은 "CNN을 타고 생중계되는 미국식 포르노"를 관람하는 일에 불과하다는 사실을 환기한다. 바야흐로 자본과 힘의 논리에서 따라 "바지를 까내린 점령군들 허여멀건 엉덩짝이 보이지 않도록" "빙 둘러서서 망을 봐 주"어야 하는 일이 약소민족들이 당면한 "이십일 세기"의 현실이기 때문이다. 인간이 욕망이란 야누스의 얼굴로 사는 한 누구나 "뭔가 더 짜릿한 장면이 없"는가를 기웃거리는 성도착증 환자와 다를 바 없다. 그렇다면 "드르륵 드르륵" 교성을 내며 "충혈된 눈으로 밤새 채널을 돌"리는 존재는 누구인가? 그것은 자본주의에 무방비적으로 노출된 채 욕망이란 악의 법칙에 따라 끝없는 욕망을 양산해 내는 존재가 또한 우리 자신이라는 쓰디쓴 전언을 내포한다.

> 저 개들은 이름이 없다
>
> 단체로 사육되는 개
>
> 숫자로서의 개
>
> 개별성이 없는 개일 뿐
>
> 정을 주지 않는 사육자
>
> 잡아먹거나 사육을 위한
>
> 비정함을 통한 유정함의 표시
>
> ……평등하게 사랑하기 위하여

라는 명분까지 달 수 있다면
그대는 출중한 DOG재자

개들은 늘 지랄이다
복종하고 싶어 죽겠어요
동료보다 더 큰 충성을 맹세하듯
꼬리에 엉덩일 매달아 흔드는 놈
긴 혓바닥 넥타이처럼 뽑아매는 놈
주인의 냄새만 맡아도 황송하다고
윤기 흐르는 코를 벌름거리는 놈
DOG재자는 흠흠한 웃음을 쳐발라준다
머리통을 쓰다듬고 지나가는 노예근성

—함민복, 「DOG재자」 부분

　상기 인용 시의 화자는 '독재자'의 '독'을 영문자인 "DOG"이라는 펀(pun)의 효과를 통해 표면적으로도 1980년대를 겨냥한 풍자의 구조를 전면에 내세우고 있다. 독재자는, 즉 'DOG在者'로서 '국민을 개로만 있도록 만드는 사육자'이며, '개'는 '어리석은 국민'의 모사풍유에 해당한다. 독재자의 목적에 의해 국민은 "개별성이 없"는 "숫자로서의 개"로서만 사육된다. 독재자에게는 국민이 "잡아먹거나 사육을 위한" 수단에 불과하므로 절대로 "정을 주지 않는 사육자"의 모습만을 지닐 뿐이다. 이러한 "비정함"을 "평등하게 사랑하기 위하여/ 라는 명분까지 달 수 있"는 자가 바로 독재자의 진면목인 것이다.
　이 시는 1차적으로 '독재자'를 "DOG"이란 말로 비하하면서 독재자들의 실체를 드러내지만, 이차적으로는 독재자들의 실체를 인식하지 못하는 어리석은 국민을 비판의 표적으로 삼고 있다. 더 나아가서는 "복종하고 싶어 죽겠"다며 "동료보다 더 큰 충성을 맹세하"며 "꼬리에 엉덩일 매달아 흔드는 놈/ 긴 혓바닥 넥타이처럼 뽑아매는 놈/ 주인의 냄새만 맡아도 황송하다고/ 윤기 흐르는 코를 벌름거리는 놈" 등 다양한 방식으로 아첨을 일삼는 자들을 향해 일갈하는 시적 화자의 비판의 칼날이 서늘하다. 흡사 개와도 같이 "노예근성"에 길든 자들은 현실의 부조리에 기생하면서 자신의 배불리기에만 급급한 것이 1980년대 우리의 현주소였다고 시의 화자는 폭로하고 있는 셈이다.

　　내 문장이 너무 길다고 한 평론가가 비판한다. 하지만 나는 아무런 답을 줄 수가 없다.

　　내 주어는 서술어를 찾아 길을 떠난다. 그러나 대문을 나선 명퇴자처럼 주어는 서술어를 찾지 못하고 서울역이나 탑골공원에서 어슬렁거린다. 그럭저럭 공짜 점심을 때우고 종로 거리에서 가게 안을 기웃거리다가 종삼공원에서 신문지처럼 떠돌며 노인들의 이런저런 과거를 훔쳐듣는다. 그러다보면 주어는 서술어를 잊어버리곤 한다.

　　한없이 긴 어둠의 끈을 따라 주어는 도로 집 대문 앞에 서고 만다. 그때서야 잊고 있었던 서술어를 찾으러 장롱 속을 뒤지지만 수많은 서술어에는 어미가 없다.

　　평론가의 비판을 누가 들을까봐. 나는 주어를 삼켜버린 채 이불을 둘러쓰고 생활을 돌아보지만 서술어가 맞지 않으니 하루가 정리될 리 없다.

　　그후로 나는 그 평론가를 어느 술집에서라도 만날까 두려워한다. 그리고 그 평론가가 없을 때에 나 혼자서 자위한다. 목적어나 보어가 단출하기만 했어도 결코 서술어를 잃어버리는 일은 없었을 거라고

—전기철, 「문장의 기력지」 전문

　　전기철은 알레고리를 자유자재로 구사하는 우리 시단의 대표적인 중견 시인으로 널리 알려져 있다. 인용 시에서도 그는 실제의 현실에서 겪은 체험을 직접 모사하는 방식을 취하면서 주체의 역할을 맡은 '주어'와 그것의 한 짝인 '서술어'가 분리되어 있는 병리적 의식의 한 단면을 예리하게 초점화하고 있다. 현대의 산업사회에 미만해 있는 주체 부재의 한 단면을 '모사풍유'의 형

태로 밀도 있게 부조해 내고 있는 것이다. 제도의 논리로 무장되어 있는 한 평론가(권력자)가 화자의 '문장'이 길다고 비판하는 데서 시 의식은 촉발된다. 문장이 길다는 것은 주어와 서술어와 어긋나 오류를 범할 수 있는 우리 문장의 특수성에서 착안된 것이리라. 따라서 '주어'는 '서술어'를 찾아 길을 떠나 "서울역", "탑골공원", "종로 거리", "종삼공원" 등을 배회하며 기웃거린다. 그러다가 오히려 일상의 황폐하고도 지리멸렬한 풍경에 마음이 사로잡혀 오히려 서술어를 잊어버리는 일이 발생한다. 화자는 주어로 대체된 자아가 "한없이 긴 어둠의 끈"을 따라 다시 "집 대문 앞에 서고" 마는 현실과 직면한다.

화자는 잠깐 잊고 있었던 '서술어'를 찾으러 다시 "장롱 속을 뒤"져 서술어를 찾지만, 거기에는 서술어의 원형과 다를 바 없는 "어미가 없다"는 사실에 봉착한다. 여기서의 '어미'는 근원적인 모성과 연관되는 인간의 본래적인 주체를 환기한다. 따라서 화자는 자기의 본래적 자아인 '주어'를 삼켜 버린 채 "이불을 둘러쓰고 생활을 돌아보지만 서술어가 맞지 않으니 하루가 정리될 리 없다"는 주체의 분열 의식과 조우한다. 그 후로 화자는 제도권의 권력자인 '평론가'를 만날까 봐 두려워하다가 '목적어'나 '보어'가 단출했다면 결코 '서술어'를 잃어버리는 일은 없었을 거라고 '자위'하는 시 의식으로 마무리된다. 주체이자 시인인 화자가 잊거나 잃어버린 것은 자아뿐만이 아니라 언어의 근원인 '어미(母)'까지라는 비극적 전언이다. 사회적 관점에서는 타자화된 부권의 결핍 문제나 모성 결핍의 문제를 제기하지만, 언어의 관점에서는 저자(주체)의 죽음을 상징하는 후기산업사회의 비극적인 시인의 위상을 '모사풍유'의 한 형태로써 삐딱하게 예각화하고 있는 것이다.

이와 같이 알레고리는 은유와 마찬가지로 형체가 있는 구체적인 대상을 이용하여 정신적·심리적·추상적인 지적 개념을 표현한다. 이것은 은유의 범위를 확대한 적용의 방식이기 때문에 풍부한 상상적 묘사로써 그런 결점을 보완해야 한다는 과제가 주어져 있기도 하다. 실제의 사실을 바탕으로 허구적인 상상력을 강조한 전기철의 「문장의 기력지」는 '주어'와 '서술어'라는 추상적 개념에 인간적 속성을 부여한다는 점에서, 손택수의 「콘돔 전쟁」은 '총기'

를 미제국주의자들의 '성기'로 변용한다는 점에서 정치적인 알레고리의 범주에 든다. 그러나 의인화한 사물의 정체가 '악덕'인지 '탐욕'인지 또는 '어떤 인물'인지를 항상 표면화한다는 의도에서 풍자의 효과는 배가된다. '모사풍유'는 어떤 것을 감추는 동시에 까발리는 아이러니한 기법적 태도를 지니고 있다. 시인이 위험을 무릅쓰고 과감하게 정치적 알레고리를 쓰려고 할 때는 사실을 위장하는 요소로써 자신을 보호하는 동시에 넌지시 암시된 매재를 통해 자신의 의도를 미학화하여 풍자적으로 드러내기 때문이다.

3) 원전인유

TV 광고를 보다가 보면 우리 민족만이 공감하고 감득할 수 있는 고유한 알레고리를 종종 접할 수 있다. 광고 속에 드러나는 전통적 알레고리는 우리에게 친숙한 소재이기 때문에 자연스럽게 시청자들을 사로잡는 해학적 태도로써 구현된다. 그렇다면 누구나 현대시에서 자주 읽기는 했지만 시인의 의도를 잘 잡아내지 못해 독자를 미궁에 빠뜨리는 알레고리의 정체는 무엇일까? 한 작품이 제시하는 구체적 사실을 어떤 고정된 정신적 의미(교훈 또는 철학 사상)로 인지하는 독자는 그 작품을 알레고리로 해석하는 태도를 보인다. 그러나 이와는 상대적으로 어떤 뚜렷한 사상이나 비판, 교훈을 목표로 삼아 한 인물의 행위에 접근하고자 하면, 그는 알레고리를 선호하는 시인이다. '원전인유'는 과거 어떤 특수한 문학작품의 구조나 문체와 제재, 과거의 역사적 장르는 물론 현대적인 광고 상품 매뉴얼 등 다양한 원전을 모방하는 형태를 모두 포함한다. 패러디는 이 유형의 대표적 형태인데, 이 유형은 현대시를 쓰는 일군의 젊은 시인들에 의해 자주 차용된다.

현대시에서 원전을 인유하는 경우 전통적인 고전 작품을 현대시에 적용해서 재현보다는 현실로 재해석하거나 해학적인 풍자에 목적을 두는 시가 대부분이다. 시에서 쓰이는 '원전인유'란 무엇보다도 원전의 의미와 문맥을 확대

하여 재생산하는 데 초점이 놓여 있다. 인유의 요소들이 애초에 놓였던 원래
의 문맥과 이것들이 인용된 새로운 시적 문맥의 이중성을 겨냥하기 때문이
다. 현대의 정신분석학과 신화학은 종래의 교훈주의와는 달리 문학을 무의
식의 작용 및 인간의 잠재적 신화의 표현으로 해석하는 경향을 보인다. 이것
도 작품을 표면과 심층의 양면성에서 다루는 만큼 알레고리식 해석이라 파
악된다. 그러나 아리스토텔레스의 미메시스 이론, 즉 모방이나 재현을 위한
태도는 범 인류가 약속한 것이 아니라 문화 집단이 느끼는 자연 발생적인 상
징이다. 이런 알레고리는 시뿐만 아니라 미술 작품, 영화, 광고 등에서 두루
적용되고 있는 현대적 표현 방식 중의 하나이다.

간날 갓적에, 토끼와 거북이가 달리기를 하기로, 한번은 언덕에서 또 한번은
강물에서, 그리고 가위 바위 보로 이긴 자가 정하는 데서

토끼는 언덕 위 꿀밤나무를 돌아 도토리를 주워서 돌아왔고, 거북이는 강물
을 헤엄쳐 갈대꽃을 꺾어 물고 돌아오다가, 물에 빠진 토끼를 건져와서, 마지막
가위 바위 보를 했으나 거북이가 졌으니, 달려볼 필요도 없이 2:1로 토끼가 이
긴 것, 합리적이고 공정한 게임 법칙으로 이긴 토끼는, 만세를 부르며 뽐내다
가 우연히 거북이를 봤는데, 거북이의 웃음은 자랑스러움에 틀림없었기에, 등
골이 오싹해진 토끼는 거북 앞에 무릎을 꿇고, 언제 어디서 누구한테도 오늘 경
기를 발설하지 않기로, 거북은 하는 수 없이 약속해주었으나, '발 없는 말이 천
리를 간다'고 소문은 퍼져

수없이 대물림하면서도 약속은 지켜져, 거북이는 여전히 비빙그레 웃고 살
고, 토끼도 굳게굳게 입다물고 살고 있어, 둘 다 숙녀의 가통(家統)을 이어가느
라 말(言)까지 버렸는데, 언제부턴지 '지는 것이 이기는 것'이라는 격언 하나가
생겼답니다.

—유안진, 「숙녀의 조건」 전문

　　상기 인용 시는 '전래 동화 「토끼와 거북」을 고쳐 쓰다'란 부제를 붙여 명확하게 '원전인유'의 속성과 특질을 대변하고 있다. 부제에서도 언급했듯이 전래 동화인 토끼와 거북의 이야기를 고치고 변용하면서 '숙녀의 조건'에 대한 교시적 의도를 담고 있다. 게임의 법칙은 '달리기'였는데, 한 번은 '언덕'에서 했고, 다른 한 번은 '강물'에서 하기로 했다. 물론 언덕에서는 토끼가 이겼을 것이고, 강물에서는 거북이가 이겼을 것이란 유추는 당연하다. 그런데 문제는 강물에서 벌어진 달리기에서 "물에 빠진 토끼"를 발견한 거북이가 토끼를 건져 오는 예기치 않은 사태와 직면한다. 그래도 게임은 게임인지라 1:1인 상황에서 마지막 가위바위보를 했는데, 여기서는 토끼가 이기고 만다. 그러니 누가 뭐라 해도 게임의 공정한 룰에서 토끼가 이긴 것이다. 그런데도 거북은 시무룩하기는커녕 오히려 "자랑스러움에 틀림없"는 눈짓으로 웃고 있는 게 아닌가. 거기서 등골이 오싹해진 토끼가 "거북 앞에 무릎을 꿇고" 오늘 일을 "언제 어디서 누구한테도 오늘 경기를 발설"하지 말아 달라고 간곡히 부탁하기에 이른다.

　　그러나 화자가 '발 없는 말이 천리를 간다'고 했듯이 소문은 은밀하게 널리 퍼졌던 것이다. 수없이 대물림하는 세월이 흐르는 동안에도 그 약속은 정확하게 지켜졌지만, 거북은 여전히 그때가 떠올라 "비빙그레 웃고 살고" 있고 토끼는 부끄러워 "굳게굳게 입다물고 살고 있"다고 화자는 넌지시 전언체 형식으로 말한다. 화자는 그것이 바로 "숙녀의 가통"을 이어 온 내력이자 조건이라고 단언하는 것이다. 그렇다면 "언제부턴지 '지는 것이 이기는 것'이라는 격언 하나가 생겼"다고 진술하는 화자의 저의는 무엇일까? 그것은 현실에서 게임의 법칙에 따라 행하지 않거나 함부로 말을 바꾸는 우리 시대의 일그러진 자화상을 보여 주기 위한 일환으로 해석된다. 따라서 인용 시는 비판적 성격보다는 '지는 것이 이기는 것', 즉 합리적이고도 공정한 게임의 룰보다는 인간적인 감성에 무게의 비중을 둔다는 사실이다. 이는 화자가 토끼의 목숨을 건져 준 행위가 게임이라는 이성의 법칙보다 우위에 두려는 인식을 통해 삶의 지혜를 보여 주는 데 초점이 있기 때문이다.

—오규원, 「프란츠 카프카」 전문

인용한 시는 이미 '메뉴'가 지시하는 대로 원전이 메뉴판의 형식을 그대로 차용하고 있어 주목된다. 그 메뉴에 따르자면 시인 작가들이 모두 상품명으로 전락되어 있다. 말하자면, 커피전문점에서 파는 차의 이름으로 전위되어 철저하게 교환가치로 수치화되어 있는 것이다. 현대 자본주의 사회에서의 단순 기호로써 소비의 대상으로 변질된 상품의 형식인 것이다. 이와 같은 현실을 몰각하고 삶의 진정성이 담긴 시를 쓰겠다는 것은 화자의 지적처럼 미친

짓과 다를 바 없다. 그러나 이와 같은 행위가 미친 짓으로 도드라져 보이게 하는 것이 바로 메뉴판 형식일 것이다. 곧 규격화되고 일상화된 표현 양식의 하나인 메뉴판이 시 작품 속에 이동하면서 시 자체가 낯선 형식으로 뒤바뀐다는 점이다. 시적 통념의 틀을 깨뜨려 버리며 시 자체를 새롭게 인식하도록 유도하고 있는 특별한 방식이다.

일찍이 아도르노(T. Adorno)는 아방가르드 예술의 탈미학화를 기존 사회에서의 순응과 화해에 저항하는 것으로 설명한 바 있다. 그의 이러한 설명이 아니더라도 탈형식의 형식화는 기존의 사회적·문화적 이데올로기를 부각하면서 희화화하는 특수성을 지닌다. 「프란츠 카프카」의 경우 역시 자본의 논리 속에 문학적 형식조차도 상품으로 전락하고 마는 우리 사회의 공적인 이데올로기를 향해 신랄한 조롱의 눈짓을 던지고 있는 것이다. 곧, 시 형식을 낯설게 함으로써 정치적 억압과 물신 사회 공간 속에서 위축된 문학의 진정성이 무엇인가를 새롭게 환기해 주는 것이다. 이 시는 일상의 표현 양식, 혹은 기성 표현의 틀을 활용하여 규범화된 시 형식을 낯설게 해체하는 효과를 거두고 있다. 그러면 이처럼 기능을 달리하는 언어의 사용으로 나가는 이유는 무엇인가.

실제로 시 속에 '기성품'을 그대로 따오는 현상에 대해 오규원은 「인용적 묘사와 대상」이란 글에서 다음과 같이 말한다. 그에 의하면 기성품을 작품 문맥 속에 그대로 들여오는 것은 일종의 관념 예술의 창조라는 것이다. 여기서 관념 예술이란 기성품이 실용 공간에서 예술 공간으로 이동하는 과정에서 발생하는 관념적 행위를 바탕으로 하는 모든 미학적 행위를 지칭한다. 다시 말해서 한 대상이 기존의 실용성이나 일상 의미를 상실하고 새로운 심미적 대상으로 대체되는 과정을 의미한다. 유안진의 「숙녀의 조건」이 전래 동화라는 원전을 고쳐 쓰면서 아름다운 삶의 지평을 제시하는 교시적 의도를 담고 있다면, 오규원의 「프란츠 카프카」는 위대한 시인이나 작가들을 커피숍의 메뉴판에 올려 가격을 매겨 놓으면서 자연스럽게 풍자적 의도를 현실화하고 있다. 따라서 '원전인유'란 작품 내부에 이동한 기성품은 기존의 일상 의미를 박탈당하고 그 대신 낯선 새로운 의미를 얻는 특질을 지닌다. 기성품, 혹은 일상의 실용적 문맥을 벗어나 낯선 새로운 문맥 속에 삽입되는 일은 새로운 현실의 창조라고도 말할 수 있기 때문이다.

6

모순 관계로서의 역설

1. 역설의 개념

역설(逆說)은 그리스어 'paradoxos'에서 나온 말로서, '넘어서(beyond, over, wrong)'를 뜻하는 'para'와 '의견(dogma, opinion)'을 뜻하는 'doxos'가 결합되어 생긴 말이다. 일반적으로 역설은 외연적 언표로는 불합리한 모순성을 띠지만, 실제 의미상으로는 진리를 내포한 진술을 표방한다. 본래 역설은 수사법의 하나로서 독자들에게 감각적인 경이감 내지 충격을 주기 위해 사용된 형식이다. 물론 역설이 수사법 차원에서만 현대시에 적용되는 경우도 있지만, 그보다는 참된 진리를 발견하고 현현하는 방법의 하나로서 인식하는 경향이 농후하다. 본래 종교나 철학에서는 논리적 차원을 벗어난 모순 속에 내포된 진리를 제시하는 형식으로 쓰였던 언술이다. 이러한 형식적 측면에서 역설은 아이러니와 자주 혼선을 빚는데, 이 두 가지 기법에는 두드러진 공통점과 차이점이 있다.

역설은 언뜻 보면 일리가 있고 논리적으로 타당성이 있는 것처럼 생각되지만, 분명하게 모순되거나 그릇된 결론을 이끌어 내는 논증이나 사고 실험 등을 일컫는다. 따라서 역리(逆理) 또는 배리(背理) 등으로 번역되기도 한다. 환언하면 형식적으로는 불합리한 속성을 보이지만 실제로는 합당한 의미를 지니는 시적 진술을 말한다. 역설은 시의 표면적 진술과 그것이 가리키는 내적 의미 사이에 괴리감을 발견하는 모순의 간극을 겨냥한다. 표면적 의미와 상충되는 가치를 시적 내용으로 하는 역설은 그 간극이 야기하는 의미론적 긴장 속에서 문학적 가치를 창조해 내는 시적 방법론이다. 역설은 표면적인 진술과 그것이 암시하는 내적인 의미 사이에 모순이 있다는 점에서 아이러니와 유사하다. 역설과 아이러니는 모두 표면의 차이와 내면의 의미가 서로 상이하다는 점에서는 공통되지만 아이러니는 본질적 의도를 거꾸로 표현한다. 따라서 아이러니가 그 표현 자체에는 모순이 없는 데 반해 역설은 그 표현 자체에 모순을 수반한다는 점에서 차별된다.

이와 같이 아이러니와 역설은 상반되는 상호 이질적인 가치들을 추구한다는 점에서 동일한 개념으로 취급된다. 세계와 인간의 삶에 동시적으로 공존하는 모순이나 부조리를 발견한다는 측면에서는 동일하다는 것이다. 그러나 아이러니와 역설은 세계와 삶을 해석하여 드러내는 방식에서는 차별성을 보인다. 아이러니가 세계를 언술화하는 데 반어적 진술 방식을 취하는 반면에, 역설은 모순된 진술 방식을 취한다는 점이다. 이 같은 역설의 언술 형식은 그 논리적인 모순을 외부로 표출한다는 점에서 직접적이고 명료한 것이라면, 아이러니는 외부적으로는 정당한 언술 구조이기 때문에 그만큼 간접적이면서도 모호하다는 특징이 있다. 이런 까닭에 아이러니는 역설보다 더 넓은 수사적 차원과 의미의 영역을 지니고 있기 때문에 학자들에 따라서는 아이러니의 하위 범주로 역설을 두는 경향이 우세하다.

2. 역설의 유형

1) 통사의 역설

역설은 명백한 자가당착이거나 이율배반적으로 보이는 한 짝의 관념이나 언어, 또는 이미지나 태도 등을 시인이 직접 문제 삼아 제시할 때 발생한다. 역설은 단순히 재치 있는 언어가 아니라 모순된 세계를 드러내는 데 가장 효과적인 인식 방법이다. '통사의 역설'이란 문장을 구성하는 요소의 결합·배열과 요소 상호 간의 관계가 문법을 파기하는 형태로 시작 의도를 현실화하는 방식을 의미한다. 모순어법은 일상 언어 용법에서는 모순되는 두 용어의 결합 형태, 곧 수식어와 피수식어 사이의 모순으로 나타나는 형태를 의미한다. 브룩스와 워렌도 그들의 저서 『시의 이해』에서 "패러독스(paradox)는 표면상 모순되는 것처럼 보이지만 진실의 요소를 포함하고 있는 진술로 설명한다. 진술의 형태와 실제적인 함축 사이에 대조적 요소가 있기 때문에 역설은 아이러니(irony)와 밀접하게 연관된다"는 점을 강조한다. 또한 백손(K.

Beckson)과 간즈(A. Ganz)의 『문학용어사전』에서 "패러독스는 자기 모순되는 것 같지만 표현상의 반대와 화해하는 진실의 터전을 포함하고 있는 진술이다"라고 역설의 의미를 밝히는 것도 동일한 맥락이다.

이와 같이 역설은 시에서 부분적으로 나타나기도 하고 시 전편에 나타날 수도 있다. 전자가 '통사의 역설'이라면 후자는 '상황의 역설'이라 명명된다. 예를 들어 "술 취해 집을 뛰쳐나간 아버지와/ 전화통 붙잡고 싸운 날/ 회사에선 시말서를 쓴다// 공교로운 것이 아니라 그게 사는 거다/ 때맞춰 창밖 남산에 눈이 내리거나/ 옛 여인이 오랜만에 예수 믿으라는 전화를 걸어온다면/ 판단 안 서는 그 상황은 차라리 아름답다"(허연, 「사는 일」 부분)는 시에서 마지막 행은 통사 구조가 해체된 역설에 해당한다. 이 부분의 역설은 시 전체를 관류하는 모순의 상황이라기보다는 시적 화자의 황폐한 내면 관념을 더욱 극대화하거나 응집하기 위한 보족적인 역할을 수행할 뿐이다. 따라서 '통사의 역설'이란 모순어법을 통해 일상 언어의 용법에서는 부조리한 두 용어의 결합, 즉 수식어와 피수식어 사이의 모순이다. 인용 시에서도 판단이 서지 않는 그 상황이 차라리 아름답다고 모순된 국면으로 표현하면서 화자의 적실한 상황, 즉 시적 화자가 내몰린 지리멸렬한 일상의 위기 상황이란 주제 의식을 더 강화하는 부차적인 기능을 수행하고 있기 때문이다.

먼 후일 당신이 찾으시면
그때에 내 말이 "잊었노라"

당신이 속으로 나무라면
"무척 그리다가 잊었노라"

그래도 당신이 나무라면
"믿기지 않아서 잊었노라"

> 오늘도 어제도 아니 잊고
> 먼 후일 그때에 "잊었노라"

—김소월, 「먼 후일」 전문

소월의 시는 실상 현대시에서 중시하는 감각적인 이미지나 독자의 신선한 의식을 자극하거나 환기하는 시적인 은유는 찾아보기 힘들다. 그런데도 소월의 시가 두루 평가 받을 수 있는 것은 운율감보다는 시를 구성하는 그리움의 정서가 모순의 구조나 통사의 해체로써 빚어지는 미묘한 갈등의 효과 때문일 것이다. 소월의 시는 대부분 모순을 통한 정서의 갈등 요소가 시적 의미를 생산하는 특징을 지니고 있다. 인용 시에서도 시의 화자는 "먼 후일"과 "잊었노라"의 통사적인 모순 구조를 전제로 시를 이끌어 나간다. "먼 후일"이라는 미래 시제가 "잊었노라"는 과거 시제와 만나는 간극의 지점을 주체와 객체의 거리로써 표상하고 있는 것이다. 이 역설적 거리는 소월 시의 정서를 구성하는 기본 원리이자 시적 장치가 된다. 소월 시에서 역설의 거리는 그리움의 소유자인 주체와 그 그리움을 지양하는 객체(당신), 즉 현재에서는 합일할 수 없는 화자(주체)와 당신(객체) 사이의 거리이다.

인용 시에서도 화자는 "오늘도 어제도 아니 잊고/ 먼 후일 그때에 "잊었노라""고 가정하는 비극적 미래태로서 '당신'에게 집착하는 의식의 딜레마에 빠진 모습으로 현존한다. 여기에서 화자는 인간의 외로움이란 결국 해소되지 못한 채 존재의 부재라는 갈등의 양면으로써만 극화된다는 사실을 실증하고 있다. 화자가 '당신'에게서 벗어날 수 없는 의식의 국면을 미래를 상정하여 귀납하는 것은 일차적으로 그리움의 정서는 좌절과 미련, 그리고 원망과 자책이 보여 주는 갈등에 있지만, 다음 단계에서는 인간 존재의 불완전성을 극복하려는 이차적인 의미망 형성에 기여하고 있다는 사실이다. 즉 이차적인 역설의 거리는 객체(당신)를 초월하여 궁극의 세계에 도달할 수 없다는 생의 불완전성이야말로 삶의 근원적 조건의 하나라는 사실을 깨달은 데서 기인된다. 그 결과 소월의 시는 일차적으로 연시(戀詩)이고, 이차적으로는 존재 탐구의 시가 된다는 점에 주목해야 한다. 이와 같은 통사 구조의 해체는 소월 시 전체를 관통하는 질서로서 자아와 타자의 실체 인식을 통해 인간 존재의 유한성을 극대화하기 위한 시적 전략으로 수렴되기 때문이다.

여상을 졸업하고 더듬이가 긴 곤충들과 아현동 산동네에서 살았다 고아는 아니었지만 고아 같았다 사무원으로 산다는 건 한 달치의 방과 한 달치의 쌀이었다 그렇게 꽃다운 청춘을 팔면서 살았다 꽃다운 청춘을 팔면서도 슬프지 않았다 가끔 대학생이 된 친구들을 만나면 말을 더듬었지만 등록금이 없어 학교에 가지 못하던 날들은 이미 과거였다 고아는 아니었지만 고아 같았다 비키니 옷장 속에서 더듬이가 긴 곤충들이 출몰할 때도 말을 더듬었다 우우, 우, 우 일요일엔 산 아래 아현동 시장에서 혼자 순대국밥을 먹었다 순대국밥 아주머니는 왜 혼자냐고 한 번도 묻지 않았다 그래서 고마웠다 고아는 아니었지만 고아 같았다 여상을 졸업하고 높은 빌딩으로 출근했지만 높은 건 내가 아니었다 높은 건 내가 아니라는 걸 깨닫는 데 꽃다운 청춘을 바쳤다 억울하진 않았다 불 꺼진 방에서 더듬이가 긴 곤충들이 나 대신 잘 살고 있었다 빛을 싫어하는 것 빼곤 더듬이가 긴 곤충들은 나와 비슷했다 가족은 아니었지만 가족 같았다 불 꺼진 방 번개탄을 피울 때마다 눈이 시렸다 가끔 70년대처럼 연탄가스 중독으로 죽고 싶었지만 더듬더듬 더듬이가 긴 곤충들이 내 이마를 더듬었다 우우, 우, 우 가족은 아니었지만 가족 같았다 꽃다운 청춘이었지만 벌레 같았다 벌레가 된 사내를 아현동 헌책방에서 만난 건 생의 꼭 한 번은 있다는 행운 같았다 그 후로 나는 더듬이가 긴 곤충들과 진짜 가족이 되었다 꽃다운 청춘을 바쳐 벌레가 되었다 불 꺼진 방에서 우우, 우, 우 거짓말을 타전하기 시작했다
—안현미, 「거짓말을 타전하다」 전문

인용 시는 시적 화자의 신산스럽고 빈곤에 허덕이던 '젊은 날의 초상'을 통사적인 모순 관계를 반복하는 방식으로 가시화하고 있다. 여기에는 "여상", "산동네", "등록금", "비키니 옷장", "순대국밥", "번개탄", "연탄가스 중독",

"헌책방" 따위로 환기하는 1990년대이면서도 곤궁의 악순환에 몸서리치던 1970년대적인 살풍경이 겹쳐 있다. 거기에는 "고아는 아니었지만 고아 같았다"는 구절로 유추할 수 있는 고통의 편린과 가난, 그리고 짙은 존재론적 고독이 깔려 있다. 시의 화자가 "고아는 아니었지만 고아 같았다", "가족은 아니었지만 가족 같았다"라고 통사를 해체하여 반복적으로 언급할 때, '-이 었지만'이란 역접의 관계로 앞 문장은 뒤의 문장에 의해 모순을 동반하며 행간의 서사 구조를 파기하는 특징적인 구조를 선보이고 있다. "높은 빌딩으로 출근했지만 높은 건 내가 아니었다", "죽고 싶었지만 더듬더듬 더듬이가 긴 곤충들이 내 이마를 더듬었다"라고 발설할 때조차 앞 문장은 뒤의 문장에서 인과관계의 결구를 맺지 않는다는 점이다.

나아가 시적 화자가 "꽃다운 청춘이었지만 벌레 같았다"라고 변주할 때에도 여전히 앞 문장은 뒤의 문장과의 절연감을 배가하는 기능을 담당한다. 이렇게 앞과 뒤는 가파르게 반전을 거듭하지만, 형식적으로는 동어반복만을 되풀이하고 있을 뿐이다. 리듬감은 여기서 살아나 점점 더 궁기 어린 현장감을 속도감 있는 필치로 그려 나간다. 더구나 시적 화자에게 '거짓말'은 '시'나 '진실'의 다른 이름이다. 그것은 현실을 극복해 나가는 시적 화자의 건강한 세계 인식의 또 다른 이름이라는 점에서 일종의 아이러니를 동반한다. 그러므로 "거짓말을 타전하다"라는 말은 진실한 시나 진정성 있는 삶을 얻고 싶다는 시적 화자의 강렬한 외침이자 자기 확인의 과정이다. 그런데, 나를 울게 하고 결국은 가족이 되는, "더듬이가 긴 곤충들"이란 무엇에 대한 은유일까? 그것은 불우한 시대의 음지에서 겪은 질곡의 서사를 어떤 형식으로든 감내해야만 했던 시적 자아의 투사체로서 끊임없이 삶과 시의 근원적인 동력으로 작동하는 기제와 다를 바 없다.

2) 상황의 역설

흔히 역설은 아이러니와 혼동하여 사용하기도 하는데, 이 둘을 혼동하는 것은 둘 다 이율배반적 언술을 통한 진리의 발견이란 구조적 동질성에서 기인된다. 이 두 개념은 서로 상반되는 모순을 내포하는 복잡성을 지니고 있기 때문에 현대시의 미적 가치에 부응한다. 그러나 아이러니의 경우 진술 자체에는 모순이 없으나 진술된 언어와 이것이 제시하는 대상이나 숨겨진 의미 사이에서 모순이 발생하는 반면, 역설은 진술 자체에 모순이 생긴다는 차이에 의해 비슷하면서도 다른 형식의 틀로 구분된다. 앞 장에서 살핀 '통사의 역설'이 부분적으로 기능하는 장치라면, '상황의 역설'이란 전체적인 시적 상황이나 현상이 어떤 일반화된 관점이라는 보편화된 준거의 틀을 깨면서 진리를 구현하는 방식으로 정의할 수 있다. '상황의 역설'은 종교적 진리와 같이 신비스럽고 초월적인 진리를 나타낼 때도 주로 차용되는 방식으로서 가장 널리 알려진 역설의 전형적인 형태에 해당한다.

예를 들어 '도가도비상도(道可道非常道)'와 같은 『도덕경』의 진술이나, 만해의 시에 흔히 나타나는 표현법이 대표적인 경우에 속한다. 동양 사상에서는 초월적 존재나 선의 경지, 나아가 종교적 진리는 상징이나 역설로밖에 표현될 수 없다는 것은 주지의 사실로 인지하기 때문이다. '상황의 역설'은 시행에 나타나는 시의 한 연이나 행 등 부차적으로 작용하는 역설인 통사적 역설과는 달리 시의 전체 구조에 긴밀하게 작용하는 역설의 방식을 일컫는다. 상황의 역설은 진술 자체가 앞뒤 모순되는 것이 아니라 화자의 진술과 이것이 가리키는 상황 사이에 명백한 모순을 노정하는 경우에 해당된다. 물론 이 모순은 모순으로 끝나는 것이 아니라 진리를 함축하고 있다는 사실이 중시된다. 만약 우리가 조금이라도 관심을 가지고 눈여겨본다면 우리는 인생 도처에서 수많은 모순과 직면하게 될 것이다. 즉, 모순이 진리를 인식하고 진리를 드러내는 수단이라기보다는 모순 그 자체가 진리가 되는 경우가 허다하기 때문이다.

술안주로 먹으려고 사온 조개를

수돗물에 담그자

그것들 일제히 입을 다문다

몸 밖은 죽음

제 안의 어둠을 파먹으며

이승의 삶을 잠시 버티는, 그

불에 닿자 퍽 소리를 내며

다 놓아 버리는

온몸을 환히 열어 보이는

악착같이 잡고 있던 것이

生이라는 암흑이었구나

—이대흠, 「환한 죽음」 전문

시적인 것의 정수가 역설이라면, 바로 이대흠의 인용 시는 그에 걸맞은 탁월한 성취에 해당한다. 인용 시는 조개가 생래적으로 다가오는 외부적 충격에 자신을 보호하기 위해 입을 꼭 다무는 정황을 제시한다. 나아가 시의 화자는 불에 닿아 "퍽 소리를 내며/ 다 놓아 버리"고 "온몸을 환히 열어 보이는" 모순된 순간이 광명에 닿은 순간이 아니라는 역설적 사실을 발견한다. 따라서 화자는 '암흑'이라는 어처구니없는 실존적 조건이 바로 우리 인간이 처한 상황이라는 깨달음을 얻는 데 성공하고 있다. 조개의 입장에서 볼 때, 이 같은 상황은 슬프게도 '죽음'이라는 '암흑'에 저항하기 위해 필요한 것이 정작 빛이 아니라 "生이라는 암흑이었"다는 사실의 발견이다.

이러한 면은 바로 "몸 밖은 죽음"이라는 조개의 삶과 죽음의 이면을 들여다보는 섬세한 통찰의 힘에서 비롯된다. 조개와 마찬가지로 인간도 누구나 "제 안의 어둠을 파먹으"며 "이승의 삶을 잠시 버티"는 존재가 아니던가. 이와 같이 '상황의 역설'은 인간에게 세계와 인생의 서로 다른 여러 가지 국면을 깨닫게 하는 동인을 부여한다. 시의 화자는 인간과 삶의 다양한 양상을 동시에 바라보다가 그 특유의 직관력으로 "환한 죽음"이라는 모순된 정황을 발견한 것이다. 시적 대상을 즉물적 차원에서 인식하지 않고 그것의 존재 의미를 감지하려고 하는 이 같은 태도는 가히 우주와 인생에 내재하는 근본적인 모순을 인지하고 통찰하려는 세계 해석의 소산이라 할 만하다.

> 힘 빼기 연습이다
> 네트 가까이에 떨어지는 공을 되받아 쳐야 되는 그 순간 모았던 힘을
> 건듯 놓기 위한
>
> 제 무게, 몇 곱절의 힘을 디딤발에 실어 정곡을 찌르는 스매싱보다
> 앞머리 살짝 눌러 머리핀 꽂는 이 손놀림의 작전은
> 허허실실(虛虛實實)
>
> 몇 겹의 쇠사슬로 서로를 동여매고도 믿기지 않아 발 동동 굴렀던
> 내, 사랑도 그랬다
> 가끔은 힘을 놓는 것이 가장 강한 고리였을
>
> 힘껏 공을 멀리 보내거나
> 수비의 조건 훤히 드러나는 공격보다 정교한, 힘 살짝 놓기를
> 몸에 새기는 중이다
>
> —조영심, 「헤어핀 레슨」 전문

　조영심의 시도 배드민턴 경기라는 개별적 사실에서 인간사에 편재하는 모

순을 통찰하는 상황의 역설을 보여 준다. 화자가 배드민턴 레슨을 받다가 '헤어핀'이란 특성에서 발견한 진실이다. 여기서 '헤어핀'이란 배드민턴 경기를 할 때 스매싱하는 척하면서 셔틀콕을 상대편 네트 앞쪽으로 살짝 넘기는 고난도 기술이다. '약한 힘으로 상대의 정곡을 찌른다'는 이 공식은 이 시를 지배하는 조건으로서 사랑의 진리를 현현하는 데 긴요한 역할을 담당한다. 그간 화자의 사랑이란 고작 "몇 겹의 쇠사슬로 서로를 동여매고도 믿기지 않아 발 동동 굴렀던" 스매싱 형식에 불과했던 것이다. 따라서 화자는 이제 "모았던 힘을/ 건듯 놓기 위한" "힘 빼기 연습"에 몰입하고 있다.

시의 화자는 "머리핀 꽃는 이 손놀림의 작전은/ 허허실실(虛虛實實)"과 동일한 맥락을 형성하여 가끔은 "힘을 놓는 것이 가장 강한 고리"였다는 사실을 발견한다. 따라서 화자는 "수비의 조건 훤히 드러나는 공격보다 정교한, 힘 살짝 놓기를/ 몸에 새기는 중"인 것이다. 기존의 고정관념을 뒤집는 상황의 역설은 무엇보다도 '머리에 꽂아 주는 핀'과 '상대의 허를 찌르는 공격'이라는 이중의 의미망을 형성하는 데 기여한다. 기실 사랑이란 어떤 값비싼 선물보다도 머리에 핀 하나 꽂아 주는 일에 더 감동하지 않았던가. 따라서 '헤어핀'은 기존의 이성의 법칙과 감성의 법칙은 서로 이율배반적 관계라는 사실을 환기하기 위해 화자가 차용한 심리적 기제에 해당한다.

나는 밤마다 침대 위에서
아내와 함께 이불을 덮고 잔다
나는 때때로 이불이 귀찮아서
걷어찰 때도 있지만
날씨가 추울 때 아내는
이불을 혼자 끌어다 덮는다
그럴 때 나는 허공을 휘젓다가
붙잡히는 것 아무거나
가령 노자의 도(道)와 같이

휘저어도 잡히지 않는 어떤 것을

대충 덮고 잔다

그리고 감기에 걸린다

―박남희, 「이불(二不)」 전문

박남희의 인용 시는 장식적 수사 없이도 시의 속살을 열어 보이는 역설의 매력이 돋보이는 가편이다. 시의 화자는 밤마다 아내와 함께 침대에서 이불을 덮고 자는데, 그 이불이 다름 아닌 '이불(二不)'이다. 여기가 바로 무기교의 기교라 불릴 만한 시의 묘미가 배가되는 부분이다. 인용 시에서 글자를 뒤집어 이불로 변용한 '불이(不二)'란 뜻은 중생과 부처가 둘이 아니요, 세속과 부처의 세계가 둘이 아니며, 선악(善惡), 유무(有無), 깨끗함과 더러움 등등 상대적 개념에 대한 모든 대상이 둘이 아니라는 의미다. 이 불이사상(不二思想) 속에 담겨진 불교의 진리는 매우 미묘한 법문을 간직하고 있다. 시적 화자는 "때때로 이불이 귀찮아서/ 걷어찰 때도 있지만/ 날씨가 추울 때 아내는/ 이불을 혼자 끌어다 덮는다"는 상황에서 아내와 남편의 관계가 얼마나 무의식적으로 '하나이면서 둘'로 분리되는가에 대한 상황을 희화화하여 보여 주고 있다.

불이(不二)란 둘이 아니고 나누어지지 않았으며, 다르지 않다는 말로 간명하게 정리할 수 있다. 이 시에서 화자가 인식한 아내와 남편의 관계는 어떤 관계일까? 하나라는 말은 또 하나를 보태서 둘이 되는 하나가 아니라 전체, 즉 그것밖에 없고 상대되는 것이 없다는 의미에서 하나라는 의미와 상통한다. 화자가 "허공을 휘젓다가/ 붙잡히는 것 아무거나/ 가령 노자의 도(道)와 같이/ 휘저어도 잡히지 않는 어떤 것을/ 대충 덮고 잔다"고 말할 때, 노자의 '도(道)'의 개념과 유사한 측면이 발견된다. 즉, 범박하게 말하면 노자의 도란 모든 존재의 근원, 우주를 생멸의 법칙, 인류 행위의 준거 등을 내포하는 개념이기 때문이다. 노자가 이 도를 '무(無)'라고 명명하기도 하면서 '천하 만물은 유(有)에서 나오고, 유(有)는 무(無)에서 나온다'고 역설적으로 말한 의도를 가늠할 수 있는 지점이다. 누구나 자다가 한기를 느껴 이불을 덮기 위해 휘젓는

헛손질을 상상해 보면 어떨까?

　인용 시는 화자가 모든 존재의 본질, 만물의 본질인 어떤 근원을 붙잡으려는 무의식적인 손짓을 생생하게 재현하고 있어 관심을 환기한다. 그러나 대다수 인간들은 그 사실조차 모른 채 손만을 휘젓다가 대충, 어쩌면 아무것도 덮지 않은 채 자다가 "감기에 걸"리는 게 우리들 인생이라는 쓰디쓴 전언을 남긴다. 마지막 결구가 지극히 사실적인 표현으로써 삶의 본질을 깨닫지 못하고 살아가는 인간의 우매한 의식을 환기하는 데 초점을 맞춘 것도 다 그 때문이다. 이와 같은 '상황의 역설'은 서로 모순되는 개념이나 정황들을 통해 그 표면적 의미의 배후에 내재하는 진리를 드러내기 때문에 선뜻 이해하기가 어렵다. 그러나 그 속에는 시인이 깨달은 참된 세계가 담겨 있다는 점에서 과학적 이성이 도달할 수 없는 형이상학적 진리를 내포하는 특질까지 거느린다.

3) 해학의 역설

　해학은 익살스럽고도 품위가 있는 말로서 사회 또는 개인의 악덕이나 모순, 어리석음 따위를 비웃음, 기지(wit), 조롱(ridicule), 반어(irony), 익살스러운 모방 등의 기교를 동원하여 교시적 의도를 실현하는 시의 형식이다. 해학이라는 뜻은 협의적으로는 개인의 잘못이나 또는 사회·정치적으로 모순된 현실과 풍조, 인간 생활의 악폐·불합리·허위 등에 가해지는 기지 넘치는 연민의 정서를 내포한 표현 방법 중의 하나이다. 넓게는 인간 사회의 어리석음이나 불합리, 사악한 악덕에 대한 문제를 주축으로 하는 해학의 형식도 예술성을 그 고유의 영역으로 삼고 있다. 현대시 고유의 영역인 언어 미학은 재미와 교훈성을 동시에 아우를 때만이 도달할 수 있는 가치 체계란 사실이다. 그러나 미적 가치를 추구하는 것은 시대와 사회의 변화에 탄력적으로 적응해야 한다는 과제도 안고 있다.

　시의 미적 형식은 크게 시대적 관념에 부합하는 측면에서 우아미와 숭고

미, 비장미, 골계미로 구분된다. 무엇보다도 시에서 골계미를 드러내게 해 주는 것은 풍자와 해학이라고 볼 수 있다. 해학은 완곡하고 관용적이며 소극적 자세로 현실을 직시하면서 명랑하고 청신한 분위기를 유발하는 특징을 지닌다. 해학의 미의식은 대립과 갈등의 구조가 화합의 구조로 승화되면서 표출된다. 해학은 풍자에 비하여 교훈적이고 인간적인 면이 함의되어 있다는 면에서 차별성을 띤다. 해학은 성격적 또는 기질적인 것이며 태도, 동작, 표정, 말씨 등에 광범위하게 나타나 인간에 대한 선의로써 그 약점이나 실수를 부드럽게 위무하며 어루만지는 공감적인 태도를 지향한다. 위트가 순수하게 지적(知的) 능력인 데 반해 해학이나 유머는 그 대상에 동정을 수반하는 성격이 강하다.

이 같은 관점에서 착안된 '해학의 역설'이란 개인의 악폐나 사회·정치적 불합리한 현실과 풍조 등에서 모순된 정황을 포착하여 인간이 지닌 양가적 감정을 환기하면서 교시적 의도를 현실화하는 데 초점을 모으는 방식이다. 이 경우 상대를 긍휼히 여기는 정서적인 작용을 포함하기 때문에 그만큼 인간이 지닌 숙명적인 슬픔을 환기하는 데 특색이 있다. 초연한 관조적 시선으로 내려다보며 인간의 어리석음을 조롱하는 웃음이 아니라 인간의 어리석음을 가가대소(呵呵大笑)하면서, 그것이 자신을 포함한 인간들의 슬픈 본성이라는 데 연민의 눈길을 던지는 약간 복잡한 웃음이다. 그런 뜻에서 해학의 역설이란 위트처럼 단순히 눈앞에 보이는 하나하나의 현상에 대한 반응으로서 나타나는 데 그치지 않고 포괄적인 인생 관조의 한 태도에 직결되는 양식이라 명명할 수 있다.

극장에 사무실에 어디에 어디에 있는 의자란 의자는
모두 네 발 달린 짐승이다 얼굴은 없고 아가리에 발만 달린 의자는
흉측한 짐승이다 어둠에 몸을 숨길 줄 아는 감각과
햇빛을 두려워하지도 않는 용맹을 지니고 온종일을
숨소리도 내지 않고 먹이가 앉기만을 기다리는

의자는 필시 맹수의 조건을 두루 갖춘 네 발 달린 짐승이다

이 짐승에게는 권태도 없고 죽음도 없다 아니 죽음은 있다

안락한 죽음 편안한 죽음만이 있다

먹이들은 자신들의 엉덩이가 깨물린 줄도 모르고

편안히 앉았다가 툭툭 엉덩이를 털고 일어서려 한다

그러나 한 번 붙잡은 먹이는 좀체 놓아주려 하지 않는 근성을 먹이들은 잘
모른다

이빨자국이 아무리 선명해도 살이 짓이겨져도 알 수 없다

이 짐승은 혼자 있다고 해서 절대 외로워하는 법도 없다

떼를 지어 있어도 절대 떠들지 않는다 오직 먹이가 앉기만을 기다린다

그리곤 편안히 마비된다 서서히 안락사한다

제발 앉아 달라고 제발 혼자 앉아 달라고 호소하지도 않는 의자는

누구보다 안락한 죽음만을 사랑하는 네 발 달린 짐승이다

—김성용, 「의자」 전문

김성용의 시 「의자」는 2000년 대구매일신문 신춘문예 당선작으로서 신인
의 작품답게 도전적인 상상력과 거친 언어의 결로써 유연한 역설적 감각을 선
보이고 있다. 우선 '의자'는 "얼굴은 없고 아가리에 발만 달린" "흉측한 짐승"
의 모습으로써 변용된 탁월한 의인적인 알레고리에 속한다. 화자는 의자를
"햇빛을 두려워하지도 않는 용맹"과 "숨소리도 내지 않고 먹이가 앉기만을 기
다"린다는 점에서 필시 "맹수의 조건을 두루 갖춘 네 발 달린 짐승"이라고 명
명하는 것이다. 이 짐승에게는 "권태도 없고" "안락한 죽음 편안한 죽음만이
있다"는 모순된 진술로써 '의자'가 지닌 속성을 통해 권좌, 즉 권력이라는 이
율배반적인 수렁을 적나라하게 파헤치고 있다. 무엇보다도 화자는 우스꽝스
럽게도 '먹이들'로 변용된 인간들을 관조적 시선으로 바라보면서 "자신들의
엉덩이가 깨물린 줄도 모르고/ 편안히 앉았다가 툭툭 엉덩이를 털고 일어서
려" 한다고 인간의 이성적인 의지에 관심을 집중한다.

　　그러나 화자는 "한 번 붙잡은 먹이는 좀체 놓아주려 하지 않는 근성"을 잘 모르기 때문에 타성화되는 인간의 무의식적 욕망을 능청스럽게 진술한다. "이빨자국이 아무리 선명해도 살이 짓이겨져도 알 수 없다"는 인간의 해결할 수 없는 욕망과, 그에 연루된 도착적인 마비 증상을 해학적인 입담으로 보여 주기 때문이다. 나아가 이 의자란 짐승은 "혼자 있다고 해서 절대 외로워하는 법도 없"고 "떼를 지어 있어도 절대 떠들지 않"은 채 오직 "먹이가 앉기만을 기다린다"는 사실을 강조한다. 여기에는 인간들이 욕망의 노예가 되어 "편안히 마비"되는 병리학적인 증상과, 스스로도 인지하지 못한 채 타성적 죽음에 이르는 "안락사"의 어긋난 과정이 내포되어 있다. 따라서 인용 시의 화자는 "제발 앉아 달라고 제발 혼자 앉아 달라고 호소하지도 않는 의자는/ 누구보다 안락한 죽음만을 사랑하는 네 발 달린 짐승"이란 모순된 국면을 인간의 삶으로 현전하는 순간을 포착하면서 인간의 권력에 대한 욕망을 해학적으로 견지하는 흥미를 유발해 내고 있다.

　　우리가 잠시라도 주의 깊게 이 세계를 바라본다면 어렵지 않게 수많은 모순들을 목도할 수 있을 것이다. 이성적인 논리로 구축된 이 세계가 기실 겉으로는 완벽해 보이지만, 실상은 이 세계를 구축한 인간의 자가당착에 빠진 모습들을 비추어 주는 거울이기도 하다. 예를 들어 TV에 방영한 '물은 생명이다'라는 한 공익 캠페인에서 물의 소중함을 정서적이면서도 화려한 수사로써 역설하다가 마지막 부분에서 "이 캠페인은 물을 사랑하는 애경 퍼펙트 하나로와 함께 합니다"(강희안, 「어떤 캠페인」 부분)라고 끝맺는 광고 카피를 본 적 있다. 이 공익을 위한 캠페인의 협찬사가 물을 오염시키는 주범인 세제 회사라는 사실이 어처구니없는 우리의 현실의 모습이라는 점이다. 따라서 모순은 도처에 산재해 있고, 모순이 인간 존재의 본질일 수도 있을 것이다. 다시 말해서 역설의 경우 모순이 진리를 드러내는 것이 아니라 모순 그 차체를 인식하는 것이 진리를 재발견하는 요건이 된다는 사실이다.

　　어느 날 그는 탈주에 성공했다

몸담았던 조직의 육중하고 거대한 회전문을 밀고

드디어 속 시원히 나왔다

고 그는 믿었다 그물 같은 조직의

아래 위를 오가며

사방으로 얽혀 있던 관계의 고리를 끊고

간신히 회전문을 빠져나왔다

고 그는 믿었다 그러나

문을 밀고 나오는 순간 더 빨리 돌아가는

그 문의 회전 속도에 휘말려

다시 안으로 끌려 들어가고

다시 밖으로 나오려고 안간힘을 쓰면 쓸수록

그의 의지보다 더 세고 효율적인

회전문에 오래도록 그는 갇혀 있었다

어느 날 그는 탈주에 성공했다

고 믿었다 아침에 일어나 명상을 하고

남들이 일하는 시간에

박찬호 경기를 라이브로 즐기고 발목이 잘린

비둘기에게 과자를 주면서

시시각각 움직이는 주가를 지켜보다 배팅을 하고

동네 쓰레기 소각장의 연기가

어느 쪽으로 날아가는지 살펴가면서

듣지도 않는 레코드판 먼지를 닦아내면서

그는 탈주에 성공했다

고 믿었다 어제처럼 어제의 어제처럼은 살지 않겠다

고 말하면서 열심히 회전문처럼

돌아가면서

　　　　　>
　　어느 날 그는 탈주에 성공했다

　　고 믿었다 유로라인을 타고 파리로 떠나면서

　　먹다 남은 고추장과 라면을

　　런던 민박집 아주머니에게 다 털어 주면서

　　파리의 출출한 밤

　　그 고추장과 라면을 아쉬워하면서

—장경린, 「회전문」 전문

　　인용 시의 화자가 주목하는 인간들은 늘 탈주를 기획하고 꿈꾸지만, 결과적으로는 자본주의 삶의 속도와 구심력에 휘말려 무력하게 패배하고 마는 모순점에 봉착한다. 그러나 어처구니없게도 정작 본인은 무의식적으로 완전한 자유를 얻었다고 철저하게 믿고 있는 낭만적 환상에 빠져 있다는 사실이다. 그의 시가 지닌 중요한 단서는 어디까지나 익명화된 인간들이 겪은 탈주와, 이로 인해 겪을 수밖에 없는 추방에 관계된 모순된 경험들이다. 인용 시는 시인의 아주 탄력적인 행 처리의 운용에 의해 빛을 발한다고 해도 과언은 아니다. '–한다'라고 단언적 명제를 제시한 뒤 행갈이를 하며 "고 그는 믿었다"를 연쇄적인 고리로써 모순의 구조를 만들어 내면서 읽는 이를 배반하는 특이한 형태를 보여 준다. 시의 화자는 반복적 형태로써 "조직의 육중하고 거대한 회전문을 밀고/ 드디어 속 시원히 나왔다/ 고 그는 믿었다"는 사실에 주목해야 한다.

　　인용 시는 현대의 완강한 조직에 얽매어 사는 인간들의 내면 의식을 보여 줄 때 자연스럽게 해학이 동반되는 구조적인 역설의 형태를 드러내고 있다. 시적 화자가 "밖으로 나오려고 안간힘을 쓰면 쓸수록/ 그의 의지보다 더 세고 효율적인/ 회전문에 오래도록 그는 갇혀 있"는 완강한 조직의 폭력에 무방비적으로 노출된 현대인들의 실존적 비애감, "탈주에 성공했다/ 고 믿었다 유로라인을 타고 파리로 떠나면" 떠날수록 더 깊은 조직의 구심력 안에 휩쓸려 들어가고 마는 주체의 상실, "어제처럼 어제의 어제처럼은 살지 않겠다/ 고 말하면서 열심히 회전문처럼/ 돌아가”는 일상의 굴레에서 벗어날 수 없는 현대인들의 무력감 등 시적 화자가 거대 담론의 해체 이후 자본주의 메커니즘으로 인해 타자화될 수밖에 없는 비극적 현실을 전경화하여 희화화된 것도 모순의 연쇄 고리가 강력한 힘의 자장을 발휘하기 때문이다.

이와 같이 인용 시편에서 밝힌 ‘해학의 역설’이란 풍자와는 달리 대상을 공격하려는 의지가 거세된다는 점에서 연민 의식을 동반한 익살에 해당한다. 그리고 열등한 도덕적·지적 대상이나 상태를 끌어안고자 하는 의식적 측면에서 볼 때 기지와 유머, 아이러니 등과도 색깔이 다르다. ‘해학의 역설’이란 구조의 궁극적인 목적은 교정과 개량에 관심을 두는 것이 아니라 대상을 긍휼히 여기는 따뜻한 인간적 정서가 지배적인 요소로 등장하기 때문이다. 따라서 해학과 풍자는 웃음을 동반하여 우회적으로 현실을 드러내는 표현 방법이라는 점에서는 같지만, 대상에 대한 어조와 태도는 분명하게 차별성을 지닌다. 해학이 대상에 대한 호감과 연민을 느끼게 하는 ‘무해한 웃음’, ‘익살의 웃음’이라면, 풍자는 사회적 결함이나 악덕, 부조리 등을 날카롭게 비꼬는 ‘공격의 웃음’, ‘차가운 웃음’에 속한다. 해학이 현실의 모순이나 결함까지도 있는 그대로 수용하고 삶을 긍정하는 낙관적이고 관조적인 자세를 보인다면, 풍자는 현실의 문제점을 비판하고 그것을 개혁하고자 하는 자세를 보인다는 점에서 현격한 차별성을 보이기 때문이다.

7

이율배반의 아이러니

1. 아이러니의 개념

아이러니(irony)는 고대 희랍어의 '에이로네이아(eironeia)', 즉 '은폐', '시치미 떼기'에서 유래한 말이다. 본래의 모습이나 실상을 숨기는 철저한 위장술이란 의미와 상통한다. 당시 그리스 희극에는 알라존(alazon)과 에이런(eiron)이라는 정형화된 두 인물이 등장하는데, 전자가 힘이 세고 영리한 척하는 허풍쟁이라면, 후자는 겉보기에는 유약하고 어리석어 보이는 인물이다. 따라서 표면적으로는 알라존의 일방적 우세로 극이 진행되나, 종국에 가서는 시치미를 떼고 재치를 발휘하는 에이런의 역전극으로 막을 내리게 된다. 그 이후 아이러니는 표면적 언술과 실제의 언술이 정반대인 경우나 표현을 의미하게 된다. 플라톤의 대화에 등장하는 소크라테스의 아이러니도 이러한 희극적 기원에서 비롯되었다. 소크라테스는 무지와 겸손을 가장하여 모든 종류의 사람들과 주제에 대해 우문(愚問) 형식으로써 그들이 자기보다 더 무지하다는 것을 밝혀낸다. 아이러니가 비문학적(非文學的)으로 사용될 때는 대개 풍자(sarcasm)로 간주되기도 한다.

아이러니는 일반적으로 세계나 삶에 대한 해석의 오류를 발견하면서부터 촉발된다. 이 세계에는 개인과 집단, 주관과 객관, 이성과 감성, 절대와 상대 등등 근본적이면서도 해결할 수 없는 모순과 부조리가 산재한다. 이 두 축은 현상적으로는 상반되는 듯 보이지만, 실상은 상호 보완적인 관계로 묶여 있다. 인간이 세계와 삶에 관해 고대에서부터 현재에 이르기까지 다양한 방식으로 탐색한 것도 바로 그 때문이다. 아이러니는 세계나 삶 속의 부조화나 모순을 열린 정신으로 인식하고 관찰할 때 얻어진다. 역설(逆說, paradox)은 겉으로 보기에는 명백히 모순되고 부조리한 듯하지만, 표면적인 논리를 떠나 자세히 궁구해 보면 근거가 확실하거나, 진실한 진술 또는 정황을 말한다. 역설은 앞에서 살펴본 아이러니와 닮은 데가 많아 서로 혼동하기 쉽다. 따라서 학자에 따라서는 역설을 아이러니의 하위 범주에 넣기도 하는 등 다양한 구분법이 상존한다.

    역설을 나타내는 영어의 'paradox'는 'para(초월)' + 'doxa(의견)'의 합성어
다. 고대 희랍에서는 수사법의 하나로써 상대방의 주의력을 환기하기 위한
효과적인 방법으로 사용되었으며, 브룩스(C. Brooks)는 "시의 언어는 역설의
언어이다"라고 정의할 만큼 현대에 와서는 시의 가장 중요한 인자로 취급한
다. 일상어에서 흔하게 볼 수 있는 '죽어야 산다'라든가 '좋아서 죽겠다', '죄
가 많은 곳에 하느님의 은혜가 많다', '도(道)를 도라 할 수 있으면 도가 아니
다' 등 논리상 서로 모순되는 진술이나 정황이 역설에 속하는 것들이다. 이렇
게 모순성을 지닌다는 점에서 역설은 아이러니와 자주 혼동되지만, 이 둘은
형태상 상이한 요소를 지니고 있다. 아이러니는 겉으로 드러난 의미와 속으
로 담겨진 의미가 서로 모순되고 상충될 뿐 표면의 진술 그 자체에는 아무런
모순이 없다. 예를 들면 어떤 아기를 보고서 너무 예쁜 나머지 "너 참 밉게 생
겼구나!"라고 표현하였을 경우, 이 언어의 진술 자체에는 아무런 모순이 없
다. 다만 그 속에 의미된 내용이 표현된 진술과 상반될 뿐이다.

    그러나 역설은 '죽어야 산다'와 같이 표면적으로 진술 자체가 명백하게 모
순된 경우이다. 이렇듯 역설은 표면에 나타나는 진술이 논리적으로는 모순
을 범하지만, 아이러니는 표면적으로 드러난 현상이나 상황에는 모순이 존재
하지 않는다. 다만 아이러니가 기대한 것과 실현되는 것, 혹은 기대와 그 실
제의 행위와 결과 사이의 모순과 충돌을 유발한다. 두 가지 미묘한 차이에도
불구하고 그것이 나타내는 의미는 진실과 진리이며, 인생과 세계에 대한 복
합적이고도 적극적인 인식이 담겨 있다. 이와 같은 견해를 고려할 때, 아이러
니는 크게 세 가지 유형으로 구분이 가능하다. 첫째 내적 아이러니(internal
irony)로서 어떤 사물이나 현상의 내부에 원래부터 존재하는 모순적인 형태
로 인해 발생하는 경우, 둘째 외적 아이러니(external irony)로서 외부에서 주
어진 사건이나 상황이 처음 예측한 것과는 달리 배반적인 국면으로 드러날
때 발생하는 경우, 셋째 극적 아이러니(dramatic irony)로서 화자 자신은 정
작 무엇을 말하고 있는지 모르나, 청자는 사실이나 진실을 파악하고 있는 경
우가 여기에 해당한다.

2. 아이러니의 유형

1) 내적 아이러니

아이러니는 말이나 글에서 문자 의미에 감추어져 있거나 그와 상반되는 의미를 나타내는 어법, 또는 어떤 실제의 현실이 독자의 기대와 예상과는 어긋나는 현상을 일컫는다. 아이러니는 어떤 경우든 외부적으로 드러난 것과 실제 사이의 괴리라는 함의가 내재되어 있다. 아이러니는 진술된 표현과 그 이면(裏面)의 뜻이 서로 모순된 의미로서 정서적 충격을 유발한다. 브룩스와 워렌은 진술에 대한 아이러니거나 사건이나 상황에서 발생된 아이러니건 간에 여기에는 모두 대립의 요소가 개입된다고 언급한다. 이 대립은 다름 아닌 진술에 의해 표면에 드러난 의미와 숨은 이면의 의미 사이의 대립이요, 실제의 행위와 그 행위로 인한 보상 혹은 기대된 것과 실제로 실현된 것 사이의 대립이다. 이 대립은 사소한 차이를 보여 주는 것이 아니라 진정한 충돌의 인자로써 존재한다. 즉 표면에 드러난 의미와 내부로 숨은 의미는 서로 진정한 배반의 효과를 극대화하기 때문이다. 따라서 굳이 아이러니를 우리말로 번역하자면 반어(反語)가 된다. 아이러니는 존재와 당위 간의 차이에 대한 고도화된 인식으로부터 일어나며, 감정이 절제된 페이소스로 드러나는 경우가 대부분이다.

아이러니란 직설적 어법에서 벗어나 공공연한 칭찬이나 비난을 피하는 간접적인 표현 형식이다. 일반적으로 아이러니의 두 가지 근본적인 유형에는 '내적 아이러니(internal irony)'와 '외적 아이러니(external irony)'가 있다. 전자가 실제 존재하는 현실이나 현상이 근본적으로 모순된 성질을 발견한 경우에 해당한다면, 후자는 외부적 현실에 의해 야기된 이율배반적인 상황이나 현상일 경우에 발생한다. 아이러니는 희곡이나 소설에서와 같이 인물의 언동과 관련되기보다는 언어 그 자체의 겉뜻과 속뜻의 상반성에서 발생한다. 그래서 아이러니는 의미하는 것에 대한 반대의 말을 하는 것, 어떤 것을 말하면서 다른 것을 의미하는 것, 그리고 비난하기 위하여 찬양하고 찬양하기 위하여 비난하는 것, 그리고 조롱하고 비웃는 것으로 해석된다. 따라서 '내적 아이러니'란 어떤 사물이나 현상, 나아가서는 인간의 내부에 근원적으로 내재하는 모순적인 형태의 아이러니를 의미한다. 인간을 포함한 모든 자연의 생명체들은 신에 의해 불완전한 생명을 부여 받은 이후 생래적인 모순성을 노정하는 경우가 허다하기 때문이다.

자신을 먹이로 쫓던 새를 찾아가

그 새의 눈물을 빨아먹어야만 살아남는 나방이 있다

천적의 맥박에 맞춘 날갯짓으로

잠든 눈까풀을 젖히는 정지된 속도로

눈물샘에 긴 주둥이를 밀어 넣을 수 있었던 진화는

새가 단 한번 눈 깜빡이는 사이에 있다

그 사이는 목숨 그 너머를 수혈하기에 충분한 찰나

천적의 눈물에 침전된 염기를 걸러

제 정낭을 채운다는 미기록종 나방이여

상사빛 날개를 삼켜 다시 염낭을 채워야 하는 새여

너희들은 날개로 비행궤적을 지우는 고요의 동족

고요에 찔려 본 자만이 볼 수 있는 그 궤적은

내가 오직 한 사람을 그리워해 온 여태껏,

내가 가위눌린 몸짓으로 썼던 미기록종의 자음들

나방이여 새가 널 먹고 살아남으려 함은

이미 제 영혼인 네 자음을 썩힐 수 없는 유일책이기 때문

영혼을 찔린 안구가 움직이지 않더냐

새의 부리를 열고 울음통 속으로 들어가 보아라

차마 소리로 뱉지 못할 자음이 있어

모음만으로 울며 날아가는 궤적을 소리쳐 읽어보아라

  상기 인용 시는 자신을 먹이로 삼던 천적의 눈물을 빨아먹어야만 사는 미기록종 '나방'에 관한 생태를 전면화하여 '내적 아이러니'의 전형을 보여 주는 작품이다. 시의 화자는 "천적의 맥박에 맞춘 날갯짓으로" "눈물샘에 긴 주둥이를 밀어 넣을 수 있었던 진화"가 "새가 단 한번 눈 깜빡이는 사이에 있다"는 생태적인 특성을 극적으로 표현한다. 그 짧은 순간을 화자는 "목숨 그 너머를 수혈하기에 충분한 찰나"라고 비극적이면서도 드라마틱한 생명의 파노라마를 경쾌하게 풀어낸다. 화자가 "천적의 눈물에 침전된 염기를 걸러/ 제 정낭을 채운다는 미기록종 나방"과 "상사빛 날개를 삼켜 다시 염낭을 채워야 하는 새"의 숙명성에 대해 거론한 것은 인간도 이와 다를 바 없다는 인식에서 비롯된다. 기실 우리 삶이란 천적의 눈물로 정낭을 채워 새끼를 낳고, 또 그 천적에 의해 자신의 목숨을 내주며 삶을 마감하는 아이러니한 일이 다반사이기 때문이다. 그것이 타자가 아닌 혈연관계일 때 그 비극성은 배가되기 마련이다.

  이와 같은 숙명성을 화자는 "날개로 비행궤적을 지우는 고요의 동족"이라고 명명한 뒤 "고요에 찔려 본 자만이 볼 수 있는 그 궤적"이라고 감각적으로 절제된 언어로 구상화한다. 나아가 화자가 지금까지 "오직 한 사람을 그리워"한 까닭에 겪는 격절의 과정을 통해 "가위눌린 몸짓으로 썼던 미기록종의 자음들"을 끄집어내고 있다. 여기에는 새(자아)와 나방(타자)에 대한 참혹한 회한과 원망의 정서가 결국 화자의 시작 활동을 추동한다는 의식이 담겨 있다. 그러나 '새'가 '나방'을 먹고 살아남으려 하는 것은 아이러니하게도 "이미 제 영혼인 네 자음을 썩힐 수 없는 유일책이기 때문"이라고 화자는 말한다. 이 발언의 배후에는 자음과 모음은 적대 관계가 아니라 한 몸과도 같아 따로 떨어져서는 존속할 수 없다는 비극적 전언이 담겨 있다. 화자가 "새의 부리를 열고 울음통 속으로 들어가 보"라고 권유한 데에는 "차마 소리로 뱉지 못할 자음이 있어/ 모음만으로 울며 날아가는 궤적"에서 생래적으로 모순된 참혹한 운명의 형식을 발견했기 때문이다.

뚫려 있는 것이 어둠인 것들이 있다
나를 뚫고 너를 뚫고 하늘을 뚫고 바다를 뚫고
바람은, 새들은, 물고기들은 그렇게 돌아다녔을 것이다

그들이라는 것들의 세계는, 뚫려 있으나 어둡다
터널을 뚫는 일이 어둠을 만드는 일임을
천성산의 도롱뇽들은 알고 있었을까
속도를 위해 기꺼이 몸을 내어주는 것들,
어둠으로 숭숭 뚫린
흙과 공기와 물들의 표정을 읽는 일이
언제부턴가 내 일처럼 느껴졌다

내 몸에는 얼마나 많은 터널이 존재할까
뚫려 있어서 어두운 것들의 역설로 인해
내 마음은 늘 불편하다

그러나 아이러니컬하게도 불편한 마음이 터널을 만든다
나는 사랑하면 할수록 내가 사랑한 것들이 불편하다
그들 속에 내가 그동안 무수한 터널을 뚫었기 때문이다
나는 그 터널들로 인해서 시인이 되었다
불편했던 터널의 은유를 알게 되었다

어렴풋이 나는 느낀다
내 불편한 마음이 여전히 사랑해야 할 것은
무수한 터널을 뚫으며 어두워지는 것들이라는 것을,

멀리 새 한 마리, 터널을 뚫고 어디론가 날아간다

—박남희, 「터널들」 전문

　상기 인용 시는 "뚫려 있는 것이 어둠인 것들이 있다"는 모순된 명제를 제시하면서 풀어나가는 내적 아이러니의 형태를 띤다. 일반 명제에서 통용되는 '뚫려 있는 것은 환한 것들'이라는 준거를 뒤집으며 해체하는 상상의 힘을 보여 준다. 나아가 "터널을 뚫는 일이 어둠을 만드는 일임을/ 천성산의 도롱뇽들은 알고 있었을까"라는 대사회적인 의문까지 제기한다. 문명의 "속도를 위해"서 자연 생태계의 고리를 끊어 내야 하는 것이 인간의 당면한 운명이라는 경고의 메시지다. 그래서 화자는 "어둠으로 숭숭 뚫린/ 흙과 공기와 물들의 표정을 읽는 일이/ 언제부턴가 내 일처럼 느껴졌다"는 자각에 이른다.

　그렇다면 "사랑하면 할수록 내가 사랑한 것들이 불편하다"는 진술의 함의는 무엇일까? 여기에는 화자가 '사랑'이라는 기표에 의해 오히려 '불편'을 야기하는 존재론적인 계기가 포함된다. 그로 인해서 화자는 '시인'이 되었으며, "불편했던 터널의 은유를 알게 되었다"는 것이다. 이를 환언하면 '편리한 터널이 마음에 불편을 끼친다'는 반어적인 각성을 수반한다. 따라서 "터널을 뚫고 어디론가 날아"가고 싶다는 인간을 포함한 모든 유기체의 당면한 존재 국면을 환기하는 특성이 부가된다. 인용 시는 '터널'의 속성에서 제기된 생체험적 인지와 형이상학은 물론 존재론적 동인까지 내포하기 때문이다.

우리 집에 놀러와. 목련 그늘이 좋아.

꽃 지기 전에 놀러와.

봄날 나지막한 목소리로 전화하던 그에게

나는 끝내 놀러가지 못했다.

해 저문 겨울날

너무 늦게 그에게 놀러간다.

나 왔어.

문을 열고 들어서면

그는 못 들은 척 나오지 않고

이봐. 어서 나와.

목련이 피려면 아직 멀었잖아.

짐짓 큰소리까지 치면서 문을 두드리면

조등(弔燈) 하나

꽃이 질 듯 꽃이 질 듯

흔들리고, 그 불빛 아래서

너무 늦게 놀러온 이들끼리 술잔을 기울이겠지.

밤새 목련 지는 소리 듣고 있겠지.

너무 늦게 그에게 놀러간다.

그가 너무 일찍 피워올린 목련 그늘 아래로.

—나희덕, 「너무 늦게 그에게 놀러간다」 전문

앞서 인용한 차주일과 박남희의 시가 실제적으로 존재하는 생래적 특성에서 이율배반적인 정황을 포착한 시라면, 나희덕의 시는 인간의 삶에 보편적으로 상존하는 모순된 현실을 끄집어내는 특장을 선보인다. 인용 시의 화자는 어느 봄날 시골에 사는 친구에게서 "우리 집에 놀러와. 목련 그늘이 좋아./ 꽃 지기 전에 놀러와"라는 전화를 받는다. 그러나 화자는 치열한 현실의 논리에 골몰하느라 바쁜 나머지 끝내 놀러 가지 못한다. 그리고는 객관적인 시점으로 "해 저문 겨울날/ 너무 늦게 그에게 놀러간다"고 말하며 그의 전화를 잊지 않았다는 사실을 강조한다. 더구나 시치미 뚝 떼고 "나 왔어./ 문을 열고 들어서면/ 그는 못 들은 척 나오지 않고/ 이봐. 어서 나와./ 목련이 피려면 아직 멀었잖아"라고 짐짓 능청스러운 어조로 "큰소리까지 치면서 문을 두드"리는 것이다.

화자가 이 같은 행위를 내세운 것은 다음에 나오는 "조등(弔燈) 하나", 즉 친구의 죽음을 부각하기 위한 장치로 기능한다. '목련'을 돌연 '조등'의 이미지로 은유화한 대목은 독자들에게 가히 충격적인 정서를 이끌어 내기 위해 화자가 예비한 고도의 전략이다. 목련꽃이 질 듯이 흔들리는 '조등'의 불빛 아래서는 "너무 늦게 놀러온 이들끼리 술잔을 기울이"며 "밤새 목련 지는 소리 듣고 있"었으리라. 가히 슬프고도 비극적인 삶의 한 장면이 클로즈업되는 순간이다. 기실 인간의 삶이란 자본의 논리에 따라 인간적인 감성보다는 조직의 치열한 논리에 무력한 것이 보편적 현상이자 당면한 현실이란 전언이다. 시의 화자가 첨예한 조직의 구조가 인간적인 삶을 억압하는 보편적인 진실을 포착한 대목이다. 화자가 마지막 연에서 "그가 너무 일찍 피워올린 목련 그늘 아래"로 "너무 늦게 그에게 놀러간다"고 반어적으로 보여 주는 까닭이 바로 여기에 있다.

2) 외적 아이러니

어원을 따져 보면 아이러니란 풍자, 반어, 위장 또는 가장이라는 의미에서 파생했다고 알려져 있다. 소크라테스가 참다운 인식에 도달하기 위하여 사용한 문답법의 일종으로 취급되기도 한다. 이 아이러니는 스스로는 무식한 체하면서 아는 체하는 사람들의 가면을 문답법의 형식을 빌려 폭로한 소크라테스의 야유에서 유래했다는 설도 있다. 간접적인 문어적 표현을 취하므로 사람들의 자각을 촉구하는 부정의 힘이 강하다. 간접적인 표현을 하면서도 유머의 긍정적인 시선에 비해 비판의 칼날을 휘두르는 엄격하고도 준열한 정신의 힘을 내장한다. '외적 아이러니'는 어떤 현상이나 사건의 상태가 스스로 모순된 사태를 발견하는 '내적 아이러니'와는 다르게 외부적 힘에 의해 상반된 반응이 야기될 때 발생한다. 즉 표현된 언어 그 자체보다는 그 언어가 지시하는 모든 대상, 이를테면 이율배반적인 인물의 행동이나 사건이 안고 있는 부조화, 인간의 이성이나 권력 구조가 숙명적으로 내재한 부조리 등 세계 자체의 본질적 상황 등에 초점을 맞춘 아이러니 형식이다.

다시 말해서 '외적 아이러니'란 현상이나 사물 자체에 있는 고유한 반어적인 상황이라기보다는 외부에서 주어진 이율배반적인 상황이나 현상에 주목하는 아이러니의 갈래를 의미한다. 특히 시적 서사에서는 등장인물의 행동이나 그 상황에 관련되므로 인물의 행동 양상과 긴밀한 역학 관계를 형성한다. 이러한 외적 아이러니는 인물이 실제의 상황에 어울리지 않는 행동을 하거나 실현될 운명의 경과와는 반대가 되는 결과를 기대할 때에 일어나는 경우가 대부분이다. 나아가 외부적인 상황 자체가 부조리하기 때문에 현실의 허를 찌르며 진실한 삶을 직시하도록 하는 데 효과적인 방식이다. 또한 기법적으로는 주로 우회, 병치, 기지, 축소법, 야유 등이 동원되기도 한다. 여기에는 반의적인 상황이나 현상을 통하여 어떤 태도나 가치를 드러내므로 필연적으로 그 언술과 의도의 사이에 대립이나 대조의 구조가 수반된다. 이 대립의 구조가 세계에 대한 야유를 함축한 비판적 의식과 연대하여 긴장의 미학을 유발하는 특장을 지니고 있다는 점도 유의할 만한 대목이다.

1
국민학교 때 나는 학교 화장실 뒤의 콘크리트 정화조 안에 빠져 허우적거리고 있는 개 한 마리를 보았었다.

지금도 나는 그 생각만 하면 눈에 눈물이 고인다.

아마 그 개는 그 정화조에서 끝내 빠져나오지 못했을 거다……

어른이 된 지금도 나는 똑같은 상황에서 어찌해볼 수도 없는 자신에 절망한다……

       >

덥썩 잡아서 끌어올려야 하는 건데

그러나 개는 잡는 시늉만 해도 이빨부터 먼저 드러낸다 으르렁

       2

나는 자본주의의 정화조에 빠진 한 마리 개이다.
—박남철, 「목련에 대하여 Ⅲ」 전문

  '내적 아이러니'가 생래적으로나 보편적으로 상존하는 형태인 데 반해 '외적 아이러니'는 외부에서 주어진 상황으로 인해 반어적 국면이 형성되는 특질을 지닌다. 이런 관점에서 볼 때, 상기 인용 시는 인간이 만든 구조에 의해 자가당착에 빠지는 상황을 보여 주는 외적 아이러니의 모범적인 작품이다. 시의 화자는 1부분에서 국민학교 시절 "학교 화장실 뒤의 콘크리트 정화조 안에 빠져 허우적거리고 있는 개 한 마리"를 목도한 상황을 떠올리며 시상을 전개해 나간다. 화자의 추측에 의하면 그 '개'는 "정화조에서 끝내 빠져나오지 못했을 거"라 추정하면서 지금도 화자는 그때의 생각만 하면 "눈에 눈물이 고인다"고 진술한다. 어린 시절에 위기에 처한 '개'를 구해 내지 못한 괴로운 자책감이 현재의 상황에 끝없이 개입하는 형국이다. 화자가 "덥썩 잡아서 끌어올려야 하는 건데"라고 후회하는 불안한 자의식 저편에는 어떤 심리적 억압 기제가 있을까?
  화자에게는 어린 시절의 체험이 '어른'이 되어서도 똑같은 상황에 직면하게 되면 "어찌해볼 수도 없는 자신에 절망"하는 심리적 계기로 작동한다. 어린 시절의 슬픈 체험이 성인이 된 이후의 삶에도 개입하는 억압 기제인 셈이다. 그러나 화자가 그렇게 행동할 수밖에 없었던 요인이 "개는 잡는 시늉만 해도 이빨부터 먼저 드러낸다 으르렁"이란 전도된 국면 때문이라고 진술하면서 보상 심리를 노정한다. 여기가 바로 '개'가 자기를 구해 주려는 외부적인 화자의 손길을 해치려는 제스처로 착각하여 스스로 자가당착에 빠지는 부분이

다. 나아가 화자는 2부분에서 "나는 자본주의의 정화조에 빠진 한 마리 개이다"라고 '개'와 '자신'을 동일화한다. 화자가 자본주의적 삶에 길들여진 나머지 구원의 손길조차 구분하지 못하는 존재가 바로 '개'와 다를 바 없는 '자신'이었다는 쓰디쓴 메시지를 남긴다. 이처럼 외부적 요인에 의해 모순된 상황을 초래하는 외적 아이러니는 삶을 비판하는 데 효과적인 기능을 발휘한다는 점도 간과해서는 곤란하다.

스물여덟 어느 날
한 자칭 맑스주의자가 새로운 조직 결성에 함께 하지 않겠냐고 찾아 왔다
애기 말엽에 그가 물었다
그런데 송 동지는 어느 대 출신이요? 웃으며
나는 고졸이며, 소년원 출신에
노동자 출신이라고 이야기해 주었다
순간 열정적이던 그의 두 눈동자 위로
싸늘하고 비릿한 유리막 하나가 쳐지는 것을 보았다
허둥대며 그가 말했다
조국해방전선에 함께 하게 된 것을
영광으로 생각하라고.
미안하지만 난 그와 함께 하지 않았다

십 수 년이 지나 요 근래
다시 또 한 부류의 사람들이 자꾸 내게
어느 조직에 가입되어 있느냐고 묻는다
나는 다시 숨김없이 대답한다
나는 저 들에 가입되어 있다고
저 바다물결에 밀리고 있으며
저 꽃잎 앞에서 날마다 흔들리고

이 푸르른 나무에 물들어 있으며

저 바람에 선동당하고 있다고

없는 이들의 무너진 담벼락에 기대 있고

걷어 채인 좌판, 목 잘린 구두

아직 태어나지 못해 아메바처럼 기고 있는

비천한 이들의 말 속에 소속되어 있다고

대답한다. 수많은 파문을 자신 안에 새기고도

말없는 저 강물에게 지도받고 있다고.

—송경동, 「사소한 물음들에 답함」 전문

송경동의 「사소한 물음들에 답함」이란 시는 사회적 불평등의 구조가 맑스주의자들 사이에서도 통용된다는 아이러니한 사실을 포착하고 있다. 이 시의 도입부는 인간 사회에 미만해 있는 대립 구조, 즉 사회적 엘리트주의에 빠져 있는 "자칭 맑스주의자"인 부르주아와 "고졸이며, 소년원 출신에/ 노동자 출신"인 프롤레타리아 계급인 화자 자신의 갈등이 야기되어 있다. 맑스가 부르주아의 취약성을 지적하면서 프롤레타리아만이 역사적 과업을 지탱해 나갈 수 있다고 주장하고 있는 기본적인 역사유물론의 양상과는 사뭇 배치되는 모습이다. 시의 화자도 "사소한 물음에 답"한다고 웃어넘기는 외적 아이러니의 태도를 취하곤 있지만, 상징적 의미로서는 사회적 약자의 위치에서 쓰디쓴 소외를 경험한 것이다. 더구나 "없는 이들의 무너진 담벼락에 기대"어 그들과 동고동락하던 화자는 공장 노동자이자 사회적으로 소외되고 빈곤한 사회적 약자이다. 누구나 주지하다시피 절대 빈곤층 대다수가 노동자 계급인 시대적 상황에서 화자를 포함한 노동자라면 누구나 "조국해방전선"으로 나아가는 필연적 당위성을 부여 받은 셈이다.

그런데도 불구하고 명문대학교 명패를 지닌 지식인 계급과 상대적으로 낮은 학력에다 전과자 출신인 계급 간의 차별의 벽을 화자는 "싸늘하고 비릿한 유리막 하나가 쳐지는 것을 보았다"고 진술한다. 화자는 노동자 계급과 지식인 계급의 모순이 지닌 양가적 측면을 중심으로 우리 사회에 팽배해 있는 자가당착적 환부를 보여 준 것이다. 그래서 전과자이자 노동자 출신인 화자가 "조국해방전선에 함께 하게 된 것" 자체가 이미 "영광"이라는 시대착오적인 언술로까지 이어진다. 자본의 균등 분배와 계급 철폐를 통해 절대평등이란 과업의 현장에서 화자가 "그와 함께 하지 않"을 수밖에 없는 아이러니한 형국이다. 그렇다면 권력의 구둣발에 의해 "걷어 채인 좌판, 목 잘린 구두"로 상징되는 노동자 계급이 나아갈 좌표는 어디인가? 인용 시는 민주주의의 근원적 과제인 자유와 평등이 맑스주의자들에게조차 전혀 고려되지 못했다는 사실을 통해 현실에 대한 자각을 일깨워 낸 것이다.

저간의 사정이 이러하다면 자본주의가 근원적으로 안고 있는 현실의 모순이 쉽게 해결될 리 만무하다. 따라서 "십 수 년이 지나 요 근래/ 다시 또 한 부류의 사람들이 자꾸 내게/ 어느 조직에 가입되어 있느냐고 묻는다". 그때 화자는 다시 "아직 태어나지 못해 아메바처럼 기고 있는/ 비천한 이들의 말 속에 소속되어 있다고/ 대답한다". 여기에서 화자는 노동자들이 직면한 불평등 구조의 비극성을 "아메바"라는 하등동물과 아직 태어나지도 못한 "비천한 이들의 말"로 적절하게 함축해 낸다. 이러한 상황은 물적 토대가 사회적·정신적 생활 일반을 제약한다는 맑스의 결정론적 관점이 빚어낸 오류일 것이다. 따라서 화자는 도입부에서 제시된 과거의 좌절감에서 벗어나 "나는 저들에 가입되어" "바람에 선동당하고 있다"고 단호하게 대답한다. 나아가 "수많은 파문을 자신 안에 새기고도/ 말없는 저 강물에게 지도받고 있다"는 첨언까지 덧붙인다. 어떤 계급적 차별과 상처와 냉대의 벽조차도 그것을 말없이 끌어안고 품으려 하는 화자의 비감한 의식의 단초가 엿보인다. 여기서 '강'은 바로 모순된 세상과 대면하려는 화자의 올곧은 내면이 만나는 지점이며, 화자의 사회의식이 서정적 결구력으로 응집되는 영혼의 거처이기 때문이다.

내 직장은 명예퇴직 걱정이 없는 안전지대다
정년도 걱정할 필요가 없는 평생직장이라

이 공장에는 일흔이 훨씬 넘은 동무들 수두룩하다

무기수의 평생직장이 철창 안이듯

죽음으로 사표를 쓰지 않는 한 철밥통이다

다른 공장 사내들 밥줄에 전전긍긍 힘들 때마다

때려치우고 우리공장으로 옮기겠다고 장담도 하지만

물정 모르는 객기야 때로는 힘이 되는 것,

농사는 오랜 숙련으로 쌓은 내공이 필요하다

그러나 연봉에 문제가 많은 우리는 비정규직이다

우리 연봉은 미리 책정되는 것이 아니라

그해 강우량과 소비자들의 취향에 따라 달라진다

철저하게 외부요인에 의해 연봉이 책정되므로

우리 제품에는 희망소비자가격이 없다

수많은 직원들이 죽음으로 사표를 썼고 수리되었다

철밥통 이 공장도 구조조정 대상으로 전락되면서

논밭으로 출근하는 햇살과 바람도 낌새가 수상해졌다

—이중기, 「나의 직장도 불안하다」 전문

아이러니는 유사성의 부정으로부터 출발한다는 점에서 두 개의 복합적인 시점이 필수적이다. 인용 시에서 보면 첫 연에서는 "내 직장은 명예퇴직 걱정이 없는 안전지대다"라고 진술하면서 긍정적으로 표현하지만, "연봉에 문제가 많은 우리는 비정규직이다"라고 말하는 대목에서부터 부정적인 시선을 거느린다. 더욱이 시의 종반부로 내려오면서 "수많은 직원들이 죽음으로 사표를 썼고 수리되었다"는 부정적 사태로 전환되면서 '외적 아이러니'의 형태를 보여 주고 있다. 지적 관찰자가 비지적 관찰자의 탈을 쓰고 세계를 우롱하는 형식을 취하고 있는 것이다. 화자에 따르면, 농민들의 '연봉'이란 "그해 강우량과 소비자들의 취향"과 같은 "철저하게 외부요인에 의해 연봉이 책정되므로/ 우리 제품에는 희망소비자가격이 없다"고 주장하는 이면에는 세태를 비판하는 풍자의 시선이 깃들어 있다.

후기산업사회의 현실이란 농사조차도 철저하게 자본주의적 논리에 의해 종속된 세태가 아니던가. 화자는 수입농산물협상이나 특정 국가 간의 배타적인 무역 특혜를 부여하는 협정인 한미FTA(Free Trade Agreement) 같은 조약으로 인해 소외된 농민들의 현실을 예각화하고 있다. 한 해 동안 피땀 흘려가며 농사지어도 제대로 일용할 양식을 구하지 못하는 게 농민들의 현실이라는 의식을 표나게 강조하고 있다. 그리고 마지막 종결부에서 화자가 "철밥통 이 공장도 구조조정 대상으로 전락되면서/ 논밭으로 출근하는 햇살과 바람도 낌새가 수상해졌다"고 발언한 까닭은 무엇일까? 이 같은 발언 이면에는 다른 사람들이 보기에는 철밥통 같은 평생직장으로 보이지만, 결국엔 이 농업이란 직장도 외부적 요인에 의해 좌지우지된다는 외적 아이러니를 통해 현실 비판적인 의도를 현실화하고 있다.

3) 극적 아이러니

극적 아이러니를 거론하려면 무엇보다도 셰익스피어의 4대 비극 중 한 작품인 「오셀로(Othello)」의 예를 들면 편리하다. 주인공인 '오셀로'가 자신이 매우 신뢰하는 '이아고'의 배신을 모르고 있으므로 '오셀로'의 대사에는 그가 의식하지 못한 의미가 추가되어 관객에게 전달된다. 이러한 극적 구조에 의해 관객은 '오셀로'의 지식과 행동의 오류를 직시하고 있고 '이아고'가 하는 짓도 훤히 들여다보고 있다. 그러나 이를 모르는 '오셀로'와 '데즈디모나'는 무대에서 비극적 운명에 맞닥뜨린다는 사실이다. 극적인 구조로 이루어진 아이러니는 언술의 운용보다는 전적으로 작품의 구조에 달려 있다. 희곡에서는 등장인물 스스로는 깨닫지 못하는 다가올 운명을 관객이 미리 알고 있을 때 일어나는 경우에 해당한다. 오 헨리(O. Henry)의 단편소설의 경우와도 같이 예기치 않은 결말이나, 체홉의 소설 「개를 데리고 있는 여인(Lady with the Dog)」

에서 좀 더 미묘하게 자아내는 작중인물과 관객의 사이의 배리(背理) 효과 등은 극적 아이러니의 대표적인 본보기라 여겨진다.

이와 같이 '극적 아이러니'란 시적 화자는 무엇을 말하는지 모르는 언술 형식을 취하고 있으나, 청자인 독자는 이미 사태의 추이를 관망하고 있다는 전제를 띤 구조적 형식을 의미한다. 이는 화자가 현실의 실제 상황을 모르는 척하거나, 현재 직면한 상황과의 배반 관계를 기대하는 화자의 무지와 독자의 인지 사이에 대립하며 발생한다. 극적인 아이러니는 사실이나 결과에 대한 호기심을 제외하고 주로 관심을 통해 독자의 흥미를 유발한다. 이런 이야기들은 종종 실상에 대해 감추기는커녕 일부러 결과를 누설하여 조롱의 기능을 배가하기도 한다. 어떤 사건이나 현상이 발생하기 전부터 모든 것을 알고 있는 전지적인 우월감이 독자에게 부여되면서 독자의 감정적인 경험이 바뀌는 것이다. 특히 독자는 실상에 무지몽매한 화자에게 연민의 시선을 보내는 입장으로 뒤바뀌게 된다. 하지만 극적인 아이러니에서 독자의 감정은 자기가 이미 인지하고 있는 사실을 화자가 발견하지 못하는 것에 대한 두려움으로 바뀌는 결과를 초래하기도 한다. 이러한 언술이나 어조의 맥락에 의해 그 의미가 드러나기 때문에 기본적으로 진술 방식이 문제가 되는 관조적인 아이러니 형식이다.

어느 날 마술사가 곡예단을 이끌고 우리 마을에 들왔다. 아무도 그를 부른 사람은 없었다.

마술사는 서부의 무법자처럼 쌍권총을 차고 있었다. 신기한 그의 사격 솜씨는 단 한 발에 날아가는 새를 떨어뜨렸고, 500m 전방의 코카콜라 병뚜껑을 맞혔다.

하지만 이미 커크 더글라스가 나오는 영화를 본 사람들은 그의 묘기에 곧 싫증이 났다.

＞

　그러자 그는 자기의 목에다 대고 총을 쏘았다. 사람들은 놀랐으나 그는 죽
지 않았다.

　「저건 가짜총이다!」한 사나이가 말했다.

　「가짜총이라고 말한 분 나와 보시오.」마술사는 웃으며 말했다.

　마술사는 그 사나이에게 총을 쏘았다. 그 사나이는 대번에 피를 흘리며 쓰
러졌다.

　「살인이다!」사람들은 외쳤다.

　「살인이라고 말한 분 나와 보시오.」마술사는 엄숙하게 말했다. 아무도 선
뜻 나서지 못했다.

　「나는 불사신이오. 나를 믿지 못하는 사람은 목숨을 잃게 될 것이오.」마술
사는 위협적으로 말했다.

　그때부터 마을 사람들은 매일 아침 9시부터 저녁 6시까지 억지로 재미없는
마술을 구경해야만 했다. 경건한 자세로 대오를 맞춰 서서, 그의 마술이 끝날
때마다 일제히 박수를 치고 열광적인 환성을 울려야만 했다. 그렇지 않으면 곡
예단원들이 채찍을 휘둘렀다.

　그의 쌍권총 한 자루는 진짜총이고, 한 자루는 가짜총이라는 것을 곧 알게 되
었지만 아무도 그런 말을 입 밖에 내지 못했다.

　드디어 이 장기 흥행의 소문이 퍼져, 세무서에서 관리가 나왔다. 마술사는
우리에게서 매일 거둔 구경 값으로 세금을 냈다. 경찰서에서 경관이 오자 마을
사람들은 마술사를 쫓아내 달라고 부탁했다. 그러나 경관은 「단속할 법규가 없
다.」고 그냥 돌아갔다.

　이제 우리에겐 자조와 협동의 길밖에 남지 않았다. 그리하여 내일부터는 아
무도 마술을 보러가지 않기로 결정했다.

　과연 그렇게 될지 우리는 가슴을 두근거리며 내일을 기다리고 있다.

―김광규, 「재미없는 마술사」 전문

'외적 아이러니'가 외부에서 주어진 상황으로 인해 반어적 국면이 형성되는데 비해 '극적 아이러니'는 화자가 어떤 국면에 대해 무엇을 말하는지 모르는 척 시치미를 떼는 양식이다. 이는 형식적으로는 우위에 있는 청자의 관점을 우롱하면서 세계의 모순된 국면을 파헤치는 특질로써 기능한다. 상기 인용 시는 우화적인 의장으로써 진실을 기만하는 권력 조직의 우두머리를 '마술사'라는 특질로 알레고리화한 산문 형식의 작품이다. 이 시의 서사 얼개를 간략히 정리하면 다음과 같다. 아무도 그를 부른 적 없었지만, 어느 날 '마술사'가 곡예단을 이끌고 마을에 들어온다. 그는 서부의 무법자처럼 쌍권총을 차고 신기한 마술을 펼친다. 그러나 사람들은 이미 '커크 더글라스'가 나오는 서부영화를 본 터라 그의 묘기에 곧 싫증을 낸다. 그러자 그는 자기의 목에다 총을 쏘는 충격적인 행동을 벌이는데, 누군가 "저건 가짜총이다!"라고 진실을 말하자 그의 머리에 총을 쏘아 죽여 버린다. '마술사'는 자기를 '불사신'이라 자처하며 "나를 믿지 못하는 사람은 목숨을 잃게 될 것이오" 하며 온갖 위협과 협박을 한다. 그날 이후부터 마을 사람들은 매일 아침 9시부터 저녁 6시까지 경건한 자세로 대오를 맞춰 서서 열광적인 환성을 울려야만 했다. 그렇지 않으면 마술사의 하수인과 다를 바 없는 곡예단원들이 채찍을 휘둘렀기 때문이다.

'마술사'의 총이 한 자루는 가짜였고 한 자루는 진짜였다는 사실을 알았지만, 누구도 진실을 입 밖으로 꺼내지 못한다. 급기야 이 장기 흥행의 소문이 퍼져 세무서에서 관리가 나오자 '마술사'는 우리에게서 거둔 관람료로 세금을 낸다. 사람들은 경찰서에게 마술사를 쫓아내 달라고 부탁해 보아도 경관은 "단속할 법규가 없다"고 그냥 돌아간다. 이제 그들에겐 자조와 협동의 길밖에 남지 않았다. 그리하여 내일부터는 아무도 마술을 보러 가지 않기로 결정했다. 과연 그렇게 될지 우리는 가슴을 두근거리며 내일을 기다리고 있는 상황으로 시의 서사가 종결된다. 인용 시에서 '마술사'는 '독재자', 곡예단원들은 '권력의 하수인', '경찰들'은 '권력의 비호 세력'을 함축한다. 1970년대 유신과 독재라는 억압적인 정치 상황에 대해 '우화풍유'의 형식으로 까발린다. 시의 화자는 겉으로는 천연덕스럽게 시치미 뚝 떼고 어눌한 어조로 진술하지만, 정치권력의 속임수를 정직하게 지적할 수 있는 시민의식을 촉구하는 의식이 배면에 짙게 깔려 있다. 화자가 세상 물정 모르는 어조로써 진술하고 있는 것은, 과연 내일부터 마술을 보러 나오지 않는 이가 얼마나 될 것인가를 판단하는 것은 전적으로 극적 아이러니의 관객인 독자의 몫이기 때문이다.

이른 아침 6시부터 밤 10시까지 하루도 빠짐없이

그는 의자 고행을 했다고 한다.

제일 먼저 출근하여 제일 늦게 퇴근할 때까지

그는 자기 책상 자기 의자에만 앉아 있었으므로

사람들은 그가 서 있는 모습을 여간해서는 볼 수 없었다고 한다.

점심시간에도 의자에 단단히 붙박혀

보리밥과 김치가 든 도시락으로 공양을 마쳤다고 한다.

그가 화장실 가는 것을 처음으로 목격했다는 사람에 의하면

놀랍게도 그의 다리는 의자가 직립한 것처럼 보였다고 한다.

그는 하루 종일 손익관리대장경과 자금수지심경 속의 숫자를 읊으며

철저히 고행업무 속에만 은둔하였다고 한다.

종소리 북소리 목탁소리로 전화벨이 울리면

수화기에다가 자금현황 매출원가 영업이익 재고자산 부실채권 등등을

청아하고 구성지게 염불했다고 한다.

끝없는 수행정진으로 머리는 점점 빠지고 배는 부풀고

커다란 머리와 몸집에 비해 팔다리는 턱없이 가늘어졌으며

오랜 음지의 수행으로 얼굴은 창백해졌지만

그는 매일 상사에게 굽실굽실 108배를 올렸다고 한다.

수행에 너무 지극하게 정진한 나머지

전화를 걸다가 전화기 버튼 대신 계산기를 누르기도 했으며

귀가하다가 지하철 개찰구에 승차권 대신 열쇠를 밀어 넣었다고도 한다.

이미 습관이 모든 행동과 사고를 대신할 만큼

깊은 경지에 들어갔으므로

사람들은 그를 30년간의 장좌불입이라고 불렀다 한다.

그리 부르든 말든 그는 전혀 상관치 않고 묵언으로 일관했으며

다만 혹독하다면 혹독할 이 수행을

외부압력에 의해 끝까지 마치지 못할까 두려워했다고 한다.

그나마 지금껏 매달릴 수 있다는 것을 큰 행운으로 여겼다고 한다.

그의 통장으로는 매달 적은 대로 시주가 들어왔고

시주는 채워지기 무섭게 속가의 살림에 흔적 없이 스며들었으나

혹시 남는지 역시 모자라는지 한 번도 거들떠보지 않았다고 한다.

오로지 의자 고행에만 용맹정진했다고 한다.

그의 책상 아래에는 여전히 다리가 여섯이었고

둘은 그의 다리 넷은 의자다리였지만

어느 둘이 그의 다리였는지는 알 수 없었다고 한다.

—김기택, 「사무원」 전문

　　인용 시는 사무실에 틀어박혀 기계적으로 일에 파묻혀 있는 '사무원'의 고통을 스님들의 수행 과정으로 변용하여 희화화한 극적 아이러니의 전형적인 작품이다. 시의 화자는 능청스러운 어조로 '그'가 오로지 "의자 고행에만 용맹정진"하다가 결국 자신이 앉아 있는 의자와 물아일체가 되는 경지, 즉 인간성을 상실하고 물화(物化)되는 소외의 지경에 이른다는 반어적 구조를 전면에 내세우고 있다. 대기업에서 실제 사무원으로 근무했던 시인의 경험이 반영된 작품으로 여겨진다. 화자는 기계처럼 같은 일을 반복하며 스스로 행동하고 사고하기가 불가능한 현대 사무원들의 현실을 풍자하고 있는 것이다. 현대적 삶은 땀의 가치나 노동의 의의를 상실한 채 자본을 소비하는 데서 행복의 가치를 추구하는 형태로 전락했다. 소비가 지고의 가치가 되어 버린 자본주의적 구조에서 자본을 소유하기 위한 노동은 개인의 삶을 황폐하게 만들 뿐 아니라 일과 관계없는 인간관계는 철저하게 차단되어 절연되기 십상이다.

인용 시 속의 '사무원'은 노동의 의의를 상실한 채 "고행업무 속에만 은둔"하여 사무용품인 '의자'와 일체가 되는 인간 소외의 극단을 보여 주는 존재이다.

시의 화자는 아침부터 밤까지 이어지는 사무원의 업무는 '의자 고행'으로, 그가 뒤적이는 각종 재무재표는 경전인 "손익관리대장경"과 "자금수지심경"으로, 상사에 대한 복종은 "108배"로 변주한다. 나아가 화자는 기계적 · 반복적 업무 덕분에 그는 "장좌불입"의 경지에 들어갔으며, 소통의 부재를 '묵언' 수행의 일종으로 간주한다. 다만 '그'는 이 "혹독"한 "수행"을 "외부압력에 의해 끝까지 마치지 못할까 두려워했"지만 그나마 "지금껏 매달릴 수 있다는 것을 큰 행운으로 여겼다"고 말한다. 여기가 바로 '고행'은 곧 '행운'이라는 도식의 아이러니가 형성되는 지점이다. 후기산업사회에서 인간을 지배하는 특징으로서 "시주"에 함의된 바와 같이 자본의 논리가 깊이 침투해 있는 국면이다. 그러나 "시주"는 들어오는 즉시 "속가의 살림에 흔적 없이 스며들"기에 그 속에서 일하는 사람들은 더더욱 도구처럼 비인간적인 삶을 영위할 수밖에 없다는 게 당면한 현실이란 전언이다. 이런 상황에서 '의자'와 그의 '다리'가 구분되지 않을 정도로 일체를 이루었다고 능청스레 던지는 화자의 마지막 발언은 가히 '극적 아이러니'의 진수라 여길 만한 대목이다.

지금까지 살펴본 바와 같이 '아이러니'와 '역설'은 흔히 같은 것으로 간주되기도 하지만 둘은 명백하게 다르다. 아이러니는 진술 자체에는 모순은 없으나 진술된 언표와 그것이 지시하는 대상이나 숨겨진 의미 사이에 모순이 생기는 것이고, 역설은 진술 자체에 모순을 유발하며 그 속에 진리를 숨기는 방식을 지칭한다. 이러한 내용을 배경으로 하고 있는 아이러니는 시 속에서 에이런처럼 표면적으로는 패배하는 것 같지만 궁극적으로 승리를 하기 때문에 아이러니는 감정적이라기보다는 주지적이고 객관적인 성격을 지닌다. 그것은 현실적으로 강자인 알라존의 거짓과 모순과 허점을 끄집어내기 위한 발상이며 에이런의 영리함과 지혜를 은폐하기 위한 전략이다. 시가 아이러니를 주된 요소로 삼는 것은, 시가 진실에 대한 축어적 표현이라는 점과 상통한다. 더구나 그것은 표면적 현실 속에 감추어져 있는 진실을 밝히는 데 유용한 효과를 발휘하기 때문이다. 일반적으로 아이러니가 발생하는 경우는 크게 몇 가지로 유형화된다. 첫째 화자는 겉과 속이 지닌 이중의 의미를 의식하고 있지만 상대자는 의식하지 못하는 경우, 둘째 아이러니가 사실을 축소·과장하거나 농담, 조롱, 조소, 해학 등을 포괄적으로 수용하는 경우, 셋째 언어유희, 모순어법, 패러디 등이 사용되는 경우가 여기에 해당된다.

8

언어유희로서의 편(pun)

1. 편의 개념

일반적 관점에서 편(pun)이란 '언어유희'와 직결되는 요소로서 동음이의어나 각운 등을 이용하여 재미있게 꾸미는 언어적 형식을 의미한다. 편에는 협의의 개념으로 동음이의어를 활용하는 방법과 광의의 개념으로 비슷한 음운(音韻)이나 음가(音價)를 활용하는 방법이 있다. 말이나 글자를 소재로 하는 놀이에는 '말 잇기 놀이', '어려운 말 외우기', '새말 만들기' 따위가 있다. 편은 어린아이들의 어휘력에도 큰 영향을 미치므로 여러 가지 놀이와 학습 형태로 널리 차용되기도 한다. 나아가 수수께끼는 은유로 대상을 정의하는 언어유희의 하나로도 분류되어 다양한 관점에서 흥미를 유발한다.

새말 만들기의 예로는 '콩글리쉬(konglish)'(영어 + 한국어 조합) 같은 경우이며, 어려운 말 빨리 발음하기의 예로는 '간장공장 공장장은 장공장장인가 공공장장인가' 등이 있다. 말꼬리 잡기는 '가랑잎, 잎사귀, 귀엣말, 말장난……', '원숭이 궁둥이는 빨개, 빨개면 사과, 사과는……' 등이며, 동음이의어 만들기로는 '눈에 눈이 들어가니 눈물(淚)이냐 눈물(雪液)이냐' 등의 예가 있다. 해자(解字)・파자(破字) 놀이로는 '丁口竹天=가소(可笑)', '八+八=米' 등과, 차자(借字) 놀이로는 'You are a dog(有雅羅毒)' 등이 대표적인 예에 속한다. 나아가 내용 없는 미사여구나 현학적인 말을 늘어놓는 일 따위까지 두루 포함한다.

시 텍스트에서는 인간의 유희적 욕구를 만족시키거나 현실을 조롱하고 비꼬기 위한 효과적인 수단 중의 하나로써 편의 효과를 널리 활용한다. 은유와 마찬가지 성격을 지닌 이 편은 시적 언어의 특징을 그대로 반영하고 있다. 특히 동음이의어로 표현되는 이중적인 언어관을 고유의 텍스트 전략으로 삼는다는 특질이 있다. 편이 해학 또는 조롱이란 언술을 전제로 하여 충격적인 질서로 재조합되는 것은 바로 이러한 고도의 텍스트 전략, 그리고 이에 부합되는 화자의 능청스런 언술과 긴밀하게 결합하기 때문이다.

편의 텍스트 전략에서 가장 두드러지게 부각되는 것은 바로 언어의 '이중적 활용’이라고 명명할 수 있다. 그것은 무엇보다도 일상 언어가 지닌 메타언어의 기능을 암시적으로 강조하면서 슬쩍 비트는 어조와 결합하여 긴밀한 역학 관계를 형성하기 때문이다. 물론 언어 그 자체만을 독립적으로 고찰할 경우 그것이 메타 텍스트인지 아닌지 확인하기 어려운 경우도 더러 있다. 이것은 하나의 펀이 그것을 둘러싸고 있는 현실 자체의 모순과 암묵적으로 연계되어 있다는 사실을 고려할 경우도 허다하다. 펀은 ‘유희’라는 표현이 함축하고 있듯이, 어느 순간 그 텍스트 자체에서 벗어나는 메타의 기능을 내장한다.

은유에서 파생된 펀은 은유와는 다르게 하나의 과녁을 겨냥하는 듯하면서 궁극적으로는 그것을 부정하고 깨뜨린다. 어떤 시인의 의식이든 언어에 의해 매개되었을 경우 펀은 독자의 고정관념이나 타성적인 의식을 환기하기 위한 방식의 하나로 메타언어적인 전략을 수렴하기 때문이다. 얼핏 자기모순처럼 보이는 이러한 전략을 이해하지 못할 때 펀은 무의미한 말장난으로 비쳐질 수도 있다. 그러나 바로 말장난, 즉 펀은 언어의 유희를 통해 인식(언어)의 한계성을 벗어난 새로운 질서를 창안한다. 따라서 현대시의 대표적 기법 중의 하나인 펀은 풍자적으로 세태를 비판하거나 해학적으로 삶의 비의나 진실을 드러낸다는 점에서 젊은 시인들이 다양하게 차용하는 기법 중의 하나로 중시된다.

2. 펀의 유형

1) 말재롱

인간이 즐겨 사용하는 ‘말재롱’은 무엇보다도 유쾌한 해학성을 통해 흥미와 즐거움을 선사한다. 단순히 사실에만 의거하여 대화를 나누거나 정보를 전달할 때보다 훨씬 더 큰 효과를 얻을 수 있다는 장점도 있다. 특히 우리말에서 펀은 아주 오래전부터 상존했는데, 한시에서 압운을 맞춘다거나 시조에서 글자 수를 맞추는 것과 같이 고대 문학작품을 통해 어렵지 않게 발견된다. 펀은 현대에 와서도 계층을 막론하고 다양한 형태로 변용되어 두루두루 쓰이고 있다. 최근에는 인터넷의 발달로 통신 언어라는 새로운 형태의 언어들이 생겨나면서 낯선 언어와 그에 따른 언어유희들이 끊임없이 재생산되고 있기도 하다.

'말재롱'의 일례를 들면 "自知면 晩知고, / 補知면 부知라"라는 기표에는 금기시하는 성기 명칭들이 노골적으로 표현되어 낯이 뜨거울 정도이다. 이를 해석해 보면, '혼자 알려고 하면 늦게 알고, 도움을 받아 알려고 하면 일찍 알게 된다'는 긍정적인 뜻이 담겨 있다. 일차적인 부정적인 기표가 이차적인 긍정적인 기의로 뒤집혀 메타언어의 기능을 성실하게 수행하고 있다. 그러나 이러한 문구는 지나치게 해학성을 강조한 저급한 음담의 범주를 벗어나기 어렵다. 이에 비해 "주일날 새우젓 사러 광천에 갔다가/ 미사 끝나고 신부님한테 인사를 하니/ 신부님이 먼저 알고, 예까지 젓 사러 왔냐고/ 우리 성당 자매님들 젓 좀 팔아주라고/ 우리가 기뻐 대답하기를, 그러마고/ 어느 자매님 젓이 제일 맛있냐고/ 신부님이 뒤통수를 긁으며/ 글쎄 내가 자매님들 젓을 다 먹어봤겠느냐고/ 우리가 공연히 얼굴을 붉히며/ 그도 그렇겠노라고"(정희성, 「새우젓 사러 광천에 가서」)라는 시는 어떤가?

정희성의 시에는 저속하지 않으면서도 슬며시 웃음이 비어지게 만드는 유머 기능이 내장되어 있다. '신부'와 '신도'의 대화라는 특별한 상황에서 '젓'(드러난 기표)과 '젖'(숨은 기의)이 예기치 않게 결합되는 일이 벌어졌기 때문이다. 일부러 의도하지 않았는데도 야기된 상황이므로 더더욱 암시적인 성적 메타포가 부각된다. 이러한 우연한 정황이 리얼리티를 획득하면서 서로가 "공연히 얼굴을 붉히"게 만드는 상황에 봉착한다. 따라서 '말재롱'이란 한마디로 말해서 비판적 기능을 거세한 채 동음이의어나 겹치는 음가(音價)를 활용하여 유쾌한 해학적 기능을 중시하거나 삶의 비의나 진실 등을 드러내는 방식이라 요약된다.

뜻과는 아무 관계없이

헤어져 나만 홀로 남아

어

거지

푸성귀에서 뜯어낸 잎으로

국 끓여 먹고 살자니

우

거지

식사 후 그릇 모아

깨끗이 씻는데도

설

거지

그래 나는 거지다

―조승기, 「아름다운 세상」 전문

　상기 인용 시는 아무런 관련 없는 '어거지→우거지→설거지'라는 언표가 유기적으로 나열된 편의 효과로 인해 아주 새롭고도 감각적인 '말재롱'의 묘미를 보여 주고 있다. 그 효과를 배가하기 위해 '어/거지→우/거지→설/거지'로 의도적으로 행을 분리한 시각적인 배려도 긴요한 몫을 담당한다. 중년의 남자인 화자의 "뜻과는 아무 관계없이/ 헤어져 나만 홀로 남아" "푸성귀에서 뜯어낸 잎으로/ 국 끓여 먹고 살자니" "식사 후 그릇 모아/ 깨끗이 씻는데도" 어찌 '거지' 같은 삶이 아니겠는가. '기러기 아빠'로 추정되는 화자가 비루한 나날의 가난한 내면을 아주 유쾌한 말재롱의 기법으로 보여 주는 까닭에 십분 그 진실이 배가된다. 인용 시에서의 말재롱은 무엇보다도 비극적인 정황을 문제 삼을 때 삶의 진정성이 강화된다는 특징을 선보인 경우에 해당한다. 이와는 역으로 다음의 인용 시는 우스꽝스런 아이러니한 정황이 보편적인 삶의 진리를 현현하는 방식으로 작동된다.

> Knock 소리가 들리거든 당장 일어나라 누구라도 지금은 편히 앉아 있을 때가 아니다 안사람이 깊은 사색에 잠겨 있는 동안 바깥사람은 사색이 되어 간다 절대 Knuck 놓고 볼일 보지 마라 내가 밀어내기에 힘쓰는 동안 그는 끌어당기느라 골몰한다 단단한 두개골을 두드려 본 적 있는 사람이라면, 파열음 'K'자가 왜 묵음에 빠졌는지 알게 되리라 신은 인간에게 '똑똑'할 수 있는 능력을 주셨기 때문이다 신도가 똑똑했으므로 목사도 똑똑했다
>
> 문밖의 신은 인간이 '똑똑'하자 어쩔 줄 몰라 허둥댔다
>
> ─강희안, 「똑똑하다」 전문

조승기의 시가 '비극의 희극화'라는 방식이라면, 강희안의 시는 '희극의 비극화'라는 아이러니한 방식으로 시적 흥미를 유발한다. 인용 시는 일차적으로 화자가 화장실에서 벌어지는 보편적 상황에서 착안된 희극적 정황에서 출발한다. 크게는 외래어인 "Knock"(두드리다)와 "Knuck"(주먹)의 비슷한 음성을 결합하여 말재롱의 한 국면을 열어 보인다. 시의 화자는 우선 '두드리다(Knock)'의 양면성인 '안'(편안)과 '밖'(불편)의 관계에 주목한다. 그리고 다시 '주먹(Knuck)'과 '두드리다'를 한 짝으로 병렬하면서 "Knuck 놓고 볼일 보지 마라"고 힘주어 강조한다. 그것은 주먹을 의미하는 "Knuck"이 '넋'으로 읽히게끔 유도한 문맥적 배열이기도 하다.

그렇다면 화자가 화두처럼 던진 "단단한 두개골을 두드려 본 적 있는 사람이라면, 파열음 'K'자가 왜 묵음에 빠졌는지 알게 되리라"는 구절에는 무슨 함의가 담겨 있을까? 여기에는 누군가의 영혼을 벼락 치듯 두드려 일깨운다는 것은 '묵음'이란 깊은 공안에 빠져 본 적 있는 대자적 존재라야만 가능하

다는 역설적인 인식이 내장되어 있다. 나아가 '똑똑하다'도 '노크하다'와 '명석하다'라는 두 가지 의미망이 긴밀하게 결합되어 있다. 따라서 "문밖의 신은 인간이 '똑똑'하자 어쩔 줄 몰라 허둥댔다"는 문맥을 강화하는 장치 역할을 한다. 즉 화자가 '신'과 '인간'이 이성(문명)과 감성(자연)이란 두 축을 중심으로 절연된 이율배반적인 관계에 주목하고 있기 때문이다.

> 가령
> 이것이 시다, 라고 쓴 대부분의 것은 시가 아니다
>
> 설령
> 이것이 시가 되지 않더라도, 라고 쓰여진 것은 대부분 시다
>
> 가령(佳嶺)은 도처에 있다 가령 화사하고 화려한 것, 가령 사랑이란 단어,
> 가령 그리움이란 단어, 봄날 꽃놀이 관광버스가 가 닿는 곳, 그곳이 가령이다
>
> 설령(雪嶺)은 보이지 않는 자리에 스며 있다 어둡고 춥고 배고픈, 눈과 귀와
> 혀의 뿌리 설령 어시장 좌판이라도, 설령 공중화장실이라도, 설령 무덤이라도,
> 설령 보이지 않더라도, 그곳에 있다
>
> 등반자여 혹은 동반자여
> 가령은 도처에 있고 설령은 도무지 없다
> 도대체 어디를 오를 것인가
>
> ―박제영, 「가령과 설령」 전문

강희안의 시가 '신'과 '인간'의 관계성에 관심을 둔다면 박제영의 시는 '가령'과 '설령'이란 부사어의 차별성에 대해 문제를 제기한다. 시의 화자는 부사어 '가령'을 '佳嶺' '설령'을 '雪嶺'이란 말로 치환하여 해학적인 말재롱의 효과

를 만들어 낸다. '가령'이란 부사이는 '-일지라도'라는 긍정적인 용언과 결합하는 말이다. 따라서 시의 화자는 "가령/ 이것이 시다, 라고 쓴 대부분의 것은 시가 아니"라고 말한다. 시란 어떤 확정적인 언술로는 도달할 수 없는 비가시적인 실재이기 때문이다. 이러한 전제를 통해 시(언어)의 허구성을 예리하게 갈파하고 있는 셈이다. 이에 반해 '설령'이란 부사어는 '-이 아닐지라도'라는 부정적인 용언과 결합하는 말이다. 따라서 시의 화자는 "설령/ 이것이 시가 되지 않더라도, 라고 쓰여진 것은 대부분 시"라고 말한다. 시란 역설적으로 어떤 불확정적인 언술로서만 도달할 수 있는 가시적인 실재이기 때문이다.

화자가 일차적으로는 '가령(佳嶺)'을 '아름다운 고개', '설령(雪嶺)'을 '눈으로 덮인 고개'라는 의미로 구분하지만, '이를테면'이라는 부사어와 함께 차용하면서 말재롱의 효과를 배가한다. 화자에 따르면 '가령(이를테면)' "화사하고 화려한 것, 가령 사랑이란 단어, 가령 그리움이란 단어, 봄날 꽃놀이 관광버스가 가 닿는 곳"이 '가령'인 셈이다. 이렇게 화자는 즐김의 장소인 '가령'이 "도처에 있"는 반면 '설령'은 "보이지 않는 자리에 스며 있다"고 소외된 존재들에 대한 관심을 환기한다. '설령(이를테면)' "어둡고 춥고 배고픈, 눈과 귀와 혀의 뿌리 설령 어시장 좌판이라도, 설령 공중화장실이라도, 설령 무덤이라도, 설령 보이지 않"는 까닭에 춥고 배고프다는 전언이다. 따라서 화자는 '가령'에는 '등반자'가 필요하지만 '설령'에는 '동반자'가 필요하다는 시적 인식의 메시지를 말재롱의 효과를 통해 긴요하게 함축한다. 그리고 마지막 연에서 화자는 "도대체 어디를 오를 것인가"에 대해 독자에게 의미심장한 질문을 던지고 있다.

비 내리고 공중에 뜬 새가 새다. 긴 눈빛과 긴 날개가 새다. 지상에 웅크린 작은 새가 새다. 가는 발목에 빗방울이 맺히다. 내가 새다 가슴바닥에 물이 고이더니 먼저 종아리뼈가 잠기다.

공중과 지상과 새와 나 사이에 비 내리고, 떨어져 있는 것,과 것,들은 새다.

—위선환, 「새다」 전문

앞서 인용한 시와는 다르게 위선환의 시는 '새'라는 두 가지 언표를 앞뒤로 교체해도 무방한 독특한 문맥 구조를 선보인다. 일차적으로는 '새(鳥)'로 읽히지만 두 번째 문장을 읽어 나가는 순간 '사이(틈)'란 의미까지 겹쳐진다. 이러한 섬세한 언어적 배열은 시적 긴장을 유발하면서 의미의 여백을 극대화하기 위한 기법이다. 인용 시에서 '새'가 드러내는 상승의 이미지와 '물'이 드러내는 하강의 이미지 등은 "공중과 지상"이라는 틈입의 원리에 입각한 생명적 공간을 창조한다.

「새」란 제목에서도 암시했듯이, 인용 시는 시적 화자가 '공중'과 '지상'으로 이분화된 세계에 틈입하고자 하는 의식이 강렬하다. 그러나 그것은 대립의 이미지를 통해 드러날 뿐 구체적인 의미로 제시되지는 않는다. 바로 그러한 점이 화자가 표방한 시 의식의 진원지를 가늠해 보는 하나의 척도가 된다. 이 시는 두 번째 문장까지는 '공중'과 '날개'의 상승 이미지가 '지상'과 '발목'으로 제시된 네 번째 문장에 와서는 상승 이미지로 대비되어 "내가 새다"라는 가장 핵심적인 말재롱의 효과를 창출해 낸다. 여기에서 '새다'란 말은 일차적으로는 틈입자의 모습인 '새(鳥)'로 읽히지만, 이차적으로는 '−이 새다', 즉 '누수'라는 새로운 의미로 읽힌다는 점이다.

이와 같은 독법은 바로 그다음에 이어진 "가슴바닥에 물이 고이더니 먼저 종아리뼈가 잠기다"라는 문장에서 확인된다. 나아가 시적 화자는 상승(나는 새, 공중)과 하강의 이미지(새는 비, 지상)를 통해 지상적 한계상황에 직면한 '나(자아)'의 실존성을 들여다본다. 나아가 화자는 '새'와 '나' 사이에 "비 내리"는 상황에서 틈입자에 불과한 자신의 참모습을 자각한 것이다. 이 같은 시적 화자의 자각이 바로 생명을 지닌 역동적 힘으로서의 '사이'를 인식한 결과로 여겨진다.

2) 말우롱

편의 갈래 중에서 '말재롱'이 해학적인 유머의 기능을 통해 유희적 기능을 강조한다면 '말우롱'은 다른 의미를 암시하기 위한 말이나 동음이의어를 풍자적·비판적인 형식으로 굴절시켜 표현하는 방식이다. 그런 까닭에 '말우롱'이란 말을 장난처럼 사용하면서 재미와 익살스런 웃음을 유발하지만, 종국에 가서는 쓴웃음을 짓게 만드는 블랙 유머(black humour)의 기능을 담당한다. 예를 들어 "秋美哀歌靜晨竝/ 雅霧來到迷親然/ 凱發小發皆雙然/ 愛悲愛美竹一然"이란 언표에는 "가을날 곱고 애잔한 노래가 새벽에 고요히 퍼지니/ 우아한 안개가 홀연히 드리운다/ 기세 좋은 것이나 소박한 것이나 모두 자연이므로/ 사랑은 슬프며, 애잔함은 아름다우니 하나로 연연하다"라는 비감한 의미가 담겨 있다.

그러나 표면적인 독음에는 "추미애가정신병/ 아무래도미친년/ 개발소발개쌍년/ 애비애미죽일년"이란 한 정치인을 비하하기 위한 촌철살인의 의도가 외연의 기능을 담당하고 있다. 이렇듯이 해학적 기능보다는 비판적 기능을 전면에 내세우는 경우는 모두 '말우롱'의 범주에 해당된다. 즉 '말'은 언어, '우롱'에는 비판적인 화자의 투명한 칼날이 숨어 있기 때문이다. 말이나 문자를 통해 상대를 현혹하는 해학적인 형태가 '말재롱'인 반면 비슷한 발음에서 착안된 말이나 동음이의어를 비틀어 풍자적으로 사용한 형식이 '말우롱'인 셈이다. 따라서 '말우롱'은 단순히 말장난으로 끝나는 것이 아니라 기존의 언어 규범이나 의사소통 관련자의 예상을 벗어나는 모든 언어 행위를 포함한다.

송욱의 시를 일례로 들면, "시시한 是是非非-/ 하늘처럼 하늘대는-/ 외마디를 마디마다-/ 民主 注意(칠)-/ 따라서 따라가면-/ 쌀쌀한 쌀-/ 데모하는 아아 데모크라시-/ 李朝末葉이 우수수 진다-"(「하여지향」)라는 부분이 대표적인 경우에 속한다. 여기에 쓰인 어구들은 모두 표기는 다르나 발음이 동일한 데 착안하여 정치 현실을 재치 있게 비판하는 구실을 담당한다. "시시, 하늘, 마디, 주의, 따라, 쌀, 데모, 末葉(낙엽)" 등 독음은 같으나 의미가 다른 말들을 사용하여 본디 낱말의 의미를 조롱하며 비틀고 있다. 풍자라는 편의 효과를 활용한 인용 시는 1950년대의 정치 현실이 이조 말엽의 시대상과 다를 바 없다는 의식을 드러내는 '말우롱'의 전형적인 모델로 손꼽히는 작품이다.

정치는 염치없는 잔치다 치사한 일 많아도
절대로 치사하지 않는다 정치는
눈치코치 없는 불치다 한번 걸리면
쉽게 치료되지 않는 암치다
비늘 없는 갈치 따위 조려 유치하게 잔치나 벌이고 있는 정치,
등 푸른 꽁치 따위 구워 치졸하게 잔치나 벌이고 있는 정치,
가까이 다가서면 정치는 치한처럼
아무나 잡고 치근대며 놓아주지 않는다
마음속 깊이 폭탄을 장치를 한 채
치정어린 잔치 따위 벌이고 있는 정치,
치즈조각 따위 씹어대고 있는
정치는 먼발치의 경치일 때나 아름답다
온종일 잔디밭을 걸으며
공치는 일로 역사를 잡치는 사람들
수치스러운지도 모르고 지금 서로의 뺨 치고 있다
더러는 한강 둔치의 국회의사당에 앉아
법 개정의 치적 쌓기도 하고
치솟는 물가 걱정도 하는 정치
치자꽃 밤꽃 향기에 잔뜩 젖어 있기 때문일까
기껏 아줌마들의 치맛자락을 쳐들기에 바쁘다
눈 치켜뜨고 잘난 체 하기에 바쁘다
칫솔에 치약을 묻혀 양치질하듯 깨끗하게 닦아내고 싶은 정치,

밥솥에 쌀 안치듯 정치는

사람들의 치욕 제자리에 들어앉히는 일 아닌가

아침까치 마음으로 거리를 달리며

어지럽게 도치된 세상, 차분히 정치시키는 일 아닌가

—이은봉, 「정치」 전문

송욱의 시와 마찬가지로 이은봉의 시는 '정치'의 '치'음을 중심으로 전개되는 '말우롱'의 효과가 지배적인 시적 의미망을 구축한다. 인용 시는 오늘날의 정치 현실이 지닌 온갖 속물성과 패악성을 다양한 편의 효과를 통해 비틀고 조롱하고 폭로한다. 편의 효과는 '치'자가 앞쪽과 뒤쪽으로 맞추어지는 두 갈래로 구분되어 다양한 의미 범주로 파생된다. 앞쪽으로 '치'자를 맞춘 경우는 "치사, 치료, 치졸, 치한, 치근대며, 치정, 치즈, 치고 있다, 치적, 치솟는, 치자꽃, 치맛자락, 치켜뜨고, 칫솔, 치약, 치욕" 등이 있고, 뒤쪽으로 맞춘 경우는 "염치, 잔치, 눈치코치, 불치, 암치, 갈치, 유치, 꽁치, 장치, 면발치, 경치, 공치는, 잡치는, 수치, 둔치, 양치질, 안치는, 도치, 정치(定置)" 등이 있다.

화자의 관점에서 볼 때, 정치는 타락할 대로 타락한 우리 시대의 현시태라는 점에서 더더욱 문제가 심각하다. 화자에 의해 독자는 오늘의 정치 현실이 자행한 부조리와 속악한 추행의 범주가 어디까지인가를 가늠해 보게 된다. 이렇게까지 비판적인 시각을 견지한 것은 화자가 정치를 "염치없는 잔치", "치사한 일 많아도/ 절대로 치사하지 않"는 "눈치코치 없는 불치", "한번 걸리면/ 쉽게 치료되지 않는 암치"로 인식하기 때문이다. 그 무엇이나 어떤 것보다도 우선되는 정치의 본질이란 '널리 세상을 이롭게 하는 것'이 아니었던가. 그러나 화자는 오늘의 정치 현실이 오히려 "사람들의 치욕 제자리에 들어앉히는 일"이라고까지 단언한다. 정치적 대의란 "어지럽게 도치된 세상, 차분히 정치시키는 일"이기 때문이다.

푸성귀는 간할수록 기죽고

생선은 간할수록 뻣뻣해진다

재앙을 만난 생의 몸부림

적멸의 행간은 왜 그리 먼가

여말에 요승이 임금 업고 까불 때

간 잘 맞춘 임박은 승지가 되고

간하던 내 선조 임향은 괘씸죄 쓰고

남포 앞 죽도로 귀양 가 소금이 됐다

세상에 간 맞추며 사는 일

세상에 스스로 간이 되는 일

한 입이 내는 奸과 諫 차이

한 몸 속 肝과 幹 사이는 그렇게 먼가

꼴뚜기는 곰삭으면 무너지지만

멸치는 무너져도 뼈는 남는다

꽁치 하나 굽는데도 필요한 소금

과하면 짜고 모자라면 싱거운

간이란 그 이름을 세워주는 毒이다

간이 맞아야 입맛이 도는

입맛이 돌아야 살맛 나는 세상에

그 어려운 소금 맛을 늬들이 알아?

—임영조, 「간」 전문

    이은봉의 시가 '치'음을 중심으로 다양하면서도 신랄하게 정치를 풍자했다
면, 임영조의 시는 '간'이란 동음이의어의 양면성을 통해 세상을 사는 방식에

대해 궁구한다. 우선 인용 시는 짠맛의 정도를 나타내거나 짠맛을 내는 '간'
의 의미를 지닌 '소금'에서부터 시작된다. 그런데 화자는 똑같은 '간'을 해도
'푸성귀'는 "기죽고" '생선'은 "뻣뻣해진다"는 모순된 현상의 국면에 대해 문
제를 제기한다. 화자는 그것은 "재앙을 만난 생의 몸부림"이라고 압축하면
서 "적멸의 행간은 왜 그리 먼가"라고 자문한다. 여기에서부터 '간'은 '간(間)',
즉 '차이'를 뜻하는 말로 변주되며 그 이후부터는 더욱 다양한 의미망으로 확
대해 나간다. 그 '차이'는 여말의 "간 잘 맞춘" '임박'과 "간하던" '임향'이라는
인물을 대조하면서 구체화된다.

　'임박'의 '간'이 간신(奸臣)을 의미하는 '간(奸)'이기 때문에 '승지'가 된 반면,
'임향'의 '간'은 충고란 의미가 담긴 간언(諫言)의 '간(諫)'이므로 "죽도로 귀양
가"서 '소금(빛, 상징)'이 된다는 사실이다. 이 같은 상황에 대해 화자는 "세상
에 간 맞추며 사는 일"과 "세상에 스스로 간이 되는 일"이란 상이한 관계로
분류한다. 전자가 간사할 '奸'이나 몸속의 간을 뜻하는 '肝'이라면, 후자는
충고할 '諫'이나 근본인 몸 '幹'에 해당한다. 따라서 화자가 '간'을 "과하면 짜
고 모자라면 싱거운/ 간이란 그 이름을 세워주는 毒"이란 경구로 함축한다.
따라서 화자가 마지막 종연에서 "늬들이 게맛을 알어?"라는 모 광고의 해학
적인 카피 문구를 패러디하여 "그 어려운 소금 맛을 늬들이 알어?"라고 묻는
잉여의 메시지는 독자의 몫이리라.

　　과장할 것/똑같은 부사를 두 번씩 쓸 것/씩씩하게, 씩씩하게/형용사를 늘어
　놓을 것/환하고 화려하고 근사한/표정으로/썼던 것들을 바로 지워 버릴 것/백
　스페이스키와 친숙해질 것/과감해질 것/기하학과 천문학에 투신할 것/4차원일
　것/안드로메다로의 여행을 두려워 말 것/하얀 와이셔츠 위에 하얀 넥타이를 맬
　것/말레비치를 떠올리지 말 것/까만 와이셔츠 위에 하얀 넥타이를 맬 것/바넷
　뉴먼을 떠올리지 말 것/하얀 넥타이 위에 하얀 와이셔츠를 입거나/하얀 넥타이
　위에 까만 와이셔츠를 입을 것/아무것도 입지 않을 것 아예/부끄러울 것/부끄
　러움을 티내지 말 것/차라리 뻔뻔할 것/도박과 도발을 즐길 것/모방을 모방하

면서/모방을 모반할 것/같은 문장이되/다른 문장일 것/동어를 반복할 것/이어
도 반복할 것/엎친 데 덮칠 것/문장과 문장 사이에/갈림길을 만들 것/선택의 문
제에 골몰할 것/주인공이 가지 않은 길을 갈 것/주인공을 끊임없이 질투할 것/
주인공과 끊임없이 결투할 것/변화할 것/일관성이 있을 것/변화에 일관성이 있
을 것/아무도 구두점을 찍지 않는 시대에/최소한의 말로 살아남을 것/다이어트
와 폭식을 되풀이할 것/묻고 또 묻고/묻는다는 것에 대해 또 물을 것/윈도우를
켜고/바탕화면 휴지통에/에스트로겐과 테스토스테론을,/절대개념과 상대개념
을,/이미지와 사운드를,/자음과 모음을,/나와 너를,/부장할 것//* ps. 과장에
서 부장으로 승진한 사실을 최대한 은닉할 것

—오은, 「스타일」 전문

오은의 시는 현대인들이 부조리한 세계와 자신만의 내부 세계를 지각하
고 반응하는 방식이 동음이의어를 통해 적시된다. 융은 심리적 기능을 인식
기능(감각 기능, 직관 기능)과 판단 기능(사고 기능, 감정 기능)의 두 갈래로 분류한
다. 전자가 비합리적 기능으로서 옳고 그름의 판단 과정을 거치지 않으면서
직접적으로 무엇을 감지하는 그림자라면, 후자는 합리적인 정신 기능으로서
주어진 관념 내용을 서로 연결하여 규준에 따라 판단하고 결정하는 초자아
(super ego)에 해당한다. 인용 시는 인식 기능이 우세한 판단 정지의 상태로
서 현대의 권력(惡)과 시(善)와의 아이러니한 관계에 초점을 맞추어 현대인(시인)
의 이율배반적 행태를 꼬집어 내고 있다.

인용 시는 직함인 '과장'에서 출발하여 '부장'으로 미끄러져 가는 차연의 환
유 구조를 축으로 배열되어 있다. 화자는 말놀이에서 착안한 언어 의식을 바
탕으로 기의(誇張, 副葬: 그림자)와 기표(課長, 部長: 자아)가 어그러진 사태에 주
목한다. 이러한 메타언어에는 화려한 '형용사'(시, 감성)와 논리적인 '부사'(권력,
이성)의 체계에 대한 환멸까지 내재되어 있다. 따라서 화자는 "근사한/표정으
로/썼던 것들을 바로 지워 버"리라고 강조한다. 나아가 '도박'과 '도발'을 즐
기며 기성관념을 '모방'하는 형태에서 벗어나 '모반'을 예비하는 실천적 명제

를 제시하고 있다. 이와 같은 말재롱의 배후에는 근대 이후 인간과 이성 중
심으로 구성된 세계의 관념을 깨뜨려야 한다는 화자의 가열한 의지가 내재
되어 있다.

현대인들이 삶의 균형을 이루기 위해서는 자신의 그림자와 대면하고 반드
시 이를 통합하는 과정이 필요하다. 자신의 긍정적인 면과 부정적인 면을 모
두 아우른 후에야 비로소 자기완성에 이를 수 있기 때문이다. 그러나 마지막
부분에 추신 형식으로 붙은 "과장에서 부장으로 승진한 사실을 최대한 은닉
할 것"이라는 언술 속에는 우리가 얼마나 많은 잉여의 그림자를 숨기고 살아
야 하는가에 대한 화자의 고뇌가 짙게 깔려 있다. 이것은 선과 악, 옳고 그름,
평안과 불안을 무화해야 한다는 의식을 전제로 할 때 성립되는 양식이다. 현
대인(시인)에게 "아무도 구두점을 찍지 않는 시대에/최소한의 말로 살아남"아
야 한다는 것은 지극히 불행한 운명의 형식이라는 전언이다.

> 구멍 난 도시의 심장을 여러분께선
> 관통하고 계신 셈인데, 관통을
> 자꾸 간통으로 알아듣는 이가 있다
> 혀가 짧은 것도 아닌데 순환선을
> 수난선으로 발음하기도 한다
> 그는 종일 간통죄 폐지의 거론과
> 도덕의 수난을 생각하였을 것이다
>
> 잠실과 신도림이 은밀하게 연결되었을 때,
> 그는 처음으로 교통과 고통을 얼버무리고
> 다 그게 그거라고, 우리말 사전의 몇몇
> 어휘들은 수정되어야 한다고 우겼다
> 90년대에 이르러 그는 문명과 문맹을
> 利器와 치리를 얼버무려 놓았다

>

이제 그는 없다, 언젠가 그가 바람난 서울을

떠나겠노라 했을 때 아무 말하지 못한 건

관통과 간통의 일맥상통을,

소득수준과 소비지수가 다른

잠실과 신도림의 은밀한 밀회를

부인할 수 없었기 때문이다

숨막히는 호흡의, 팽창하는 성감의 서울

간통죄 폐지의 거론과 도덕의 수난을

생각하며 마그네틱 테이프 들이밀 때

나는 문명의 진공 속으로 빨려드는

담배꽁초가 되고, 아랫배에 힘주어

바리케이드 밀고 나오면

그렇다, 이건 영락없는 문명과 이기의,

간통

—정해종, 「을지로 순환선」 전문

임영조와 오은의 시가 동음이의어에서 착안된 삶의 아이러니한 국면에 대해 관심을 피력했다면, 정해종의 시는 발음의 유사성에서 착안된 펀의 기법을 통해 문명 비판적인 의식에 초점을 맞춘다. 우선 화자는 '관통'을 '간통'이라고 슬쩍 비틀면서 '순환선'과 '수난선'으로 동일화한다. 그것은 다름 아닌 다음 구절인 화자가 "간통죄 폐지"와 "도덕의 수난"이라는 이중적 의미망으로 포섭하기 위한 전략의 일환이다. 더구나 '교통'과 '고통'을 얼버무리며 인간사를 억압하는 구조적 모순과 비합리적인 문명에 대해서 문제를 제기하는 대목이다. 이와 같은 화자의 의식 저변에는 '그'가 "다 그게 그거라고, 우리말 사전의 몇몇/ 어휘들은 수정되어야 한다고 우겼다"고 말한 맥락과 상통하는 날카로운 비판적 시선이 깔려 있다.

　더욱이 화자는 날카로운 병기를 뜻하는 "利器"의 "문명"과 자기 자신의 이익만을 꾀하는 "利己"의 "문맹"을 대비한다. 이와 같이 모순된 환멸의 삶에 염증을 느낀 '그'가 "바람난 서울을/ 떠나겠노라 했을 때"에도 화자가 "아무 말 하지 못한" 것은 "소득수준과 소비지수가 다른/ 잠실과 신도림의 은밀한 밀회를/ 부인할 수 없었기 때문"이라는 상황과 일치한다. 인간의 자본과 문명, 간통과 도덕의 양면성이 인간의 이기에 의해 뒤섞여 있는 곳, 그로 인해 숨 막히게 팽창하는 곳이 다름 아닌 "성감의 서울"이기 때문이다. 시의 화자에 따르면, 도시적 삶이란 한마디로 "이건 영락없는 문명과 이기의,/ 간통"과 다를 바 없다고 요약한다. 바로 거기가 욕망과 문명, 자본과 도덕이 간통하는 음험한 지점이라는 전언이다.

　시를 창작하는 과정에서 볼 때, 펀이란 언어에 대한 남다른 관심과 오랜 수련을 거쳐야만 가능한 기법 중의 하나이다. 무엇보다도 습작량에 비례하는 펀은 도발적인 상상력과 그에 따른 충격으로 인해 독자들에게 쾌락적 기능을 전수한다. 이는 단순히 이미지에만 치중하는 시보다는 현격하게 다른 재미와 효과를 얻어 낼 수 있는 긴요한 역할을 담당한다. 앞서 살펴본 바와 같이 펀은 '말재롱'과 '말우롱'으로 갈래를 구분할 수 있다. 전자가 유쾌한 농담을 바탕으로 삶의 비의나 인생론적 진실을 드러낸다면, 후자는 불쾌한 웃음을 통해 현실 비판적 기능을 담당하는 장치로 널리 차용된다. 최근에는 인터넷의 발달로 통신 언어라는 낯선 형태의 언어들이 생겨나면서 새로운 언어와 그에 따른 언어유희들이 끊임없이 재생산되고 있다. 따라서 다양한 관점에서 펀의 효과를 확대해야 한다는 부분이 새로운 여분의 과제로 남아 있는 영역이기도 하다.